CELL

STEPHEN KING

CELL

Traducción de
Bettina Blanch Tyroller

PLAZA JANÉS

Título original: *Cell*

Primera edición: septiembre 2006

Agradecemos la colaboración de Francisco M. Fernández,
J. Óscar H. Sendín, Javier Martos y Silvio Benito, moderadores de la web www.ka-tet-corp.com, dedicada exclusivamente a Stephen King.

Printed in Spain – Impreso en España

ISBN-13: 978-84-01-33598-3
ISBN-10: 84-01-33598-1

Depósito legal: M. 27.520-2006

Fotocomposición: Lozano Faisano, S. L. (L'Hospitalet)

Impreso y encuadernado en Mateu Cromo
Ctra. de Fuenlabrada, s/n (Madrid)

L 335983

Para Richard Matheson y George Romero

El ello no representará una demora de la gratificación. Siempre experimenta la tensión de una necesidad no satisfecha.

Sigmund Freud

La agresividad humana es instintiva. Los seres humanos no han desarrollado ningún mecanismo ritualizado inhibidor de la agresividad para garantizar la supervivencia de las especies. Por esta razón, el hombre es considerado una especie extremadamente peligrosa.

Konrad Lorenz

¿Me oyes ahora?

Verizon

CELL

La civilización se sumió en su segunda era de tinieblas por un camino previsible de sangre, aunque a una velocidad que ni el futurista más pesimista podría haber augurado. Fue como si hubiera estado esperando su final. El 1 de octubre, Dios estaba en Su cielo, la Bolsa se situaba en 10.140 puntos, y casi todos los vuelos funcionaban con puntualidad (salvo los que llegaban y salían de Chicago, lo cual era de esperar). Al cabo de dos semanas, el cielo pertenecía de nuevo a los pájaros y la Bolsa no era más que un recuerdo. En Halloween, todas las ciudades importantes, desde Nueva York hasta Moscú, hedían bajo los cielos desiertos, y el mundo tal como lo conocemos había pasado a la historia.

EL PULSO

1

El suceso que llegó a ser conocido como El Pulso dio comienzo a las tres y tres minutos de la tarde, hora de la Costa Este, del día 1 de octubre. Por supuesto, el término era inapropiado, pero diez horas después del suceso casi todos los científicos capaces de señalar el error habían muerto o bien perdido el juicio. En cualquier caso, el nombre apenas tenía importancia. Lo importante era el efecto.

A las tres en punto, un joven sin importancia especial alguna para la historia caminaba con paso elástico hacia el este por Boylston Street, en Boston. Se llamaba Clayton Riddell, y en su rostro se pintaba una expresión de indudable satisfacción que casaba con la ligereza de su andar. En la mano izquierda sujetaba las asas de una carpeta de dibujo de aquellas que al cerrarse con correas se convierten en bolsas de viaje. Entre los dedos de la mano derecha sostenía el cordel de una bolsa de plástico marrón sobre la que se veían impresas las palabras **pequeños tesoros**, para quien quisiera leerlas.

La bolsa contenía un pequeño objeto redondo que se balanceaba en su interior. Un regalo, podríamos aventurar, y estaríamos en lo cierto. También podríamos aventurar que el tal Clayton Riddell quería celebrar algún pequeño (o no tan pequeño) triunfo con un **pequeño tesoro**, y de nuevo estaríamos en lo cierto. El objeto que contenía la bolsa era un pisapapeles de cristal bastante caro, con una brumosa bola grisácea de diente de león atrapada en su interior. Lo había comprado en el trayecto entre el hotel Copley Square y el mucho más modesto Atlantic Avenue Inn, donde se alojaba, asustado por la etiqueta pegada a la base del pisapapeles, que marcaba noventa dólares, y más asustado aún al recordar que ahora podía permitirse semejantes caprichos.

Entregar la tarjeta de crédito a la dependienta le había costado un esfuerzo casi físico. No creía que hubiera sido capaz de hacerlo si el pisapapeles hubiera sido para él; con toda probabilidad, habría mascullado alguna excusa entre dientes y huido despavorido de la tienda. Sin embargo, se trataba de un regalo para Sharon. A Sharon le gustaban esas cosas y todavía le gustaba él. «Pensaré en ti, cariño», le había dicho el día antes de que Clayton viajara a Boston. Teniendo en cuenta lo mal que se lo habían hecho pasar mutuamente durante el último año, aquellas palabras lo habían conmovido, y ahora quería conmoverla a ella, si es que todavía estaba a tiempo. El pisapapeles era una pequeñez (un **pequeño tesoro**), pero Clayton estaba convencido de que a Sharon le encantaría la delicada bruma gris atrapada en las profundidades del cristal cual niebla de bolsillo.

2

La campanilla de un furgón de helados llamó la atención de Clay. El vehículo estaba aparcado frente al hotel Four Seasons, más suntuoso aún que el Copley Square, y junto al Parque Boston Common, que discurría a lo largo de dos o tres manzanas de Boylston Street. En el costado del furgón se veían las palabras MÍSTER SOFTEE pintadas en todos los colores del arco iris sobre dos cucuruchos de helado danzantes. Ante la ventanilla se agolpaban tres niños, las carteras escolares a sus pies, esperando a que los atendieran. Tras ellos había una mujer en traje chaqueta y con un caniche, así como dos chicas con vaqueros de tiro bajo, iPods y auriculares, ahora colgados del cuello para poder conversar en voz baja y seria.

Clay se situó tras ellos, convirtiendo lo que hasta entonces había sido un pequeño grupo en una cola. Había comprado un regalo para su distanciada esposa y de camino a casa pasaría por Comix Supreme para comprar a su hijo el último número de *Spiderman*, así que bien podía darse un capricho. Ardía en deseos de darle la noticia a Sharon, pero su esposa estaría ilocalizable hasta las cuatro menos cuarto, hora a la que llegaba a casa. Tenía intención de quedarse en el hotel hasta que pudiera hablar con ella, paseándose por la pequeña habitación y contemplando la carpeta cerrada. Entretanto, Míster Softee le ayudaría a matar el tiempo.

El tipo del furgón sirvió a los tres niños: dos sándwiches helados y un enorme cucurucho de vainilla y chocolate para el del medio, que por lo visto invitaba a los otros dos. Mientras el vendedor se sacaba un caótico manojo de billetes de un dólar del bolsillo de sus modernos vaqueros holgados, la mujer del caniche deslizó la mano en el bolso, sacó el móvil y abrió la pestaña. Las mujeres vestidas con traje chaqueta nunca salían de casa sin el móvil y la American Express. A su espalda, en el parque, un perro ladró y alguien profirió un grito. A Clayton no le pareció precisamente un grito de alegría, pero al mirar por encima del hombro no vio más que algunos cochecitos, un perro corriendo con un *frisbee* entre los dientes (*¿no tenían que ir atados por el parque?*, se preguntó), y muchos metros cuadrados de césped soleado, puntuado por seductoras zonas de sombra. Parecía el lugar idóneo para que un hombre que acababa de vender su primera novela gráfica y su correspondiente secuela por una cantidad exorbitante de dinero se sentara a comer un cucurucho de helado de chocolate.

Cuando volvió de nuevo la cabeza, los tres niños y sus carteras habían desaparecido, y la mujer del traje chaqueta estaba pidiendo un helado. Una de las dos adolescentes tenía un móvil color verde menta prendido con una pinza a la cadera, mientras que la mujer seguía hablando con el suyo encajado entre la oreja y el hombro. Como siempre que presenciaba alguna variación de aquella conducta, Clay pensó que se hallaba ante un acto que en tiempos se habría considerado de una grosería casi insufrible, sí, incluso durante una insignificante transacción comercial con un completo desconocido, pero que ahora se estaba convirtiendo en un comportamiento cotidiano que todo el mundo aceptaba sin más.

«Habla de ello en *Caminante Oscuro*, cariño», dijo Sharon. La versión de Sharon que Clayton guardaba en su mente hablaba con frecuencia y solía expresarse sin ambages. Ello también se aplicaba a la verdadera Sharon a despecho de la separación. Ahora bien, nunca le hablaba por el móvil, porque Clayton no tenía móvil.

De repente, el teléfono color verde menta desgranó las primeras notas de esa melodía de «Crazy Frog» que tanto le gustaba a Johnny. ¿Se llamaba Axel F.? Clay no lo recordaba, tal vez porque lo había desterrado de su mente adrede. La propietaria del móvil verde menta se desprendió el artilugio de la cadera.

—¿Beth? —preguntó.

Escuchó unos instantes y sonrió antes de volverse hacia su amiga.

—Es Beth.

La otra muchacha se inclinó hacia ella, y ambas se pusieron a escuchar, los cortes de cabello estilo duendecillo casi idénticos alborotados por la brisa de la tarde. A Clayton casi le parecían dos personajes de los dibujos animados que ponían los sábados por la mañana, quizá *Las Supernenas*.

—¿Maddy? —dijo la mujer del traje chaqueta casi en el mismo instante.

El caniche estaba sentado en actitud contemplativa junto al extremo de su correa, que era roja y aparecía salpicada de una suerte de purpurina, mirando el tráfico que llenaba Boylston Street. En la acera de enfrente, ante el hotel Four Seasons, un portero enfundado en un uniforme marrón (casi siempre eran marrones o azules) agitaba el brazo, probablemente para parar un taxi. Un *Duck Boat** atestado de turistas pasó ante él, espigado

---

* Autobús turístico en servicio en diversas ciudades de Estados Unidos. (*N. de la T.*)

y fuera de lugar en tierra firme, el conductor explicaba algún pormenor histórico de la zona por el micrófono. Las dos chicas que escuchaban por el móvil color verde menta se miraron y sonrieron por algo que acababan de oír, pero sin llegar a reír.

—¿Maddy? ¿Me oyes? ¿Me…?

La mujer del traje chaqueta levantó la mano con la que sujetaba la correa y se embutió un dedo de uña larguísima en el oído desocupado. Clay hizo una mueca, temiendo por la integridad de su tímpano. Imaginó que la dibujaba. El perro atado a la correa, el traje chaqueta, el cabello corto, a la moda… y un hilillo de sangre brotando de la oreja para resbalar por el dedo. El *Duck Boat* a punto de desaparecer del cuadro, el portero al fondo, detalles que de algún modo conferirían verosimilitud al dibujo, algo que sabías sin más.

—¡Maddy, te pierdo! Solo quería decirte que me he cortado el pelo en ese salón nuevo… ¡El pelo! ¡EL…!

El tipo del furgón de Míster Softee se inclinó y le alargó una tarrina de helado de nata coronado con salsa de chocolate y fresa que se deslizaba por sus laderas. Su rostro ensombrecido por una barba incipiente permanecía impasible, declarando que lo había visto todo. Clay estaba convencido de que así era, y casi todo dos veces. Se oyó un grito procedente del parque. Clay miró de nuevo por encima del hombro mientras se decía que sin duda tenía que tratarse de una exclamación de júbilo. A las tres de la tarde, de una tarde soleada en el Parque Boston Common, no podía ser otra cosa que una exclamación de júbilo…, ¿verdad?

La mujer dijo algo ininteligible a Maddy y cerró el teléfono con un diestro golpe de muñeca. Lo dejó caer en el bolso y luego permaneció inmóvil, como si hubiera olvidado qué hacía allí o incluso dónde estaba.

—Son cuatro cincuenta —dijo el tipo de Míster Softee, aún sosteniendo el helado con aire paciente.

Clay tuvo el tiempo justo de pensar lo caro que era todo en la ciudad, joder. Tal vez la mujer del traje chaqueta pensara lo mismo, o al menos esa fue la primera deducción de Clay, porque siguió inmóvil durante un momento más, con la mirada clavada en la tarrina de helado coronado por salsa viscosa como si fuera la primera vez en su vida que veía algo semejante.

Y en aquel instante llegó del parque un tercer grito, pero esta vez no se trataba de un grito humano, sino de algo a caballo entre ladrido sorprendido y aullido de dolor. Clay se volvió a mirar y vio al perro que antes correteara por el césped con el *frisbee* en la boca. Era un perro de buen tamaño, quizá un labrador, aunque Clay no sabía gran cosa de perros; cuando tenía que dibujar uno, lo copiaba de algún libro. Junto a aquel había un hombre vestido con traje, arrodillado, con los brazos en torno al cuello del animal y aparentemente... (*es imposible que esté viendo lo que creo estar viendo*, pensó Clay) mordiéndole la oreja. Al cabo de un instante, el perro aulló de nuevo e intentó zafarse, pero el hombre del traje lo sujetaba con fuerza, y sí, era la oreja del perro lo que tenía en la boca y, ante la mirada de Clay, se la arrancó de cuajo. Esta vez el perro profirió un chillido casi humano, y una bandada de patos que nadaban en un estanque cercano levantó el vuelo con una cacofonía de graznidos.

—¡*Rast!* —exclamó alguien a espaldas de Clay.

Al menos sonó a *rast*, aunque podrían haber dicho *rasta* o *rata*, si bien los acontecimientos sucesivos hicieron que Clay se inclinara por *rast*, que no era una palabra, sino tan solo un sonido inarticulado de agresividad.

Clay se giró de nuevo hacia al furgón de los helados, justo a tiempo de ver a la Mujer Traje Chaqueta abalanzarse sobre la ventanilla del vehículo en un intento de agarrar al tipo de Míster Softee. Logró asir los pliegues de la pechera de su bata blanca, pero el hombre retrocedió de un salto y consiguió zafarse de ella. Los tacones altos de los zapatos de la mujer se separaron por un instante de la acera, y Clay oyó la tela y los botones de su americana deslizarse primero hacia arriba y luego hacia abajo por el saliente del mostrador del furgón. La tarrina de helado se perdió de vista. Clay vio manchas de helado y salsa en la muñeca izquierda y en el antebrazo de la Mujer Traje Chaqueta justo cuando sus tacones chocaban de nuevo contra el pavimento. La mujer dio un traspié y dobló las rodillas. La expresión reservada y educada de su rostro, lo que Clay solía denominar la típica cara de calle, había dado paso a un rictus enloquecido de ojos entornados y dentadura al descubierto. El labio superior estaba totalmente invertido, revelando una aterciopelada cara interior que recordaba a una vulva. El caniche salió disparado hacia la calzada, arrastrando tras de sí la correa, que la mujer había soltado. Antes de que el perrito llegara al centro de la calle, una limusina negra lo atropelló. Una bola de pelo algodonoso convertida en amasijo de entrañas ensangrentadas en un abrir y cerrar de ojos.

Seguro que el pobrecillo ya estaba en el paraíso perruno antes de darse cuenta de que había muerto, pensó Clay. Un cierto sentido clínico le decía que se encontraba en estado de shock, pero ello no mitigaba en modo alguno la profundidad de su estupefacción. Permanecía inmóvil, con la carpeta de dibujo en una mano, la bolsa marrón en la otra y la boca abierta de par en par.

En algún lugar, a juzgar por el sonido a la vuelta de la esquina, en Newbury Street, se produjo una explosión.

Las dos adolescentes lucían cortes de cabello idénticos por encima de los auriculares de los iPods, pero la del móvil color verde menta era rubia, mientras que su amiga era morena. Eran el Duendecillo Rubio y el Duendecillo Moreno. De repente, el Duendecillo Rubio dejó caer el teléfono sobre la acera, donde se hizo pedazos, y rodeó con el brazo la cintura de la Mujer Traje Chaqueta. Clay supuso (en la medida en que era capaz de suponer algo en aquellos momentos) que pretendía impedir que la Mujer Traje Chaqueta volviera a atacar al tipo de Míster Softee o que se lanzara a la calle para ir junto a su perro. Una parte de su mente incluso elogió la presencia de ánimo de la chica. Mientras, su amigo, el Duendecillo Moreno, intentaba alejarse del lugar, las manitas blancas apretadas entre los pechos y los ojos abiertos como platos.

Clay dejó caer sus cosas, una a cada lado, y avanzó para ayudar al Duendecillo Rubio. Al otro lado de la calle, aunque solo lo vislumbró con el rabillo del ojo, un coche derrapó y se encaramó a la acera delante del Four Seasons, obligando al portero a apartarse de un salto. Se oyeron varios gritos bajo la marquesina del hotel. Antes de que Clay pudiera ayudar al Duendecillo Rubio, esta adelantó el bonito rostro a la velocidad de una serpiente venenosa, dejó al descubierto su dentadura joven, y sin duda fuerte, y la clavó en el cuello de la Mujer Traje Chaqueta. De la zona brotó un enorme chorro de sangre, en el que el Duendecillo Rubio sumergió la cara, como si pretendiera bañarse en ella, quizá incluso beber de ella (algo que, en opinión de Clay, a buen seguro hizo). Luego empezó a zarandear a la Mujer Traje Chaqueta como si de una muñeca de trapo se tratara. La mujer era más alta que ella y sin duda le llevaba unos veinte kilos, pero la muchacha la sacudía con tal fuerza que la cabeza de la mujer se agitaba entre inmensas salpicaduras de sangre. De repente, la chica volvió el rostro ensangrentado hacia el cielo azul de octubre y lanzó lo que parecía un aullido de triunfo.

Está loca, pensó Clay. *Completamente loca.*

—¿Quién eres? ¿Qué está pasando? —gimió el Duendecillo Moreno.

Al oír la voz de su amiga, el Duendecillo Rubio volvió la cabeza ensangrentada con ademán brusco. La sangre le chorreaba por las afiladas puntas del flequillo, y sus ojos eran luces blancas en medio de cuencas moteadas de rojo.

El Duendecillo Moreno se volvió hacia Clay con los ojos aún muy abiertos.

—¿Quién eres? —repitió—. ¿Quién soy yo?

El Duendecillo Rubio dejó caer a la Mujer Traje Chaqueta, que se desplomó sobre la acera con la carótida reventada aún escupiendo sangre, y se abalanzó sobre la muchacha con la que minutos antes compartía una conversación telefónica en amigable compañía.

Clay no se detuvo a pensar. De haberlo hecho, lo más probable era que el Duendecillo Moreno hubiera acabado con la garganta reventada como la Mujer Traje Chaqueta. Ni siquiera se molestó en mirar, sino que se limitó a alargar el brazo hacia abajo y hacia la derecha, asió la parte superior de la bolsa de **pequeños tesoros** y la blandió en dirección a la cabeza del Duendecillo Rubio mientras esta se disponía a atacar a su antigua amiga con los brazos extendidos y las manos convertidas en garras que se recortaban contra el cielo azul. Si fallaba…

No falló ni tampoco asestó a la chica un golpe flojo, sino que el pisapapeles de cristal guardado en la bolsa se estrelló de pleno contra la parte posterior de la cabeza del Duendecillo Rubio, emitiendo un ruido sordo al chocar. El Duendecillo Rubio dejó caer los brazos, uno de ellos ensangrentado, el otro aún limpio, y cayó sobre la acera, a los pies de su amiga, como un saco de patatas.

—Pero ¿qué coño…? —gritó el tipo de Míster Softee con voz imposiblemente aguda; tal vez el shock le había conferido aquel timbre de contratenor.

—No lo sé —replicó Clay con el corazón desbocado—. Ayúdame, deprisa. La otra se está desangrando.

A su espalda, procedente de Newbury Street, se oyó el inconfundible estruendo de una colisión entre automóviles, seguido de varios gritos, seguidos a su vez de otra explosión, en esta ocasión más fuerte y acompañada de una onda expansiva que sacudió toda la zona. Detrás del furgón de Míster Softee, otro coche derrapó por tres carriles de Boylston Street, fue a parar a la entrada del Four Seasons, se llevó por delante a un par de peatones y por fin se empotró contra el coche anterior, que había acabado con el morro aplastado contra la puerta giratoria. El segundo vehículo empujó al primero aún más contra la puerta, desvencijándola. Clay no alcanzaba a ver si había alguien atrapado en el interior, porque del radiador del primer coche brotaba una enorme nube de vapor, pero los gritos de agonía que llegaban desde las sombras no vaticinaban nada bueno. Nada bueno, desde luego.

El tipo de Míster Softee, que no veía todo aquello desde el interior del furgón, se asomó a la ventanilla con la mirada clavada en Clay.

—¿Qué pasa ahí enfrente?

—No lo sé, un par de coches que han chocado y unos cuantos heridos. No importa. Ayúdame, tío.

Clay se arrodilló junto a la Mujer Traje Chaqueta, en medio

del charco de sangre y entre los restos mortales del teléfono verde menta del Duendecillo Rubio. Las convulsiones de la Mujer Traje Chaqueta eran cada vez más débiles.

—Se ve humo en Newbury Street —comentó el tipo de Míster Softee sin abandonar la relativa seguridad del furgón de los helados—. Ha habido una explosión, pero de las buenas. Puede que haya sido un atentado terrorista.

En cuanto aquellas palabras salieron de la boca del hombre, Clay se convenció de que estaba en lo cierto.

—Ayúdame —insistió.

—¿QUIÉN SOY? —chilló de repente el Duendecillo Moreno.

Clay se había olvidado por completo de ella. Alzó la mirada a tiempo para verla golpearse la frente con el dorso de la mano antes de girar sobre sí misma tres veces sobre las punteras de sus zapatillas deportivas. La escena recordó a Clay un poema que había leído en clase de literatura en la universidad, *Traza tres círculos a su alrededor...* Era de Coleridge, ¿no? La muchacha se tambaleó y luego echó a correr por la acera, derecha a una farola. No intentó esquivarla, ni tan siquiera levantar las manos para protegerse. Se estrelló contra ella de cara, rebotó, dio un traspié y repitió la operación.

—¡Basta! —vociferó Clay.

Se incorporó de un salto, echó a correr hacia ella, resbaló a causa de la sangre de la Mujer Traje Chaqueta, estuvo a punto de caer, se recobró, tropezó con el Duendecillo Rubio y estuvo a punto de caer de nuevo.

El Duendecillo Moreno se volvió hacia él. Tenía la nariz rota y la parte inferior del rostro ensangrentada. Una contusión vertical le inflamaba la frente como un nubarrón en pleno verano, y uno de sus ojos se veía torcido. Abrió la boca, dejando al descubierto los restos de lo que sin duda había sido una ortodoncia carísima, y se rió de él. Clay no lo olvidaría jamás.

Luego echó a correr por la acera sin dejar de gritar.

A espaldas de Clay se oyó un motor, y unas campanillas amplificadas empezaron a tocar el tema principal de *Barrio Sésamo*. Al volverse vio el furgón de Míster Softee arrancar a toda velocidad, al tiempo que en la última planta del hotel una ventana estallaba en medio de una lluvia de vidrios rotos. Acto seguido, un cuerpo salió despedido a la tarde de octubre. Se estrelló contra la acera, donde más o menos explotó. Más gritos bajo la marquesina de la entrada. Gritos de horror, gritos de dolor.

—¡No! —aulló Clay, lanzándose en pos del furgón de Míster Softee—. ¡Vuelve aquí y ayúdame! ¡Necesito ayuda, hijoputa!

Pero no obtuvo respuesta del tipo de Míster Softee, que quizá no le oía por encima de la música amplificada. Clay recordaba la letra de los tiempos en que no tenía motivo alguno para creer que su matrimonio no duraría para siempre. Por aquel entonces, Johnny miraba *Barrio Sésamo* cada día, sentado en su sillita azul y aferrado a su vaso infantil. Algo relacionado con un día soleado en el que no cabían las nubes…

Un hombre ataviado con traje salió del parque a la carrera, emitiendo sonidos inarticulados a voz en cuello, los faldones de la americana revoloteaban a su espalda. Clay lo reconoció por la perilla de oreja de perro que le adornaba el mentón. El hombre saltó a la calzada de Boylston Street. Varios coches lo esquivaron a duras penas. Corrió hasta la otra acera sin dejar de rugir y agitar los brazos. Al poco desapareció entre las sombras de la marquesina del Four Seasons, pero sin duda empezó a hacer de las suyas de inmediato, porque no tardaron en oírse más gritos.

Clay dejó de correr en pos del furgón de Míster Softee y se detuvo con un pie en la acera y el otro sobre una rejilla de alcantarillado, siguiéndolo con la mirada mientras avanzaba haciendo eses hacia el carril central de Boylston Street sin dejar de emitir su música. Estaba a punto de volver de nuevo junto a la muchacha inconsciente y la mujer moribunda cuando apareció otro *Duck Boat*, pero este no a paso plácido, sino a toda velocidad y tambaleándose de babor a estribor. Algunos de los pasajeros se balanceaban con violencia y suplicaban a gritos al conductor que se detuviera. Otros se limitaban a aferrarse a la barandilla metálica que ribeteaba los costados abiertos del desmañado vehículo mientras este avanzaba en dirección contraria por Boylston Street.

Un hombre vestido con sudadera asió al conductor por detrás, y Clay oyó otro de aquellos gritos inarticulados amplificado por el rudimentario sistema de amplificación del *Duck Boat*, al tiempo que el conductor empujaba con todas sus fuerzas al tipo de la sudadera. En esta ocasión no fue *¡Rast!*, sino un sonido más gutural, algo parecido a *¡Glu!* En aquel instante, el conductor del *Duck Boat* vio el furgón de Míster Softee (Clay estaba seguro de ello) y cambió de rumbo para alcanzarlo.

—¡No, Dios mío, por favor! —chilló una mujer sentada en la parte delantera del vehículo turístico.

A medida que el *Duck Boat* se acercaba al furgón de Míster Softee, que medía aproximadamente una sexta parte del tamaño de su atacante, Clay recordó con nitidez el día que vio por televisión el desfile de cuando los Red Sox ganaron la Serie Mundial. El equipo iba en una lenta procesión de *Duck Boats*, saludando a la multitud enardecida bajo la fría llovizna otoñal.

—¡No, Dios mío, por favor! —repitió la mujer.

—¡Madre mía! —dijo casi con ecuanimidad un hombre junto a Clay.

El *Duck Boat* chocó contra el furgón de costado y lo volcó como si de un juguete se tratara. El furgón aterrizó de lado con la música de *Barrio Sésamo* aún sonando y derrapó en dirección al parque en medio de una lluvia de chispas causadas por la fricción. Dos mujeres que presenciaban la escena echaron a correr cogidas de la mano y se salvaron por los pelos. El furgón de Míster Softee rebotó contra el bordillo, se elevó en el aire un instante, se estrelló contra la verja de hierro forjado que delimitaba el parque y por fin se detuvo. La música emitió dos últimos estertores y enmudeció.

Entretanto, el chiflado al volante del *Duck Boat* había perdido el escaso control que tenía sobre el vehículo, que cruzó de nuevo Boylston Street con su pasaje de turistas aterrorizados y aferrados a los costados abiertos, se subió a la acera de enfrente, a unos cincuenta metros del lugar donde el furgón de Míster Softee había cantado por última vez, y colisionó contra el muro bajo de ladrillos que soportaba el escaparate de una tienda pija de muebles llamada Citylights. Se produjo un estruendo nada musical al hacerse añicos el escaparate. La ancha popa del *Duck Boat*, en la que se veía escrito en letras color rosa su nombre, *Señora del Puerto*, se elevó alrededor de un metro y medio. La inercia quería que el mastodonte volcara, pero la masa lo impidió, de modo que la embarcación de tierra firme volvió a caer sobre la acera con el morro metido entre sofás y sillas de comedor caras, pero no antes de que al menos una docena de personas salieran despedidas del vehículo y desaparecieran de la vista.

En el interior de Citylights se disparó una alarma.

—Madre mía —repitió la misma voz suave a la derecha de Clay.

Al volverse vio a un hombre menudo de cabello oscuro y ralo, bigotito del mismo color y gafas con montura dorada.

—¿Qué está pasando?

—No lo sé —repuso Clay.

Le costaba hablar. Mucho. Como si tuviera que empujar físicamente las palabras; suponía que se debía al shock. Al otro lado de la calle, la gente huía despavorida, algunos del Four Seasons, otros del naufragio del *Duck Boat*. Mientras presenciaba la escena, un hombre que escapaba del *Duck Boat* chocó contra otro que huía del Four Seasons, y ambos cayeron cuan largos eran sobre la acera. Clay tuvo tiempo de preguntarse si se habría vuelto loco, si estaría encerrado en algún manicomio, presa de alucinaciones. Quizá el Juniper Hill, en Augusta, entre dos inyecciones de torazina.

—El tipo del furgón de los helados dijo que quizá era un atentado.

—Pues no veo a tipos armados —replicó el hombrecillo del bigote—. Ni a tipos con bombas atadas alrededor del pecho.

Clay tampoco, a decir verdad, pero sí veía su bolsa de **pequeños tesoros** y su carpeta de dibujo tiradas en el suelo, y que la sangre procedente del cuello reventado de la Mujer Traje Chaqueta (*Dios mío*, pensó, *cuánta sangre*) estaba a punto de alcanzar la carpeta. En ella tenía guardadas todas salvo quizá una docena de sus ilustraciones para *Caminante Oscuro*, y su mente se aferró a los dibujos. Echó a andar hacia allí con rapidez, y el hombrecillo lo siguió. Cuando una segunda alarma antirrobo (o de alguna otra clase) se disparó en el hotel, uniendo su aullido ronco al timbre de la alarma de Citiylights, el hombrecillo dio un respingo.

—Es en el hotel —explicó Clay.

—Lo sé, pero es que... Oh, Dios mío.

Acababa de ver a la Mujer Traje Chaqueta tendida en medio de un lago de aquella sustancia mágica que había hecho funcionar todos sus sistemas hasta hacía... ¿cuánto? ¿Cuatro minutos? ¿Solo dos?

—Está muerta —declaró Clay—, o al menos eso creo. Esa chica... —Señaló al Duendecillo Rubio—. Ha sido ella. Con los dientes.

—Estará de guasa.

—Ojalá.

Se oyó otra explosión, esta vez en Boylston Street. Los dos hombres se sobresaltaron, y Clay percibió olor a humo. Recogió la bolsa de **pequeños tesoros** y la carpeta para apartarlos del charco cada vez más grande de sangre.

—Son mías —dijo al tiempo que se preguntaba por qué se sentía en la necesidad de dar explicaciones.

El hombrecillo, que vestía un traje de *tweed* y ofrecía un aspecto bastante atildado, en opinión de Clay, seguía mirando con expresión horrorizada el cuerpo desplomado de la mujer que había parado a comprar un helado, perdido a su perro y luego la vida. Tras ellos, tres jóvenes corrían por la acera riendo y vitoreando. Dos de ellos llevaban gorras de los Red Sox vueltas del revés, y uno se apretaba contra el pecho una caja de cartón en cuyo costado se veía la palabra **panasonic** impresa en azul. Este último pisó el charco de sangre de la Mujer Traje Chaqueta con la zapatilla derecha y dejó tras de sí un rastro de pisadas rojas cada vez más tenues mientras seguía corriendo con sus colegas hacia el extremo norte del parque y Chinatown.

3

Clay hincó una rodilla en el suelo y utilizó la mano en la que no llevaba la carpeta (tenía aún más miedo de perderla después de ver al joven con la caja de **panasonic**) para asir la muñeca del Duendecillo Rubio. De inmediato le encontró el pulso; era lento, pero fuerte y regular. Clay experimentó un profundo alivio. No importaba lo que había hecho, pues no era más que una chiquilla y no le hacía gracia la posibilidad de haberla matado con el pisapapeles que acababa de comprarle a su mujer.

—¡Cuidado, cuidado! —casi canturreó el hombrecillo del bigote.

Clay no tuvo tiempo de andarse con cuidado, aunque por suerte el peligro no estaba cerca de él. El vehículo, uno de esos enormes todoterreno con acciones en todos los países de la OPEP, se desvió de la calzada y se metió en el parque a más de veinte metros de distancia, llevándose por delante un tramo de verja de hierro forjado y zambullendo el morro en el estanque de los patos.

La puerta se abrió, y por ella salió un joven dando tumbos y profiriendo sonidos inarticulados al cielo. Cayó de rodillas en el agua y bebió de ella con las manos (a Clay le surcaron la mente todos los patos que se habrían cagado en el estanque a lo largo de los años) antes de incorporarse con dificultad y vadear el estanque hasta el otro lado. Se perdió de vista en una arboleda, aún agitando los brazos y lanzando su arenga ininteligible.

—Tenemos que buscar ayuda para la chica —dijo Clay al hombre del bigote—. Está inconsciente, pero ni mucho menos muerta.

—Lo que tenemos que hacer es salir de la calle antes de que nos atropellen —replicó el hombrecillo.

Y como si quisiera darle la razón, en aquel instante un taxi chocó contra una larguísima limusina a escasa distancia del *Duck Boat*. La limusina iba en dirección contraria, pero fue el taxi el que se llevó la peor parte. Desde donde se encontraba, aún arrodillado en la acera, Clay vio al taxista salir despedido a través del parabrisas ahora sin vidrio y aterrizar en la calle con un brazo ensangrentado en alto, gritando.

El hombre del bigote estaba en lo cierto, por supuesto. La poca racionalidad que Clay era capaz de reunir en aquellos instantes, algún que otro fragmento que lograba abrirse paso entre la ciénaga del shock que le nublaba el pensamiento, sugería que la mejor opción, con diferencia, consistía en alejarse de Boylston Street y ponerse a cubierto. Si en verdad se trataba de un atentado terrorista, no se parecía en nada a lo que había visto ni leído en su vida. Lo que debía..., lo que debían hacer era buscar refugio y permanecer ocultos hasta que la situación quedara esclarecida. Con toda probabilidad, ello significaría encontrar un televisor; no obstante, no quería dejar a la chica inconsciente en una calle que de repente se había transformado en una casa de locos. Cada fibra de su corazón ante todo bondadoso y desde luego civilizado se rebelaba contra aquella idea.

—Váyase —instó al hombrecillo del bigote, aunque muy a regañadientes.

No conocía de nada a aquel tipo, pero al menos no emitía sonidos inarticulados ni agitaba los brazos como un poseso. Ni amenazaba con matar a Clay de un mordisco en la yugular.

—Métase en algún lado. Yo...

No supo cómo terminar la frase.

—¿Usted qué? —preguntó el hombrecillo del bigote.

De repente encogió los hombros al producirse otra explosión, en esta ocasión procedente de la parte posterior del hotel. En aquel lugar empezó a elevarse una columna de humo negro, manchando el cielo azul antes de que el viento tuviera ocasión de barrerla.

—Llamaré a la policía —concluyó Clay, repentinamente inspirado—. La mujer llevaba móvil.

Señaló con el pulgar a la Mujer Traje Chaqueta, muerta en medio de un charco de su propia sangre.

—Estaba hablando justo antes de que..., bueno, ya sabe, justo antes de que las cosas se pusieran...

Volvió a dejar la frase sin terminar mientras intentaba reconstruir mentalmente lo que había sucedido justo antes de que las cosas se pusieran feas, y se encontró paseando la mirada entre la mujer muerta, la muchacha inconsciente y los fragmentos del móvil color verde menta.

Empezaron a ulular sirenas de dos timbres claramente distintos. Clay suponía que un grupo pertenecía a los coches patrulla, mientras que el otro era de los bomberos. Suponía que la gente que vivía en la ciudad distinguía ambos sonidos, pero él no, porque vivía en Kent Pond, Maine, y deseaba con todas sus fuerzas estar allí en aquellos momentos.

Lo que había sucedido justo antes de que las cosas se pusieran feas era que la Mujer Traje Chaqueta había llamado a su amiga Maddy para contarle que había ido a la peluquería, y que un amigo del Duendecillo Rubio la había llamado. El Duendecillo Moreno había escuchado la conversación, y justo después los tres habían enloquecido.

No estás pensando...

Desde el este, a su espalda, llegó el estruendo de la mayor explosión ocurrida hasta entonces: un aterrador sonido parecido a un disparo de escopeta. Clay se incorporó de un salto, intercambió una mirada angustiada con el hombrecillo del traje de *tweed* y luego ambos se volvieron hacia Chinatown y la zona norte de Boston. No alcanzaban a ver lo que había explotado, pero ahora una columna de humo mucho más grande y oscura ascendía en el horizonte por encima de los edificios.

Mientras contemplaban el humo, un coche patrulla de la policía de Boston y un camión de bomberos con escalera pararon delante del Four Seasons. Clay se volvió hacia el hotel justo cuando un segundo suicida se precipitaba al vacío desde la última planta del hotel, seguido por otros dos que saltaron desde la azotea. Clay tuvo la impresión de que los dos procedentes de la azotea forcejeaban durante la caída.

—¡Jesús, María y José, NO! —gritó una mujer con voz quebrada—. ¡Oh, NO, MÁS no, MÁS no!

El primer suicida se estrelló sobre el maletero del coche patrulla, salpicándolo de cabello y sustancias diversas, y haciendo añicos el parabrisas posterior. Los otros dos aterrizaron sobre la parte trasera del camión de bomberos mientras estos, ataviados con anoraks color amarillo brillante, se apartaban como pájaros imaginarios.

—¡NO! —chilló la mujer—. ¡MÁS no! ¡MÁS no! ¡Por el amor de Dios, MÁS no!

Pero ahí llegaba una mujer procedente del quinto o sexto piso, dando tumbos como una acróbata enloquecida antes de estrellarse contra un policía cuya vida segó junto con la suya.

Del norte llegó otra de aquellas explosiones ensordecedoras, el sonido del diablo disparando una pistola en el infierno, y de nuevo Clay miró al hombrecillo del bigote, que a su vez lo miraba con expresión angustiada. Cada vez más columnas de humo llenaban el cielo, y pese a la fuerte brisa, su color azul apenas si se veía.

—Están usando aviones otra vez —masculló el hombrecillo—. Esos hijos de puta están usando aviones otra vez.

Una tercera explosión monstruosa procedente del distrito norte de la ciudad puntuó su afirmación.

—Pero…, en esa dirección está Logan, ¿no?

A Clay le resultaba otra vez difícil hablar y aún más pensar. La única idea que parecía poblar su mente era la primera parte de un chiste: *¿Sabes aquel de los terroristas* [insertar grupo étnico predilecto] *que deciden humillar a los americanos volando el aeropuerto?*

—¿Y? —espetó el hombrecillo casi con truculencia.

—¿Por qué no el Edificio Hancock? ¿O el Pru?

El hombrecillo se encogió de hombros.

—No lo sé. Lo único que sé es que quiero largarme de esta calle.

Como si pretendieran recalcar sus palabras, media docena de jóvenes pasó corriendo junto a ellos. Boston era una ciudad de jóvenes, había advertido Clay, a causa de todas sus universidades. Aquellos seis, tres hombres y tres mujeres, al menos no iban cargados con material robado y desde luego no se reían. Mientras corrían, uno de los jóvenes sacó un móvil y se lo llevó al oído.

34

Clay miró al otro lado de la calle y vio un segundo coche patrulla detenerse detrás del primero. Ya no hacía falta que utilizara el móvil de la Mujer Traje Chaqueta, de lo cual se alegraba, porque había llegado a la conclusión de que no le apetecía demasiado. Podía limitarse a cruzar la calle para hablar con ellos..., aunque por otro lado no sabía si se atrevería a cruzar Boylston Street dadas las circunstancias. Y aun cuando la cruzara, ¿regresarían los agentes con él para echar un vistazo a una chica inconsciente cuando tenían la acera delante del hotel llena de bajas? En aquel momento, los bomberos empezaron de nuevo a subirse al camión. Por lo visto se dirigían a otra parte. El aeropuerto de Logan, con toda probabilidad, o...

—Oh, Dios mío, cuidado con ese —masculló el hombrecillo del bigote en voz baja y tensa.

Clay estaba mirando hacia el oeste por Boylston Street, de nuevo hacia el centro de la ciudad, de donde había venido cuando su objetivo principal en la vida era localizar a Sharon por teléfono, sabiendo incluso lo que le diría: «Buenas noticias, cariño. Pase lo que pase entre nosotros, al niño nunca le faltarán zapatos». Le había parecido una frase ligera y graciosa..., como en los viejos tiempos.

Pero la situación no resultaba graciosa en absoluto. Hacia ellos se dirigía, no corriendo sino caminando a grandes zancadas, un hombre de unos cincuenta años ataviado con traje y los restos de una camisa y una corbata. Los pantalones eran grises, pero resultaba imposible adivinar el color original de la camisa y la corbata, ya que ambas estaban hechas jirones y manchadas de sangre. En la mano derecha aferraba lo que parecía un cuchillo de carnicero con una hoja de unos cuarenta centímetros. Clay creía haber visto aquel cuchillo en el escaparate de una tienda llamada Soul Kitchen durante el paseo después de la reunión en el hotel Copley Square. La hilera de cuchillos en el escaparate (¡ACERO SUECO!, proclamaba la tarjetita grabada situada ante ellos) relucía a la ingeniosa luz de los focos ocultos, pero aquella hoja en particular había trabajado mucho, en el mal sentido de la palabra, desde su liberación, y ahora aparecía opaca por la sangre.

El hombre de la camisa desgarrada blandió el cuchillo a medida que se acercaba a ellos con su andar rápido, y la hoja describía pequeños arcos en el aire. El hombre se desvió del patrón una sola vez para cortarse a sí mismo. Una mancha de sangre fresca floreció en la pechera de la camisa destrozada mientras los restos de la corbata revoloteaban. El hombre siguió acortando distancias sin dejar de sermonearlos como un predicador de tres al cuarto en una lengua que hubiera aprendido en un momento de revelación divina.

—*¡Eyelah!* —gritó—. *¡Eeelah-eyelah-a-babbalah-naz! ¿A-babbalah* por qué? *¿A-bunnaloo* coy? *¡Kazzalah! ¡Kazzalah-CAN! ¡Fie! ¡SHY-fie!*

Se llevó el cuchillo junto a la cadera derecha antes de levantar el brazo, y Clay, cuyo sentido de la vista estaba quizá desarrollado en exceso, previó al instante el movimiento siguiente. El ataque brutal que se produciría sin que el hombre detuviera su marcha demencial hacia ninguna parte bajo el sol de aquella tarde de octubre.

—¡Cuidado! —chilló el hombrecillo del bigote.

Pero quien no tenía cuidado era él, el hombrecillo del bigote. El hombrecillo del bigote, la primera persona normal con quien Clay Riddell había hablado desde que diera comienzo aquella locura, quien de hecho había hablado con él, lo cual sin duda había requerido una medida considerable de valentía, dadas las circunstancias, estaba petrificado, los ojos muy abiertos y magnificados aún más por los cristales de sus gafas con montura dorada. ¿Iba el loco a por él porque, de los dos, el hombrecillo del bigote era el más menudo y parecía una presa más fácil? En tal caso, el Señor Galimatías quizá no estaba del todo loco a fin de cuentas, y de repente Clay sintió furia además de miedo, una furia como si estuviera mirando el patio de una escuela y acabara de ver al típico matón a punto de machacar a un niño más pequeño y débil.

—¡CUIDADO! —repitió el hombrecillo del bigote casi en un aullido.

Sin embargo, siguió sin moverse mientras la muerte avanzaba hacia él, la muerte liberada de una tienda llamada Soul Kitchen, donde sin duda aceptaban Visa y MasterCard, así como talones si iban acompañados de la correspondiente tarjeta bancaria.

Sin detenerse a pensar, Clay cogió las dos asas de la carpeta de dibujo y la interpuso entre el cuchillo y su nuevo amigo enfundado en un traje de *tweed*. La hoja atravesó la carpeta con un sonido hueco, pero la punta se detuvo a unos diez centímetros del vientre del hombrecillo. Finalmente, el hombrecillo volvió en sí, se hizo a un lado de un salto y echó a correr hacia el parque pidiendo ayuda a voz en cuello.

El hombre de la camisa y la corbata desgarradas, que tenía las mejillas carnosas y el cuello ya algo grueso, como si su ecuación personal de buena comida y ejercicio físico hubiera dejado de funcionar un par de años atrás, interrumpió en seco su arenga absurda, y en su rostro se pintó una expresión de perplejidad vacua que no era de sorpresa ni de asombro.

Por su parte, Clay se sentía embargado por una terrible indignación. El cuchillo había echado a perder todas sus imágenes de *Caminante Oscuro* (siempre las llamaba imágenes, nunca ilustraciones ni dibujos), y tenía la sensación de que el sonido hueco bien podría haber sido el de la hoja al atravesar lo más hondo de su corazón. Era una estupidez habida cuenta de que tenía reproducciones de todas ellas, incluyendo los cuatro desplegables en color, pero eso carecía de importancia. La hoja de aquel chiflado había ensartado al Hechicero John (así llamado en honor a su hijo, por supuesto), al Mago Flak, a Frank y su Legión, a Gene el Soñoliento, a Sally la Venenosa, a Lily Astolet, a la Bruja Azul y, cómo no, a Ray Damon, el mismísimo Caminante Oscuro. Sus criaturas fantásticas, que moraban en su imaginación a la espera de liberarlo del tedio de dar clase de arte en una docena de escuelas rurales de Maine, obligado a conducir miles de kilómetros al mes y vivir prácticamente en el coche.

Casi le parecía haberlas oído gemir cuando la hoja sueca del loco las atravesó en el lecho donde dormían el sueño de los inocentes.

Furioso y ajeno al peligro que entrañaba el cuchillo, al menos por el momento, empujó al hombre de la camisa desgarrada hacia atrás, utilizando la carpeta a modo de escudo y más furioso aún al ver que se doblaba hasta formar una especie de V muy ancha en torno a la hoja del cuchillo.

—¡*Blet!* —vociferó el lunático mientras intentaba retirar la hoja, pero esta estaba encallada entre las dos mitades de la carpeta—. *¡Blet ky-yam doe-ram kazzalah a-babbalah!*

—¡Yo te daré *a-babbalah a-kazzalah*, cabrón! —gritó Clay al tiempo que colocaba el pie izquierdo tras las piernas tambaleantes del loco.

Más tarde se le ocurriría que el cuerpo sabe luchar cuando no le queda más remedio. Es un secreto que el cuerpo guarda, al igual que guarda el secreto de cómo correr, saltar un arroyo, echar un polvo o, probablemente, morir cuando no queda otra alternativa. Y en condiciones de tensión extrema se hace con el control y se limita a hacer lo que hay que hacer mientras el cerebro se aparta, incapaz de hacer otra cosa que no sea silbar y marcar el ritmo con el zapato mirando al cielo…, o escuchar el sonido de la hoja de un cuchillo al atravesar la carpeta de dibujo que tu mujer te regaló cuando cumpliste los veintiocho, para el caso.

El loco tropezó con el pie de Clay justo cuando el sabio cuerpo de este quería que tropezara y cayó de espaldas en la acera. Clay se cernió sobre él casi sin aliento, la carpeta aún aferrada en ambas manos como si se tratara de un escudo maltratado en la batalla. El cuchillo del carnicero seguía clavado en ella, con el mango sobresaliendo por un lado y la hoja por el otro.

El chiflado trató de incorporarse. El nuevo amigo de Clay avanzó hacia él y le propinó un considerable puntapié en el cuello. El hombrecillo sollozaba con fuerza, y las lágrimas le rodaban por las mejillas, empañándole los cristales de las gafas. El loco se desplomó de nuevo con la lengua fuera, emitiendo sonidos ahogados en lo que a Clay le pareció la misma lengua ininteligible de antes.

—¡Ha intentado matarnos! —sollozó el hombrecillo—. ¡Ha intentado matarnos!

—Sí, sí —asintió Clay.

Recordaba haber dicho las mismas palabras y en el mismo tono a Johnny cuando aún lo llamaban Johnny-Gee y un día se acercó a ellos por el jardín con las rodillas o los codos ensangrentados, gritando: «¡Tengo SANGRE!».

El hombre tendido en la acera (que tenía mucha sangre) intentaba incorporarse sobre los codos para levantarse. Esta vez fue Clay quien hizo los honores, propinándole un puntapié en los codos para hacerlo caer de nuevo. Aquel juego de patadas parecía una solución más que provisional y poco elegante, por añadidura. Clay asió el mango del cuchillo, hizo una mueca al sentir el contacto de la sangre ya gelatinosa, que le recordó a grasa fría de beicon, y tiró. El cuchillo cedió un poco y luego se detuvo, o bien la mano de Clay resbaló. Casi le pareció oír a sus personajes emitir murmullos insatisfechos desde las profundidades de la carpeta y también él lanzó un gemido sin poder contenerse. Tampoco pudo evitar preguntarse qué haría con el cuchillo si conseguía liberarlo. ¿Matar al lunático a puñaladas? Creía que podría haberlo hecho en caliente, pero con toda probabilidad sería incapaz cuando llegara el momento.

—¿Qué pasa? —inquirió el hombrecillo con un hilo de voz.

Pese a su nerviosismo, Clay no pudo evitar sentirse conmovido ante la preocupación que denotaba su voz.

—¿Le ha hecho daño? Por un momento lo ha tapado usted con el cuerpo y no he visto nada. ¿Le ha clavado el cuchillo?

—No, estoy bi... —empezó Clay.

Lo interrumpió otra gigantesca explosión procedente del norte, a buen seguro del aeropuerto de Logan, al otro lado del puerto de Boston. Ambos hombres se encogieron, acobardados.

El lunático aprovechó la oportunidad para sentarse, y estaba a punto de ponerse en pie cuando el hombrecillo del traje de *tweed* le propinó una torpe pero efectiva patada lateral en la corbata hecha jirones. De nuevo en el suelo, el lunático lanzó un rugido e intentó aferrar el tobillo del hombrecillo. Sin duda lo habría derribado y quizá inmovilizado de no ser porque Clay asió a su nuevo amigo por el hombro para apartarlo.

—¡Tiene mi zapato! —chilló el hombrecillo.

A su espalda chocaron otros dos coches. Más gritos y más alarmas. Alarmas de coches, alarmas de incendios, alarmas antirrobo... Las sirenas ululaban en la distancia.

—¡El muy hijo de puta tiene mi...!

De repente había un policía junto a ellos, uno de los agentes que habían acudido al otro lado de la calle, suponía Clay, y cuando apoyó una rodilla enfundada en el pantalón azul del uniforme para inclinarse sobre el lunático balbuceante, Clay experimentó algo parecido a una oleada de amor hacia él.

—Tenga cuidado con él —le advirtió el hombrecillo con voz nerviosa—. Está...

—Ya lo sé —lo atajó el policía.

Clay advirtió que el agente había desenfundado el arma reglamentaria. No sabía si la había sacado después de arrodillarse o bien antes, estaba demasiado ocupado sintiendo gratitud para fijarse.

El policía observó al lunático, se acercó aún más a él, casi como si se ofreciera.

—Eh, tío, ¿cómo estás? —murmuró—. O sea, ¿cómo te va, tío?

De repente, el lunático se incorporó y rodeó el cuello del agente con las manos. Ni corto ni perezoso, el policía le oprimió el cañón de la pistola contra la sien y apretó el gatillo. Un potente chorro de sangre empapó el cabello canoso que cubría el lado opuesto de la cabeza del chiflado, que se desplomó sobre la acera con ambos brazos extendidos en ademán melodramático, como si dijera: «Mira, mamá, ¡estoy muerto!».

Clay intercambió una mirada con el hombrecillo del bigote, y acto seguido ambos se volvieron hacia el policía, que había enfundado de nuevo el arma y se estaba sacando un estuche de cuero del bolsillo de la pechera. Clay se alegró al comprobar que le temblaba un poco la mano. El policía le daba miedo ahora, pero aún le habría dado más miedo si no le hubiera temblado el pulso. Y lo que acababa de ocurrir no era un episodio aislado. El disparo parecía haber desbloqueado el oído de Clay, como si se acabara de despejar un circuito o algo por el estilo, y ahora oía otros disparos, chasquidos ocasionales que puntuaban la creciente cacofonía de aquel día enloquecido.

El policía sacó una tarjeta (a Clay le pareció una tarjeta de visita) del estuche y volvió a guardarse el estuche en el bolsillo. Sostuvo la tarjeta entre los dos primeros dedos de la mano izquierda mientras se llevaba la derecha de nuevo a la culata del arma. Cerca de sus zapatos muy brillantes empezaba a formarse un charco con la sangre procedente de la cabeza destrozada del chiflado. A poca distancia, la Mujer Traje Chaqueta yacía en medio de otro charco de sangre, ahora medio solidificada y cada vez más oscura.

—¿Cómo se llama, señor? —preguntó el policía a Clay.

—Clayton Riddell.

—¿Puede decirme cómo se llama el presidente?

Clay se lo dijo.

—¿Puede decirme qué día es hoy, señor?

—1 de octubre. ¿Sabe qué está…?

El policía se volvió hacia el hombrecillo del bigote.

—Su nombre, por favor.

—Me llamo Thomas McCourt, 140 Salem Street, Malden. Soy…

—¿Puede decirme el nombre del adversario del presidente en la última campaña electoral?

Tom McCourt se lo dijo.

—¿Con quién está casado Brad Pitt?

McCourt alzó los brazos.

—¡Y yo qué sé! Con una estrella de cine, creo.

—Muy bien —lo atajó el policía al tiempo que alargaba la tarjeta a Clay—. Soy el agente Ulrich Ashland. Aquí tiene mi tarjeta; es posible que los llamen para testificar acerca de lo que acaba de suceder aquí, caballeros. Lo que ha pasado es que ustedes necesitaban ayuda, yo he sido atacado y he reaccionado en consecuencia.

—Usted quería matarlo —constató Clay.

—Sí, señor, estamos acabando con el sufrimiento de todos los que podemos lo más rápidamente posible —convino el agente

Ashland—. Y si declara ante un tribunal o una comisión de investigación que he dicho esto, lo negaré. Pero no nos queda otra alternativa. Esta gente está por todas partes. Algunos se limitan a suicidarse, pero muchos de ellos atacan. —El agente vaciló un instante antes de proseguir—. A juzgar por lo que estamos viendo, todos los demás atacan.

Como confirmación de sus palabras, se oyó otro disparo procedente de la acera de enfrente, seguido de una pausa y otros tres disparos en rápida sucesión desde el frontal sombreado del hotel Four Seasons, ahora convertido en un amasijo de vidrios rotos, cuerpos rotos, vehículos destrozados y sangre derramada.

—Esto es como la puta *Noche de los muertos vivientes* —continuó el policía mientras echaba a andar hacia Boylston Street con la mano aún apoyada en la culata de su arma—, con la diferencia de que estos tipos no están muertos…, a menos que les echemos una mano, claro.

—¡Rick! —lo llamó un agente desde el otro lado de la calle—. ¡Rick, tenemos que ir a Logan! ¡Todas las unidades! ¡Ven ahora mismo!

El agente Ashland comprobó el tráfico de Boylston Street, pero en aquel momento no pasaba nadie. Salvo por los accidentes, la calle aparecía desierta. Sin embargo, en las inmediaciones se oían más explosiones y colisiones de vehículos. El olor a humo se intensificaba por momentos. El policía empezó a cruzar la calle, pero a medio camino se volvió hacia ellos.

—Métanse en alguna parte —recomendó—. Busquen refugio. Hasta ahora han tenido suerte, pero eso puede cambiar.

—Agente Ashland —dijo Clay—. Ustedes no usan móviles, ¿verdad?

Ashland lo observó desde el centro de Boylston Street, que a Clay no le parecía en modo alguno un lugar seguro, sobre todo al recordar el desfile demencial del *Duck Boat*.

—No, señor —repuso el policía por fin—, tenemos radios en los coches patrulla. Y aquí —añadió mientras palmeaba la radio que llevaba colgada del cinturón en el lado opuesto a la pistola.

Clay, fanático de los cómics desde que aprendiera a leer, pensó por un instante en el maravilloso cinturón de Batman.

—No los usen —advirtió Clay—. Dígaselo a los demás. No usen ningún móvil.

—¿Por qué lo dice?

—Porque ellas —Clay señaló a la mujer muerta y a la muchacha inconsciente— estaban hablando por el móvil justo antes de enloquecer, y apuesto lo que sea a que el tipo del cuchillo…

—¡Rick! —insistió el compañero del agente Ashland desde el otro lado de la calle—. ¡Date prisa, joder!

—Busquen refugio —les repitió el policía antes de terminar de cruzar la calle.

A Clay le habría gustado reiterar la advertencia sobre los teléfonos móviles, pero de momento se conformaba con ver que el agente estaba fuera de peligro. Aunque, por otro lado, no creía que nadie en Boston estuviera fuera de peligro aquella tarde.

4

—¿Qué está haciendo? —preguntó Clay a Tom McCourt—. No lo toque; puede que sea…, no sé…, contagioso.

—No voy a tocarlo —replicó Tom—, pero necesito mi zapato.

El zapato yacía cerca de los dedos extendidos de la mano izquierda del chiflado, algo apartado de la lluvia de sangre. Tom asió con delicadeza la parte posterior y tiró del zapato. Luego se sentó en el bordillo de Boylston Street, justo donde el furgón de Míster Softee había aparcado en lo que a Clay se le antojaba ahora otra vida, y se lo calzó.

—Los cordones están rotos —constató—. Ese maldito chiflado ha roto los cordones.

Y de nuevo se echó a llorar.

—Áteselos como pueda —sugirió Clay.

Acto seguido intentó liberar el cuchillo de carnicero de la carpeta. El chiflado lo había clavado con mucha fuerza, por lo que Clay se vio obligado a moverlo arriba y abajo para sacarlo. Tras una serie de tirones, el arma salió a regañadientes y entre unos sonidos de papel desgarrado que le partieron el corazón. No cesaba de preguntarse cuál de sus personajes habría salido peor parado. Era un pensamiento estúpido, fruto del estado de shock en que se encontraba, pero no podía evitarlo.

—¿No puede atárselos más abajo? —propuso al hombrecillo.

—Sí, creo que…

Clay llevaba un rato oyendo una suerte de zumbido de mosquito que en ese momento se intensificó un tanto. Tom alzó la vista desde su posición en el bordillo. Clay se volvió. El pequeño convoy de coches de la policía de Boston que acababa de alejarse del Four Seasons se detuvo ante el Citylights y el *Duck Boat* destrozado con las luces encendidas. Varios policías se asomaron a las ventanillas en el instante en que un avión privado de tamaño medio, tal vez un Cessna o lo que la gente llamaba un Twin Bonanza (Clay no sabía nada de aviones), planeaba despacio sobre los edificios entre el puerto de Boston y el parque, perdiendo altitud. El avión se ladeó como borracho sobre el parque, de modo que el ala más baja casi rozó la copa de un árbol reluciente de hojas otoñales, y enfiló Charles Street como si el piloto hubiera decidido que aquélla era su pista de aterrizaje. A menos de siete metros del suelo se inclinó hacia la izquierda y el ala chocó contra la fachada de un edificio de piedra gris, tal vez un banco, situado en la esquina de Charles y Beacon. En aquel momento, la sensación de lentitud se evaporó. El avión hizo una pirueta alrededor del ala atrapada como un acróbata enloquecido, se empotró en el edificio de ladrillo rojo situado junto al banco y desapareció en una cegadora bola de fuego rojo anaranjado. La ola expansiva del impacto azotó el parque, y los patos alzaron el vuelo en busca de cobijo.

Clay bajó la vista y comprobó que tenía el cuchillo de carnicero en la mano; había conseguido sacarlo del todo mientras él y Tom McCourt presenciaban el accidente del avión. Restregó ambos filos contra la pechera de su camisa procurando no cortarse (ahora era él a quien le temblaban las manos). Luego se lo encajó con sumo cuidado bajo el cinturón hasta el mango. Al hacerlo le acudió a la memoria uno de sus primeros cómics, un poco infantil, por cierto.

—Joxer el Pirata a vuestro servicio, hermosura —murmuró.

—¿Qué? —preguntó Tom.

Estaba de pie junto a Tom, con la mirada clavada en la conflagración al otro lado del Parque Boston Common. Solo la cola del avión sobresalía de la bola de fuego. En ella se veía el número de serie: **LN6409B**. Y encima lo que parecía el logotipo de algún equipo deportivo.

Pero ambas cosas no tardaron en desaparecer con el resto.

Al poco percibió las primeras olas de calor contra el rostro.

—Nada —respondió al hombrecillo del traje de *tweed*—. Abrámonos.

—¿Eh?

—Que nos larguemos.

—Ah, vale.

Clay echó a andar a lo largo del costado norte del parque, en la misma dirección en que caminaba a las tres de la tarde, dieciocho minutos y una eternidad antes. A Tom McCourt le costaba no quedarse rezagado, pues en verdad era un hombre muy menudo.

—Dígame una cosa… —preguntó a Clay—. ¿Tiene por costumbre decir tonterías?

—Desde luego —asintió Clay—. Pregúntele a mi mujer.

5

—¿Adónde vamos? —quiso saber Tom—. Yo me dirigía al metro —explicó mientras señalaba un quiosco pintado de verde a una manzana de distancia, alrededor del cual se agolpaba una pequeña multitud—, pero ahora no sé si estar bajo tierra es buena idea.

—Lo mismo digo —convino Clay—. Tengo una habitación en un hotel llamado Atlantic Avenue Inn, a unas cinco manzanas de aquí.

—Creo que lo conozco —exclamó Tom, más animado—. De hecho, está en Louden, a la vuelta de la esquina de Atlantic.

—Exacto. Podemos ir allí y poner el televisor. Además, quiero llamar a mi mujer.

—Por el teléfono de la habitación.

—Sí, señor, por el teléfono de la habitación. Ni siquiera tengo móvil.

—Yo sí, pero me lo he dejado en casa porque está estropeado. Rafe, mi gato, lo tiró del mármol de la cocina. Tenía intención de comprarme uno nuevo hoy mismo, pero…, oiga, señor Riddell…

—Llámeme Clay.

—Vale, Clay. ¿Está seguro de que el teléfono de su habitación es seguro?

Clay se detuvo en seco; ni siquiera se había planteado la posibilidad de que no fuera así. Pero si la red fija no era segura, ¿qué alternativa les quedaría? Estaba a punto de decírselo a Tom cuando de repente estalló una pelea junto a la parada del metro. Se oyeron gritos de pánico, chillidos y de nuevo aquel parloteo ininteligible que ahora ya reconocía como el sello de la locura. La pequeña multitud apiñada en torno al quiosco y la escalera que descendía a la estación se disolvió. Algunos corrieron hacia la calle, dos de ellos abrazados y mirando de vez en cuando por encima del hombro. Muchos, casi todos en realidad, se dispersaron por el parque en todas direcciones, lo que entristeció a Clay; por alguna razón, ver a dos personas abrazadas lo había aliviado un poco.

Junto a la estación quedaban dos hombres y dos mujeres. Clay estaba bastante seguro de que eran ellos quienes habían ahuyentado al resto al salir de la estación. Mientras Clay y Tom los observaban a media manzana de distancia, los cuatro se enzarzaron en una pelea caracterizada por la violencia histérica y absoluta que ya había presenciado ese día, pero sin patrón discernible alguno. No luchaban tres contra uno, dos contra dos, ni chicos contra chicas. De hecho, una de las chicas era una mujer que aparentaba sesenta y tantos años, de figura robusta y peinado sensato que le recordó a varias maestras a las que conocía y que estaban a punto de jubilarse.

Peleaban con manos, puños, uñas y dientes, profiriendo gruñidos y gritos mientras rodeaban los cuerpos de alrededor de media docena de personas tendidas en el suelo, inconscientes o tal vez muertas. Uno de los hombres tropezó con una pierna extendida y cayó de rodillas. La más joven de las dos mujeres se arrojó sobre él. El hombre arrodillado recogió algo del suelo, junto a la escalera (Clay comprobó sin sorpresa alguna que se trataba de un teléfono móvil) y lo estrelló contra el rostro de la mujer. El móvil se hizo pedazos, abriéndole la mejilla y provocando una hemorragia que le manchó el hombro de la chaqueta; la mujer lanzó un grito, pero no de dolor, sino de rabia. Asió las orejas del hombre arrodillado como si fueran las asas de una vasija, apoyó las rodillas sobre su regazo y lo empujó hacia la penumbra de la escalera del metro. Ambos desaparecieron entrelazados en un abrazo mortífero, retorciéndose como gatos en celo.

—Vamos —murmuró Tom, tironeándole de la camisa con peculiar delicadeza—. Vamos. Al otro lado de la calle. Vamos.

Clay se dejó conducir hasta la acera opuesta de Boylston Street. Supuso que Tom McCourt miraba por donde iba o bien que tuvo suerte, porque en cualquier caso llegaron al otro lado sanos y salvos. Se detuvieron de nuevo ante la librería Colonial (Lo Mejor de Ayer y de Hoy) y siguieron con la mirada a la inesperada vencedora de la batalla del metro, que caminaba hacia el parque en dirección al avión estrellado, con gotas de sangre resbalándole por las puntas del cabello gris modelo tolerancia cero hacia el cuello. A Clay no le sorprendió en absoluto que la vencedora resultara ser la señora con pinta de bibliotecaria o profesora de latín a punto de jubilarse. Había dado clase junto a varias de aquellas mujeres, y las que llegaban a esa edad en activo solían ser casi indestructibles.

Abrió la boca para comentárselo a Tom, porque lo cierto era que le parecía bastante ingenioso, pero lo único que brotó de su garganta fue una suerte de graznido. Asimismo, se le había nublado la visión. Por lo visto, Tom McCourt, el hombrecillo del traje de *tweed*, no era el único con problemas lagrimales. Clay se enjugó los ojos e intentó hablar de nuevo, pero tan solo consiguió emitir un sonido inarticulado a caballo entre el graznido y el sollozo.

—No pasa nada —lo tranquilizó Tom—. Es mejor desahogarse.

Y así, de pie ante una tienda repleta de libros viejos en torno a una máquina de escribir Royal muy anterior a la era de la comunicación móvil, Clay se desahogó. Lloró por la Mujer Traje Chaqueta, por el Duendecillo Rubio y el Duendecillo Moreno, y lloró por sí mismo, porque Boston no era su hogar, y su hogar nunca le había parecido tan lejano como en aquel instante.

6

Más allá del parque, Boylston Street se estrechaba y aparecía tan congestionada de vehículos, tanto accidentados como simplemente abandonados, que ya no tuvieron que preocuparse por limusinas suicidas ni *Duck Boats* enloquecidos, lo cual constituía un alivio. A su alrededor, el estruendo de los choques y las explosiones continuaba como una fiesta de Nochevieja en el infierno. Cerca de ellos, el ruido también era ensordecedor, sobre todo por culpa de las alarmas de los coches y las antirrobo, pero la calle en sí aparecía sobrecogedoramente desierta, al menos de momento. «Busquen refugio», les había advertido el agente Ulrich Ashland. «Hasta ahora han tenido suerte, pero eso puede cambiar.»

Sin embargo, a dos manzanas al este de la librería Colonial y a una manzana del no demasiado cutre hotel de Clay, volvieron a tener suerte. Otro chalado, en este caso un joven de unos veinticinco años y músculos sin duda torneados en el gimnasio, salió de un callejón delante de ellos y cruzó la calle como una exhalación, saltando sobre los parachoques entrelazados de dos coches mientras soltaba una incesante perorata ininteligible. En cada mano tenía una antena de coche y las blandía en el aire como dagas mientras proseguía su avance mortífero. Iba desnudo salvo por lo que parecían unas Nike nuevas con motivos rojo chillón. Su polla oscilaba como el péndulo de un reloj de pared en pleno subidón de *speed*. Alcanzó la acera opuesta y torció hacia el oeste, de vuelta al parque, su trasero se contraía y se dilataba a un ritmo frenético.

Tom McCourt asió el brazo de Clay con fuerza hasta que el chiflado se perdió de vista, luego fue aflojando la presión de forma gradual.

—Si nos hubiera visto… —musitó.

—Sí, pero no lo ha hecho —lo atajó Clay.

De repente se sentía absurdamente feliz. Sabía que aquella sensación pasaría, pero por el momento estaba encantado de saborearla. Se sentía como si acabara de apostar la cantidad más elevada de la noche al número ganador.

—Compadezco a la persona a quien sí vea —comentó Tom.

—Pues yo compadezco a la persona que lo vea a él —puntualizó Clay—. Vamos.

7

Las puertas del Atlantic Avenue Inn estaban cerradas con llave.

Clay se asombró tanto que por un instante no pudo hacer más que quedarse ahí parado como un pasmarote, intentando girar el pomo y sintiéndolo resbalar entre los dedos mientras trataba de asimilar la idea: cerradas. Las puertas de su hotel estaban cerradas.

Tom se situó junto a él y apoyó la frente en el cristal para mitigar el reflejo y escudriñó el interior. Del norte, procedente a buen seguro de Logan, llegó otra de aquellas explosiones monstruosas; esta vez Clay tan solo dio un respingo mínimo y le pareció que Tom McCourt no se inmutaba en absoluto, pues estaba demasiado concentrado en lo que veía.

—Hay un tipo muerto en el suelo —anunció por fin—. Lleva uniforme, pero parece demasiado viejo para ser un botones.

—No quiero que nadie me lleve el puto equipaje —dijo Clay—. Lo único que quiero es subir a mi habitación.

A su lado, Tom emitió un extraño bufido. Por un instante, Clay creyó que estaba llorando de nuevo, pero al poco comprendió que era una risita ahogada.

En un vidrio de la puerta de doble hoja se veían impresas las palabras **ATLANTIC AVENUE INN**, así como una mentira descarada, **EL MEJOR HOTEL DE BOSTON**, en el otro. Tom golpeó con la palma de la mano el vidrio izquierdo, entre la frase **EL MEJOR HOTEL DE BOSTON** y una hilera de etiquetas de tarjetas de crédito.

Clay también escudriñaba el vestíbulo, que no era muy espacioso. A la izquierda se encontraba el mostrador de recepción, y a la derecha había dos ascensores. Una alfombra granate cubría parte del suelo. Sobre ella yacía el viejo uniformado, de bruces, con un pie encaramado a un sofá y una reproducción enmarcada de un velero de Currier & Ives sobre el trasero.

La sensación de felicidad que Clay había experimentado un momento antes se desvaneció como por ensalmo, y cuando Tom empezó a aporrear el vidrio con el puño, le cubrió la mano para detenerlo.

—No se moleste —dijo—. No van a dejarnos entrar aunque estén vivos y cuerdos. —Reflexionó unos segundos antes de añadir—: Sobre todo si están vivos y cuerdos.

Tom le lanzó una mirada inquisitiva.

—No lo entiende, ¿verdad?

—¿Eh? ¿El qué?

—Las cosas han cambiado; no pueden dejarnos aquí fuera.

Apartó la mano de Clay, pero en lugar de volver a aporrear el vidrio, apoyó de nuevo la frente contra él y empezó a gritar. Clay se dijo que el hombrecillo poseía una voz bastante potente para ser tan menudo.

—¡Eh! ¡Eh, los de ahí dentro!

Silencio. En el vestíbulo no se produjo ningún cambio. El viejo botones seguía estando muerto, con un cuadro tapándole el trasero.

—¡Eh, los de ahí dentro, será mejor que abran la puerta! ¡El hombre que me acompaña es cliente del hotel, y yo soy su invitado! ¡Abran o romperé el vidrio con un adoquín! ¿Me oyen?

—¿Un adoquín? —exclamó Clay con una carcajada—. ¿Ha dicho «adoquín»? ¡Genial! —Y rió más fuerte sin poder contenerse.

En aquel momento captó un movimiento con el rabillo del ojo. Al volverse vio a una adolescente a cierta distancia de ellos, los miraba con una expresión aturdida en los demacrados ojos azules. Llevaba un vestido blanco con la pechera manchada de sangre. Tenía más sangre ya reseca bajo la nariz, en los labios y la barbilla. Aparte de la nariz ensangrentada no parecía herida, y desde luego no tenía aspecto de loca, tan solo de aturdida. Medio muerta de miedo, de hecho.

—¿Estás bien? —le preguntó Clay.

Avanzó un paso hacia ella, y la chica retrocedió otro. Dadas las circunstancias, Clay no se lo reprochaba. Se detuvo y alzó una mano como un policía dirigiendo el tráfico. No te muevas.

Tom se volvió un instante y luego siguió aporreando la puerta, esta vez con fuerza suficiente para que el vidrio temblara en su viejo marco de madera y distorsionara su reflejo.

—¡Es su última oportunidad! ¡Vamos a entrar!

Clay se giró y abrió la boca para advertirle que con semejantes fantasmadas no conseguiría nada, ese día no, pero en aquel instante una cabeza calva emergió tras el mostrador de recepción. Fue como ver un periscopio emerger a la superficie del mar. Clay reconoció aquella cabeza antes aun de ver la cara; pertenecía al recepcionista que lo había registrado el día anterior, el que le había sellado el tíquet del aparcamiento situado a una manzana del hotel, el mismo que le había indicado el camino al hotel Copley Square aquella mañana.

El recepcionista se quedó tras el mostrador, y Clay sostuvo en alto la llave de su habitación con el llavero de plástico verde del hotel colgando de ella. También le mostró la carpeta de dibujo con la esperanza de que la reconociera.

Quizá la reconoció, aunque lo más probable era que concluyera que no tenía elección. En cualquier caso, salió por la abertura situada en el extremo más alejado del mostrador y atravesó el vestíbulo a buen paso, esquivando el cadáver. Clay Riddell pensó que tal vez estaba contemplando la primera carrera realizada a regañadientes de su vida. Al llegar junto a la puerta, el recepcionista paseó la mirada entre Clay y Tom. Si bien no pareció tranquilizarle demasiado lo que veía, se sacó un llavero del bolsillo, rebuscó entre las llaves hasta dar con una y la introdujo en la cerradura. Cuando Tom alargó la mano hacia el pomo, el hombre alzó la mano como había hecho Clay al ver a la adolescente ensangrentada, escogió otra llave, la hizo girar en otra cerradura y por fin abrió la puerta.

—Entren, deprisa —los instó; en aquel instante vio a la chica, que los observaba desde una distancia prudencial—. Ella no.

—Ella sí —replicó Clay—. Vamos, cariño —la animó.

Pero la chica no quería, y cuando Clay avanzó un paso hacia ella, giró sobre sus talones y echó a correr, el vestido blanco revoloteaba a su alrededor.

8

—Podría morir ahí fuera —dijo Clay.

—No es asunto mío —espetó el recepcionista—. ¿Entra o no, señor Riddle?

Pronunció su nombre mal, con acento de Boston, no el tosco acento medio sureño al que Clay estaba tan acostumbrado en Maine, donde daba la impresión de que una de cada tres personas era un expatriado de Massachusetts, pero con pretensiones de sonar como un británico.

—Se pronuncia Riddell —puntualizó.

Y desde luego, iba a entrar; no tenía intención de permitir que aquel tipo lo dejara fuera ahora que la puerta estaba abierta, pero se quedó un momento más en la acera por si veía reaparecer a la chica.

—Vamos —lo instó Tom en voz baja—. No se puede hacer nada.

Y estaba en lo cierto, no se podía hacer nada; eso era lo más terrible. Clay siguió a Tom, y el recepcionista volvió a cerrar con doble llave las puertas del Atlantic Avenue Inn, como si eso bastara para salvaguardarlos del caos imperante en las calles.

9

—Es Franklin —explicó el recepcionista mientras esquivaba una vez más el cadáver del hombre uniformado tendido de bruces en el suelo.

«Parece demasiado viejo para ser un botones», había comentado Tom al mirar por el vidrio de la puerta, y Clay consideró que tenía razón. Era un hombre menudo de espesa melena blanca. Por desgracia para él, la cabeza sobre la que con toda probabilidad seguía creciendo aquella frondosidad (el pelo y las uñas tardaban en enterarse de las cosas, o eso había leído Clay en alguna parte) estaba ladeada en un ángulo imposible, como sucede con los ahorcados.

—Llevaba treinta y cinco años en el hotel, como sin duda contaba a todos los clientes a los que recibía, en la mayoría de los casos dos veces.

El acento del hombre le estaba atacando los nervios. Pensó que, de haber sido un pedo, habría sido de los que suenan como un matasuegras en boca de un niño asmático.

—Salió un tipo del ascensor —explicó el recepcionista.

Había cruzado de nuevo la abertura para volver a instalarse tras el mostrador, el lugar donde por lo visto se sentía más cómodo. La lámpara de mesa le iluminaba el rostro, y Clay advirtió que estaba pálido en extremo.

—Era uno de los locos. Franklin tuvo la mala suerte de estar justo delante del ascensor en ese momento...

—Veo que ni siquiera se le ha ocurrido la idea de quitarle al menos el puto cuadro del trasero —lo atajó Clay.

Se agachó, cogió la reproducción de Currier & Ives, la dejó sobre el sofá y retiró el pie del botones muerto que había quedado apoyado sobre el almohadón. El pie se estrelló contra el suelo con un golpe sordo que Clay conocía bien porque lo había plasmado en numerosos cómics con la palabra **BUMP**.

—El hombre del ascensor solo le dio un puñetazo —prosiguió el recepcionista—, pero tan fuerte que el pobre Franklin se estrelló contra la pared. Creo que se rompió el cuello. En cualquier caso, fue eso lo que descolgó el cuadro de la pared.

Lo que, en opinión del recepcionista, parecía justificarlo todo.

—¿Y qué hay del hombre que lo golpeó? —preguntó Tom—. El loco… ¿Adónde fue?

—Salió —repuso el recepcionista—. Fue entonces cuando pensé que lo más sensato era cerrar con llave…, cuando salió.

Los miró con una mezcla de miedo y codicia lasciva que repugnó sobremanera a Clay.

—¿Qué está pasando ahí fuera? ¿Se han puesto muy feas las cosas?

—Me parece que ya debe de imaginárselo. ¿No cerró con llave precisamente por eso? —replicó Clay.

—Sí, pero…

—¿Qué dice la televisión? —lo interrumpió Tom.

—Nada. La televisión por cable no funciona… —miró el reloj— desde hace media hora.

—¿Y la radio?

El recepcionista lanzó a Tom una mirada exasperada. Clay empezaba a pensar que aquel tipo podría escribir un libro titulado *Cómo caer mal sin previo aviso*.

—¿Radio en este hotel? ¿En un hotel del centro? Estará de guasa.

Del exterior les llegó un agudo alarido de miedo. La chica del vestido blanco ensangrentado apareció de nuevo ante la puerta y empezó a aporrearla con la palma de la mano sin dejar de mirar por encima del hombro. Clay corrió hacia la puerta.

—No. La ha cerrado, ¿recuerda? —le advirtió Tom.

Clay lo había olvidado. Se volvió hacia el recepcionista.

—Ábrala.

—No —replicó el hombre al tiempo que cruzaba los brazos

con firmeza sobre el pecho escuálido para indicar que se oponía a aquella alternativa.

Fuera, la chica volvió a mirar por encima del hombro y golpeó la puerta con más fuerza, el ensangrentado rostro tenso por el terror.

Clay se sacó el cuchillo del cinturón. Casi había olvidado su existencia y se asombró al comprobar con qué rapidez y naturalidad le acudía de nuevo a la memoria.

—Abra, hijoputa —espetó al recepcionista—, o le rebano el cuello.

10

—¡No hay tiempo! —chilló Tom.

Sin perder un instante, agarró una de las sillas de respaldo alto imitación reina Ana que flanqueaban el sofá del vestíbulo y corrió con ella patas arriba hacia la puerta principal.

La chica lo vio acercarse y retrocedió un paso, llevándose ambas manos al rostro para protegérselo. En ese momento, su perseguidor apareció ante la puerta. Era un tipo inmenso con aspecto de obrero de la construcción, tripa enorme que le abombaba la camiseta amarilla y una grasienta cola de caballo canosa que le rebotaba contra la espalda.

Las patas de la silla se estrellaron contra el vidrio de la puerta; las dos patas izquierdas atravesaron las palabras **ATLANTIC AVENUE INN** y las dos derechas, **EL MEJOR HOTEL DE BOSTON**. Las de la derecha golpearon el grueso hombro izquierdo envuelto en tela amarilla del hombre justo en el instante en que este aferraba a la chica por el cuello. La cara inferior del asiento quedó encallada en la estructura central de la puerta doble, y Tom McCourt trastabilló, aturdido.

El obrero de la construcción parloteaba enloquecido en aquella lengua ininteligible, y la sangre empezaba a correrle por la piel pecosa del bíceps izquierdo. La chica había conseguido zafarse de él, pero tropezó y cayó al suelo, medio cuerpo sobre la acera y el resto sobre la rejilla del alcantarillado, gritando de dolor y miedo.

Clay estaba de pie bajo uno de los marcos de la puerta ahora hecha añicos, sin recordar cómo había llegado hasta allí y recordando a duras penas haber apartado la silla.

—¡Eh, cabronazo! —gritó.

Experimentó una punzada de satisfacción al ver que el parloteo incomprensible del hombretón cesaba por un instante.

—¡Sí, tú! —prosiguió Clay—. ¡Estoy hablando contigo! —Y luego, porque fue lo único que se le ocurrió en aquel momento, añadió—: ¡Me he tirado a tu madre y estaba más seca que un tronco viejo!

El corpulento chiflado de la camiseta amarilla gritó algo que se parecía sobrecogedoramente a lo que había gritado la Mujer Traje Chaqueta justo antes de morir, algo así como ¡Rast!, y se volvió hacia el edificio al que de repente le habían salido dientes, voz y ganas de atacarlo. Viera lo que viese, a buen seguro no sería a un tipo sudoroso y enfurecido con un cuchillo de carnicero en la mano y asomado a un rectángulo de madera que hasta unos segundos antes había sostenido un vidrio, porque Clay no tuvo necesidad de atacar. El hombre de la camiseta amarilla se abalanzó sobre la hoja del cuchillo, el acero sueco se deslizó con facilidad en el rollo de carne quemada por el sol sobre el que descansaba el mentón, y de inmediato brotó de la herida un potente chorro de sangre. La sangre empapó la mano de Clay, un baño increíblemente caliente, casi tanto como café recién hecho, le pareció, y tuvo que contener el impulso de apartarse. Lo que hizo fue seguir empujando hasta que la hoja del cuchillo encontró resistencia. El acero vaciló un instante pero, testarudo como era, siguió desgarrando músculo y cartílago hasta que por fin salió por la nuca del hombretón. El tipo cayó hacia delante sin que Clay pudiera frenarlo con una sola mano, ni hablar, porque debía de pesar ciento cuarenta o ciento cincuenta kilos, y por un momento quedó apoyado contra la puerta como un borracho contra una farola, los ojos castaños saliéndose de las órbitas, la lengua manchada de nicotina colgando a un lado de la boca, el cuello convertido en una fuente sin fin. Al cabo de unos instantes, las piernas se negaron a seguir sosteniéndolo y cayó desplomado al suelo. Clay aferró con fuerza la empuñadura del cuchillo y se sorprendió al comprobar la facilidad con que abandonaba el cuerpo del hombre. Fue mucho más fácil que liberarlo del cuero y el cartón reforzado de la carpeta de dibujo.

Una vez reducido el chiflado, Clay vio de nuevo a la chica, una rodilla apoyada en la acera y la otra sobre la rejilla, gritando tras la cortina de cabello que le cubría el rostro.

—Tranquila, cariño —musitó—. Tranquila.

Pero la muchacha siguió gritando.

11

Se llamaba Alice Maxwell, consiguió explicarles por fin. Asimismo, les dijo que ella y su madre habían viajado a Boston en tren desde Boxford para ir de compras, algo que hacían a menudo los miércoles, lo que ella denominaba su «día corto» en el instituto. Les contó que se habían apeado del tren en South Station para coger un taxi. El taxista llevaba un turbante azul. Les dijo que el turbante azul era lo último que recordaba hasta que el recepcionista calvo abrió por fin la puerta destrozada del Atlantic Avenue Inn para dejarla entrar.

Clay creía que recordaba más cosas, sobre todo por el modo en que se puso a temblar cuando Tom McCourt le preguntó si ella o su madre llevaban teléfono móvil. Alice aseguró que no lo recordaba, pero Clay estaba convencido de que una de las dos llevaba, o tal vez ambas. Hoy en día, parecía que todo el mundo tenía móvil, y él no era más que la excepción que confirmaba la regla. Y luego estaba Tom, que quizá debía su vida al hecho de que su gato hubiera tirado el suyo del mármol de la cocina.

Conversaron con Alice (una conversación que consistió en su mayor parte en que Clay le formulaba preguntas mientras ella permanecía callada, con la mirada clavada en las rodillas desolladas y meneando la cabeza de vez en cuando) en el vestíbulo del hotel. Clay y Tom habían colocado el cadáver de Franklin tras el mostrador de recepción sin hacer caso de la sonora y estrambótica protesta del recepcionista calvo, según el cual «de ese modo lo tendré todo el rato bajo los pies». El recepcionista, que se había presentado como señor Ricardi, se retiró al despacho. Clay lo siguió hasta cerciorarse de que había dicho la verdad acerca de que la televisión estaba fuera de servicio y luego lo dejó allí. Sharon Riddell habría comentado que el señor Ricardi estaba cavilando en su madriguera.

Sin embargo, el hombre no había dejado escapar la oportunidad de regañar a Clay.

—Ahora estamos abiertos al mundo —espetó con amargura—. Estará satisfecho...

—Señor Ricardi —repuso Clay en el tono lo más paciente posible—. He visto un avión estrellarse al otro lado del parque hace menos de una hora. Tengo la sensación de que otros aviones, mucho más grandes que el primero, por cierto, están corriendo la misma suerte en Logan. Puede que incluso haya pilotos suicidas que hayan decidido empotrarse en las terminales. Cada dos por tres se oyen explosiones por todo el centro de la ciudad... Yo diría que toda Boston está abierta al mundo esta tarde.

Para subrayar sus palabras se produjo un sonoro golpe sobre sus cabezas. El señor Ricardi no alzó la vista siquiera, sino que agitó la mano en dirección a Clay para indicarle que se fuera. Puesto que no podía mirar la televisión, el recepcionista se sentó en su silla y se quedó mirando la pared con expresión severa.

12

Clay y Tom apoyaron las dos sillas imitación reina Ana contra la puerta, de modo que los respaldos altos lograban llenar el espacio que habían dejado los vidrios rotos. Clay estaba convencido de que cerrar el hotel les proporcionaría una sensación de seguridad falsa o escasísima a lo sumo, pero al mismo tiempo consideraba que impedir que la gente los viera desde la calle era una buena idea, y Tom coincidía con él. Una vez colocadas las sillas, bajaron la persiana veneciana del ventanal delantero, lo cual sumió el vestíbulo en la semipenumbra y proyectó sombras en forma de barrotes de celda sobre la alfombra granate.

Con aquella tarea concluida y el relato radicalmente abreviado de Alice terminado, Clay se dirigió por fin al teléfono del mostrador. Miró el reloj; eran las cuatro y veintidós minutos, una hora del todo lógica, aunque por otro lado toda noción lógica del tiempo parecía haberse esfumado. Tenía la sensación de que habían transcurrido horas desde que viera al hombre morder al perro en el parque, pero al mismo tiempo se le antojaba que acababa de suceder. Sin embargo, el tiempo tal como los seres humanos lo medían seguía existiendo, y en Kent Pond, Sharon sin duda estaría de vuelta en la casa que Clay aún consideraba su hogar. Tenía que hablar con ella, asegurarse de que estaba bien y decirle que él también estaba bien, aunque aquello no era lo más importante. Cerciorarse de que Johnny estaba bien también era importante, pero había algo aún más importante, vital, de hecho.

Clay no tenía móvil, ni Sharon tampoco, estaba casi seguro de ello. Cabía la posibilidad de que se hubiera comprado uno desde que se separaran en abril, pero seguían viviendo en el mismo pueblo, Clay la veía casi a diario y creía que si Sharon se hubiera comprado un móvil, él se habría enterado. Para empezar, Sharon le habría dado el número, ¿verdad? Claro. Pero...

Pero Johnny sí tenía móvil. El pequeño Johnny-Gee ya no era tan pequeño, doce años no eran moco de pavo, y eso era lo que había pedido para su cumpleaños. Un móvil rojo en el que sonaba el tema principal de su programa televisivo favorito. Por supuesto, tenía prohibido encenderlo o siquiera sacarlo de la mochila en la escuela, pero las clases habían terminado a aquella hora. Además, tanto Clay como Sharon lo animaban a llevarlo consigo, en parte a causa de la separación. Podía surgir alguna emergencia o algún problema menor, como por ejemplo que Johnny perdiera el autobús. Clay tenía que aferrarse a la idea de lo que Sharon le había dicho más de una vez, que al entrar en la habitación de Johnny a menudo veía el teléfono olvidado sobre su mesa o sobre la repisa de la ventana junto a su cama, descargado.

No obstante, la idea del móvil rojo de Johnny resonaba implacable en su mente como el tictac de una bomba de relojería.

Clay tocó el teléfono del mostrador, pero de inmediato retiró la mano. Fuera se produjo otra explosión, aunque esta vez bastante lejos. Fue como oír estallar una bomba de artillería a una distancia más que prudencial de las líneas enemigas.

No hagas suposiciones, pensó. *No te atrevas a suponer siquiera que hay líneas enemigas.*

Alzó la mirada del teléfono y vio a Tom McCourt en cuclillas junto a Alice, que estaba sentada en el sofá. Le estaba hablando en voz baja, la mano apoyada en uno de sus zapatos, el rostro vuelto hacia el de ella. Eso estaba muy bien. Tom era una buena persona, y Clay se alegraba cada vez más de haberse topado con él... o de que Tom McCourt se hubiera topado con él.

Con toda probabilidad, a la red fija no le pasaba nada. La cuestión radicaba en si con la probabilidad bastaba. Tenía una esposa que, en cierto modo, seguía siendo responsabilidad suya, y en cuanto a su hijo, no había «en cierto modo» que valiera. Incluso pensar en Johnny resultaba peligroso, porque cada vez que sus pensamientos se desviaban hacia él, se sentía presa de un pánico casi incontenible, listo para escapar de la precaria jaula que lo retenía y atacar cualquier cosa que se le pusiera por delante. Si podía cerciorarse de que Johnny y Sharon estaban bien, podría mantener el pánico encerrado en su jaula y planear el siguiente paso. Pero si cometía una estupidez, no podría ayudar a nadie; de hecho, empeoraría las cosas para las personas que estaban con él. Reflexionó unos instantes y por fin pronunció el nombre del recepcionista calvo.

Al no obtener respuesta, lo llamó de nuevo.

—Sé que me oye, señor Ricardi —dijo cuando de nuevo no obtuvo respuesta—. Si me obliga a entrar a buscarlo, me voy a cabrear, tal vez lo suficiente para ponerlo de patitas en la calle.

—No puede hacer eso —replicó el señor Ricardi en tono huraño—. Usted es un cliente del hotel.

Clay consideró la posibilidad de repetirle lo que Tom le había dicho en la calle, que las cosas habían cambiado, pero algo le hizo guardar silencio.

—¿Qué? —masculló por fin el señor Ricardi en tono más huraño aún.

Sobre sus cabezas se produjo otro de aquellos golpes, como si alguien hubiera dejado caer un mueble muy pesado, tal vez una cómoda. En esta ocasión, incluso la chica alzó la mirada. A Clay le pareció oír un grito ahogado, o tal vez una exclamación de dolor, pero el sonido no se repitió. ¿Qué había en la segunda planta? Un restaurante no, desde luego, pues recordaba que el propio señor Ricardi le había dicho cuando se registró que el hotel no tenía restaurante, pero que el café Metropolitan estaba a un tiro de piedra. *Salas de reuniones*, pensó. *Estoy casi seguro de que hay salas de reuniones con nombres indios.*

—¿Qué? —repitió el señor Ricardi, más malhumorado que nunca.

—¿Intentó llamar a alguien cuando empezó todo?

—¡Por supuesto! —exclamó el señor Ricardi.

El recepcionista apareció en el umbral del despacho, se quedó entre este y la recepción, con su casillero, sus pantallas de seguridad y su hilera de ordenadores, y miró a Clay con aire indignado.

—Se disparó la alarma de incendios y la desactivé. Doris dijo que se había quemado una papelera en la tercera planta, así que llamé a los bomberos para decirles que no se molestaran en venir, pero comunicaban. ¡Los bomberos comunicaban, imagínese!

—Debió de ponerse usted muy nervioso —comentó Tom.

El señor Ricardi pareció apaciguarse por primera vez.

—Llamé a la policía cuando las cosas se…, bueno…, se complicaron.

—Sí —asintió Clay.

Decir que las cosas se habían complicado era un modo de expresarlo, sin duda.

—Un hombre me dijo que tenía que despejar la línea y me colgó —prosiguió el señor Ricardi, de nuevo indignado—. Cuando volví a llamar, después de que aquel chiflado saliera del ascensor y matara a Franklin, me contestó una mujer. Me dijo… —la voz del señor Ricardi se quebró, y Clay vio las primeras lágrimas rodando por los estrechos surcos que delimitaban la nariz del hombre—. Me dijo…

—¿Qué? —preguntó Tom con la misma delicadeza compasiva—. ¿Qué le dijo, señor Ricardi?

—Me dijo que si Franklin estaba muerto y su asesino había escapado, entonces no había problema. También me aconsejó que me encerrara aquí, que hiciera bajar todos los ascensores al vestíbulo y los desactivara, y eso hice.

Clay y Tom cambiaron una mirada significativa. Buena idea, pensaron ambos al mismo tiempo. De repente le acudió a la mente la imagen de unos insectos atrapados entre una ventana cerrada y una mosquitera, zumbando enloquecidos en su vana lucha por liberarse. Aquella imagen guardaba relación con los golpes procedentes de las plantas superiores. Se preguntó cuánto tardarían los responsables de aquellos golpes en encontrar la escalera.

—Y luego también ella me colgó el teléfono. Después llamé a mi mujer, que estaba en Milton.

—¿Y la localizó? —preguntó Clay, deseoso de aclarar aquel punto.

—Estaba muy asustada. Me pidió que fuera a casa, pero le dije que me habían aconsejado que me quedara en el hotel con las puertas cerradas, que me lo había aconsejado la policía. Le dije que hiciera lo mismo, o sea que se encerrara en casa y que…, bueno, que no llamara la atención. Me suplicó que volviera a casa, que había oído disparos en la calle y una explosión a una manzana. También que había visto a un hombre desnudo correr por el jardín de los Benzyck. Los Benzyck son nuestros vecinos.

—Ya —musitó Tom en tono apaciguador.

Clay guardó silencio, avergonzado por el modo en que había tratado al señor Ricardi, aunque se recordó que también Tom se había enojado con él.

—Me dijo que creía que el hombre desnudo llevaba…, bueno, que quizá llevaba, dijo, el cuerpo de un…, esto…, de un niño desnudo. Pero puede que fuera una muñeca. Me suplicó otra vez que saliera del hotel y volviera a casa.

Clay ya sabía cuanto necesitaba saber. La red telefónica fija era segura; el señor Ricardi estaba en estado de shock, pero no loco. Clay volvió a poner su mano sobre el teléfono, pero el señor Ricardi la cubrió con la suya antes de que Clay pudiera levantar el auricular. Sus dedos eran largos y pálidos, y estaban helados. El señor Ricardi no había terminado. El señor Ricardi estaba embalado.

—Me llamó hijo de puta y colgó. Sé que estaba enfadada conmigo y por supuesto lo entiendo. Pero la policía me dijo que me quedara aquí. La policía me dijo que no saliera a la calle. La policía. La autoridad.

—Claro, la autoridad —corroboró Clay con un gesto de asentimiento.

—¿Ha venido en metro? —preguntó el señor Ricardi—. Yo siempre voy en metro. La estación está solo a dos manzanas; es muy práctico.

—Esta tarde no sería muy práctico —puntualizó Tom—. Después de lo que acabamos de ver, no me metería allí ni borracho.

El señor Ricardi miró a Clay con una expresión entre anhelante y dolida.

—¿Lo ve?

Clay asintió de nuevo.

—Está más seguro aquí —afirmó.

Sabía que estaba decidido a volver a casa y ver a su hijo. A Sharon también, por supuesto, pero sobre todo a su hijo. Sabía que no permitiría que nada se lo impidiera por poco que estuviera en su mano. Aquella certeza era como un peso en su mente que le nublaba la visión.

—Mucho más seguro —reiteró.

Luego levantó el auricular y marcó el 9 para obtener línea exterior. No sabía si lo conseguiría, pero lo consiguió. Marcó el 1, a continuación el 207, el prefijo de Maine, luego el 692, el prefijo de Kent Pond y las poblaciones circundantes, y tres de los últimos cuatro números de la casa que aún consideraba su hogar antes de verse interrumpido por tres tonos en rápida sucesión, seguidos de una voz grabada:

—Lo lamentamos, pero todas las líneas están ocupadas. Por favor, vuelva a intentarlo pasados unos minutos.

A renglón seguido, un tono continuo le indicó que lo habían desconectado de Maine…, si es que era de ahí de donde había llegado la voz grabada. Clay dejó caer el auricular hasta la altura del hombro, como si de repente pesara una barbaridad, y por fin colgó.

13

Tom le dijo que era una locura pretender marcharse.

Para empezar, señaló, estaban relativamente a salvo en el Atlantic Avenue Inn, sobre todo con los ascensores desactivados y el acceso al vestíbulo desde la escalera bloqueado, lo cual habían conseguido apilando cajas y maletas del almacén de equipaje ante la puerta situada al final del estrecho pasillo, pasados los ascensores. Aun cuando alguien con una fuerza extraordinaria empujara la puerta desde el otro lado, lo único que conseguiría sería desplazar la pila contra la pared opuesta, dejando un resquicio de unos quince centímetros, insuficiente para pasar.

En segundo lugar, el tumulto de la ciudad parecía intensificarse por momentos al otro lado de su seguro refugio. La cacofonía de las alarmas era constante, así como los gritos y el rugido de los coches pasando a toda velocidad y el olor acre a humo, aunque la brisa contundente parecía alejarlo en buena medida de ellos. *Al menos de momento*, pensó Clay, si bien no lo expresó en voz alta todavía, ya que no quería asustar a la chica más de lo que ya estaba. Las explosiones se sucedían en espasmos, nunca solas. Una de ellas se produjo tan cerca que todos ellos se agacharon, convencidos de que el ventanal se haría añicos por la onda expansiva. No fue así, pero tras ella se refugiaron en el santuario del señor Ricardi.

La tercera razón por la que según Tom era una locura plantearse siquiera la posibilidad de abandonar la relativa seguridad del hotel residía en que ya eran las cinco menos cuarto. El día tocaba a su fin y, en opinión de Tom, intentar salir de Boston de noche sería demencial.

—Echa un vistazo afuera —lo instó, señalando la pequeña ventana del despacho del señor Ricardi, que daba a Essex Street. La calle aparecía salpicada de coches abandonados, y había al menos un cadáver, el de una joven ataviada con vaqueros y una sudadera de los Red Sox. Yacía boca abajo en la acera, ambos brazos extendidos como si hubiera muerto intentando nadar. VARITEK, proclamaba su sudadera.

—¿Acaso crees que puedes coger tu coche? Si es así, será mejor que te lo pienses bien.

—Tiene razón —convino el señor Ricardi, sentado tras su escritorio con los brazos de nuevo cruzados ante el pecho estrecho y una expresión sumamente lúgubre pintada en el rostro—. Lo tiene en el aparcamiento de Tamworth Street. No creo que consiga la llave siquiera.

Clay, que ya había descartado el coche como medio de locomoción, abrió la boca para decir que no tenía intención de conducir, al menos de momento, cuando de repente les llegó otro golpe procedente de la planta superior, esta vez lo bastante fuerte para que el techo temblara y seguida del lejano pero inconfundible tintineo de vidrios al romperse. Alice Maxwell, sentada en la silla frente al señor Ricardi, alzó la vista con aire nervioso y se encogió aún más.

—¿Qué hay ahí arriba? —quiso saber Tom.

—Justo encima tenemos la Sala Iroquois —repuso el señor Ricardi—. Es la más grande de las salas de reuniones y donde guardamos todo el material, como sillas, mesas, equipo audiovisual… —Hizo una pausa—. No tenemos restaurante, pero organizamos bufets y cócteles si nuestros clientes nos lo piden. Ese último golpe…

No terminó la frase, pero por lo que respectaba a Clay no hacía falta. El último golpe lo había causado un carro de servicio repleto de cristalería al caer al suelo de la Sala Iroquois, donde algún loco ya había volcado muchos de los carros y mesas que se guardaban en la estancia. Un loco zumbando en la segunda planta como un insecto atrapado entre la ventana y la mosquitera, un ser sin inteligencia suficiente para buscar una salida, una criatura tan solo capaz de correr y destruir, correr y destruir.

En aquel momento, Alice habló por iniciativa propia por primera vez desde que la dejaran entrar.

—Antes ha hablado de una tal Doris —dijo.

—Doris Gutiérrez —asintió el señor Ricardi—. Es la gobernanta, una empleada estupenda, probablemente la mejor. Estaba en el tercer piso la última vez que hablé con ella.

—¿Tenía…?

Alice no osaba siquiera pronunciar la palabra, de modo que hizo un gesto con el que Clay se había familiarizado casi tanto como con el dedo en los labios para pedir silencio. Alice se llevó la mano derecha a un lado del rostro, con el pulgar cerca de la oreja y el meñique delante de la boca.

—No —negó el señor Ricardi casi con mojigatería—. Los empleados tienen la obligación de dejarlos en sus taquillas durante el horario de trabajo. Si incumplen la norma una vez se llevan un buen rapapolvo, y a la segunda los pueden despedir. Se lo advierto en cuanto entran a trabajar en el hotel —encogió los flacos hombros—. Normas de la casa, no mías.

—¿Cree que pudo bajar a la segunda planta para comprobar a qué se debían los golpes? —preguntó Alice.

—Es posible —admitió Ricardi—, pero no lo sé. Lo único que sé es que no sé nada de ella desde que me contó lo de la papelera incendiada y que no contesta al busca. La he llamado dos veces.

Clay no quería decir en voz alta que, por lo visto, el hotel no era un lugar tan seguro como parecía, de modo que miró a Tom en un intento de transmitirle el mensaje en silencio.

—¿Cuántas personas cree que siguen arriba? —inquirió Tom.

—No tengo ni idea.

—Haga un cálculo.

—No muchas. Por lo que se refiere al personal doméstico, lo más probable es que solo esté Doris. El turno de día acaba a las tres, y el de noche no empieza hasta las seis —Apretó los labios un instante—. Es un gesto destinado a economizar; no puede decirse que sea una buena medida, porque no funciona. En cuanto a los clientes...

Meditó unos instantes.

—Las tardes son tranquilas, muy tranquilas. Por supuesto, todos los clientes salientes ya se han ido, porque en el Atlantic Inn la hora de salida es a las doce, y los clientes del día no empiezan a llegar hasta las cuatro, en las tardes normales..., claro que esta no es una tarde normal. Los clientes que se quedan varios días suelen venir a Boston por negocios, como supongo que es su caso, señor Riddle.

Clay, que había tenido intención de abandonar el hotel a primera hora del día siguiente para evitar el tráfico de hora punta, asintió sin molestarse en corregir al señor Ricardi por la pronunciación de su apellido.

—A media tarde, los clientes suelen estar fuera, ocupándose de los asuntos que los traen a Boston, así que por regla general estamos casi solos a esta hora.

Como para contradecir sus palabras, en aquel momento se oyó otro estruendo en la planta superior, más cristales rotos y un lejano rugido animal. Todos alzaron la cabeza.

—Escucha, Clay —prosiguió Tom—, si el tipo de arriba encuentra la escalera..., no sé si esa gente es capaz de pensar, pero...

—A juzgar por lo que hemos visto ahí fuera —lo interrumpió Clay—, incluso llamarlos «gente» podría ser incorrecto. A mí el tipo de arriba me parece más bien un insecto atrapado entre una ventana y una mosquitera. Un bicho atrapado podría llegar a salir si encontrara una abertura, y el tipo de arriba podría llegar a dar con la escalera, pero en tal caso creo que sería por casualidad.

—Y cuando baje y encuentre la puerta del vestíbulo bloqueada, usará la escalera de incendios para llegar hasta el callejón —prosiguió el señor Ricardi en un tono que en su caso podía calificarse de ansioso—. Oiremos la alarma, porque está conectada para sonar cuando se abre la puerta de seguridad, y entonces sabremos que se ha ido. Un chalado menos del que preocuparse.

Hacia el sur se produjo otra explosión apocalíptica, y todos dieron un respingo. Clay supuso que ahora sabía lo que debía de sentirse al vivir en Beirut durante los años ochenta.

—Solo pretendo dejar clara la situación —señaló Clay con paciencia.

—Me parece que no —objetó Tom—. Te irás igualmente porque estás preocupado por tu mujer y tu hijo, y pretendes convencernos porque quieres compañía.

Clay lanzó un bufido exasperado.

—Claro que quiero compañía, pero no es por eso por lo que pretendo convenceros para que vengáis conmigo. El olor a humo cada vez es más fuerte, ¿y cuánto hace que no oís una sirena?

Ninguno de los demás respondió.

—Un montón —prosiguió Clay—. No creo que las cosas mejoren en Boston, al menos de momento. A decir verdad, creo que empeorarán. Si de verdad fue culpa de los teléfonos móviles...

—Quería dejarle un mensaje a papá —lo atajó Alice de repente, hablando con rapidez, como si quisiera sacar todas las palabras antes de que se le borraran de la memoria—. Solo quería asegurarse de que iba a la tintorería porque necesitaba el vestido de lana amarillo para la reunión del comité, y yo el uniforme para el partido del sábado. Eso fue en el taxi. ¡Y luego chocamos! ¡Mamá intentó estrangular al hombre, le mordió, se le cayó el turbante y tenía sangre en la cara y chocamos!

Alice paseó la mirada entre los tres rostros fijos en ella, sepultó el suyo entre las manos y rompió a llorar. Tom se acercó a ella para consolarla, pero el señor Ricardi sorprendió a Clay al sortear el escritorio y rodear con un brazo escuálido los hombros de la chica antes de que Tom la alcanzara.

—Ya está, ya está —musitó el recepcionista—. Estoy seguro de que todo ha sido un malentendido, jovencita.

Alice lo miró con los ojos muy abiertos.

—¿Un malentendido? —gritó mientras se señalaba el babero de sangre que le manchaba el vestido—. ¿Tiene esto pinta de malentendido? Recurrí al karate que aprendí en las clases de defensa personal en el instituto para reducir a mi madre. Le rompí la nariz, creo… No, estoy segura. —Alice sacudió la cabeza con vigor, de forma que el cabello se le alborotó en todas direcciones—. Pero aun así, si no hubiera podido alargar la mano y abrir la puerta del taxi…

—Tu madre te habría matado —constató Clay con voz neutra.

—Exacto, mi madre me habría matado —convino Alice en un susurro—. No me reconocía, mi propia madre no me reconocía… —Alternó la mirada entre Clay y Tom—. Han sido los teléfonos móviles —continuó, todavía en un susurro—. Estoy completamente segura.

14

—Bueno, ¿cuántos de esos malditos trastos debe de haber en Boston? —preguntó Clay—. ¿Cuál es la penetración de la telefonía móvil?

—Dada la gran cantidad de universitarios que hay en la ciudad, yo diría que es enorme —repuso el señor Ricardi.

Se había sentado de nuevo a su mesa, aunque ahora parecía algo más animado. Quizá se debía al hecho de haber consolado a la chica o a que le estaban formulando una pregunta técnica.

—Aunque, por supuesto, su uso no se limita a los jóvenes acomodados. Hace solo un mes o dos leí un artículo en *Inc.* según el cual hay tantos teléfonos móviles en la China continental como habitantes en Estados Unidos. ¿Se lo imaginan?

Clay no quería imaginárselo.

—Muy bien —musitó Tom, asintiendo algo reacio—. Ya veo por dónde vas. Alguien…, una banda terrorista, pongamos por caso, pincha de alguna forma las señales de los teléfonos móviles. Si haces o recibes una llamada, te envían una especie de... ¿de qué? De mensaje subliminal, supongo, que te vuelve loco. Suena a ciencia ficción, pero hace quince o veinte años los móviles tal como los conocemos hoy en día también debían de parecerle ciencia ficción a la mayoría de la gente.

—Estoy casi seguro de que los tiros van por ahí —afirmó Clay—. Y la cosa esa te jode vivo aunque solo escuches una conversación de lejos —señaló, recordando al Duendecillo Moreno—. Pero lo peor del asunto es que cuando la gente ve lo que pasa a su alrededor...

—Su primer impulso es sacar el móvil para averiguar de qué se trata —terminó Tom por él.

—Exacto —convino Clay—. He visto a mucha gente hacerlo.

—Y yo —corroboró Tom con expresión lúgubre.

—Lo que no sé es qué tiene que ver todo esto con el hecho de que quiera abandonar la seguridad del hotel, sobre todo de noche —terció el señor Ricardi.

Le respondió otra explosión, seguida de media docena más que se alejaban hacia el sudeste como pisadas de gigante. De la planta superior les llegó otro golpe y una exclamación ahogada de rabia.

—No creo que los locos tengan más cerebro para salir de la ciudad de noche que el tipo de arriba para encontrar la escalera —comentó Clay.

De repente, Tom adoptó una expresión que se le antojó de estupefacción hasta que comprendió que se trataba de otra cosa. Sorpresa, tal vez, y una suerte de esperanza incipiente.

—¡Dios mío! —musitó al tiempo que se abofeteaba la mejilla—. No saldrán. No se me había ocurrido.

—Puede que haya algo más —intervino Alice.

Se estaba mordiendo el labio inferior y tenía la vista clavada en las manos, que no dejaba de retorcerse con nerviosismo. Al cabo de un instante se obligó a mirar a Clay.

—Puede que de hecho sea más seguro salir de noche —prosiguió.

—¿Por qué, Alice?

—Si no te ven…, si te escondes detrás de algo…, se olvidan de ti casi enseguida.

—¿Cómo lo sabes, cariño? —preguntó Tom.

—Porque me escondí del hombre que me perseguía —murmuró la chica—. El tipo de la camiseta amarilla. Fue justo antes de que los viera a ustedes. Me escondí en un callejón, detrás de uno de esos contenedores. Estaba asustada porque creía que no podría salir si el tipo me seguía hasta allí, pero no se me ocurrió ninguna idea mejor. Lo vi en la boca del callejón, mirando a su alrededor, caminando en círculos como un oso enjaulado, como diría mi abuelo, y primero creí que estaba jugando conmigo, porque tuvo que verme entrar en el callejón, me pisaba los talones, estaba muy cerca, casi lo bastante cerca para cogerme… —Alice empezó a temblar de nuevo—. Pero en cuanto me escondí allí, fue como…, no sé…

—Ojos que no ven, corazón que no siente —recitó Tom—. Pero si estaba tan cerca, ¿cómo es que dejaste de correr?

—Porque no podía más —repuso Alice—. Estaba agotada. Las piernas ya no me respondían, y tenía la sensación de que me rompería por la mitad en cualquier momento. Pero resultó que no hacía falta seguir corriendo. El tipo siguió dando vueltas durante un rato sin dejar de hablar en esa lengua extraña y luego se fue. No podía creerlo; pensé que pretendía engañarme…, pero al mismo tiempo sabía que estaba demasiado loco para tramar algo semejante. —Miró un instante a Clay antes de volver a clavar la vista en sus manos—. El problema fue que volví a toparme con él. Debería haberme quedado con ustedes de entrada. A veces soy imbécil.

—Estabas asus… —empezó Clay.

Y de repente se produjo la explosión más monstruosa hasta entonces, un terrible estruendo ensordecedor al este del hotel que los hizo agazaparse y taparse los oídos mientras el ventanal del vestíbulo se hacía añicos.

—Dios… mío —musitó el señor Ricardi.

Los ojos muy abiertos bajo la calva recordaron a Clay el aspecto del mentor de la huerfanita Annie, papá Warbucks.

—Puede que haya sido la nueva supergasolinera de Shell que abrieron hace poco en Kneeland, donde repostan todos los taxis y los *Duck Boats*. Está en esa dirección.

Clay no sabía si el señor Ricardi estaba en lo cierto, no olía a combustible quemado, al menos de momento, pero su mente visualmente adiestrada imaginó un triángulo de ciudad ardiendo como una antorcha de propano a la luz del crepúsculo.

—¿Puede arder una ciudad moderna? —preguntó a Tom—. ¿Una ciudad construida sobre todo con hormigón, metal y vidrio? ¿Podría arder como ardió Chicago después de que la vaca de la señora O'Leary volcara el quinqué?

—Lo del quinqué volcado no es más que una leyenda urbana —señaló Alice al tiempo que se masajeaba la nuca como si empezara a tener una terrible jaqueca—. Eso nos dijo la señora Myers en clase de historia americana.

—Sí que podría arder —repuso Tom—. Es lo que pasó en el World Trade Center después de que los aviones se estrellaran contra las torres.

—Aviones repletos de combustible —les recordó el señor Ricardi.

Como si las palabras del recepcionista calvo lo hubieran conjurado, empezó a llegarles el olor a gasolina quemada a través del ventanal destrozado del vestíbulo y por el resquicio bajo la puerta del despacho.

—Parece que ha dado en el clavo con lo de la gasolinera Shell —observó Tom.

El señor Ricardi se acercó a la puerta que separaba su despacho del vestíbulo y la abrió. Lo que Clay alcanzó a ver era que el vestíbulo ya aparecía desierto, oscuro y de algún modo irrelevante. El señor Ricardi husmeó el aire ruidosamente y cerró de nuevo la puerta con llave.

—Ya huele menos —anunció.

—Ya quisiéramos —replicó Clay—. O eso o es que su olfato se está habituando al aroma.

—Creo que tal vez tenga razón —terció Tom—. Hoy sopla viento del oeste, es decir, de la montaña hacia al mar, y si la explosión que acabamos de oír se ha producido en la gasolinera nueva que está en la esquina de Kneeland y Washington, junto al Centro Médico de Nueva Inglaterra...

—Exacto —atajó el señor Ricardi con cierta satisfacción sombría—. ¡Si hubieran visto las protestas! Pero el dinero se encargó de ello, ya se lo digo y...

—... entonces el hospital también se habrá incendiado..., junto con todas las personas que hubiera dentro, claro —lo interrumpió a su vez Tom.

—¡No! —exclamó Alice antes de cubrirse la boca con la mano como si pretendiera evitar que de ella saliera una sola palabra más.

—Pues yo creo que sí. El próximo de la lista es el Wang Center. Es posible que el viento amaine al caer la noche, pero si no es así, lo más probable es que todo lo que hay al este de Kneeland y la autopista de Massachusetts haya quedado reducido a cenizas antes de las diez.

—Nosotros estamos al oeste de Kneeland —señaló el señor Ricardi.

—En tal caso, estamos a salvo —constató Clay—. Al menos de eso.

Se acercó a la ventanita del despacho del señor Ricardi y se puso de puntillas para echar un vistazo a Essex Street.

—¿Qué ve? —preguntó Alice—. ¿Hay gente?

—No..., sí. Un hombre, al otro lado de la calle.

—¿Es uno de los locos? —quiso saber ella.

—No lo sé.

Pero Clay creía que sí por el modo en que corría y los movimientos espasmódicos de su cuerpo cuando se volvía para mirar por encima del hombro. Una vez, justo antes de doblar la esquina de Lincoln Street, el tipo estuvo a punto de chocar contra un expositor de fruta situado delante de un supermercado. Y aunque no alcanzaba a oírlo, le pareció que movía los labios.

—Se ha ido.

—¿No hay nadie más? —inquirió Tom.

—Ahora mismo no, pero hay mucho humo. —Clay hizo una

pausa antes de proseguir—. Y también ceniza y hollín, aunque no sé cuánto. El viento lo barre por todas partes.

—Vale, me has convencido —cedió Tom—. Siempre he sido lento para captar las cosas, pero siempre acabo captándolas. La ciudad arderá hasta los cimientos, y no quedará nadie salvo los locos.

—Eso creo yo —corroboró Clay.

Y no creía que ello se aplicara tan solo a Boston, pero por el momento no podía soportar la idea de pensar más allá. Tal vez más adelante pudiera ampliar sus miras, pero no hasta haberse cerciorado de que Johnny estaba a salvo. O quizá siempre se le escaparía la imagen global. A fin de cuentas, se ganaba la vida dibujando imágenes pequeñas. Pero, pese a todo, el tipo egoísta pegado como una lapa a los confines más alejados de su mente tuvo tiempo para transmitirle un mensaje muy claro en azul y oro oscuro. *¿Por qué ha tenido que pasar esto precisamente hoy? ¡Justo cuando por fin me sale algo bien!*

—¿Puedo ir con ustedes, si se van? —pidió Alice.

—Por supuesto —asintió Clay antes de volverse hacia el recepcionista—. Y usted también, señor Ricardi.

—Yo permaneceré en mi puesto —replicó el señor Ricardi en tono altivo, aunque justo antes de apartar la vista de Clay, este advirtió su expresión aterrada.

—Dadas las circunstancias, no creo que la dirección se cabree porque cierre la barraca y se largue —comentó Tom en aquel tono bondadoso que Clay ya había aprendido a apreciar.

—Permaneceré en mi puesto —insistió el señor Ricardi—. El señor Donnelly, el director del turno de día, ha salido para ingresar el dinero de caja en el banco y me ha dejado al mando. Si vuelve, puede que…

—Por favor, señor Ricardi —suplicó Alice—. Quedarse no le servirá de nada.

Pero el señor Ricardi, que una vez más había cruzado los brazos sobre el angosto pecho, se limitó a sacudir la cabeza.

15

Apartaron una de las sillas imitación reina Ana, y el señor Ricardi abrió la puerta principal. Al asomarse, Clay no vio a nadie, aunque resultaba difícil saberlo a causa de la fina ceniza oscura que llenaba el aire, danzando en la brisa como nieve negra.

—Vamos —instó a los demás.

De entrada solo iban al café Metropolitan, situado a escasos metros del hotel.

—En cuanto salgan volveré a cerrar con llave y a bloquear la puerta con la silla —anunció el señor Ricardi—. Estaré atento, de modo que si tienen problemas, si hay más de esa... gente... escondida en el Metropolitan, por ejemplo, y tienen que batirse en retirada, recuerden gritar «Señor Ricardi, señor Ricardi, le necesitamos», y entonces sabré que puedo abrir la puerta sin peligro. ¿Entendido?

—Sí —asintió Clay al tiempo que oprimía el delgado hombro del recepcionista.

El señor Ricardi se encogió un instante y luego se puso firme, si bien no parecía especialmente complacido por el gesto de Clay.

—Es usted un buen hombre —aseguró este—. Al principio creía que no, pero estaba equivocado.

—Haré lo que pueda —masculló el recepcionista calvo con cierta rigidez—. No lo olviden...

—No lo olvidaremos —terció Tom—. Estaremos allí unos diez minutos, así que si pasa algo aquí, llámenos.

—De acuerdo.

Pero Clay no creía que lo hiciera. No sabía por qué lo creía, porque carecía de sentido que un hombre no pidiera ayuda para salvarse si corría peligro, pero Clay estaba convencido de ello.

—Por favor, señor Ricardi, venga con nosotros —suplicó Alice—. Boston no es un lugar seguro, a estas alturas ya tiene que saberlo.

Pero el señor Ricardi se limitó a desviar la mirada. Y Clay pensó, no sin cierto asombro, que aquel era el aspecto de un hombre al decidir que prefería correr el riesgo de morir a correr el riesgo de cambiar.

—Vamos —insistió—. Prepararemos unos bocadillos antes de que se corte la electricidad.

—Algunas botellas de agua tampoco nos irían mal —dijo Tom.

16

La electricidad se cortó justo cuando envolvían el último bocadillo en la pequeña y pulcra cocina de azulejos blancos del café Metropolitan. Para entonces, Clay había intentado llamar otras tres veces a Maine. Una vez a su antigua casa, luego a la escuela primaria de Kent Pond, donde Sharon daba clases, y por último al instituto Joshua Chamberlain, al que asistía Johnny, pero ninguna vez consiguió pasar del prefijo de Maine.

Cuando las luces se apagaron, Alice profirió un grito en medio de lo que se les antojó una oscuridad absoluta. Sin embargo, al cabo de un instante se encendieron las luces de emergencia, casi cegadoras, lo cual no tranquilizó demasiado a Alice. Se aferraba a Tom con una mano, mientras que en la otra blandía el cuchillo del pan que había empleado para cortar los bocadillos. Tenía los ojos muy abiertos, pero su mirada era inexpresiva.

—Deja el cuchillo, Alice —ordenó Clay en tono algo más seco de lo que pretendía—. No vaya a ser que nos hagas daño.

—O a ti misma —añadió Tom con su ya habitual actitud amable y tranquilizadora, las gafas refulgían bajo las deslumbrantes luces de emergencia.

Alice lo dejó, pero casi al instante volvió a cogerlo.

—Lo quiero —declaró—. Quiero llevármelo. Tú tienes uno, Clay, y yo también quiero uno.

—De acuerdo —accedió Clay—, pero no llevas cinturón. Te haremos uno con un mantel, pero hasta entonces ten cuidado.

La mitad de los bocadillos eran de rosbif con queso, y la otra, de jamón y queso. Alice los había envuelto en plástico transparente. Bajo la caja registradora, Clay dio con un montón de bolsas en las que se veían impresas las palabras COMIDA PARA LLEVAR. Él y Tom guardaron los bocadillos en dos de ellas. En una tercera bolsa metieron tres botellas de agua.

Las mesas estaban puestas para una cena que nunca se serviría. Dos o tres de ellas aparecían volcadas, pero las demás seguían intactas, con los vasos y la cubertería relucientes bajo los apliques de emergencia instalados en las paredes. Había algo en aquel orden que encogió el corazón de Clay. La pulcritud de las servilletas dobladas, las lamparitas sobre cada mesa. Todas ellas estaban apagadas, y tenía la sensación de que tardarían mucho tiempo en volver a encenderse.

Reparó en que Alice y Tom miraban a su alrededor con una expresión compungida idéntica a la suya, y lo acometió un deseo casi demente de levantarles el ánimo. De repente le acudió a la memoria un truco que siempre le hacía a su hijo. El recuerdo le hizo pensar de nuevo en el móvil de Johnny, y el pánico amenazó de nuevo con adueñarse de él. Clay esperaba con todas sus fuerzas que el maldito trasto yaciera olvidado bajo la cama de Johnny-Gee, rodeado de bolas de polvo y con la batería más que descargada.

—Fijaos en esto —dijo al tiempo que dejaba la bolsa de los bocadillos—, sobre todo en que mis manos no se separan de mis muñecas en ningún momento.

Dicho aquello asió el faldón de un mantel.

—No me parece el mejor momento para hacer trucos de magia —masculló Tom.

—Pues yo quiero verlo —replicó Alice, y por primera vez desde que la conocían vieron una sonrisa en su rostro, mínima, pero visible.

—Necesitamos el mantel —prosiguió Clay—. Es un momento de nada, y además la dama quiere verlo. —Se volvió hacia Alice—. Pero tienes que decir una palabra mágica. *Shazam*, por ejemplo.

—¡*Shazam!* —exclamó Alice, y Clay tiró con fuerza del mantel.

Llevaba dos, quizá tres años sin hacer aquel truco, y a punto estuvo de fallar. Al mismo tiempo, no obstante, el error que cometió, un leve titubeo al tirar de la tela, sin duda confirió cierto encanto a la escena. En lugar de quedarse quietos cuando el mantel desapareció como por arte de magia, todos los objetos dispuestos sobre la mesa se desplazaron unos diez centímetros hacia la derecha. El vaso más próximo a Clay acabó con media base sobre la madera y media suspendida en el aire.

Alice aplaudió con una carcajada, y Clay hizo una reverencia con los brazos extendidos.

—¿Podemos irnos ya, David Copperfield? —preguntó Tom, pero también él sonreía, y entre sus labios entreabiertos Clay atisbó sus pequeños dientes.

—En cuanto me haya ocupado de esto —repuso Clay—. Así Alice podrá llevar el cuchillo en un lado y los bocadillos en el otro.

Dobló el mantel en un triángulo y luego lo enrolló hasta formar un cinturón. Introdujo la bolsa de los bocadillos y anudó las asas para asegurarla, y a continuación rodeó con el cinturón la esbelta cintura de la chica. Se vio obligado a dar una vuelta y media para que quedara bien sujeto. Por fin deslizó el cuchillo de hoja dentada en el lado derecho.

—Eres un manitas —alabó Tom.

—Y que lo digas —bromeó Clay.

En aquel instante se produjo otra explosión lo bastante próxima para hacer temblar el café entero. El vaso medio suspendido en el aire perdió el equilibrio y cayó al suelo, donde se hizo añicos. Los tres se lo quedaron mirando. Clay se planteó la posibilidad de decirles que no creía en las señales, pero eso no haría más que empeorar las cosas, y además, sí creía en ellas.

17

Clay tenía sus razones para querer pasar de nuevo por el Atlantic Avenue Inn antes de irse. En primer lugar, quería recuperar su carpeta de dibujos, que había dejado en el vestíbulo. En segundo lugar, tenía intención de buscar algo para confeccionar una vaina donde guardar el cuchillo de Alice; suponía que incluso un estuche de utensilios para el afeitado serviría, siempre y cuando fuera lo bastante largo. Y en tercer lugar, deseaba dar al señor Ricardi otra oportunidad para que los acompañara. Le sorprendió comprobar que lo deseaba más que recuperar su carpeta de dibujos. Con el paso de las horas había llegado a profesar un afecto peculiar, algo vacilante, a aquel hombre.

Se lo confesó a Tom, y este lo sorprendió de nuevo al asentir.

—Es lo mismo que me pasa con las anchoas en la pizza —comentó—. Siempre pienso que hay algo repugnante en la combinación de queso, salsa de tomate y pescado…, pero a veces me entra la vena y no puedo resistirme.

Una auténtica ventisca de ceniza negra y hollín soplaba calle arriba y entre los edificios. Las alarmas de los coches ululaban, las alarmas antirrobos silbaban y las alarmas de incendios tintineaban. No hacía calor, pero Clay oyó chisporroteos típicos de fuego al sur y al este de donde estaban. Asimismo, el olor a quemado se intensificaba por momentos. Oyeron varios gritos, pero en dirección al Parque Boston Common, donde Boylston Street se ensanchaba.

Cuando llegaron ante las puertas del Atlantic Avenue Inn, Tom ayudó a Clay a apartar una de las sillas imitación reina Ana. El vestíbulo era un pozo de penumbra en el que el mostrador del señor Ricardi y el sofá formaban sombras aún más oscuras. Si no hubiera estado allí antes, Clay no habría sabido a qué pertenecían aquellas sombras. Sobre los ascensores se veía una sola luz de emergencia, cuya batería enclaustrada emitía un zumbido de tábano.

—Señor Ricardi —llamó Tom—. Señor Ricardi, hemos vuelto para ver si ha cambiado de idea.

No obtuvo respuesta. Al cabo de un instante, Alice empezó a retirar con cuidado los fragmentos de vidrio que aún sobresalían del marco.

—¡Señor Ricardi! —llamó de nuevo Tom, y al no obtener respuesta se volvió hacia Clay—. ¿Vas a entrar?

—Sí, a buscar mi carpeta. En ella guardo todas mis imágenes.

—¿No tienes copias?

—Son los originales —repuso Clay, como si eso lo explicara todo.

De hecho, a sus ojos lo explicaba todo, y además estaba el señor Ricardi, quien les había prometido que estaría atento.

—¿Y si lo ha cogido el tipo de la planta de arriba? —aventuró Tom.

—De ser así, creo que lo habríamos oído aquí abajo —replicó Clay—. Y habría venido corriendo al oír nuestras voces, parloteando como el tipo que intentó apuñalarnos junto al parque.

—No puedes saberlo —objetó Alice, mordiéndose el labio inferior—. Es demasiado pronto para que creas conocer todas las reglas.

Tenía razón, por supuesto, pero no podían quedarse ahí parados discutiendo. Eso tampoco serviría de nada.

—Tendré cuidado —prometió antes de pasar una pierna por el hueco de la puerta, que era bastante estrecho pero más que suficiente para deslizarse por él—. Solo echaré un vistazo en su despacho, y si no está allí, no iré en su busca como la típica chica guapa en las películas de terror. Me limitaré a coger la carpeta, y luego nos largaremos.

—No dejes de gritar —pidió Alice—. Ve diciendo «Estoy bien» o algo así todo el rato.

—De acuerdo, pero si dejo de gritar, marchaos, no entréis a buscarme.

—No te preocupes —masculló Alice, muy seria—. Yo también veo esas películas. Tenemos televisión digital.

18

—¡Estoy bien! —gritó Clay al tiempo que recogía la carpeta y la dejaba sobre el mostrador de recepción.

Una cosa menos, pero aún no estaba listo para salir.

Al rodear el mostrador miró por encima del hombro y vio

la mitad de la puerta despejada, un rectángulo de luz tenue que parecía flotar en la oscuridad cada vez más densa, con dos siluetas recortadas contra los últimos vestigios de luz diurna.

—Estoy bien, sigo estando bien, voy a echar un vistazo en el despacho, sigo estando bien, estoy b…

—¿Clay? —llamó Tom con voz claramente alarmada.

Pero por un instante Clay se vio incapaz de responder para tranquilizarlo. En el centro del techo del despacho había una lámpara. El señor Ricardi estaba colgado de ella por una especie de soga. Tenía la cabeza cubierta con una bolsa de plástico blanco, sin duda la bolsa que el hotel proporcionaba a los clientes para que guardaran en ella la ropa sucia destinada a la lavandería y la tintorería.

—¿Estás bien, Clay?

—¿Clay? —chilló Alice con voz estridente, casi histérica.

—Estoy bien —se oyó contestar Clay con la sensación de que su boca funcionaba sola, sin ayuda alguna de su cerebro—. Sigo aquí.

Pensaba en la expresión que había adoptado el señor Ricardi al decir que permanecería en su puesto. Había pronunciado aquellas palabras en tono altivo, pero con mirada asustada y en cierto modo humilde, los ojos de un mapache acorralado en un rincón del garaje por un perro enorme y furioso.

—Voy a salir —anunció.

Salió del despacho de espaldas, como si esperara que el señor Ricardi se escurriera del nudo de la improvisada soga en cuanto le volviera la espalda. De repente estaba más asustado aún por Sharon y Johnny. Los echaba de menos con una intensidad que le recordó su primer día de escuela, cuando su madre lo dejó ante la verja del patio. Los otros padres habían acompañado a sus hijos al interior de la escuela, pero su madre le dijo: «Entra, Clayton, no te pasará nada, es la primera clase, todo irá bien, los niños tienen que hacer esto solos». Antes de obedecerla, la siguió con la mirada mientras se alejaba por Cedar Street, envuelta en su abrigo azul. Ahora, de pie en la oscuridad, comprendía, una vez más, por qué la segunda parte de la palabra «nostalgia» era «algia».

Tom y Alice le gustaban, pero Clay quería estar con las personas a las que amaba.

Rodeó una vez más el mostrador de recepción y cruzó el vestíbulo en dirección a la calle. Se acercó lo bastante a la puerta rota para distinguir los rostros asustados de sus nuevos amigos, pero de repente se dio cuenta de que había olvidado de nuevo la puta carpeta y por tanto tenía que dar media vuelta. Mientras alargaba la mano hacia ella, tuvo el convencimiento de que la mano del señor Ricardi surgiría de la oscuridad cada vez más completa para cerrarse sobre la suya. No sucedió, pero de la planta superior le llegó otro de aquellos golpes. Todavía había algo ahí arriba, algo que seguía dando tumbos en la oscuridad, algo que había sido humano hasta las tres de la tarde.

Cuando se hallaba a medio camino de la puerta, la luz de emergencia a pilas que iluminaba el vestíbulo parpadeó un instante y luego se apagó. *Esto quebranta el Código de Protección Contra Incendios*, pensó Clay. *Debería denunciarlo.*

Alargó la carpeta a Tom, que la cogió.

—¿Dónde está? —quiso saber Alice—. ¿No estaba en el despacho?

—Ha muerto —repuso Clay.

Se le había pasado por la cabeza la idea de mentir, pero no se creía capaz; estaba demasiado alterado por lo que acababa de presenciar. ¿Cómo se ahorcaba una persona? No le parecía posible siquiera.

—Se ha suicidado.

Alice rompió a llorar, y Clay se dijo que la chica no sabía que, de haber sido por el señor Ricardi, con toda probabilidad ella no seguiría con vida. No obstante, también él tenía ganas de llorar, porque el señor Ricardi se había enmendado. Tal vez la mayoría de la gente se enmendaba si se le brindaba la oportunidad.

Del oeste, cerca del parque, les llegó un grito tan ensordecedor que no parecía humano. A Clay le recordó la llamada de un elefante, un sonido desprovisto de alegría y de dolor, que tan solo contenía locura. Alice se apretó contra él, y Clay la rodeó con el brazo. Su cuerpo era como un cable eléctrico por el que fluía una corriente de alto voltaje.

—Si queremos salir de aquí, vale más que nos pongamos en marcha —sugirió Tom—. Si no tropezamos con demasiados problemas, creo que podremos llegar hasta Malden y pasar la noche en mi casa.

—Es una idea brillante —alabó Clay.

—¿De verdad te lo parece? —preguntó Tom con una sonrisa cauta.

—Desde luego. ¿Y quién sabe? Puede que el agente Ashland ya esté allí.

—¿Quién es el agente Ashland? —inquirió Alice.

—Un policía al que conocimos junto al parque —explicó Tom—. Nos…, esto…, ayudó.

Los tres echaron a andar hacia el este, en dirección a Atlantic Avenue, entre la lluvia de ceniza y la cacofonía de las alarmas.

—Pero no lo veremos. Clay está de broma.

—Ah —musitó ella—. Me alegro de que al menos alguien esté de humor para gastar bromas.

En el suelo, junto a una papelera, yacía un teléfono móvil azul con la carcasa resquebrajada. Sin detenerse siquiera, Alice le propinó un puntapié que lo envió a la alcantarilla.

—Buen chute —elogió Clay.

—Cinco años de fútbol —repuso Alice con un encogimiento de hombros.

En aquel instante se encendieron las farolas, como una promesa de que no todo estaba perdido.

MALDEN

1

En el puente sobre el río Mystic, miles de personas contemplaban el espectacular incendio que lo devoraba todo entre Comm Avenue y el puerto de Boston. El viento del oeste seguía soplando cálido y con fuerza pese a que el sol ya se había puesto, y las llamas rugían como un horno infernal, borrando las estrellas. En el cielo se elevaba una luna llena y sobrecogedora. En ocasiones, el humo la tapaba, pero con demasiada frecuencia aquel ojo desorbitado de dragón surgía para contemplarlo todo y emitir su cansina luz anaranjada, que a Clay le recordó las lunas de los cómics de terror, aunque no lo comentó a los demás.

Nadie decía gran cosa. La muchedumbre del puente se limitaba a contemplar la ciudad que acababan de abandonar, viendo cómo las llamas lamían los carísimos pisos de primera línea de mar para luego devorarlos. Del otro lado del puerto les llegaba la música estridente de las alarmas, en su mayoría de incendios y de coches, puntuada por el ocasional ulular de alguna sirena. Por un instante, una voz amplificada recomendó a los ciudadanos NO SALGAN A LAS CALLES, pero al poco otra empezó a aconsejarles ABANDONEN LA CIUDAD A PIE POR LAS ARTERIAS PRINCIPALES HACIA EL NORTE Y HACIA EL OESTE. Aquellos dos mensajes contradictorios habían competido entre sí durante varios minutos, tras los cuales NO SALGAN A LAS CALLES enmudeció, seguido al cabo de cinco minutos por ABANDONEN LA CIUDAD A PIE. Ahora tan solo se oía el rugido hambriento de las llamas avivadas por el viento, las alarmas y una sucesión de golpes sordos que, en opinión de Clay, se debían a la implosión de las ventanas a causa del intensísimo calor.

Se preguntó cuánta gente habría quedado atrapada entre el fuego y el agua.

—¿Recuerdas que me preguntaste si una ciudad moderna podía arder? —señaló Tom McCourt.

A la luz de las llamas, su rostro menudo e inteligente aparecía cansado y enfermizo. Tenía una mejilla manchada de hollín.

—¿Lo recuerdas?

—Cállate y vámonos —espetó Alice, a todas luces trastornada, aunque hablaba en voz tan baja como Tom.

Es como estar en una biblioteca, pensó Clay, y a renglón seguido, *No, como en un velatorio.*

—¿Podemos irnos, por favor? —suplicó la chica—. Porque esto me está dejando hecha polvo.

—Por supuesto —repuso Clay—. ¿Está muy lejos tu casa, Tom?

—Desde aquí, a menos de dos millas . Pero siento deciros que no vamos a dejar todo esto atrás.

Habían echado a andar hacia el norte, y Clay señaló hacia delante y a su derecha. El brillo que teñía el cielo en aquella zona recordaba al de las farolas de sodio en una noche nublada, pero aquella noche era clara, y las farolas se habían apagado de nuevo. En cualquier caso, las farolas no despedían columnas de humo.

Alice emitió un gemido y de inmediato se cubrió la boca, como si esperara que alguien de aquella multitud silenciosa la regañara por hacer demasiado ruido.

—No os preocupéis —aseguró Tom con una calma sobrecogedora—. Nosotros vamos a Malden, y creo que aquello es Revere. Tal como sopla el viento, Malden debería ser un lugar seguro.

No sigas, le suplicó Clay mentalmente, pero Tom no le hizo caso.

—Al menos de momento —añadió.

2

Había varias docenas de vehículos abandonados en la plataforma inferior del puente, y una hormigonera había empujado a un lado un camión de bomberos con las palabras BOSTON ESTE estampadas en el costado color verde aguacate; ambos camiones estaban también abandonados. Sin embargo, aquel nivel del puente se había convertido en el dominio casi exclusivo de los peatones. *Aunque ahora habrá que llamarlos refugiados*, se dijo Clay antes de reparar en que ya no podía hablar en tercera persona. A nosotros. Llamarnos refugiados.

La gente seguía hablando poco; casi todos se limitaban a contemplar en silencio la ciudad devorada por las llamas. Los que se movían avanzaban con lentitud, mirando a menudo por encima del hombro, y al acercarse al otro extremo del puente (Clay vio el *Old Ironsides*, o al menos creía que se trataba del *Old Ironsides*, anclado en el puerto, aún a salvo de las llamas) se fijó en un detalle extraño. Muchos de ellos miraban a Alice. Al principio, a Clay se le ocurrió la idea paranoica de que la gente debía de creer que él y Tom habían raptado a la chica con Dios sabe qué propósitos inmorales, pero enseguida tuvo que recordarse que todas las almas del puente sobre el río Mystic se encontraban en estado de shock, arrancadas de su vida normal en mayor medida aún que los damnificados por el huracán Katrina (porque aquellos desgraciados al menos habían estado sobre aviso), y por tanto era poco probable que fueran capaces de albergar ideas tan sofisticadas. Casi todos ellos estaban demasiado ensimismados para pensar en cuestiones morales. Al poco, la luna se elevó un poco más, y cuando empezó a brillar con más intensidad, Clay lo comprendió: Alice era la única adolescente a la vista. Incluso Clay era joven en comparación con la mayoría de los demás refugiados. Casi todas las personas que contemplaban boquiabiertas la bola de fuego en que se había convertido Boston o avanzaban despacio hacia Malden y Danvers tenían más de cuarenta años, y muchos de ellos aparentaban edad suficiente para recibir los descuentos reservados a la tercera edad. Vio a algunas personas con niños pequeños e incluso un par de cochecitos, pero lo cierto era que el sector joven era muy reducido.

Al cabo de unos instantes reparó en otra cosa. Había numerosos teléfonos móviles tirados por el suelo. Pasaban junto a uno cada pocos metros, y ninguno de ellos estaba intacto. O bien los habían atropellado o bien pisoteado hasta reducirlos a amasijos de plástico y cables, una suerte de serpientes peligrosas destruidas antes de que pudieran seguir propagando su veneno.

3

—¿Cómo te llamas, querida? —preguntó una mujer rolliza que había cruzado la calzada hasta ellos.

Habían dejado atrás el puente hacía unos cinco minutos, y Tom acababa de decirles que tardarían un cuarto de hora en llegar a la salida de Salem Street, desde donde solo distaban cuatro manzanas hasta su casa. Comentó que su gato se alegraría de verlo, lo cual había arrancado una tenue sonrisa a Alice. Clay se dijo que mejor tenue que nada.

Alice se quedó mirando con una especie de suspicacia pensativa a la mujer rolliza que se había separado de los grupos silenciosos y de las cortas filas de hombres y mujeres, apenas más que sombras en realidad, algunos de ellos cargados con maletas, otros llevando bolsas de plástico o mochilas, que habían cruzado el puente y se dirigían hacia el norte por la Carretera Uno para alejarse de la gran conflagración y conscientes de la que empezaba a formarse en Revere, hacia el nordeste

La mujer rolliza le sostuvo la mirada con una expresión de cariñoso interés. Llevaba el cabello canoso peinado en pulcros bucles de peluquería, gafas con montura con forma de ojos de gato y lo que la madre de Clay habría llamado un «abrigo de coche». En una mano tenía una bolsa de plástico y en la otra, un libro. Parecía una persona normal; desde luego, no era uno de esos locos telefónicos, de hecho no habían visto a ninguno desde que salieran del Atlantic Avenue Inn con sus bolsas de comida, pero pese a ello Clay sintió que se ponía en guardia. No le parecía normal que alguien los abordara como si estuvieran en una fiesta en lugar de huyendo de una ciudad en llamas. Aunque por otro lado, dadas las circunstancias, ¿qué era normal? Con toda probabilidad empezaba a perder el juicio, pero en ese caso, Tom también, porque observaba a la mujer rolliza de aire maternal con una hostilidad idéntica a la suya.

—¿Alice? —repuso la chica por fin, cuando Clay ya creía que no iba a responder.

Pronunció su nombre como una niña pequeña intentando contestar a una pregunta que teme pueda tener trampa en una asignatura demasiado difícil para ella.

—¿Me llamo Alice Maxwell?

—Alice —repitió la mujer al tiempo que sus labios se curvaban en una sonrisa tan afectuosa como su expresión.

A decir verdad, no había motivo para que aquella sonrisa pusiera a Clay más nervioso de lo que ya estaba, pero así fue.

—Un nombre precioso. Significa «bendecida por Dios».

—De hecho, significa «perteneciente a la realeza» o «de cuna real» —la corrigió Tom—. Y ahora, si nos disculpa, la chica ha perdido a su madre hoy, de modo que...

—Todos hemos perdido a alguien hoy, ¿verdad, Alice? —atajó la mujer rolliza sin mirar a Tom.

Siguió caminando junto a Alice, los rizos de peluquería se bamboleaban a cada paso. Alice la miraba con una mezcla de inquietud y fascinación. A su alrededor, los refugiados continuaban avanzando, a veces despacio, en ocasiones a buen paso y a menudo cabizbajos, eran poco más que fantasmas en aquella oscuridad inusual, en la que Clay seguía sin ver a ninguna persona joven salvo algunos bebés, varios niños pequeños y Alice. Ningún adolescente, porque casi todos los adolescentes tenían móvil, como el Duendecillo Rubio junto al furgón de Míster Softee. O como su hijo, que tenía un Nextel rojo en el que sonaba el tema principal de *El Club de los Monstruos* y una mamá profesora que quizá estaba con él, pero que en realidad podía estar en cualquier pa...

Basta, no sigas por ese camino. Lo único que conseguirás es tropezar y darte de morros contra el suelo.

Entretanto, la mujer rolliza continuaba caminando y asintiendo mientras sus bucles seguían el ritmo.

—Todos hemos perdido a alguien, porque ha llegado el momento de la gran Tribulación. Está todo aquí, en el Apocalipsis —señaló, sosteniendo en alto el libro que llevaba.

Por supuesto, se trataba de la Biblia, y al fijarse bien Clay creyó discernir el significado del brillo de los ojos de la mujer tras las gafas con forma de ojos de gato. No era un destello de interés bondadoso, sino de locura.

—Vaya, hombre, ya estamos —suspiró Tom con un tono en el que Clay detectó una mezcla de repugnancia (seguramente hacia sí mismo, por permitir que la mujer los abordara de aquel modo) y consternación.

La mujer rolliza hizo caso omiso de él, por supuesto. Mantenía la mirada clavada en Alice, ¿y quién iba a apartarla? La policía, si es que quedaba algo de ella, tenía otros asuntos de que ocuparse, y en aquella calle solo había refugiados aturdidos a quienes se les daba un ardite aquella loca entrada en años con su Biblia y su permanente.

—¡El Vial de la Demencia ha sido vertido en la mente de los malvados, y la antorcha purificadora de Je*hová* ha incendiado la Ciudad del Pecado! —exclamó la mujer; llevaba los labios pintados de rojo, y sus dientes eran tan regulares que sin duda se trataba de una dentadura postiza a la antigua usanza—. ¡Y ahora veis huir a los impenitentes, sí, en verdad, al tiempo que los gusanos huyen del vientre hinchado de...!

Alice se tapó los oídos con las manos.

—¡Hacedla callar! —suplicó.

Pero los espectros de los habitantes de la ciudad siguieron caminando, y solo algunos se molestaron en lanzar una mirada indiferente y vacua a la escena antes de volverse de nuevo hacia la oscuridad en dirección a New Hampshire.

La mujer rolliza sudaba, Biblia en ristre, ojos enardecidos, rizos de peluquería oscilando al compás.

—Aparta las manos, niña, y escucha la Palabra de Dios antes de que estos hombres se te lleven para fornicar contigo a las puertas abiertas del mismísimo Infierno. «Pues vi una estrella brillar en el cielo, y su nombre era Ajenjo, y quienes la siguieron, siguieron a Lucifer, y quienes siguieron a Lucifer descendieron hacia el horno de...»

En aquel momento, Clay le asestó un puñetazo. En el último instante desaceleró el movimiento, pero aun así le propinó un golpe contundente en la mandíbula, cuyo impacto sintió hasta el hombro. Las gafas de la mujer se elevaron un instante de su nariz bulbosa para volver a caer sobre ella. Tras los vidrios, sus ojos perdieron el destello enloquecido y quedaron en blanco. Las piernas se le doblaron y la Biblia salió despedida de entre sus dedos. Aún aturdida y horrorizada, Alice tuvo la presencia de ánimo suficiente para cazar la Biblia al vuelo, al tiempo que Tom McCourt asía a la mujer por las axilas para impedir que cayera. El puñetazo y los dos movimientos siguientes se ejecutaron tan limpiamente que parecían fruto de una cuidada coreografía.

De repente, Clay se sintió más a punto de perder los papeles que en ningún otro momento desde el comienzo de aquella locura. No sabía por qué aquel episodio era peor que la adolescente mordiendo el cuello de la mujer del traje chaqueta, que el hombre del traje hecho jirones blandiendo el cuchillo, o que el hecho de encontrar al señor Ricardi ahorcado de una lámpara de techo con la cabeza cubierta por una bolsa de plástico, pero así era. Había propinado un puntapié al hombre del cuchillo, al igual que Tom, pero el hombre del cuchillo era otra clase de loco. La anciana de la permanente no era más que una...

—Dios mío —musitó—. Solo es una vieja chiflada, y la he dejado inconsciente —balbuceó, tembloroso.

—Estaba aterrorizando a una chica que acaba de perder a su madre —constató Tom en un tono en el que Clay no detectó serenidad, sino una frialdad extraordinaria—. Has hecho lo que debías. Además, es imposible dejar inconsciente a una bestia de carga como esta durante mucho tiempo. Mira, ya vuelve en sí. Ayúdame a sacarla de la calzada.

4

Habían llegado al tramo de la Carretera Uno, en ocasiones denominada la Milla Milagrosa, otras veces llamada el Callejón Sórdido, donde la carretera de acceso limitado daba paso a un conjunto desordenado de licorerías, tiendas de ropa barata, tiendas de material deportivo rebajado y restaurantes cutres. Los seis carriles aparecían salpicados, aunque no atestados, de coches accidentados o abandonados cuando sus conductores, presas del pánico, habían intentado llamar por el móvil y habían enloquecido. Los refugiados sorteaban los coches en silencio, recordando a Clay Riddell una colonia de hormigas abandonando su hogar después de que quedara destruido por la bota de un humano despistado.

Junto a un edificio bajo pintado de rosa que a todas luces había sido asaltado, porque en la parte delantera se veían cristales rotos y la alarma a pilas aún emitía sus últimos quejidos antes de agotarse, había una señal verde reflectante que anunciaba la salida de MALDEN SALEM STREET a quinientos metros de distancia. Al echar un vistazo al rótulo luminoso apagado que coronaba la azotea del edificio, Clay comprendió qué había convertido aquel lugar en un objetivo codiciado al final de aquella jornada aciaga. El rótulo rezaba LICORERÍA GIGANTE DE MÍSTER BIG.

Clay asía uno de los brazos de la mujer rolliza, y Tom el otro. Alice sostuvo la cabeza de la mujer, ahora semiconsciente cuando la sentaron con la espalda apoyada contra uno de los postes de la señal de salida. En aquel momento, la mujer abrió los ojos y los miró con expresión aturdida.

Tom chasqueó los dedos dos veces ante su rostro. La mujer parpadeó y desvió la mirada hacia Clay.

—Me ha... pegado —farfulló al tiempo que se llevaba los dedos a la mandíbula cada vez más inflamada.

—Sí, lo sien... —empezó Clay.

—Puede que él lo sienta —lo interrumpió Tom con la misma frialdad de antes—, pero yo no. Estaba aterrorizando a nuestra protegida.

La mujer rolliza emitió una leve carcajada, aunque tenía los ojos inundados de lágrimas.

—¿Protegida? Había oído muchos nombres para describirlo, pero este no. Como si no supiera lo que los hombres como ustedes pretenden de las jovencitas inocentes como ella, sobre todo en situaciones extremas como esta. «No se arrepentían de sus fornicaciones, de sus sodomías ni de sus...»

—Cierre el pico —espetó Tom—, o de lo contrario el próximo puñetazo se lo daré yo. Y a diferencia de mi amigo que, si no me equivoco, tuvo la suerte de no criarse entre beatos y por tanto no la reconoce a usted por lo que es, yo no me cortaré. Se lo advierto, una palabra más y...

Dejó el puño suspendido ante el rostro de la mujer, y si bien Clay ya había llegado a la conclusión de que Tom era un hombre culto, civilizado y con toda probabilidad muy pacífico bajo circunstancias normales, no pudo evitar trastornarse al ver aquel puño pequeño y apretado, como si contemplara una profecía de lo que se avecinaba

La mujer rolliza se lo quedó mirando en silencio mientras un lagrimón le rodaba por la maltrecha mejilla.

—Ya basta, Tom, estoy bien —aseguró Alice.

Tom dejó caer la bolsa de plástico que contenía las pertenencias de la mujer sobre el regazo de esta. Clay ni siquiera se había fijado en que Tom la había rescatado. Acto seguido, el hombrecillo cogió la Biblia que Alice aún sostenía en la mano, levantó una de las manos enjoyadas de la mujer y dejó caer en ella el libro por el lomo. Le dio la espalda y echó a andar, pero al instante se volvió.

—Ya basta, Tom. Vámonos —pidió Clay.

Pero Tom hizo caso omiso de él. Se inclinó hacia la mujer sentada con la espalda apoyada contra el poste de la señal y las manos sobre las rodillas. Al ver a aquellas dos personas, la mujer rolliza con gafas alzando la mirada hacia el hombrecillo con gafas inclinado sobre ella, Clay imaginó una versión paródica y demencial de las ilustraciones antiguas en las novelas de Charles Dickens.

—Voy a darle un consejo, hermana —dijo Tom—. A partir de ahora, la policía ya no la protegerá como cuando usted y sus amigos santurrones y justicieros la emprendían contra los centros de planificación familiar o la Clínica de Emily Cathcart en Waltham...

—¡Ese tugurio abortista! —espetó ella y acto seguido levantó la Biblia como para protegerse de otro golpe.

Tom no le pegó, sino que se la quedó mirando con una sonrisa amarga.

—Del Vial de la Demencia no sé nada, pero le aseguro que esta noche hay un montón de chalados pululando por ahí. Para expresarlo con claridad, los leones han salido de sus jaulas, y no me extrañaría que decidieran comerse primero a los cristianos bocazas. Alguien ha derogado su derecho a la libertad de expresión hacia las tres de la tarde, no lo olvide.

Dicho aquello paseó la mirada entre Alice y Clay, quien comprobó que el labio le temblaba ligeramente bajo el bigote.

—¿Nos vamos?

—Sí —asintió Clay.

—Uau —exclamó Alice en cuanto reanudaron el camino hacia la salida de Salem Street, dejando atrás la Licorería Gigante de Míster Big—. ¿Realmente te criaste con una persona así?

—Mi madre y sus dos hermanas —explicó Tom—. Primera Iglesia de Cristo Redentor de Nueva Inglaterra. Ellas se tomaron a Jesucristo como su salvador personal, y la Iglesia las tomó a ellas como su banco personal.

—¿Y dónde está tu madre ahora? —preguntó Clay.

Tom lo miró un instante.

—En el cielo —repuso—. A menos que también la estafaran en eso, lo cual es muy probable tratándose de aquellos capullos.

5

Cerca de la señal de stop, al pie de la rampa de salida, dos hombres se peleaban por un barril de cerveza. Si se lo hubieran preguntado, Clay habría deducido con toda probabilidad que procedía de la Licorería Gigante de Míster Big. Ahora yacía olvidado contra la baranda de protección, abollado y escupiendo espuma mientras los dos hombres, ambos musculosos y ensangrentados, se machacaban a puñetazos. Alice se apretó contra Clay, que la rodeó con un brazo, pero lo cierto es que había algo tranquilizador en aquella pelea. Los dos hombres estaban enfadados, furiosos incluso, pero no locos. No como la gente de la ciudad.

Uno de ellos era calvo y llevaba una chaqueta de los Celtics. En un momento dado asestó un golpe a su adversario que le destrozó los labios y lo derribó. Cuando el tipo de la chaqueta de los Celtics avanzó hacia el hombre caído, este se apartó a rastras y luego se incorporó sin dejar de alejarse y escupir sangre.

—¡Quédatelo, cabrón! —gritó con un fuerte y quejumbroso acento de Boston—. ¡Espero que te ahogues!

El hombre calvo de la chaqueta de los Celtics hizo un amago de ir a por él, y el otro corrió rampa arriba en dirección a la carretera. Al agacharse para recoger su premio, el de los Celtics reparó en la presencia de Clay, Alice y Tom, y se irguió de nuevo. Eran tres contra uno, el tipo tenía un ojo a la funerala, y la sangre le rodaba por el rostro desde el lóbulo desgarrado, pero Clay no detectó temor alguno en su expresión, aunque solo podía guiarse por la luz cada vez más tenue del incendio de Revere. A buen seguro, su abuelo habría dicho que estaba más cabreado que un irlandés, lo cual encajaría con el gran trébol verde que adornaba la espalda de su chaqueta.

—¿Qué coño estáis mirando? —masculló.

—Nada, solo queremos pasar, si no le importa —repuso Tom con suavidad—. Vivo en Salem Street.

—Por mí como si vais al infierno —replicó el calvo de la chaqueta de los Celtics—. Estamos en un país libre, ¿no?

—Esta noche más que nunca —comentó Clay.

El tipo calvo meditó unos instantes y lanzó una carcajada carente de humor.

—¿Qué cojones ha pasado? ¿Saben algo?

—Ha sido culpa de los móviles. Han hecho enloquecer a la gente —explicó Alice.

El tipo calvo recogió el barril con facilidad y lo ladeó para evitar que siguiera derramando cerveza.

—Putos trastos —masculló—. Nunca me ha dado la gana de tener uno. ¿Alguien me puede explicar qué coño es eso de la portabilidad?

Clay no lo sabía. Tal vez Tom sí estuviera al corriente, porque él sí tenía móvil, por tanto cabía esa posibilidad, pero Tom guardó silencio. Con toda probabilidad no tenía ganas de entablar una larga conversación con el tipo calvo, lo cual sin duda era buena idea. A Clay aquel tipo le recordaba una granada a punto de explotar.

—¿Se está quemando la ciudad? —preguntó el calvo—. Sí, ¿verdad?

—Sí —asintió Clay—. No creo que los Celtics jueguen en el estadio este año.

—De todas formas son una mierda —espetó el calvo—. Doc Rivers no sirve ni para entrenar a un equipo de escuela primaria.

Se los quedó mirando durante unos instantes, el barril cargado al hombro, un lado del rostro cubierto de sangre, pero ahora con una expresión pacífica, casi serena.

—Pasen —dijo—, pero yo de ustedes no me quedaría demasiado tiempo cerca de la ciudad. Las cosas se van a poner pero que muy feas. Habrá muchos más incendios, eso para empezar. ¿No creerán que todos los que han escapado hacia el norte se han acordado de cortar el gas? Lo dudo mucho.

Los otros tres echaron a andar, pero al poco Alice se detuvo y señaló el barril.

—¿Era suyo?

El calvo la observó con expresión razonable.

—El pasado ya no existe, cariño. Solo existe el hoy y el quizá-mañana. Ahora es mío y, si queda algo, también será mío quizá-mañana. Váyanse. Largo de aquí, joder.

—Hasta luego —se despidió Clay, alzando la mano.

—No me gustaría estar en su pellejo —aseguró el calvo sin sonreír, pero le devolvió el saludo.

Habían rebasado el stop y estaban cruzando la calle en dirección a lo que Clay suponía que era Salem Street cuando el calvo los llamó.

—¡Eh, guapos!

Tanto Clay como Tom se volvieron hacia él y luego se miraron con expresión divertida. El tipo calvo del barril de cerveza se había convertido en apenas una sombra en lo alto de la rampa. Parecía un cavernícola con su garrote.

—¿Dónde están los chalados? —preguntó el tipo—. No irán a decirme que están todos muertos, ¿eh? Porque no me creo una mierda.

—Es una buena pregunta —replicó Clay.

—Y que lo diga, joder. Cuiden bien de esa monada.

Y sin añadir nada más, el hombre que había ganado la batalla por el barril de cerveza giró sobre sus talones y desapareció entre las sombras.

6

—Hemos llegado —anunció Tom al cabo de apenas diez minutos.

En aquel instante, la luna reapareció entre la cortina de nubes y humo que la había ocultado durante la última hora, como si el hombrecillo de las gafas y el bigote acabara de dar una orden al Director Celestial de Iluminación. Sus rayos, de nuevo plateados en lugar del anterior naranja tóxico, iluminaban una casa que podía ser azul marino, verde o quizá incluso gris, aunque resultaba imposible asegurarlo sin la ayuda de las farolas. Lo que sí alcanzó a distinguir Clay fue que se trataba de una casa atractiva y bien cuidada, aunque tal vez no tan grande como parecía a primera vista. La luz de la luna contribuía a la ilusión óptica, causada sobre todo por la escalinata que ascendía desde el césped bien cuidado de Tom McCourt hasta el único porche con columnas de la calle. A la izquierda se veía una chimenea de piedra. Sobre el porche, una ventana abuhardillada se asomaba a la calle.

—¡Oh, Tom, es preciosa! —exclamó Alice con un entusiasmo exagerado.

A Clay le pareció que la joven estaba exhausta y al borde de la histeria. Él no creía que la casa fuera preciosa, aunque desde luego sí tenía aspecto del hogar de un hombre que poseía un teléfono móvil y todos los demás adelantos tecnológicos propios del siglo XXI; al igual que el resto de las casas de aquella sección de Salem Street, y Clay dudaba de que muchos de sus residentes hubieran tenido la misma suerte que Tom. Miró a su alrededor con nerviosismo. Todas las casas estaban sumidas en la oscuridad, porque la electricidad se había cortado y cabía la posibilidad de que estuvieran desiertas, pero Clay se sentía observado por numerosos ojos.

¿Ojos de chalados? ¿De chalados telefónicos? Pensó en la Mujer Traje Chaqueta, en el Duendecillo Rubio, en el chiflado del pantalón gris y la camisa desgarrada, en el hombre del traje que le había arrancado la oreja al perro. Pensó en el hombre desnudo blandiendo las antenas de coche mientras corría como alma que lleva el diablo. No, observar no formaba parte del repertorio de aquellos chiflados; ellos se limitaban a atacar. Pero si había personas normales escondidas en aquellas casas, al menos en algunas de ellas, ¿dónde estaban los locos telefónicos?

Clay lo ignoraba.

—Yo no la calificaría de preciosa —puntualizó Tom—, pero sigue en pie, y con eso me basta. La verdad es que me había mentalizado para encontrármela reducida a cenizas. —Deslizó la mano en el bolsillo y sacó un llavero poco voluminoso—. Bienvenidos a mi humilde morada y bla, bla, bla.

Enfilaron el sendero de entrada, pero apenas habían avanzado cinco pasos cuando Alice lanzó una exclamación.

—¡Esperad!

Clay giró en redondo, alarmado y exhausto. Ahora le parecía comprender en qué consistía la fatiga posterior al combate. Incluso su adrenalina estaba cansada. Pero ahí no había nadie, ni locos, ni tipos calvos con la cara ensangrentada por causa de un desgarro en el lóbulo de la oreja, ni siquiera una mujer mayor en plena fantasía apocalíptica. Solo Alice con una rodilla apoyada en el punto donde el sendero de Tom se juntaba con la acera.

—¿Qué pasa, cariño? —preguntó Tom.

Alice se incorporó, y Clay comprobó que sostenía una zapatilla deportiva diminuta.

—Es una Nike de bebé —constató la chica—. Tom, ¿tú…? Pero Tom negó con la cabeza.

—Vivo solo…, bueno, con Rafer. Se cree que es el rey, pero no es más que el gato.

—Entonces, ¿quién la ha dejado aquí? —se preguntó Alice mientras paseaba una mirada inquisitiva entre ambos hombres.

Clay también sacudió la cabeza.

—Ni idea, Alice, será mejor que la dejes donde estaba.

Pero Clay sabía que no lo haría. Estaba experimentando el momento más intenso de un *déjà vu*. Alice aún sostenía la zapatilla contra la cintura cuando alcanzó a Tom, que ya estaba en lo alto de la escalinata y buscaba la llave de la puerta principal a la casi inexistente luz de la noche.

Ahora oiremos al gato, pensó Clay. *Rafe*. Y en efecto, el gato que había salvado la vida de Tom McCourt los saludó con un maullido desde el interior de la casa.

7

Tom se agachó y Rafe o Rafer, ambas abreviaturas de Rafael, saltó a sus brazos ronroneando y estirando el cuello para olisquearle el bigote bien recortado.

—Sí, yo también te he echado de menos —aseguró Tom—. Te lo perdono todo, de verdad.

Cruzó el porche con Rafer en brazos, rascándole la cabeza. Alice lo seguía, y el último en entrar fue Clay, que cerró la puerta y corrió el cerrojo antes de dar alcance a los demás.

—Seguidme hasta la cocina —indicó Tom una vez dentro.

La casa despedía un agradable olor a cera de muebles y cuero, una fragancia que Clay asociaba a hombres que llevaban una vida tranquila que no incluía necesariamente la presencia de mujeres.

—Es la segunda puerta a la derecha. No os apartéis de mí. El pasillo es ancho y no hay nada en el suelo, pero tengo mesas a los dos lados, y está más oscuro que la boca del lobo, como podéis ver.

—O no —murmuró Clay.

—Ja, ja.

—¿Tienes linternas? —preguntó Clay.

—Linternas y una lámpara de gas Coleman, que debería sernos aún más útil, pero vayamos primero a la cocina.

Lo siguieron por el pasillo, Alice entre los dos hombres. Clay oía su respiración rápida y percibía su pugna por evitar que el entorno desconocido le hiciera perder los nervios, aunque por supuesto era una tarea ardua, también para él. Se sentía muy desorientado. Habría sido mejor disponer de un poco de luz, pero...

Su rodilla topó con una de las mesas que había mencionado Tom, y algo que sonó a objeto con ganas de romperse castañeteó como la dentadura de una persona aterida. Clay se preparó para el impacto y el consiguiente grito de Alice, porque a buen seguro gritaría. Pero fuera lo que fuese el objeto, un jarrón o alguna chuchería, decidió seguir viviendo un tiempo más y se recolocó en su lugar. El camino hasta la cocina se le antojó eterno.

—Ahora a la derecha, ¿vale? —indicó Tom por fin.

La cocina estaba casi tan oscura como el pasillo, y Clay tuvo un instante para pensar en todas las cosas que echaba de menos, al igual que Tom, sin duda. La pantalla digital del microondas, el zumbido del frigorífico, quizá la luz de alguna casa vecina entrando por la ventana sobre el fregadero y arrancando destellos al grifo...

—Aquí está la mesa —anunció Tom—. Alice, voy a cogerte la mano. Aquí hay una silla, ¿vale? Lo siento si parece que estemos jugando a la gallinita ciega.

—No pasa n... —empezó Alice, pero de repente profirió un gritito.

Clay dio un respingo y se llevó la mano al mango de su cuchillo (que ya consideraba de su propiedad) sin darse cuenta siquiera del movimiento.

—¿Qué? —exclamó Tom—. ¿Qué pasa?

—Nada —repuso Alice—. Solo que…, nada. El gato. La cola… en mi pierna.

—Ah, lo siento.

—No pasa nada. Tonta —añadió con tal desdén hacia sí misma que Clay hizo una mueca en la oscuridad.

—No —dijo—, no seas tan dura contigo misma, Alice. Has tenido un mal día en el trabajo.

—¡Un mal día en el trabajo! —repitió la chica.

Lanzó una carcajada que a Clay no le hizo ni pizca de gracia; le recordó el tono que había empleado al asegurar que la casa de Tom era preciosa. *Va a perder los nervios*, pensó, *¿y entonces qué hago? En las películas, a las chicas histéricas les das un sopapo y se tranquilizan, pero en las películas puedes ver dónde están.*

Pero no tuvo que abofetearla, zarandearla ni abrazarla, que era lo que a buen seguro habría intentado en primer lugar. Con toda probabilidad, Alice detectó lo que encerraba su voz y lo reprimió, primero con una exclamación ahogada, luego con un leve jadeo y por fin con el silencio.

—Siéntate —la instó Tom—. Debes de estar cansada. Tú también, Clay. Voy a buscar algo de luz.

Clay buscó a tientas una silla y se sentó ante una mesa que apenas veía pese a que sus ojos ya debían de haberse habituado a la oscuridad. De repente sintió una especie de susurro contra la pernera de su pantalón y un suave maullido. Rafe.

—¿Sabes qué? —dijo a la tenue silueta de la chica mientras las pisadas de Tom se alejaban—. El viejo Rafer también se me ha echado encima.

Aunque no era del todo cierto.

—Tenemos que perdonarlo —repuso ella—. De no ser por él, Tom estaría tan loco como los demás, y sería una pena.

—Desde luego.

—Tengo tanto miedo —suspiró Alice—. ¿Crees que las cosas serán más fáciles mañana, a la luz del día? Me refiero a lo del miedo.

—No lo sé.

—Debes de estar preocupadísimo por tu mujer y tu hijo.

Clay lanzó un suspiro y se restregó el rostro.

—Lo peor es intentar asumir la impotencia. Estamos separados, ¿sabes? Y...

Se interrumpió y sacudió la cabeza. No habría continuado si Alice no le hubiera cogido la mano; percibió sus dedos firmes y frescos.

—Nos separamos en primavera. Todavía vivimos en el mismo pueblo; formamos lo que mi madre llamaría un «matrimonio blanco». Mi mujer es maestra en la escuela primaria.

Se inclinó hacia delante en un intento de distinguir el rostro de Alice en la oscuridad.

—¿Quieres saber lo peor de todo? Si esto hubiera pasado la pasada primavera, Johnny habría estado con ella, pero en septiembre empezó el instituto, que está a unos ocho kilómetros de distancia. No dejo de pensar si estaba en casa cuando empezó toda esta locura. Él y sus amigos van y vuelven en autobús. Creo que a esa hora ya debía de estar en casa y que lo más probable es que se fuera con su madre.

O sacara el móvil de la mochila para llamarla, le sugirió alegremente la vocecilla del pánico antes de apoderarse de él. Clay advirtió que sus dedos apretaban la mano de Alice y se obligó a parar, pero no logró evitar que el sudor le empapara el rostro y los brazos.

—Pero no lo sabes —constató Alice.

—No.

—Mi padre tiene una tienda de marcos y reproducciones en Newton —explicó Alice—. Seguro que está bien, es una persona muy autosuficiente, pero estará preocupado por mí. Por mí y por mi... Por mi ya sabes.

Clay sabía.

—No dejo de preguntarme cómo se las habrá apañado con la cena —prosiguió Alice—. Sé que es una locura, pero no sabe hacerse ni un huevo frito.

Clay contempló la posibilidad de preguntarle si su padre tenía móvil, pero algo se lo impidió.

—¿Estás bien? —preguntó en cambio.

—Sí —asintió ella con un encogimiento de hombros—. En cuanto a mi padre, lo que tenga que ser, será. No puedo hacer nada al respecto.

Ojalá no hubieras dicho eso, pensó Clay.

—Mi hijo tiene móvil, ¿te lo había dicho? —comentó con una voz que le sonó áspera como el graznido de un cuervo.

—Sí, antes de cruzar el puente.

—Es verdad.

Clay advirtió que se estaba mordiendo el labio inferior y se obligó a dejarlo.

—Pero no siempre lo lleva cargado, seguro que también te lo había dicho.

—Sí.

—Pero no tengo manera de saberlo.

La oleada de pánico amenazaba de nuevo, abrumadora.

Alice le cubrió la mano con las suyas. Clay no quería sucumbir a aquel consuelo, dejarse llevar y sucumbir a él, pero lo hizo, pensando que tal vez ella tenía más necesidad de dar que él de recibir. Seguían en aquella postura, las manos entrelazadas junto al salero y al pimentero de peltre que había sobre la mesa de la cocina de Tom McCourt, cuando este regresó del sótano con cuatro linternas y una lámpara de gas aún guardada en su caja.

8

La lámpara de gas emitía tanta luz que no hizo falta encender las linternas. La luz de la lámpara era blanca y deslumbrante, pero a Clay le gustaba aquella intensidad que desterraba todas las sombras salvo las suyas y la del gato, que se proyectaban en la pared como adornos de Halloween recortados en cartulina negra.

—Creo que deberías correr las cortinas —sugirió Alice.

Tom estaba abriendo una de las bolsas de comida para llevar del café Metropolitan.

—¿Por qué? —inquirió, volviéndose hacia ella.

Alice se encogió de hombros y esbozó una sonrisa que a Clay le pareció la más extraña que había visto jamás en el semblante de una adolescente. Alice se había limpiado la sangre de la nariz y el mentón, pero tenía unas ojeras espantosas, la lámpara de gas le había teñido el resto de la cara de una palidez cadavérica, y la sonrisa, que dejaba al descubierto tan solo un ínfimo destello de sus dientes entre los labios temblorosos y ya desprovistos de carmín, resultaba desconcertante a causa de su artificialidad adulta. A Clay le recordó a una actriz de cine de finales de los cuarenta representando el papel de una dama de la alta sociedad al borde de un ataque de nervios. Tenía la zapatilla de bebé sobre la mesa, ante ella, y la hacía girar con un dedo. Cada vez que la hacía girar, los cordones se agitaban y entrechocaban con un levísimo chasquido. Clay empezó a desear que se desmoronara. Cuanto más aguantara, más dura sería la caída. Se había desahogado hasta cierto punto, pero no lo suficiente, ni de lejos. Hasta el momento, él era el que más se había desahogado.

—Es que no creo que la gente deba saber que estamos aquí —comentó.

De nuevo hizo girar la zapatilla, que hacía un rato había llamado Nike de bebé. Esta giró sobre sí misma, los cordones se agitaron y entrechocaron sobre la mesa bruñida de Tom.

—Creo que eso sería... malo.

Tom miró a Clay.

—Puede que tenga razón —reconoció Clay—. No me gusta la idea de que esta sea la única casa iluminada de la manzana, aunque solo tengamos luz en la parte trasera.

Tom se levantó y sin decir nada corrió las cortinas de la ventana situada sobre el fregadero. En la cocina había otras dos ventanas, cuyas cortinas también cerró. Se dispuso a regresar junto a la mesa, pero a medio camino cambió de rumbo y cerró la puerta que separaba la cocina del pasillo. Alice volvió a hacer girar la zapatilla. A la luz potente e implacable de la lámpara de gas, Clay comprobó que era lila y rosa, colores que solo a un niño le podían gustar. La zapatilla giraba y giraba, los cordones se agitaban y entrechocaban. Tom miró la zapatilla con el ceño fruncido mientras se sentaba. *Dile que la quite de la mesa. Dile que no sabe de dónde sale y que no la quieres encima de la mesa. Eso debería bastar para que estallara, y así podremos acabar con esta parte de una vez. Díselo. Creo que quiere que se lo digas. Creo que por eso lo está haciendo.*

Pero Tom se limitó a sacar bocadillos de la bolsa, de rosbif con queso y de jamón y queso, y procedió a repartirlos. Luego sacó una jarra de té helado del frigorífico («todavía está muy frío», comentó) y dispuso los restos de una hamburguesa cruda para el gato.

—Se lo merece —aseguró, casi a la defensiva—. Además, con la nevera estropeada se echará a perder.

Había un teléfono colgado de la pared. Clay intentó llamar, pero sabía que era en vano, y en efecto, ni siquiera obtuvo señal. El teléfono estaba tan muerto como..., bueno, como la Mujer Traje Chaqueta junto al parque Boston Common. Volvió a sentarse y empezó a dar cuenta del bocadillo. Tenía hambre, pero no le apetecía comer.

Alice dejó el suyo después de tan solo tres bocados.

—No puedo —dijo—. Ahora no. Supongo que estoy demasiado cansada. Quiero dormir. Y quiero quitarme el vestido. Imagino que no podré lavarlo, al menos no a conciencia, pero daría lo que fuera por tirarlo, joder. Huele a sudor y a sangre.

De nuevo hizo girar la zapatilla, que dio una vuelta junto al papel arrugado sobre el que yacía su bocadillo casi intacto.

—Y también huele a mi madre, a su perfume.

Por un instante, los otros dos guardaron silencio. Clay no sabía qué hacer. Imaginó a Alice sin el vestido, ataviada tan solo con sujetador y braguitas blancas, los ojos ojerosos y muy abiertos confiriéndole aspecto de muñeca de papel. Su imaginación de artista, siempre dócil y dispuesta a actuar, añadió tachuelas a los hombros y las piernas del cuadro. La imagen se le antojó chocante, pero no porque resultara erótica, sino precisamente porque no lo era en absoluto. A lo lejos se oyó el estruendo tenue y sordo de otra explosión.

Por fin, Tom quebró el silencio, y Clay se lo agradeció.

—Seguro que mis vaqueros te van bien si te arremangas el bajo —comentó al tiempo que se levantaba—. Es más, apuesto algo a que estarás muy guapa, como Huckleberry Finn en una función de *Big River* representada en una escuela femenina. Acompáñame arriba; te daré algo de ropa para mañana, y puedes acostarte en la habitación de invitados. Tengo muchos pijamas, un auténtico ejército de pijamas. ¿Quieres llevarte la Coleman?

—No…, creo que me bastará con una linterna, ¿no crees?

—Sí —asintió Tom.

Cogió una linterna y le alargó otra. Parecía estar a punto de decir algo sobre la zapatilla cuando Alice la recogió de la mesa, pero se contuvo.

—También puedes asearte —dijo en cambio—. Puede que no haya mucha agua, pero aunque hayan cortado el suministro seguro que queda algo en las cañerías y podemos llenar la pila. —Miró a Clay por encima de la cabeza de la chica—. Siempre guardo una caja de garrafas de agua mineral en el sótano, así que de momento vamos bien.

Clay asintió.

—Que duermas bien, Alice —dijo.

—Igualmente —repuso ella con vaguedad antes de añadir con más vaguedad aún—: Encantada de conocerte.

Tom le abrió la puerta. Los haces de sus linternas oscilaron un instante antes de que la puerta se cerrara tras ellos. Clay oyó sus pisadas en la escalera y al poco en la planta superior. Oyó el sonido del agua. Esperó la sacudida del aire en las cañerías, pero el chorro de agua se interrumpió antes. «Llenar la pila», había dicho Tom, y eso era lo que haría Alice. Clay también tenía ganas de limpiarse la sangre y la suciedad, al igual que Tom, imaginaba, pero sin duda debía de haber un cuarto de baño en la planta baja, y si Tom era tan escrupuloso en sus hábitos personales como con su atuendo, el agua del inodoro estaría limpia. Y, por supuesto, también contaba con el agua de la cisterna.

Rafer saltó sobre la silla de Tom y empezó a asearse las patas a la luz blanca de la lámpara. Pese al siseo incesante del gas, Clay oía su ronroneo. Por lo que respectaba a Rafer, todo iba sobre ruedas.

Pensó en Alice haciendo girar la zapatilla diminuta y se preguntó casi de pasada si era posible que una chica de quince años sufriera un ataque de nervios.

—No seas idiota —le dijo al gato—. Por supuesto que es posible; pasa constantemente. Existen cientos de películas sobre el tema.

Rafer se lo quedó mirando con sus sabios ojos verdes y siguió lamiéndose la pata. *Cuéntame más cosas*, parecían decir aquellos ojos. *¿De pequeño te pegaban? ¿Tenías fantasías impuras con tu madre?*

«También huele a mi madre, a su perfume.»

Alice convertida en muñeca de papel, con tachuelas en los hombros y las piernas.

No seas tonto, parecían reconvenirlo los ojos verdes de Rafer. *Lah tashuelah van en la* ropa, *no en la* muñeca. *¿Qué clase de artihta* ereh?

—Un artista sin trabajo —replicó Clay—. Cierra el pico, ¿quieres?

Cerró los ojos, pero eso era aún peor, porque ahora los ojos verdes de Rafer flotaban incorpóreos en la oscuridad, como los ojos del gato de Chesire de Lewis Carroll. *Aquí estamos todos locos, querida Alice.* Y por encima del siseo constante de la lámpara de gas, Clay seguía oyendo el ronroneo del gato.

9

Tom se ausentó durante un cuarto de hora. Al regresar echó a Rafe de la silla sin miramiento alguno y dio un bocado contundente a su bocadillo.

—Se ha dormido —anunció—. Se ha puesto uno de mis pijamas mientras yo esperaba en el pasillo, y luego hemos tirado juntos el vestido a la basura. Creo que se ha quedado dormida en menos de medio minuto. Estoy convencido de que tirar el vestido es lo que la ha calmado. —Hizo una pausa antes de continuar—. La verdad es que olía fatal.

—Mientras te esperaba he nombrado a Rafe presidente de Estados Unidos. Ha sido elegido por aclamación unánime —explicó Clay.

—Estupendo —alabó Tom—. Una decisión muy sensata. ¿Quién ha votado?

—Millones de personas, todos los que siguen cuerdos. Han enviado papeletas por correo telepático. —Clay abrió los ojos de par en par y se golpeteó la sien—. Puedo leer el pensamieeentooo...

Tom dejó de masticar un instante y luego siguió comiendo, aunque más despacio.

—¿Sabes una cosa? —dijo por fin—. Dadas las circunstancias, no tiene mucha gracia.

Clay suspiró, bebió un sorbo de té helado y se obligó a comer un poco más, diciéndose que el bocadillo era como combustible para su cuerpo.

—Supongo que tienes razón; lo siento.

Tom brindó con él antes de tomar a su vez un trago de té.

—No pasa nada. Se agradece el esfuerzo. Por cierto, ¿dónde está tu carpeta?

—La he dejado en el porche. Quería tener las dos manos libres mientras recorríamos el Pasillo de la Muerte de Tom McCourt.

—Muy bien. Oye, Clay, siento mucho lo de tu familia...

—No lo sientas todavía —lo atajó Clay con cierta brusquedad—. Aún no hay nada que sentir...

—... pero me alegro mucho de haberme topado contigo, es lo único que quería decir.

—Lo mismo digo —repuso Clay—. Me alegro de tener un lugar tranquilo donde pasar la noche, y estoy seguro de que Alice también.

—Siempre y cuando Malden no se incendie...

Clay asintió con una leve sonrisa.

—Exacto. ¿Has conseguido quitarle la zapatilla de las narices?

—No, se ha acostado con ella, como si fuera..., no sé, un osito de peluche. Si duerme toda la noche de un tirón, mañana se encontrará mucho mejor.

—¿Crees que dormirá de un tirón?

—No —reconoció Tom—, pero si se despierta asustada, dormiré con ella. En la misma cama si hace falta. Ya sabes que conmigo no tiene nada que temer, ¿verdad?

—Sí —asintió Clay.

Sabía que con él tampoco habría tenido nada que temer, pero comprendía a qué se refería Tom.

—En cuanto amanezca saldré hacia el norte. Creo que lo más sensato sería que Alice y tú me acompañarais.

Tom meditó unos instantes.

—¿Y qué hay de su padre? —inquirió por fin.

—Alice dice, y cito textualmente, que es «muy autosuficiente». Hace un rato me ha dicho que lo que más le preocupaba era cómo se las habría apañado para la cena, pero lo que he interpretado entre líneas es que no está preparada para averiguar la verdad. Por supuesto, habrá que ver qué piensa ella, pero preferiría tenerla con nosotros y no quiero ir hacia el oeste, donde están todas esas ciudades industriales.

—No quieres ir hacia el oeste.

—No.

Clay creyó que Tom cuestionaría su decisión, pero no fue así.

—¿Y esta noche qué? ¿Crees que debemos montar guardia?

Clay ni siquiera se lo había planteado.

—No sé de qué serviría. Si una horda de locos se acerca por Salem Street con armas y antorchas, ¿qué podemos hacer nosotros al respecto?

—¿Bajar al sótano?

Clay reflexionó unos instantes. Bajar al sótano le parecía un recurso espantosamente definitivo, como atrincherarse en un búnker, pero siempre cabía la posibilidad de que la presunta horda de locos en cuestión creyera que la casa estaba desierta y pasara de largo. En cualquier caso, mejor ocultarse en el sótano que morir hechos pedacitos en la cocina, tal vez después de presenciar la violación colectiva de Alice.

No llegará a tanto, pensó, inquieto. *Se te está yendo la olla a causa de la oscuridad. No llegará a tanto.*

Pero a su espalda Boston era pasto de las llamas. La gente saqueaba las licorerías, y los hombres se peleaban por barriles de cerveza, así que las cosas ya habían llegado a tanto.

Tom lo observaba, dándole tiempo para que tomara una decisión..., lo cual significaba que quizá Tom ya había tomado la suya. Rafe se encaramó a su regazo; Tom dejó el bocadillo sobre la mesa y le acarició el lomo.

—Haremos una cosa —anunció finalmente Clay—. Si tienes un par de mantas, ¿qué te parece si paso la noche en el porche? Está cerrado y más oscuro que la calle, lo que significa que probablemente veré a cualquiera que se acerque antes de que me vean a mí, sobre todo si los que vienen son chiflados telefónicos. No me parecen muy sigilosos que digamos.

—No, para nada —convino Tom—. Pero ¿y si viene alguien por la parte trasera de la casa? Lynn Avenue está solo a una manzana.

Clay se encogió de hombros en un intento de transmitir que no podían defenderse de todo, ni siquiera de casi todo, sin expresarlo en voz alta.

—De acuerdo —accedió Tom tras comer otro bocado y darle un pedacito de jamón a Rafe—. Pero podría relevarte hacia las tres. Si Alice no se ha despertado a esa hora, puede que duerma hasta mañana.

—Iremos viendo sobre la marcha —dijo Clay—. Oye, creo que ya sé lo que me contestarás, pero ¿por casualidad tienes un arma?

—No —respondió Tom—, ni siquiera un triste aerosol antivioladores.

Se quedó mirando un momento el bocadillo y por fin lo dejó sobre la mesa. Cuando alzó la mirada hacia Clay, este advirtió en ella una expresión lúgubre en extremo.

—¿Recuerdas lo que dijo el policía justo antes de disparar a aquel chiflado? —preguntó en voz baja, como si revelara un secreto.

Clay asintió. «Eh, tío, ¿qué tal?» No lo olvidaría jamás.

—Sabía que no sería como en las películas —prosiguió Tom—, pero nunca había imaginado aquella fuerza, aquella inmediatez..., y el sonido cuando eso..., lo de su cabeza...

De repente se inclinó hacia delante, cubriéndose la boca con una de sus pequeñas manos. El gesto sobresaltó a Rafer, que saltó de su regazo. Tom emitió tres arcadas potentes, y Clay se preparó para el vómito que sin duda estaba a punto de producirse. Solo podía esperar no ponerse a vomitar él también, aunque no lo tenía demasiado claro, porque estaba pero que muy a punto. Sabía a qué se refería Tom. El disparo y luego el sonido de algo mojado y viscoso al chocar contra el cemento.

Pero Tom no vomitó, logró contenerse y por fin alzó la cabeza con ojos llorosos.

—Lo siento —se disculpó—. No debería haber sacado el tema.

—No tienes por qué sentirlo.

—Creo que si queremos soportar lo que se nos viene encima, más nos vale dejar a un lado las manías. Las personas incapaces de hacerlo... —Hizo una pausa antes de proseguir—: Las personas incapaces de hacerlo... —Se interrumpió por segunda vez—. Las personas incapaces de hacerlo pueden acabar muertas —logró acabar al tercer intento.

Los dos hombres se miraron a la luz blanca de la lámpara de gas.

10

—No he visto a nadie armado desde que hemos salido de la ciudad —constató Clay—. Al principio no me he fijado, pero luego sí.

—Y sabes por qué, ¿no? Porque Massachusetts tiene la ley antiarmas más dura del país, exceptuando quizá California.

Clay recordaba haber visto vallas publicitarias sobre el tema en la frontera del estado hacía algunos años. Más tarde, aquellas vallas habían dado paso a otras advirtiendo que si te pescaban conduciendo bajo los efectos del alcohol, pasarías la noche en la cárcel.

—Si la policía te encuentra una pistola escondida en el coche, por ejemplo en la guantera, junto a los papeles del coche y del seguro, pueden encerrarte durante siete años. Si te paran con un rifle cargado en la camioneta, aunque sea en temporada de caza, puede caerte una multa de diez mil dólares y dos años de servicio comunitario. —Cogió el bocadillo, lo examinó un instante y volvió a dejarlo sobre la mesa—. Puedes tener pistola y guardarla en casa si no eres un delincuente convicto, pero es casi imposible obtener una licencia para llevarla encima. Quizá si consiguieras que el padre O'Malley del Boys' Club te firmara la solicitud, y aun así…

—Es posible que la ausencia de armas haya salvado unas cuantas vidas en las últimas horas.

—Estoy totalmente de acuerdo —convino Tom—. Aquellos dos tipos peleándose por el barril de cerveza… Gracias a Dios que ninguno tenía una .38.

Clay asintió.

Tom balanceó la silla hacia atrás, cruzó los brazos sobre el pecho menudo y miró a su alrededor. Sus gafas centellearon a la luz de la lámpara, que proyectaba un halo potente pero pequeño.

—Pero ahora mismo no me importaría tener una pistola, incluso después de haber visto la porquería que causan. Y eso que me considero pacifista.

—¿Cuánto tiempo llevas viviendo aquí, Tom?

—Casi doce años. Lo suficiente para presenciar cómo Malden se está yendo a la mierda. Todavía no está mal del todo, pero acabará fatal.

—Vale, pues piensa un momento… ¿Cuál de tus vecinos crees que puede guardar armas en su casa?

—Arnie Nickerson —repuso Tom sin vacilar—. Vive en la acera de enfrente, a tres casas de la mía. Lleva un adhesivo de la Asociación Nacional del Rifle en el coche, así como un par de pegatinas de lazos amarillos y otra del tándem Bush-Cheney...

—Cómo no.

—Además de dos pegatinas de la Asociación en la camioneta, que en noviembre equipa con uno de esos remolques-tienda para ir a cazar a tu tierra.

—Nos encanta contar con los ingresos que nos aporta su licencia de caza —se mofó Clay—. Mañana entraremos en su casa y nos llevaremos sus armas.

Tom McCourt se lo quedó mirando como si hubiera perdido el juicio.

—Ese tipo no es tan paranoico como algunos de esos milicianos de Utah; a fin de cuentas vive en Massachusetts..., pero en el jardín tiene uno de esos rótulos que a veces ponen las empresas de seguridad, esos que dicen ¿TE SIENTES CON SUERTE, IDIOTA? Además, seguro que conoces la política de la Asociación en cuanto al momento exacto en que puedes quitarle el arma a uno de sus miembros...

—Tiene algo que ver con arrancarlo de sus fríos dedos cadavéricos, ¿no?

—Pues eso.

Clay se inclinó hacia delante y dijo lo que le parecía evidente desde que bajaran por la rampa desde la Carretera Uno. Malden se había convertido en uno de los miles de pueblos hechos mierda de los Estados Telecomunicados de América, un país ahora fuera de servicio, descolgado, así que lo lamentamos, pero intente llamar más tarde. Salem Street estaba desierta, lo había percibido al llegar..., ¿o no?

No. Tonterías. Te has sentido observado.

¿De verdad? Pero aun en caso de ser cierto, ¿en qué clase de intuición podía basarse para actuar después de un día como el que ahora tocaba a su fin? Era una idea ridícula.

—Escucha, Tom. Uno de nosotros irá a casa del tal Nackleson cuando se haga de día...

—Se llama Nickerson, y no me parece una buena idea, sobre todo porque Swami McCourt se lo imagina arrodillado junto a la ventana del salón con un rifle automático que guardaba para el fin del mundo…, que por lo visto ha llegado.

—Iré yo —aseguró Clay—. No haré nada si oímos disparos en su casa esta noche o mañana por la mañana. Y desde luego, no haré nada si veo algún cadáver en su jardín, con o sin heridas de bala. Yo también veía *La Dimensión Desconocida*, aquellos episodios en que la civilización resulta no ser más que una fina película que se desgarra a la primera de cambio.

—Como mucho —masculló Tom, sombrío—. Idi Amin, Pol Pot…, y así sucesivamente.

—Iré con las manos en alto y llamaré al timbre. Si me abren, diré que solo quiero hablar. ¿Qué es lo peor que puede pasar? Pues que me diga que me largue.

—No, lo peor que puede pasar es que te pegue un tiro sobre el puto felpudo y que yo me quede solo con una adolescente huérfana de madre —replicó Tom con sequedad—. Puedes hablar cuanto quieras de *La Dimensión Desconocida*, pero no olvides a los tipos que has visto peleándose delante de la estación del metro.

—Eso ha sido… Bueno, no sé lo que ha sido, pero aquellos tipos estaban completamente locos, lo sabes muy bien, Tom.

—¿Y qué me dices de la fanática religiosa y de los dos hombres peleándose por el barril de cerveza? ¿Ellos también estaban locos?

No, por supuesto que no, pero si había un arma en la casa del vecino de McCourt, Clay quería hacerse con ella. Y si había más de una, quería que tanto Tom como Alice tuvieran una.

—Me estoy planteando recorrer ciento veinte kilómetros en dirección norte —señaló Clay—. Tal vez podamos ir en coche parte del trayecto, pero también cabe la posibilidad de que tengamos que recorrerlo todo a pie. ¿Quieres arriesgarte a hacerlo solo con un par de cuchillos como toda protección? Te lo pregunto de hombre sensato a hombre sensato, porque algunas de las personas con las que nos toparemos sí irán armadas, y lo sabes.

—Sí —asintió Tom al tiempo que se mesaba el cabello pulcramente cortado y lo despeinaba de un modo cómico—. Y también sé que lo más probable es que Arnie y Beth no estén en casa. Aparte de chiflados por las armas, estaban locos por los artilugios electrónicos. Siempre veía a Arnie hablar por el móvil cuando pasaba delante de casa en su enorme camioneta fálica.

—¿Lo ves?

—De acuerdo —suspiró Tom—. Pero depende de cómo estén las cosas mañana por la mañana, ¿vale?

—Vale.

Clay cogió el bocadillo; volvía a tener algo de apetito.

—¿Dónde se habrán metido? —inquirió Tom—. Me refiero a los que llamas chiflados telefónicos. ¿Dónde se habrán metido?

—No lo sé.

—Te diré lo que pienso. Creo que al ponerse el sol se han metido en casas y bloques y han muerto.

Clay se lo quedó mirando con expresión escéptica.

—Piénsalo un momento y verás que tengo razón —insistió Tom—. Lo más probable es que se trate de un atentado terrorista, ¿no crees?

—Es la explicación más lógica, pero no me preguntes qué clase de señal, por muy subversiva que sea, podría provocar lo que ha provocado esta.

—¿Eres científico?

—Ya sabes que no; soy artista.

—O sea que cuando el gobierno te dice que es posible lanzar bombas inteligentes sobre búnkers sepultados bajo la arena del desierto desde portaaviones situados a tres mil kilómetros de distancia, lo único que puedes hacer es mirar las fotos y aceptar que la tecnología en cuestión existe.

—Tom Clancy nunca me mentiría —ironizó Clay sin sonreír.

—Y si la tecnología en cuestión existe, ¿por qué no aceptar que esta también existe, al menos de forma provisional?

—Vale, explícamelo, pero en palabras sencillas, por favor.

—Hacia las tres de esta tarde, una organización terrorista,

quizá incluso un gobierno, genera alguna clase de señal o pulsación. Por ahora solo nos cabe suponer que la señal se coló en todos los teléfonos móviles en funcionamiento del mundo. Confiemos en que no sea así, pero creo que de momento tenemos que esperar lo peor.

—¿Y ya ha terminado?

—No lo sé —replicó Tom—. ¿Quieres coger un móvil y comprobarlo?

—Tuchí —dijo Clay—. Así es como mi hijo pronuncia *touché.* —*Y por favor, Dios, permite que siga haciéndolo.*

—Pero si el tal grupo terrorista puede transmitir una señal que haga enloquecer a cuantos la oyen —prosiguió Tom—, ¿no es posible que dicha señal contenga una orden según la cual quienes la reciben deben suicidarse al cabo de cinco horas?

—Yo diría que no, no es posible.

—Hasta hace unas horas yo también habría dicho que no era posible que un loco me atacara con un cuchillo delante del Four Seasons —señaló Tom—, o que Boston ardiera hasta los cimientos y todos sus habitantes o, mejor dicho, los afortunados que no tienen móvil, se vieran obligados a huir de la ciudad por los puentes Mystic y Zakim.

Se inclinó hacia delante y clavó una mirada penetrante en Clay.

Quiere creerlo, pensó este. *No pierdas el tiempo intentando disuadirlo, porque realmente quiere creerlo.*

—En cierto modo, no es tan distinto del bioterrorismo que tanto asustaba al gobierno después del 11-S —observó Tom—. A través del teléfono móvil, que se ha convertido en el medio de comunicación dominante en nuestra vida cotidiana, conviertes al pueblo en tu ejército, con soldados que literalmente no tienen miedo de nada, porque están locos, y al mismo tiempo destruyes toda infraestructura. ¿Dónde está la Guardia Nacional esta noche?

—¿En Irak? —aventuró Clay—. ¿En Luisiana?

Era un chiste malo, y Tom no sonrió siquiera.

—En ninguna parte. ¿Cómo recurrir a un ejército nacional

que depende casi por completo de la telefonía móvil para movilizarse siquiera? En cuanto a los aviones, el último que he visto volar ha sido esa avioneta que se ha estrellado en la esquina de Charles y Beacon. —Se detuvo un instante antes de proseguir, con la mirada aún clavada en Clay—. Eso es lo que han hecho... quienesquiera que sean. Nos observaron desde dondequiera que vivan y adoren a sus dioses, ¿y qué vieron?

Clay meneó la cabeza, fascinado por los ojos de Tom, relucientes tras los cristales de las gafas, como los ojos de un visionario.

—Vieron que habíamos vuelto a construir la Torre de Babel..., y esta vez sostenida tan solo por telarañas electrónicas. Y en el espacio de apenas unos segundos, han apartado de un manotazo las telarañas, y nuestra Torre se ha desmoronado. Eso es lo que han hecho, y nosotros tres somos como insectos que, por puñetera suerte, han eludido el pisotón del gigante. Eso es lo que han hecho, ¿y aún crees que no son capaces de haber incluido una señal que ordene a los afectados a dormirse y dejar de respirar cinco horas más tarde? ¿Qué tiene eso de difícil en comparación con lo otro? Nada, diría yo.

—Pues yo lo que diría es que nos conviene dormir un poco —dijo Clay.

Por un instante, Tom permaneció inmóvil, inclinado sobre la mesa y mirando a Clay como si no hubiera entendido sus palabras, pero por fin se echó a reír.

—Sí, tienes razón —admitió—. A veces se me va la olla, lo siento.

—No pasa nada —aseguró Clay—. Y espero que tengas razón en lo de que están muertos... Quiero decir..., a menos que mi chico..., a menos que Johnny-Gee...

No fue capaz de acabar la frase, en parte o quizá sobre todo porque si Johnny había intentado llamar por teléfono y recibido la misma llamada que el Duendecillo Rubio o la Mujer Traje Chaqueta, Clay no sabía si quería que su hijo siguiera vivo.

Tom alargó la mano, y Clay encerró aquellos dedos largos y delicados entre las suyas. Veía la escena como si se hubiera alejado de su cuerpo, y cuando habló tuvo la sensación de que no era él quien hablaba, si bien sentía el movimiento de sus labios y las lágrimas que empezaban a rodarle por las mejillas.

—Tengo tanto miedo por él —musitó su boca—. Tengo miedo por los dos, pero sobre todo por él.

—Todo irá bien —aseguró Tom.

Clay sabía que lo decía con la mejor intención del mundo, pero las palabras le causaron una punzada de terror, porque era el tipo de expresión que la gente empleaba cuando no había nada más que decir, al igual que «Lo superarás» o «Se ha ido a un lugar mejor».

11

Los chillidos de Alice despertaron a Clay de un sueño confuso, aunque no desagradable. Estaba en la Carpa del Bingo de la Feria de Akron. Tenía seis años, quizá incluso menos y en cualquier caso no más, y estaba agazapado bajo la larga mesa ante la que se sentaba su madre, contemplando un bosque de piernas de mujer y aspirando el aroma del serrín mientras el crupier entonaba su canto:

—¡B12, jugadores, B12! ¡La vitamina del sol!

Por un instante, su subconsciente intentó integrar los gritos de la muchacha en el sueño, insistiendo en que lo que oía era el silbido que indicaba que era mediodía, pero la ilusión tan solo duró un momento. Clay se había permitido dormirse en el porche de Tom tras una hora de guardia, convencido de que ahí fuera no sucedería nada, al menos no aquella noche. Pero sin duda debía de estar igual de convencido de que Alice no dormiría de un tirón, porque no experimentó desconcierto alguno una vez su mente identificó los alaridos, en ningún momento se preguntó dónde estaba ni qué hacía allí. En un momento dado era un niño pequeño agazapado bajo una mesa de bingo en Ohio y al siguiente intentaba levantarse del largo y cómodo sofá instalado en el porche de Tom McCourt, con las piernas aún envueltas en la manta. Mientras, en algún lugar de la casa, Alice Maxwell, en un registro casi lo bastante agudo para romper cristales, articulaba todo el horror del día, insistiendo con un rosario de gritos incesantes en que aquellas cosas no podían haber ocurrido y por tanto se imponía negarlas.

Clay intentó liberar las piernas de la manta y al principio no lo consiguió. Se puso a dar saltitos hacia la puerta principal mientras tironeaba de ella para apartarla con ademanes frenéticos mientras volvía la cabeza hacia Salem Street, seguro de que de inmediato empezarían a encenderse luces en las casas vecinas pese a que sabía que no había electricidad, seguro de que alguien, tal vez el señor Nickerson, propietario de numerosas armas y amante de los artilugios electrónicos, saldría al jardín y exigiría a voz en cuello que alguien hiciera callar a esa cría, por el amor de Dios. *¡No me obliguen a hacerlo personalmente!* —vociferaría—. *¡No me obliguen a pegarle un tiro!*

O bien sus gritos atraerían a los chiflados telefónicos como las lámparas antiinsectos atraen a las polillas. Tom creía que habían muerto, pero Clay lo dudaba tanto como dudaba de la existencia del taller de Santa Claus en el Polo Norte.

Sin embargo, Salem Street, o cuando menos aquella manzana, al oeste del centro de la población y por debajo de la zona de Malden que Tom había llamado Granada Highlands, permaneció oscura, silenciosa y tranquila. Incluso el fulgor del incendio de Revere parecía haber menguado.

Clay consiguió por fin liberarse de la manta, entró en la casa y se detuvo al pie de la escalera, escudriñando la negrura. Oía la voz de Tom; no discernía las palabras, pero sí el tono, un tono suave, sereno y tranquilizador. Los alaridos escalofriantes de la chica no tardaron en dar paso a jadeos, luego a sollozos y por fin a palabras. Clay alcanzó a distinguir una de ellas, «pesadilla». Tom siguió hablando, contándole mentiras, asegurándole que todo iría bien, ya lo vería, que por la mañana lo vería todo mejor. Clay los imaginó sentados uno junto a otro en la cama de la habitación de invitados, enfundados en sendos pijamas con el monograma **TM** en el bolsillo de la pechera.

Podría haberlos dibujado en aquella postura, y la idea le arrancó una sonrisa.

En cuanto se convenció de que Alice no volvería a gritar, regresó al porche; hacía un poco de fresco, pero no se estaba mal una vez envuelto en la manta. Clay se sentó en el sofá y paseó la mirada por el tramo de calle que alcanzaba a ver desde allí. A la izquierda, al este de la casa de Tom, había una zona comercial. Le pareció ver el semáforo situado a la entrada de la plaza principal. Al otro lado, por donde habían venido, más casas, todas ellas silenciosas a aquella hora de la madrugada.

—¿Dónde estáis? —murmuró—. Algunos de vosotros, aún cuerdos, os habéis dirigido hacia el norte o hacia el oeste, pero ¿dónde coño están los demás?

No obtuvo respuesta alguna de la calle. En fin, quizá Tom estuviera en lo cierto y los teléfonos les habían enviado el mensaje de enloquecer a las tres y morir a las ocho. Parecía demasiado bueno para ser cierto, pero también recordaba haber pensado lo mismo de los CD grabables.

Silencio en la calle ante él, silencio en la casa a su espalda. Al cabo de un rato, Clay se acostó de nuevo en el sofá y cerró los ojos. Pensó que podía llegar a adormilarse, pero no creía que llegara a conciliar el sueño. Sin embargo, acabó por dormirse, y esta vez sin sueños. Poco antes de que despuntara el alba, un chucho recorrió el sendero de entrada de la casa de Tom McCourt, se quedó mirando a Clay mientras este roncaba entre los pliegues de la manta y al poco se fue. No tenía prisa alguna; aquella madrugada había comida de sobra en Malden, y así sería durante bastante tiempo.

12

—¡Despierta, Clay!

Una mano lo zarandeaba. Al abrir los ojos, Clay vio a Tom inclinado sobre él, vestido con vaqueros y una camisa de trabajo gris. El porche aparecía bañado en una luz pálida y al tiempo intensa. Clay miró el reloj mientras bajaba los pies del sofá y comprobó que eran las seis y veinte.

—Tienes que ver esto —dijo Tom.

Estaba pálido y nervioso, ambos lados del bigote cubiertos por un incipiente vello canoso, un faldón de la camisa fuera de los pantalones y el cabello aún despeinado en la coronilla.

Clay se volvió hacia Salem Street y vio un perro con algo en la boca trotando junto a un par de coches abandonados a media manzana hacia el oeste, pero por lo demás la quietud seguía reinando en la calle. Percibió un leve olor a humo en el aire y supuso que procedía de Boston o bien de Revere. Tal vez de ambos lugares, aunque por lo menos el viento había cesado. Al poco se volvió hacia Tom.

—No, detrás —susurró este—. En el jardín trasero. Lo he visto al ir a la cocina para preparar café, antes de recordar que lo de tomar café se ha terminado, al menos de momento. Puede que no sea nada, pero…, uf, no me hace ni pizca de gracia.

—¿Alice todavía duerme? —preguntó Clay mientras buscaba a tientas sus calcetines bajo la manta.

—Sí, menos mal. Olvídate de los calcetines y los zapatos, que no estamos en el Ritz. Vamos.

Clay siguió a Tom, que llevaba unas zapatillas de aspecto muy cómodo, por el pasillo que conducía a la cocina. Sobre la encimera vio un vaso de té helado medio lleno.

—No consigo arrancar sin cafeína por las mañanas, así que he decidido tomarme un poco de esto. Sírvete, por cierto, aún está frío… La cuestión es que he descorrido la cortina de la ventana del fregadero para echar un vistazo al jardín…, por ningún motivo en particular, solo para entrar en contacto con el mundo exterior. Y entonces he visto… Bueno, míralo tú.

Clay miró por la ventana instalada sobre el fregadero. Tras la casa se abría un pulcro patio de ladrillo donde se veía una barbacoa de gas. Más allá del patio se extendía el jardín de Tom, mitad césped y mitad huerto. Al fondo se alzaba una valla alta de madera con una verja. La verja estaba abierta, y debían de haber forzado el cerrojo, porque ahora pendía ladeado, con aspecto de muñeca rota. De repente se le ocurrió que Tom podría haber preparado el café en la barbacoa de no ser por el hombre sentado en su jardín, junto a lo que sin duda era una carretilla ornamental, comiéndose las blandas entrañas de una calabaza abierta y escupiendo las pepitas. Llevaba un mono de mecánico y una grasienta gorra en la que se veía una desvaída letra *B*, mientras que en el bolsillo izquierdo del mono tenía escrito el nombre *George*. Clay oía los sonidos de masticación que emitía cada vez que hundía el rostro en la calabaza.

—Mierda —masculló entre dientes—. Es uno de ellos.

—Sí, y si hay uno sin duda habrá más.

—¿Ha forzado la verja para entrar?

—Claro que sí —aseguró Tom—. No le he visto hacerlo, pero te aseguro que ayer la cerré antes de irme. No me llevo lo que se dice demasiado bien con Scottoni, el tipo que vive al otro lado. No le gustan los «tipos como yo», según me ha comentado en varias ocasiones. —Se detuvo un instante para luego proseguir en voz aún más baja, tan baja que Clay se vio obligado a inclinarse hacia él para oírlo—. ¿Sabes lo más fuerte? Que conozco a este tipo. Trabaja en la Texaco de Sonny, en el centro. Es la única gasolinera que tiene taller…, o tenía. Una vez me cambió el manguito del radiador; me contó que el año pasado fue con su hermano al estadio de los Yankees y vio a Curt Schilling machacar al Big Unit. Me pareció un tipo bastante majo, y míralo ahora, sentado en mi jardín y comiéndose una calabaza cruda.

—¿Qué pasa? —preguntó Alice a su espalda.

Tom se volvió hacia ella con expresión trastornada.

—No mires —le suplicó.

—Eso es absurdo —objetó Clay—. Tiene que verlo.

Sonrió a Alice y al hacerlo se dio cuenta de que no le costaba demasiado esfuerzo. No había ningún monograma en el bolsillo del pijama que Tom le había prestado, pero la prenda era azul, tal como la había imaginado, y Alice ofrecía un aspecto enloquecedoramente tierno, con los pies descalzos, las perneras enrolladas hasta media pantorrilla y el cabello aún alborotado por el sueño. Pese a las pesadillas parecía más descansada que Tom, y Clay habría apostado algo a que también parecía más descansada que él mismo.

—No es un accidente de coche ni nada por el estilo —la tranquilizó—, tan solo un tipo comiéndose una calabaza en el jardín de Tom.

Alice se situó entre ellos, apoyó las manos en el canto del fregadero y se puso de puntillas para mirar por la ventana. En aquel momento, su brazo rozó el de Clay, y este percibió el calor del sueño que aún irradiaba su piel. Alice contempló la escena durante largo rato y por fin se volvió hacia Tom.

—Dijiste que todos se habían suicidado —declaró.

Clay no alcanzó a discernir si lo decía en tono acusador o de broma. *Seguramente no lo sabe ni ella*, se dijo.

—No lo dije con seguridad —intentó justificarse Tom.

—Pues a mí me pareciste bastante seguro —insistió Alice antes de volver a mirar por la ventana.

Al menos no estaba perdiendo los nervios, pensó Clay. De hecho, consideró que parecía bastante tranquila, si bien un poco chaplinesca en su pijama demasiado grande.

—Esto..., Clay..., Tom...

—¿Qué? —dijeron ambos al unísono.

—Fijaos en la carretilla junto a la que está sentado. Mirad la rueda.

Clay ya se había fijado en lo que señalaba Alice, los restos de cáscara, pulpa y pepitas amontonados junto a la rueda.

—Ha estrellado la calabaza contra la rueda para abrirla y sacar lo de dentro —constató Alice—. Parece que es uno de ellos...

—Desde luego que es uno de ellos —corroboró Clay.

George el mecánico estaba sentado en el jardín con las piernas separadas, lo cual permitió a Clay comprobar que desde el día anterior había olvidado lo que su madre le había enseñado acerca de bajarse los pantalones antes de hacer pis.

—... pero ha utilizado la rueda como herramienta, y eso no me parece demasiado propio de un loco.

—Uno de los de ayer llevaba un cuchillo —le recordó Tom—, y otro blandía un par de antenas de coche.

—Sí, pero esto parece diferente, no sé por qué.

—¿Quieres decir más pacífico? —aventuró Tom antes de mirar de nuevo al intruso—. No me apetece nada salir a averiguarlo.

—No, no quiero decir más pacífico. La verdad es que no sé cómo explicarlo.

Clay creía saber a qué se refería. La agresividad que habían presenciado el día anterior era ciega, inconsciente, nada premeditada. Cierto, habían visto al ejecutivo con el cuchillo y el joven musculoso corriendo con las antenas de coche, pero también estaba el hombre del parque, que había arrancado la oreja al perro con los dientes. El Duendecillo Rubio también había usado los dientes. En cambio, la escena que ahora tenían ante sus ojos parecía muy distinta, y no solo porque en ella el protagonista comía en lugar de matar. No obstante, al igual que Alice, Clay no alcanzaba a definir en qué consistía la diferencia.

—Dios mío, otros dos —exclamó Alice.

En aquel momento cruzaban la verja una mujer de unos cuarenta años, ataviada con un mugriento traje chaqueta gris, y un anciano vestido con pantalones de chándal y una camiseta con las palabras EL PODER DE LAS CANAS impresas en la pechera. La mujer del traje llevaba asimismo los restos de una blusa verde bajo la americana, y los jirones dejaban al descubierto las copas de un sujetador verde claro. El anciano cojeaba mucho y para mantener el equilibrio separaba los codos del cuerpo al andar, como si imitara a una gallina. Tenía la escuálida pierna izquierda cubierta por una capa de sangre seca, y el pie de ese lado había perdido la zapatilla deportiva. Los restos de un calcetín de deporte, también manchado de sangre y suciedad, pendían laxos de su tobillo. El cabello blanco y algo largo le ocultaba el rostro de expresión vacua como una suerte de capucha. La mujer del traje emitía un sonido repetitivo que sonaba a «¡Gum! ¡Gum!» mientras paseaba la mirada por el jardín y el huerto. Miró a George el Devorador de Calabazas como si no existiera y pasó junto a él en dirección a los pepinos. Se arrodilló junto a ellos, arrancó uno de la rama y empezó a comérselo. El anciano con la camiseta del PODER DE LAS CANAS se dirigió hacia el otro extremo del huerto y permaneció un rato inmóvil, como un robot al que por fin se le han acabado las pilas. Llevaba unas diminutas gafas doradas; *gafas de lectura*, pensó Clay, que relucían a la luz del amanecer. Se dijo que tenía aspecto de una persona que antes era extremadamente inteligente y ahora extremadamente estúpida.

Los tres ocupantes de la cocina seguían apiñados ante la ventana, contemplando la escena casi sin aliento.

La mirada del anciano se clavó en George, que arrojó lejos de sí un trozo de calabaza, inspeccionó el resto y volvió a sumergir el rostro en las entrañas de su desayuno. En lugar de comportarse de forma agresiva con los recién llegados, parecía no reparar siquiera en su presencia.

El anciano avanzó cojeando y tiró de una calabaza del tamaño de un balón de fútbol. Se hallaba a menos de un metro de George. Al recordar la encarnizada refriega junto a la estación del metro, Clay contuvo el aliento y esperó.

Al poco sintió que Alice le asía el brazo y que de él había desaparecido todo vestigio de calidez.

—¿Qué va a hacer? —preguntó la chica en voz baja.

Clay se limitó a sacudir la cabeza.

El anciano intentó morder la calabaza, pero lo único que consiguió fue golpearse la nariz contra la cáscara. En otras circunstancias habría resultado gracioso, pero no lo fue. El impacto le ladeó las gafas, y él las enderezó. Era un gesto tan normal que por un instante Clay casi se convenció de que era él quien había perdido el juicio.

—¡Gum! —exclamó la mujer de la blusa hecha jirones al tiempo que tiraba el pepino a medio comer.

Había divisado unos cuantos tomates tardíos y avanzó hacia ellos de rodillas, con el cabello colgándole sobre la cara. Llevaba el trasero de los pantalones muy manchado.

Por su parte, el anciano acababa de ver la carretilla ornamental. Se acercó a ella con la calabaza y en aquel momento pareció reparar en George sentado junto a ella. Se lo quedó mirando con la cabeza ladeada. George señaló la carretilla con una mano teñida de naranja, un gesto que Clay había visto miles de veces.

—Sírvete —murmuró Tom—. Que me aspen…

El anciano cayó de rodillas, un movimiento que a todas luces le causó un dolor considerable. Hizo una mueca, elevó el rostro arrugado hacia el cielo cada vez más luminoso y emitió un gruñido desgarrado. Luego levantó la calabaza por encima de la rueda, estudió el arco de descenso durante unos instantes, mientras los viejos bíceps le temblaban, y por fin estrelló la calabaza contra la madera. El vegetal se partió en dos mitades carnosas. Lo que pasó a continuación sucedió en un abrir y cerrar de ojos. George dejó caer la calabaza ya casi vacía sobre su regazo, se balanceó hacia delante, apresó la cabeza del anciano entre sus enormes manos ahora anaranjadas y la torció. Aun a través de la ventana cerrada oyeron el chasquido del cuello del anciano al quebrarse. El largo cabello blanco voló en todas direcciones. Las pequeñas gafas doradas desaparecieron entre lo que a Clay le parecían unas remolachas. Su cuerpo sufrió un espasmo y quedó inerte. George lo dejó caer al suelo. Alice empezó a gritar, y Tom le cubrió la boca con la mano. Los ojos de la chica, casi desorbitados por el terror, asomaban por encima de sus dedos. En el jardín, George cogió un pedazo de la calabaza recién abierta y empezó a comer con toda la calma del mundo.

La mujer de la blusa desgarrada miró a su alrededor con indiferencia, arrancó otro tomate y le hincó el diente. Un reguero de zumo rojo le descendía por la barbilla y la curva mugrienta del cuello. Ella y George permanecieron sentados en el huerto de Tom, comiendo hortalizas, y por alguna razón a la memoria de Clay acudió el título de uno de sus cuadros predilectos, *El reino pacífico*.

No se dio cuenta de que había pronunciado el nombre en voz alta hasta que Tom se volvió hacia él con expresión sombría y dijo:

—Ya no.

13

Los tres seguían junto a la ventana de la cocina cinco minutos más tarde, cuando una alarma empezó a aullar a cierta distancia. Sonaba ronca y cansada, como si estuviera a punto de agotarse.

—¿Tienes idea de lo que puede ser? —preguntó Clay.

En el jardín, George había abandonado la calabaza y desenterrado una patata de gran tamaño. Ahora estaba más cerca de la mujer, pero no mostraba interés alguno por ella, al menos de momento.

—Yo diría que el generador del supermercado Safeway del centro comercial se ha agotado —aventuró Tom—. Lo más probable es que tengan una alarma de pilas para avisar cuando pasa eso, por los productos refrigerados. Pero no estoy seguro; también podría ser la alarma del Primer Banco de Malden y...

—¡Mirad! —exclamó Alice.

La mujer soltó el tomate que estaba a punto de arrancar, se levantó y se dirigió hacia el lado este de la casa de Tom. George se levantó cuando pasó junto a él, y Clay estaba seguro de que pretendía matarla como al anciano. Hizo una mueca de aprensión y advirtió que Tom alargaba la mano hacia Alice para apartarla de la ventana. Sin embargo, George se limitó a seguir a la mujer, doblando tras ella la esquina de la casa.

Alice se volvió y corrió hacia la puerta de la cocina.

—¡No dejes que te vean! —advirtió Tom en voz baja e inquieta al tiempo que empezaba a seguirla.

—No te preocupes —repuso ella.

Clay los siguió a ambos, preocupado por todos ellos.

Llegaron a la puerta del comedor justo a tiempo de ver a la mujer del traje mugriento y a George, enfundado en su mono aún más mugriento, pasar ante la ventana, sus cuerpos laminados por las persianas venecianas bajadas, pero no cerradas. Ninguno de los dos miró hacia la casa, y George estaba tan cerca de la mujer que podría haberle mordido la nuca. Seguida por Clay y Tom, Alice recorrió el pasillo en dirección al pequeño despacho de Tom. Allí las persianas sí estaban cerradas, pero Clay distinguió las sombras de los dos locos pasar a toda prisa tras ellas. Alice continuó por el pasillo hacia la puerta abierta que daba al porche. Media manta estaba sobre el sofá y media en el suelo, tal como Clay la había dejado. El radiante sol de la mañana bañaba el porche, que parecía arder bajo su luz.

—¡Cuidado, Alice! —advirtió Clay—. Ten cui...

Pero Alice se había detenido en seco. Al instante, Tom se plantó junto a ella. Eran casi de la misma estatura, y vistos desde aquella perspectiva podrían haber pasado por hermanos. Ninguno de ellos se molestó en evitar que los vieran.

—Joder —masculló Tom con voz ahogada, como si la estupefacción lo hubiera dejado sin aliento.

Junto a él, Alice rompió a llorar con los sollozos entrecortados de un niño cansado, un niño que empieza a acostumbrarse a los castigos.

Clay los alcanzó en un abrir y cerrar de ojos. La mujer del traje cruzaba el césped de Tom. George le pisaba los talones, caminando al mismo paso. Casi parecían dos soldados en pleno desfile. La armonía se alteró un poco en el bordillo, cuando George se abrió a su izquierda para colocarse a su lado.

Salem Street estaba atestada de chiflados.

En un primer momento, Clay calculó que habría unos mil, pero al poco se activó su facultad de observación, el ojo crítico de artista, y comprendió que se había pasado por mucho a causa de la sorpresa que le había causado ver gente en una calle que esperaba desierta, y no gente cualquiera, sino un montón de locos. Los rostros desprovistos de toda expresión resultaban inconfundibles, al igual que la ropa rota y sucia (o, en algunos casos, la ausencia de ropa), los ocasionales gritos inarticulados y los gestos espasmódicos. El hombre ataviado tan solo con calzoncillos ajustados y un polo que no cesaba de hacer lo que parecían saludos militares; la mujer corpulenta con el labio inferior partido y separado en dos colgajos carnosos que dejaba al descubierto toda la parte inferior de su dentadura; el adolescente alto vestido con bermudas tejanas que caminaba por el centro de Salem Street con lo que parecía una barra de hierro ensangrentada en la mano; un caballero indio o paquistaní que pasó ante la casa de Tom moviendo la mandíbula de un lado a otro al tiempo que castañeteaba los dientes; un chico..., oh, Dios mío, un chico de la edad de Johnny que andaba sin exteriorizar dolor alguno pese a que el brazo le pendía inerte bajo el hombro luxado; una joven muy bonita en minifalda y top que por lo visto se estaba comiendo el estómago de un cuervo. Algunos gemían, otros emitían sonidos vocales que tal vez en tiempos hubieran sido palabras, y todos ellos se dirigían hacia el este. Clay no sabía si era la alarma o el olor a comida lo que los atraía, pero en cualquier caso todos ellos caminaban hacia el centro comercial de Malden.

—Madre mía, es el paraíso de los zombis —musitó Tom.

Clay no se molestó en contestar. Aquellos tipos no eran exactamente zombis, pero Tom no iba del todo desencaminado. *Si alguno de ellos mira hacia aquí, nos ve y decide ir a por nosotros, estamos perdidos sin remisión, aunque nos atrincheremos en el sótano. Y en cuanto a lo de ir a buscar las armas a casa del vecino, ni hablar del peluquín.*

La idea de que su mujer y su hijo pudieran (y con toda probabilidad así era) tener que vérselas con criaturas como aquellas le provocó una oleada de pánico. Pero aquello no era un cómic ni él un superhéroe; no podía hacer nada. Tal vez él, Alice y Tom estuvieran a salvo en la casa, pero a todas luces no podían ir a ninguna parte, al menos en un futuro inmediato.

14

—Son como pájaros —constató Alice al tiempo que se enjugaba las lágrimas con el dorso de la mano—. Una bandada de pájaros.

Clay comprendió a qué se refería y la abrazó impulsivamente. Alice había expresado lo que él había intuido al ver que George el mecánico seguía a la mujer en lugar de matarla como había hecho con el anciano. Era evidente que a aquellos dos chiflados no les faltaba un tornillo, sino una caja de herramientas entera, pero parecían actuar sobre la base de algún acuerdo tácito.

—No lo entiendo —dijo Tom.

—Seguro que no viste *La marcha de los pingüinos* —señaló Alice.

—Pues no —reconoció Tom—. Cuando quiero ver a tipos en esmoquin, voy a un restaurante francés.

—Pero ¿nunca te has fijado en el comportamiento de los pájaros, sobre todo en primavera y otoño? —inquirió Clay—. Seguro que sí. Todos se posan en el mismo árbol o a lo largo del mismo cable telefónico...

—A veces son tantos que los cables se doblan —añadió Alice—. Y de repente todos levantan el vuelo al mismo tiempo. Mi padre dice que deben de tener un jefe, pero el señor Sullivan, el profesor de naturales que tenía en primaria, nos explicó que se debía a una especie de conciencia colectiva, como las hormigas que salen todas juntas del hormiguero, o las abejas de la colmena.

—Toda la bandada gira al mismo tiempo hacia la izquierda o la derecha, y los pájaros nunca chocan entre sí —prosiguió Clay—. A veces hay tantos que el cielo queda ennegrecido y el ruido te vuelve loco. —Hizo una pausa—. Al menos en el campo, que es donde vivo. —Se detuvo de nuevo antes de continuar—: Tom..., ¿reconoces a alguno de ellos?

—A unos cuantos. Ese es el señor Potowami, de la panadería —dijo al tiempo que señalaba al indio que movía la mandíbula y castañeteaba los dientes—. Esa joven tan guapa... creo que trabaja en el banco. ¿Y os acordáis de que os he mencionado a Scottoni, el hombre que vive detrás de mi casa?

Clay asintió.

Muy pálido, Tom señaló a una mujer visiblemente embarazada y ataviada tan solo con una bata manchada de comida que le llegaba hasta medio muslo. El cabello rubio le colgaba lacio sobre las mejillas granujientas, y en la nariz lucía un *piercing* que relucía al sol matinal.

—Aquella es su nuera —explicó—, Judy. Siempre se ha

mostrado muy amable conmigo... Esto me parte el corazón —añadió en tono seco y neutro.

Desde el centro de la población les llegó el estruendo de un disparo. Alice profirió una exclamación, pero esta vez no hizo falta que Tom le tapara la boca, porque lo hizo ella misma. En cualquier caso, ninguno de los locos de la calle se volvió hacia ellos, ni tampoco pareció inmutarles el disparo, que a Clay le pareció de escopeta. Se limitaron a seguir avanzando a la misma velocidad. Clay esperó el siguiente disparo, pero en su lugar oyeron un grito corto que se interrumpió en seco.

Los tres siguieron al amparo de las sombras del porche, contemplando la escena sin hablar. Todos los que pasaban por la calle se dirigían hacia el este, y aunque no caminaban en formación, sin lugar a dudas reinaba cierto orden en su avance, un orden que en opinión de Clay no se expresaba en la visión que se había forjado de los chiflados, que a menudo cojeaban, arrastraban los pies, parloteaban en un lenguaje ininteligible y hacían gestos extraños, sino en el deslizar silencioso de sus sombras sobre el pavimento. Aquellas sombras le recordaron los antiguos noticiarios de la Segunda Guerra Mundial, donde oleada tras oleada de aviones surcaban el cielo. Clay contó doscientos chiflados antes de dejarlo correr. Había hombres, mujeres, adolescentes, también bastantes chicos de la edad de Johnny. Muchos más niños que ancianos, de hecho, aunque vio a muy pocos menores de diez años. No quería ni pensar en lo que debía de haberles ocurrido a los chiquillos que no tenían a nadie que cuidase de ellos en el momento de El Pulso.

O a los chiquillos que en ese instante estaban a cargo de personas con teléfono móvil.

En cuanto a los niños de mirada vacua que vio en la calle, Clay se preguntó cuántos de ellos habrían dado la vara a sus padres para que les compraran un teléfono móvil con melodías especiales, como había hecho Johnny.

—Una conciencia colectiva... —musitó Tom—. ¿De verdad lo crees?

—Yo sí —afirmó Alice—. Porque..., bueno..., ¿qué clase de conciencia pueden tener individualmente?

—Tiene razón —señaló Clay.

La migración, pues una vez te planteabas el éxodo en aquellos términos ya no podías planteártelo de ningún otro modo, menguó pero no terminó en la siguiente media hora. Pasaron tres hombres caminando al mismo paso, uno de ellos ataviado con una camisa de bolera, otro enfundado en los restos de un traje, el tercero con la parte inferior del rostro oculta por una gruesa capa de sangre y tejidos resecos; luego dos hombres y una mujer avanzando en un intento de fila de conga; más tarde una mujer de mediana edad con aspecto de bibliotecaria (siempre y cuando no te fijaras en el pecho desnudo que oscilaba al viento) junto a una adolescente desgarbada que bien podría haber sido su ayudante. Tras una pausa, otra docena de chiflados formaban una especie de cuadrado hueco, como los escuadrones de combate en las guerras Napoleónicas. A lo lejos, Clay empezó a oír sonidos de guerra, sobre todo disparos ocasionales de rifle y pistola, pero en una ocasión (muy cerca, en Medford o quizá en el propio Malden) el tamborileo característico de un arma automática de gran calibre. También oyó más gritos; casi todos provenían de muy lejos, pero Clay estaba casi seguro de que eran gritos.

Todavía quedaban muchas personas cuerdas en aquellos parajes; algunas de ellas habían conseguido hacerse con armas y con toda probabilidad se estaban hinchando a cargarse chiflados. Sin embargo, otros no habían tenido la suerte de estar a cubierto cuando los locos se pusieron en marcha al alba. Pensó en George el mecánico asiendo la cabeza del anciano con las manos teñidas de naranja, el golpe seco hacia un lado, el chasquido, las gafitas de lectura aterrizando entre las remolachas, donde se quedarían. Por mucho tiempo.

—Me parece que me voy al salón a sentarme un rato —anunció Alice—. No quiero seguir viéndolos ni escuchándolos. Me dan ganas de vomitar.

—Buena idea —convino Clay—. Tom, ¿por qué no...?

—No —lo atajó Tom—. Entra tú; yo me quedaré aquí fuera un rato más. Creo que uno de nosotros tiene que observarlos, ¿no te parece?

Clay asintió.

—Puedes relevarme dentro de una hora o algo así. Nos turnaremos.

—De acuerdo.

—Una cosa —dijo Tom cuando Clay echó a andar por el pasillo con el brazo alrededor de los hombros de Alice.

Ambos se volvieron hacia él.

—Creo que hoy deberíamos intentar descansar todo lo posible, si es que todavía queremos ir hacia el norte.

Clay lo observó detenidamente para asegurarse de que Tom seguía en su sano juicio. Lo parecía, pero...

—¿No has visto lo que está pasando ahí fuera? —le preguntó—. ¿No has oído los disparos? ¿Los...

No quería decir «los chillidos» en presencia de Alice, aunque a decir verdad era un poco tarde para intentar proteger su inocencia.

—¿... los gritos?

—Claro que sí —aseguró Tom—, pero anoche los chiflados no salieron, ¿verdad?

Por un instante, tanto Clay como Alice permanecieron inmóviles. Luego, Alice empezó a aplaudir sin apenas hacer ruido, y Clay esbozó una sonrisa que se le antojó rígida y ajena, aunque cargada de tanta esperanza que resultaba dolorosa.

—Tom, me parece que eres un genio —constató.

Tom no le devolvió la sonrisa.

—No creas —objetó—. Saqué una nota pésima en la selectividad.

15

Sintiéndose a todas luces mejor, lo cual en opinión de Clay debía de ser positivo, Alice subió para buscar entre la ropa de Tom algo que ponerse. Clay se sentó en el sofá y pensó en Sharon y Johnny, intentando adivinar qué habrían hecho y adónde habrían ido, siempre sobre la base de que habían tenido la suerte de encontrarse. Al cabo de un rato se adormiló y los visualizó con toda claridad en la escuela primaria de Kent Pond, el centro donde Sharon daba clases. Estaban atrincherados en el gimnasio con dos o tres docenas de personas más, comiendo bocadillos de la cafetería y bebiendo esos pequeños cartones de leche. Se...

La llamada de Alice desde el piso superior lo despabiló. Al mirar el reloj comprobó que había dormido durante casi veinte minutos. Tenía el mentón humedecido de saliva.

—¿Alice? —llamó mientras se acercaba al pie de la escalera—. ¿Estás bien?

Advirtió que Tom también se había asomado al interior de la casa para averiguar qué sucedía.

—Sí, pero ¿puedes subir un momento?

—Voy.

Clay miró a Tom, se encogió de hombros y subió.

Alice estaba en un dormitorio de invitados que no tenía aspecto de haber recibido a muchos invitados. Las dos almohadas indicaban que Tom había pasado casi toda la noche con ella, y la ropa de cama arrugada daba fe de un descanso inquieto. Alice había encontrado unos pantalones color caqui que casi le iban bien y una sudadera en cuya pechera se veían las palabras PARQUE CANOBIE LAKE impresas bajo la silueta de una montaña rusa. En el suelo había el tipo de equipo de música portátil por el que Clay y sus amigos suspiraban de adolescentes del mismo modo en que Johnny-Gee había suspirado por su teléfono móvil rojo. Era lo que Clay y sus amigos llamaban «loros».

—Estaba en el armario, y las pilas parecen nuevas —comentó Alice—. Se me ha ocurrido encenderlo y buscar alguna emisora de radio, pero luego me ha dado miedo.

Clay se quedó mirando el loro sobre el agradable parquet de la habitación de invitados, y también a él le dio miedo. Tenía la sensación de hallarse ante un arma cargada, pero al mismo tiempo lo invadió el impulso de alargar la mano y cambiar el selector, ahora en CD, a la FM de la radio. Imaginaba que Alice habría sentido el mismo impulso y que por eso lo había llamado. Sin duda el impulso de tocar un arma cargada no se diferenciaba en nada de aquella sensación.

—Me lo regaló mi hermana hace dos cumpleaños —explicó Tom desde el umbral, y los otros dos dieron un respingo—. El pasado julio le puse pilas y me lo llevé a la playa. Cuando era pequeño siempre íbamos a la playa y escuchábamos la radio, pero nunca había tenido un trasto tan grande.

—Yo tampoco —corroboró Clay—, pero siempre quise tener uno.

—Me lo llevé a Hampton Beach, en New Hampshire, con un puñado de CD de Van Halen y Madonna, pero no es lo mismo, ni de lejos. No he vuelto a usarlo desde entonces. Imagino que ya no debe de funcionar ninguna emisora, ¿no creéis?

—Apuesto algo a que quedan algunas —afirmó Alice.

Se estaba mordiendo el labio inferior, y Clay pensó que si seguía así no tardaría en sangrar.

—Me refiero a las que mis amigos llaman emisoras robo-ochentas. Todas tienen nombres simpáticos como BOB o FRANK, pero en realidad salen de un ordenador gigante que está en Colorado y se retransmiten por satélite, o al menos eso dicen mis amigos. Y...

Se lamió el punto que se había estado mordiendo, ahora reluciente por la sangre acumulada justo debajo de la superficie.

—... y así es como se emiten las señales de los móviles, ¿no? Por satélite.

—No lo sé —reconoció Tom—. Supongo que las señales de larga distancia sí..., y las transatlánticas, por descontado..., y supongo que un tipo muy listo podría introducir la señal de satélite que quisiera en esas torres de microondas que se ven por todas partes..., las que repiten las señales...

Clay sabía a qué torres se refería, aquellos esqueletos de acero rodeados de antenas parabólicas con aspecto de ventosas grises que habían aparecido por todas partes en los últimos diez años.

—Si consiguiéramos sintonizar alguna emisora local, quizá podríamos enterarnos de algo, averiguar qué hacer, adónde ir...

—Sí, pero ¿y si la señal también está en la radio? —objetó

Alice—. Eso es lo que digo. ¿Y si sintonizamos lo que fuera que oyó mi... —Volvió a lamerse el labio antes de mordisquearlo una vez más—... madre? Y mi padre. Él también, oh, sí, acababa de estrenar teléfono, uno de esos de última generación, con vídeo, automarcado, conexión a internet... ¡Le encantaba ese trasto! —Lanzó una carcajada histérica y afligida a un tiempo, una combinación que producía vértigo—. ¿Y si sintonizamos lo mismo que oyeron ellos? ¿Realmente queréis correr ese riesgo?

Tom guardó silencio unos instantes y por fin habló en tono vacilante, como si pusiera a prueba la idea.

—Uno de nosotros podría arriesgarse. Los otros dos podrían irse y esperar...

—No —se opuso Clay.

—No, por favor —gimió Alice al borde de las lágrimas—. Os quiero a los dos conmigo. Os necesito a los dos.

Siguieron mirando la radio. Clay se sorprendió pensando en las novelas de ciencia ficción que leía de adolescente (a veces en la playa, escuchando a Nirvana por la radio en lugar de Van Halen). En muchas de ellas se acababa el mundo, y los héroes lo reconstruían; no sin esfuerzos ímprobos y reveses, pero sí, usaban las herramientas y la tecnología, y terminaban por reconstruirlo. No recordaba ninguna novela en la que los héroes se limitaran a quedarse mirando una radio en un dormitorio de invitados. *Tarde o temprano, alguien cogerá una herramienta o encenderá una radio*, pensó, *porque alguien tendrá que hacerlo.*

Sí, pero no esa mañana.

Sintiéndose como un traidor a algo más grande de lo que alcanzaba a comprender, Clay recogió del suelo el aparato de música de Tom, lo guardó en el armario y cerró la puerta.

16

Al cabo de aproximadamente una hora, la ordenada migración empezó a desmoronarse. En aquel momento era Clay quien montaba guardia. Alice estaba en la cocina, comiéndose uno de los bocadillos que habían llevado consigo desde Boston (decía que tenían que terminarse los bocadillos antes de echar mano de las latas almacenadas en la diminuta despensa de Tom, porque no sabían cuándo volverían a comer carne fresca), y Tom dormía en el sofá del salón, roncando plácidamente.

Reparó en algunas personas que caminaban en dirección opuesta a la mayoría y al poco percibió que el orden se resquebrajaba un poco en Salem Street. Se trataba de un cambio tan sutil que su cerebro registró lo que sus ojos veían como una mera intuición. Al principio incluso creyó que era una alteración causada por los escasos caminantes, más locos aún que el resto, que se dirigían hacia el oeste en lugar de ir al este, pero al fijarse en las sombras vio que el pulcro patrón que había observado hasta entonces comenzaba a distorsionarse y por fin desapareció.

Cada vez más gente se dirigía ahora hacia el oeste, y algunos de ellos roían alimentos sacados de algún supermercado, con toda probabilidad el Safeway que había mencionado Tom. La nuera del señor Scottoni, Judy, llevaba una gigantesca tarrina de helado de chocolate medio derretido que le había manchado la parte delantera de la bata y cubierto el cuerpo con una capa marrón desde las rodillas hasta el *piercing* de la nariz. El rostro embadurnado de chocolate le confería el aspecto de los personajes que fingían ser negros en los espectáculos de variedades del siglo XIX. Por su parte, el señor Potowami había abandonado cualquier creencia vegetariana que hubiera albergado en el pasado y ahora daba cuenta de un voluminoso montón de carne picada cruda que llevaba en ambas manos. Un tipo grueso ataviado con un traje muy sucio portaba lo que parecía una pierna de cordero a medio descongelar, y cuando Judy intentó arrebatársela, el tipo con pinta de banquero le asestó un fuerte golpe en la frente con ella. La joven se desplomó en silencio como un toro noqueado, sobre el vientre abultado y la tarrina ahora aplastada de helado de chocolate Breyer.

Entre los chiflados reinaba un desorden cada vez mayor y no exento de violencia, aunque distinto del ensañamiento brutal de la tarde anterior, al menos allí. La alarma del centro comercial de Malden, ya cansina cuando empezó a sonar, se había agotado hacía mucho. A lo lejos todavía se oían disparos de forma esporádica, aunque no se había oído ninguno cerca desde aquella ráfaga procedente del centro de la ciudad. Clay observó a los locos para ver si se animaban a entrar en las casas, pero si bien de vez en cuando alguno caminaba por un jardín, ninguno de ellos mostraba intenciones de pasar al allanamiento. Se dedicaban sobre todo a deambular de aquí para allá, de vez en cuando intentando arrebatarse mutuamente la comida, en ocasiones peleándose o mordiéndose. Tres o cuatro chiflados, entre ellos la nuera de Scottoni, yacían en la calle, bien muertos o bien inconscientes. Suponía que los que habían visto hacía un rato en el jardín de Tom seguían en la plaza, marcándose unos pasos de baile o bien celebrando el Primer Festival Anual de la Carne Cruda de Malden. Gracias a Dios. No obstante, resultaba extraño que la actitud de rebaño se hubiera desmoronado.

Poco después de mediodía se caía de sueño, de modo que fue a la cocina, donde encontró a Alice sentada a la mesa, dormitando con la cabeza entre los brazos y la zapatilla deportiva, la que ella llamaba Nike de bebé, sujeta entre los dedos de una mano. Cuando la despertó, Alice lo miró con aire aturdido y se llevó la zapatilla al pecho, como si temiera que Clay intentara quitársela.

Clay le preguntó si se veía capaz de vigilar desde el final del pasillo durante un rato sin dormirse ni dejarse ver. Alice repuso que sí, Clay le tomó la palabra y le colocó una silla. Alice se detuvo un instante junto a la puerta del salón.

—Mira —señaló.

Clay miró por encima del hombro, vio al gato, Rafe, dormido sobre el vientre de Tom y sonrió.

Alice se sentó en la silla, lo bastante lejos de la puerta para que no pudieran verla desde el exterior.

—Han dejado de formar un rebaño —constató tras echar un breve vistazo a la calle—. ¿Qué ha pasado?

—No lo sé.

—¿Qué hora es?

Clay miró el reloj.

—Las doce y veinte.

—¿A qué hora te has dado cuenta de que empezaban a formar un rebaño?

—No lo sé, Alice —repuso Clay, intentando mostrarse paciente con ella, pero apenas capaz de mantener los ojos abiertos—. A las seis y media o a las siete. ¿Qué importa?

—Si pudiéramos determinar sus hábitos, podría importar mucho, ¿no te parece?

Clay repuso que pensaría en ello después de dormir un poco.

—Dentro de un par de horas nos despiertas a mí o a Tom —ordenó—, o antes si algo va mal.

—No creo que las cosas puedan ponerse mucho peor —murmuró ella—. Anda, sube, que pareces hecho polvo.

Clay subió al dormitorio de invitados, se quitó los zapatos y se tumbó en la cama. Por un instante pensó en lo que había dicho Alice. «Si pudiéramos determinar sus hábitos…» Tal vez tuviera razón. No era muy probable, pero quizá…

Era una estancia agradable, muy agradable, bañada por el sol. Tumbado en una habitación como aquella resultaba fácil olvidar que en el armario había una radio que no te atrevías a encender. Por el contrario, no resultaba tan fácil olvidar que tu esposa, de la que estabas separado pero a la que aún amabas, podía haber muerto, y que tu hijo, al que no solo amabas, sino que adorabas, podía haberse vuelto loco. Sin embargo, el cuerpo tenía sus necesidades, y si existía en el mundo la habitación ideal para echar una siesta, sin duda era aquella. El pánico se agitó en su interior, pero sin llegar a atacar, y Clay se durmió nada más cerrar los ojos.

17

Esta vez fue Alice quien lo despertó. La zapatilla lila se balanceó cuando lo tocó con la mano. Ahora la llevaba atada de la muñeca a modo de talismán, un talismán bastante espeluznante. La luz había cambiado. Venía del lado opuesto y era más tenue. Clay yacía de costado y tenía ganas de orinar, lo cual indicaba que llevaba bastante rato durmiendo. Se incorporó con brusquedad y se sorprendió, casi se asustó, de hecho, al comprobar que eran las seis menos cuarto; había dormido más de cinco horas. Pero por supuesto la noche anterior no había sido la primera que no descansaba de un tirón, dos noches atrás tampoco había dormido bien a causa de los nervios ante la entrevista con los de Dark Horse.

—¿Va todo bien? —preguntó mientras asía la muñeca de Alice—. ¿Por qué me has dejado dormir tanto?

—Porque lo necesitabas —repuso ella—. Tom ha dormido hasta las dos, y yo hasta las cuatro. Desde entonces hemos montado guardia juntos. Baja a echar un vistazo. Es impresionante.

—¿Han vuelto a formar un rebaño?

—Sí, pero esta vez en dirección opuesta, y eso no es lo único. Ven a verlo.

Clay fue a orinar y luego bajó a toda prisa. Tom y Alice estaban de pie en el umbral de la puerta principal, cogidos de la cintura. Ya no hacía falta preocuparse por la posibilidad de que los vieran, porque el cielo aparecía cubierto de nubes y el porche se hallaba sumido en las sombras. De todos modos, en Salem Street quedaban muy pocos locos. Todos ellos se dirigían hacia el oeste, sin correr pero a buen ritmo. Pasó un grupo de cuatro desfilando sobre cuerpos tendidos y restos de comida, entre los que se encontraba la pierna de cordero, ahora roída hasta el hueso, numerosos envoltorios de celofán abiertos y envases de cartón, así como frutas y hortalizas desparramadas por todas partes. Los seguía un grupo de seis, los últimos que caminaban por la acera. No se miraban, pero entre ellos reinaba tal armonía que al pasar ante la casa de Tom casi parecían un solo hombre, y Clay advirtió que incluso balanceaban los brazos al unísono. Tras ellos cojeaba un chico de unos catorce años que emitía mugidos inarticulados de vaca mientras intentaba darles alcance.

—Dejan a los muertos y a los que están del todo inconscientes —explicó Tom—, pero los hemos visto ayudar a un par que se movían.

Clay buscó con la mirada a la mujer embarazada, pero no la vio.

—¿Y la señora Scottoni?

—Es una de las que han recogido.

—O sea, que vuelven a comportarse como personas.

—Yo no diría tanto —puntualizó Alice—. Uno de los hombres a los que han intentado ayudar no podía caminar, y después de que se cayera un par de veces, uno de los tipos que lo ayudaba se ha cansado de hacer de *boy scout*...

—Lo ha matado —terminó Tom por ella—. Y no con las manos, como el tipo del jardín, sino con los dientes. Le ha arrancado el cuello con los dientes.

—Me he dado cuenta de lo que iba a pasar y he apartado la vista —dijo Alice—, pero lo he oído. El hombre... chilló.

—Tranquila —musitó Clay mientras le oprimía el brazo—. Tranquila.

En la calle ya no quedaba casi nadie. Al poco pasaron otros dos rezagados, y si bien caminaban juntos, ambos cojeaban tanto que no producían sensación alguna de armonía.

—¿Adónde irán? —preguntó Clay.

—Alice cree que van a ponerse a cubierto —explicó Tom con cierto entusiasmo—. Antes de que oscurezca. Puede que tenga razón.

—Pero ¿dónde van a refugiarse? ¿Habéis visto a alguno de ellos entrar en las casas de esta manzana?

—No —respondieron Alice y Tom al unísono.

—Y no han vuelto todos —añadió Alice—. Han vuelto muchos menos de los que hemos visto subir esta mañana por Salem Street, así que muchos de ellos siguen en el centro comercial de Malden o más lejos. Puede que hayan ido a edificios públicos, como gimnasios de escuelas...

Gimnasios de escuelas. A Clay no le hacía ni pizca de gracia aquella posibilidad.

—¿Habéis visto la peli *Amanecer de los muertos*? —inquirió Alice.

—Sí —asintió Clay—, pero no me digas que a ti te dejaron entrar.

Alice se lo quedó mirando como si estuviera loco..., o fuera un anciano.

—Una amiga mía la tenía en DVD, y la vimos un día que nos quedamos a dormir en su casa en octavo.

Cuando el Pony Express aún funcionaba y las manadas de búfalos todavía oscurecían las llanuras, implicaba su tono de voz.

—En la peli, todos los muertos..., bueno, todos no, pero un montón, volvían al centro comercial cuando despertaban.

Tom McCourt se la quedó mirando un instante con los ojos abiertos como platos y de repente se echó a reír. No era una risita, sino una sucesión de carcajadas tan potentes que se vio obligado a apoyarse contra la pared para no perder el equilibrio, y Clay consideró prudente cerrar la puerta principal. No tenían modo de saber cuánto eran capaces de oír los locos rezagados, pero de repente recordó que el narrador chiflado del relato de Poe «El corazón delator» tenía un oído finísimo.

—Es verdad —insistió Alice, poniendo los brazos en jarras, gesto que hizo oscilar de nuevo la zapatilla—. Directos al centro comercial.

Tom rió aún más fuerte. Las rodillas se negaban a sostenerlo, de modo que fue resbalando hacia el suelo del recibidor, golpeándose el pecho con las manos.

—Mueren... —jadeó sin aliento— y vuelven... para ir al centro comercial. Por el amor de Dios..., ¿lo sabe el telepredicador Jerry Falwell...?

Tom sucumbió a otro acceso de risa incontenible mientras las lágrimas le rodaban por las mejillas.

—¿Sabe Jerry Falwell... —prosiguió cuando logró recobrar la compostura— que el paraíso está en el centro comercial de Newcastle?

Clay también se echó a reír, y Alice no tardó en unirse a ellos, aunque Clay tenía la impresión de que estaba un poco cabreada por el hecho de que no se hubieran tomado su referencia con interés o una manifestación moderada de buen humor, sino con un ataque de risa irreprimible. No obstante, cuando alguien se echa a reír, cuesta no unirse a la fiesta, aun cuando estés cabreado.

—Si el cielo no se parece mucho a Dixie —comentó Clay sin

venir a cuento cuando ya casi se habían serenado—, yo no quiero ir.

Aquello los hizo estallar de nuevo en carcajadas.

—Si forman un rebaño y pasan la noche en gimnasios, iglesias y centros comerciales, sería posible matarlos a centenares —observó Alice al cabo de un instante sin dejar de reír.

Clay fue el primero en dejar de reír, seguido de Tom. Este último se quedó mirando a Alice mientras se enjugaba las lágrimas del bigotillo.

Alice asintió con un gesto. La risa le había coloreado las mejillas, y todavía sonreía. Al menos por el momento, el aspecto agradable de su rostro había dado paso a la auténtica belleza.

—Quizá a millares, si todos van al mismo lugar.

—Madre mía —musitó Tom antes de quitarse las gafas para limpiárselas—. No te andas con chiquitas.

—Puro instinto de supervivencia —replicó Alice sin inmutarse.

Bajó la mirada hacia la zapatilla atada a su muñeca, luego miró a los dos hombres y volvió a asentir.

—Tendríamos que determinar sus hábitos —insistió—, averiguar si en realidad forman rebaño y, en tal caso, cuándo. Si buscan cobijo para pasar la noche y dónde. Porque si conseguimos determinar sus hábitos...

18

Clay los había sacado de Boston, pero cuando los tres ocupantes de la casa de Salem Street se pusieron en marcha veinticuatro horas más tarde, era la joven Alice Maxwell, de quince años, quien a todas luces llevaba la voz cantante. Cuanto más pensaba Clay en ello, menos le extrañaba.

Tom McCourt no carecía de lo que sus primos británicos denominaban «redaños», pero no era y nunca sería un líder natural. Por su parte, Clay poseía ciertas cualidades de liderazgo, pero aquella noche Alice contaba con una ventaja más allá de su inteligencia y de su deseo de sobrevivir. Había sufrido una pérdida y ahora estaba preparada para seguir adelante. En cambio, al salir de la casa de Salem Street, los dos hombres se enfrentaban a nuevas pérdidas. Clay empezaba a experimentar los síntomas de una depresión más bien aterradora que al principio achacó a la decisión, por demás inevitable, de abandonar su carpeta de dibujo. Sin embargo, a medida que avanzaba la noche comprendió que su estado de ánimo se debía al terror insondable ante lo que podía encontrarse si llegara a Kent Pond, si es que llegaba.

El caso de Tom era más sencillo: detestaba la idea de abandonar a Rafe.

—Déjale la puerta abierta —lo instó Alice, aquella nueva Alice que parecía más resuelta cada minuto que pasaba—. Lo más probable es que no le pase nada, Tom. No le faltará comida. Pasará mucho tiempo antes de que los gatos se mueran de hambre o los chiflados telefónicos empiecen a comer carne de gato.

—Se volverá salvaje —gimió Tom.

Estaba sentado en el sofá del salón, elegante y afligido en su gabardina ceñida con cinturón y su sombrero tirolés. Rafer estaba tumbado sobre su regazo, ronroneando con expresión aburrida.

—Sí, es lo que suele pasar —convino Clay—. Piensa en todos los perros, los pequeños y los grandes, que morirán.

—Hace mucho tiempo que lo tengo, desde que era un bebé —explicó, y cuando alzó la mirada, Clay advirtió que estaba al borde del llanto—. Y además, es como mi talismán de la buena suerte. No olvidéis que me salvó la vida.

—Ahora tus talismanes somos nosotros —dijo Clay.

No quería recordarle que también él le había salvado la vida a Tom en una ocasión, pero era cierto.

—¿Verdad que sí, Alice? —añadió.

—Desde luego —repuso ella.

Llevaba un poncho que le había encontrado Tom y una mochila a la espalda, que de momento no contenía más que pilas para las linternas…, además, supuso, de aquella espeluznante zapatilla de bebé que ya no llevaba atada a la muñeca. Clay también llevaba pilas en su mochila, así como la lámpara de gas. A instancias de Alice, no habían cogido nada más. La chica afirmaba que no tenía sentido ir muy cargados cuando podían abastecerse por el camino.

—Somos los Tres Mosqueteros, Tom, uno para todos, y todos para uno. Y ahora vayamos a casa de los Nickleby a ver si podemos hacernos con unos mosquetes.

—Nickerson —corrigió Tom sin dejar de acariciar al gato.

Alice era inteligente, y quizá también lo bastante compasiva como para no decir algo como «lo que sea», pero Clay advirtió que empezaba a acabársele la paciencia.

—Es hora de irse, Tom —dijo.

—Ya.

Levantó al gato para dejarlo en el sofá, pero de repente lo abrazó y le plantó un beso entre las orejas. Rafe toleró el arrumaco entornando los ojos. Por fin, Tom dejó al animal en el sofá y se levantó.

—Tienes doble ración en la cocina, junto al horno, pequeño —le explicó—. Y un cuenco grande de leche con la nata que quedaba. La puerta trasera está abierta. Intenta recordar dónde está tu casa. Puede que…, bueno, puede que volvamos a vernos.

El gato saltó al suelo y se dirigió hacia la cocina con la cola muy erguida, sin mirar atrás ni una sola vez, fiel a su naturaleza.

La carpeta de Clay, doblada y con una arruga horizontal en ambas direcciones en torno al corte del cuchillo, estaba apoyada contra una pared del salón. Al pasar la miró y contuvo el impulso de tocarla. Por un breve instante pensó en los personajes que la habitaban y con los que había convivido durante todos aquellos años, tanto en su pequeño estudio como en los confines mucho más amplios (o al menos eso le gustaba creer) de su imaginación. El Mago Flak, Gene el Dormilón, Jack Flash el Saltarín, Sally la Venenosa y, por supuesto, el Caminante Oscuro. Dos días antes había creído que tal vez se convirtieran en estrellas, pero ahora agonizaban atravesados por un cuchillo y con el gato de Tom McCourt por única compañía.

Pensó en Gene el Dormilón marchándose del pueblo a lomos de Robbie el Robo-Cayuse y exclamando: *¡H-hasta luego, ch-chiiiicos! ¡P-puede que a-algún día v-vuelva a p-pasar por aquí!*

—Hasta luego, chicos —saludó con cierta timidez, pero no mucha.

A fin de cuentas, era el fin del mundo. No era gran cosa como despedida, pero tendrían que conformarse. Y como podría haber dicho también Gene el Dormilón, *M-mejor eso que un c-clavo oxidado m-metido en el o-ojo.*

Clay siguió a Alice y Tom al porche, bajo el susurro de la lluvia otoñal.

19

Tom llevaba el sombrero, el poncho de Alice tenía capucha, y Tom había encontrado para Clay una gorra de los Red Sox que le mantendría la cabeza seca durante un rato si la lluvia no arreciaba. Y si arreciaba…, bueno, tal como había señalado Alice, abastecerse no representaría ningún problema, y sin duda encontrarían prendas para protegerse del mal tiempo. Desde la posición ligeramente elevada del porche alcanzaban a divisar unas dos manzanas de Salem Street, y aunque resultaba imposible asegurarlo en la oscuridad, la calle parecía desierta salvo por unos cuantos cadáveres y los restos de comida que los chiflados habían dejado atrás.

Los tres llevaban sendos cuchillos enfundados en vainas que había confeccionado Clay. Si Tom estaba en lo cierto respecto a los Nickerson, pronto irían mejor armados. Clay así lo esperaba, porque se veía capaz de volver a utilizar el cuchillo de carnicero de Soul Kitchen, pero no estaba seguro de poder hacerlo a sangre fría.

Alice sostenía una linterna en la mano izquierda. Miró a Tom para cerciorarse de que él también llevaba una y luego hizo un gesto de asentimiento.

—Muy bien —dijo—. Nos llevas a casa de los Nickerson, ¿no?

—Sí —asintió él.

—Y si nos encontramos con alguien por el camino, nos paramos y lo alumbramos con las linternas.

Alice paseó una mirada inquieta entre Tom y Clay. Habían repasado el guión varias veces. Clay dedujo que la chica se obsesionaba del mismo modo antes de los exámenes importantes, y por supuesto aquel examen sin duda merecía ese calificativo.

—Exacto —corroboró Tom—. Les decimos: «Nos llamamos Tom, Clay y Alice. Somos normales. ¿Cómo se llaman ustedes?».

—Si llevan linternas como nosotros —terció Clay—, podemos deducir que...

—¡No podemos deducir nada! —lo atajó Alice en tono quejumbroso—. Mi padre siempre dice que deducir es absurdo y peligroso, y que...

—Vale, vale —la tranquilizó Clay.

Alice se frotó los ojos, aunque Clay no sabía a ciencia cierta si para enjugarse las lágrimas o el agua de lluvia. Por un instante fugaz y doloroso se preguntó si Johnny estaría llorando por él en alguna parte. Clay así lo esperaba; esperaba que su hijo aún fuera capaz de llorar. Y de recordar.

—Si pueden contestar, si pueden decirnos sus nombres, es que están bien y que probablemente no representan ningún peligro, ¿verdad? —prosiguió Alice.

—Exacto —afirmó Clay.

—Exacto —repitió Tom con aire algo ausente, con la mirada perdida en la calle, donde no se veía rastro de personas ni de linternas.

De algún lugar lejano les llegó el sonido de varios disparos que recordaban a fuegos artificiales. El aire llevaba todo el día oliendo a quemado. Clay supuso que el hedor se había intensificado a causa de la lluvia. Se preguntó cuánto tiempo tardaría el olor a carne descompuesta en impregnar toda la zona metropolitana de Boston. Suponía que dependería del calor que hiciera los días siguientes.

—Si nos topamos con personas normales y nos preguntan

qué estamos haciendo o adónde vamos, recordad la historia —advirtió Alice.

—Buscamos supervivientes —recitó Tom.

—Exacto, porque son nuestros amigos y vecinos. Las personas con las que nos crucemos estarán de paso y querrán seguir su camino. Más adelante probablemente querremos unirnos a otras personas normales, porque cuantos más seamos, menos peligro correremos, pero de momento...

—Pero de momento lo que queremos es conseguir esas armas —terminó Clay por ella—. Si es que existen. Vamos, Alice, manos a la obra.

La chica se lo quedó mirando con aire preocupado.

—¿Qué pasa? ¿Me he perdido algo? Puedes decírmelo, aunque ya sé que no soy más que una cría.

—No pasa nada, cariño —le aseguró Clay con toda la paciencia de que era capaz dado el precario estado de sus nervios—. Solo es que quiero ponerme en marcha. De todos modos, no creo que nos topemos con nadie. Creo que es demasiado pronto.

—Espero que tengas razón —suspiró ella—. Llevo el pelo hecho un asco y se me ha roto una uña.

Los dos hombres se la quedaron mirando un momento en silencio antes de echarse a reír. A partir de entonces, todo fue mejor entre ellos, y así fue hasta el final.

20

—No —farfulló Alice antes de sufrir una arcada—. No, no. No puedo. —Otra arcada más fuerte—. Voy a vomitar. Lo siento.

Alice desapareció del potente círculo de luz de la lámpara Coleman para sumergirse en la penumbra del salón de los Nickerson, unido a la cocina por un arco. Clay oyó un ruido sordo cuando la chica cayó de rodillas sobre la moqueta y luego más arcadas. Luego un silencio, un jadeo y por fin el vómito, que casi le produjo alivio.

—¡Dios! —exclamó Tom.

Aspiró una temblorosa bocanada de aire que exhaló de forma aún más temblorosa al tiempo que profería una especie de alarido.

—¡Diiiioooos!

—Tom —dijo Clay.

Advirtió que el hombrecillo se balanceaba un poco y comprendió que estaba a punto de perder el conocimiento. Y al fin y al cabo, ¿por qué no? Aquellos restos mortales sanguinolentos habían sido sus vecinos.

—¡Tom! —gritó.

Se interpuso entre Tom y los dos cadáveres tendidos en el suelo de la cocina, entre Tom y casi toda la sangre derramada, negra como tinta china a la luz implacable de la lámpara de gas, y golpeteó el rostro de su amigo con la mano libre.

—¡No te desmayes! —gritó, y al ver que Tom dejaba de bambolearse, bajó un poco la voz—. Ve al salón y ocúpate de Alice. Yo me encargaré de la cocina.

—¿Por qué quieres entrar ahí? —preguntó Tom—. Esa es Beth Nickerson con todos los sesos…, los s-sesos esparcidos por todas… —Tragó saliva, y en su garganta se produjo un chasquido audible por la sequedad—. Casi no le queda cara, pero reconozco ese pichi azul con los copos de nieve blancos. Y la que está en el suelo junto a la isleta es Heidi, su hija. La reconozco a pesar de que… —Sacudió la cabeza como si pretendiera aclarársela—. ¿Por qué quieres entrar ahí? —repitió por fin.

—Porque me parece haber visto lo que buscamos —repuso Clay con una serenidad que lo asombró.

—¿En la cocina?

Tom intentó mirar por encima del hombro de Clay, pero este se movió para impedírselo.

—Confía en mí. Ve a ocuparte de Alice, y si está en condiciones, empezad a buscar más armas por la casa. Gritad si encontráis algo. Y tened cuidado, puede que el señor Nickerson también esté aquí. Podríamos deducir que estaba trabajando cuando todo empezó, pero como dice el padre de Alice…

—Deducir es absurdo y peligroso —terminó Tom por él con

una tenue sonrisa—. Ya te pillo. —Se dispuso a marcharse, pero al poco se volvió de nuevo hacia Clay—. Me da igual adónde vayamos, Clay, pero no quiero quedarme aquí más de lo estrictamente necesario. Arnie y Beth Nickerson no eran santo de mi devoción que digamos, pero eran mis vecinos y se portaban mucho mejor conmigo que el imbécil de Scottoni.

—Vale.

Tom encendió la linterna y entró en el salón de los Nickerson. Al cabo de un instante, Clay lo oyó murmurar palabras tranquilizadoras a Alice.

Clay hizo acopio de valor y se adentró en la cocina con la lámpara en alto, sorteando los charcos de sangre que empapaban el parquet. La sangre ya se había secado bastante, pero aun así quería pisarla lo menos posible.

La chica tumbada de espaldas junto a la isleta central era alta, pero tanto sus coletas como las líneas angulares de su figura indicaban que debía de tener dos o tres años menos que Alice. Yacía con la cabeza inclinada en un ángulo poco natural, en una suerte de parodia de ademán inquisitivo, y sus ojos muertos se le salían de las órbitas. Sin duda su cabello había sido de color pajizo, pero toda la mitad izquierda, el lado en el que había recibido el golpe que había acabado con su vida, aparecía ahora teñida del mismo granate oscuro que el parquet.

Su madre estaba reclinada bajo la encimera a la derecha del fogón, donde las hermosas alacenas de cerezo se unían para formar el rincón. Tenía las manos espectralmente blancas por la harina, y las piernas ensangrentadas, mordidas y obscenamente abiertas. En cierta ocasión, antes de empezar a trabajar en un cómic de edición limitada titulado *Infierno Bélico*, Clay había accedido por internet a una selección de fotografías que mostraban disparos mortales, con la esperanza de poder utilizar algo de lo que viera. Pero no fue así. Las heridas de bala hablaban un lenguaje propio y aterradoramente explícito, y de nuevo lo tenía ante sí. Beth Nickerson era una masa de sangre y sesos del ojo izquierdo para arriba. Su ojo derecho se había adentrado en la órbita superior de la cuenca, como si hubiera muerto intentando verse el interior de la cabeza. La parte posterior del cabello y buena parte de la sustancia cerebral estaban adheridas a la alacena de cerezo contra la que se había apoyado en sus breves instantes de agonía. A su alrededor revoloteaban algunas moscas.

Clay sintió una arcada. Volvió la cabeza, se cubrió la boca y se conminó a controlarse. En la habitación contigua, Alice había dejado de vomitar; de hecho, ella y Tom hablaban mientras empezaban a recorrer la casa, y Clay no quería ser el causante de que la chica volviera a sucumbir a las náuseas.

Imagina que son maniquíes, atrezo de película, se dijo, aunque sabía que no lo conseguiría ni en un millón de años.

Al volver de nuevo la cabeza se concentró en los objetos tirados por el suelo en lugar de hacerlo en los cadáveres, lo cual le ayudó a dominarse. Ya había visto el arma; la cocina era espaciosa, y el arma estaba en el otro extremo, tirada entre el frigorífico y uno de los armarios, con el cañón a la vista. Su primer impulso al ver los cadáveres de la mujer y la niña había sido desviar la mirada, por lo que sus ojos habían topado con el cañón del arma por pura casualidad.

Aunque quizá habría llegado de todos modos a la conclusión de que debía de haber un arma.

Incluso descubrió dónde la guardaban, en un soporte instalado en la pared entre el televisor empotrado y el abrelatas de tamaño industrial. «Son fanáticos de los artilugios electrónicos además de las armas», había dicho Tom, y un revólver colgado de la pared de la cocina, listo para caerte en las manos en cualquier momento... En fin, lo mejor de ambos mundos.

—¡Clay! —llamó Alice desde lejos.

—¿Qué?

Oyó el sonido de unas pisadas subiendo a toda prisa una escalera, y al poco Alice volvió a llamarlo desde el salón.

—Tom me ha dicho que querías que te avisáramos si encontrábamos algo. Bueno, pues acabamos de encontrar algo. Debe de haber una docena de armas en el sótano entre rifles y pistolas. Están en un armario que tiene el adhesivo de una empresa de seguridad, así que lo más probable es que nos detengan... Es broma. ¿Vienes?

—Ahora voy, cariño. No vengas.

—No te preocupes. Y tú no te quedes ahí, no vaya a ser que te pueda el asco.

Clay había rebasado la frontera del asco por mucho. Había otros dos objetos en el parquet ensangrentado de la cocina de los Nickerson. Uno de ellos era un rodillo, lo cual tenía sentido, porque sobre el mostrador de la isleta central se veía un molde de tarta, un cuenco grande y un tarro de color amarillo brillante con la palabra HARINA en el costado. El otro objeto que yacía en el suelo, no muy lejos de una de las manos de Heidi Nickerson, era un teléfono móvil de esos que solo pueden gustar a una adolescente, azul con grandes adhesivos de margaritas color naranja pegados por todas partes.

Aun a su pesar, Clay reconstruyó los hechos. Beth Nickerson está preparando una tarta. ¿Sabe que algo espantoso ha empezado a ocurrir en el área metropolitana de Boston, en Estados Unidos, tal vez en el mundo? ¿Están hablando de ello por televisión? En tal caso, el televisor no le había enviado un chifladograma, de eso estaba convencido.

Sin embargo, Heidi sí recibió uno. Oh, sí. Y Heidi atacó a su madre. ¿Intentó Beth Nickerson razonar con su hija antes de derribarla de un rodillazo o le asestó el golpe sin más, no con odio, sino impulsada por el dolor y el miedo? En cualquier caso, no bastó. Y Beth no llevaba pantalones, sino un pichi, por lo que sus piernas estaban al descubierto.

Clay tiró de su falda hacia abajo. Lo hizo con delicadeza, cubriendo la sencilla ropa interior de estar por casa que Beth había manchado al final.

Heidi, de no más de catorce años y quizá tan solo doce, debía de haberse puesto a parlotear en aquel galimatías salvaje que aprendían de repente en cuanto recibían su dosis de locura telefónica, farfullando cosas como *rast, eelah* y *kazzalah-CAN*. El primer golpe de rodillo la había derribado, pero sin dejarla inconsciente, y la niña enloquecida había arremetido contra las piernas de su madre. Y no a mordisquitos precisamente, sino a bocados profundos y desgarradores, algunos de ellos hasta el hueso. Clay no solo distinguía marcas de dentelladas, sino también una suerte de tatuajes espectrales, sin duda causados por la ortodoncia de la joven Heidi. Y entonces, probablemente gritando, sin duda atenazada por el dolor y a buen seguro sin saber siquiera lo que hacía, Beth Nickerson había atacado de nuevo, pero esta vez con mucha más contundencia. A Clay casi le pareció oír el chasquido amortiguado del cuello de la niña al romperse. La amada hija, ahora muerta en el suelo de aquella cocina tan moderna, con los dientes cubiertos de *brackets* y el teléfono móvil de última generación junto a una de sus manos extendidas.

¿Se habría detenido su madre a reflexionar antes de liberar el arma del soporte colgado entre el televisor y el abrelatas, donde llevaba quién sabe cuánto tiempo esperando a que un ladrón o un violador apareciera en aquella cocina limpia y luminosa? Clay no lo creía. De hecho, Clay creía que la mujer había actuado sin solución de continuidad, ansiosa por dar alcance al alma de su hija mientras la explicación de lo sucedido aún estuviera fresca en sus labios.

Clay se acercó al arma y la recogió. De un fanático de las armas como Arnie Nickerson habría esperado una automática, tal vez incluso una de aquellas con mira láser, pero lo que sostenía en la mano era un Colt .45 corriente y moliente. Suponía que tenía sentido; su mujer sin duda se sentía más cómoda con aquel tipo de revólver, que no la obligaba a cerciorarse de que estaba cargada en un momento de necesidad, ni a perder tiempo buscando un cargador entre las espátulas y las especias en el caso de que no lo estuviera, ni a deslizar el pasador para comprobar si había una bala en el cargador. No, con aquella pipa no tenías más que extender el cañón, y Clay lo hizo sin dificultad alguna. Había dibujado mil variaciones de aquel revólver para el Caminante Oscuro. Tal como esperaba, solo una de las seis cámaras estaba vacía. Sacó una de las balas, sabedor de lo que encontraría. El Colt .45 de Beth Nickerson estaba cargado con balas asesinas de policías, extremadamente ilegales. Balas de punta hueca. No era de extrañar que se hubiera quedado sin cabeza; el milagro era que hubiera conservado siquiera un pedazo de ella. Bajó la mirada hacia los restos de la mujer apoyada contra la rinconera y rompió a llorar.

—¿Clay? —lo llamó Tom mientras subía por la escalera del sótano—. ¡Ostras, Arnie tenía de todo! Hay un arma automática por la que seguro que podría haber acabado en la cárcel... ¿Clay? ¿Estás bien?

—Ya voy —repuso Clay, enjugándose los ojos.

Puso el seguro al revólver y se lo encajó tras el cinturón. Luego se sacó el cuchillo y lo dejó sobre la encimera de la cocina de Beth Nickerson sin desenfundarlo de su vaina improvisada. Ya no lo necesitaría; por lo visto, habían subido de nivel.

—Dame un par de minutos —pidió.

—Hecho, tío.

Clay oyó a Tom bajar de nuevo al arsenal subterráneo de Arnie Nickerson y sonrió pese a las lágrimas que seguían rodándole por las mejillas. Algo para recordar: le das a un homosexual menudo y simpático de Malden una habitación llena de armas donde jugar y al poco empieza a hablar como Sylvester Stallone.

Clay empezó a registrar los cajones. En el tercero que abrió encontró una pesada caja roja en la que ponía **AMERICAN DEFENDER** CALIBRE .45 **AMERICAN DEFENDER** 50 BALAS. Estaba debajo de los paños de cocina. Se guardó las balas en el bolsillo y fue a reunirse con Tom y Alice. Quería salir de allí lo antes posible. Lo complicado sería convencer a los otros dos para que se fueran sin llevarse el arsenal entero de Arnie Nickerson.

Al pasar bajo el arco que separaba la cocina del salón se detuvo y miró atrás con la lámpara en alto. Cubrir las piernas de la mujer con la falda no había servido de gran cosa; seguían siendo tan solo un par de cadáveres, con heridas tan desnudas como Noé cuando su hijo se acercó a él totalmente ebrio. Podía buscar algo con qué cubrirlos, pero una vez empezara a cubrir cadáveres, ¿cuándo pararía? ¿Dónde? ¿Con Sharon? ¿Con su hijo?

—Dios no lo quiera —musitó.

Pero no creía que Dios le escuchara así por las buenas. Bajó la lámpara y siguió los haces danzantes de las linternas hasta el sótano.

21

Tanto Tom como Alice llevaban cinturones con armas de gran calibre enfundadas, todas ellas automáticas. Asimismo, Tom se había puesto una bandolera de munición al hombro. Clay no sabía si echarse a reír o llorar. Una parte de él tenía ganas de hacer ambas cosas a la vez. Por supuesto, si lo hacía, los otros creerían que había sucumbido a la histeria, y por supuesto, tendrían razón.

El televisor de plasma colgado de la pared era el hermano mayor..., mucho mayor que el de la cocina. Otro televisor tan solo un poco más pequeño estaba conectado a una estación de videojuegos multimarca que en otras circunstancias a Clay le habría encantado examinar, para babear un rato. Como contrapunto, en un rincón se veía una máquina de discos antigua Seeberg junto a la mesa de ping-pong de los Nickerson, desprovista ahora de sus fabulosas luces de colores. Y por supuesto, las dos vitrinas de armas, aún cerradas con llave pero con las lunas rotas.

—Estaban aseguradas con barras, pero Arnie tenía una caja de herramientas en el garaje —explicó Tom—, y Alice las ha roto con una llave inglesa.

—No eran nada resistentes —aseguró Alice con modestia—. Esto estaba en el garaje, detrás de la caja de herramientas, envuelto en un trozo de manta. ¿Es lo que creo que es?

Cogió un objeto que había dejado sobre la mesa de ping-pong, sujetándolo con cuidado por la culata adaptable, y se lo llevó a Clay.

—Joder —masculló él—. Es... —Inspeccionó con ojos entornados la marca grabada sobre el protector del gatillo—. Creo que es ruso.

—Estoy seguro de que lo es —afirmó Tom—. ¿Crees que es

un Kalashnikov?

—Ni idea. ¿Hay balas para cargarlo? ¿Alguna caja que coincida con la marca?

—Media docena, y son cajas muy pesadas. Es un fusil de asalto, ¿verdad?

—Supongo que podría llamarse así. —Clay accionó una palanca—. Estoy bastante seguro de que una de estas posiciones es para disparo manual y la otra para fuego automático.

—¿Cuántas balas por minuto dispara? —inquirió Alice.

—No lo sé, pero creo que se mide por segundos —repuso Clay.

—Madre mía —se maravilló ella con los ojos muy abiertos—. ¿Podrás averiguar cómo se usa?

—Alice…, estoy bastante seguro de que en las zonas rurales enseñan a disparar estos trastos a los chicos de dieciséis años. Sí, podré averiguarlo. Puede que gaste una caja de munición en el intento, pero podré averiguarlo.

Por favor, Dios, que no me explote en las manos, pensó.

—¿Este tipo de arma es legal en Massachusetts? —quiso saber Alice.

—Ahora sí, Alice —replicó Tom sin sonreír—. ¿Es hora de irse?

—Sí —asintió ella antes de volverse hacia Tom, quizá aún no del todo cómoda en su nuevo papel de líder.

—Sí —corroboró él—. Hacia el norte.

—Me parece perfecto —dijo Alice.

—Sí, vayamos hacia el norte —secundó Tom.

LA ACADEMIA GAITEN

1

El día siguiente amaneció lluvioso, y el alba encontró a Clay, Alice y Tom acampados en el granero adyacente a unas caballerizas en North Reading. Los tres se asomaron a la puerta cuando los primeros grupos de chiflados empezaron a aparecer, desfilando como un rebaño hacia el sudoeste por la Carretera 62 en dirección a Wilmington. Todos ellos llevaban la ropa descompuesta y empapada, y algunos iban descalzos. A mediodía ya no quedaba ninguno, y hacia las cuatro, cuando el sol se abrió por fin paso entre las nubes con rayos largos y radiales, empezaron a desfilar en sentido contrario. Muchos de ellos comían mientras caminaban, y algunos ayudaban a quienes tenían dificultades. Ese día, Clay, Tom y Alice no presenciaron ningún asesinato.

Alrededor de media docena de chiflados acarreaban unos objetos voluminosos que a Clay le resultaban familiares; Alice había encontrado uno en el armario de la habitación de invitados de Tom, y los tres se lo habían quedado mirando, temerosos de encenderlo.

—Clay, ¿por qué algunos de ellos llevan equipos de música? —preguntó Alice.

—No lo sé —repuso él.

—Esto no me gusta —se quejó Tom—. No me gusta ese comportamiento de rebaño, no me gusta que se ayuden los unos a los otros, y aún me gusta menos verlos cargados con esos trastos.

—Solo algunos… —empezó Clay.

—Fíjate en esa —lo interrumpió Tom al tiempo que señalaba a una mujer de mediana edad que caminaba dando tumbos por la Carretera 62 con una minicadena del tamaño de un almohadón entre los brazos. Lo sujetaba contra el pecho como si de un bebé dormido se tratara. El cable había escapado del compartimiento correspondiente y se arrastraba junto a ella—. Y ninguno de ellos lleva lámparas ni tostadoras. ¿Y si están programados para encontrar radios que funcionaban con pilas y encenderlas para retransmitir ese tono, pulso, mensaje subliminal o lo que sea? ¿Y si ahora quieren emprenderla contra los que se libraron la primera vez?

Ellos. El sempiterno, popularísimo y paranoico «ellos». Alice había sacado la zapatilla de bebé de alguna parte y la apretaba en el puño, pero cuando habló se mostró bastante serena.

—No lo creo —dijo.

—¿Por qué no? —replicó Tom.

Alice meneó la cabeza.

—No lo sé, pero no me cuadra.

—¿Intuición femenina? —quiso saber Tom con una sonrisa desprovista de sarcasmo.

—Puede —reconoció ella—, pero hay algo que me parece obvio.

—¿Qué, Alice? —terció Clay, creyendo que sabía lo que la chica diría, y estaba en lo cierto.

—Se están volviendo más inteligentes. Individualmente no, sino porque piensan de forma colectiva. Lo más probable es que os parezca una locura, pero creo que es más lógico que pensar que se están dedicando a coleccionar minicadenas de pilas para enviarnos a todos al país de la demencia.

—Una especie de telepatía de grupo —masculló Tom.

Lo meditó unos instantes mientras Alice lo observaba. Habiendo llegado a la conclusión de que la chica estaba en lo cierto, Clay se asomó a la puerta del establo para contemplar el final del día, pensando que debían parar en alguna parte para hacerse con un mapa de carreteras.

Por fin, Tom asintió.

—¿Por qué no? —reconoció—. A fin de cuentas, probablemente lo del rebaño va de eso, de telepatía.

—¿De verdad lo crees o solo lo dices para que me...?

—Lo creo de verdad —la atajó Tom antes de tocarle la mano, que ahora apretaba la zapatilla con ademanes frenéticos—. Lo creo de verdad. Deja de apretar eso un rato, ¿quieres?

Alice le dedicó una sonrisa fugaz y distraída. Clay pensó de nuevo que era hermosa, muy hermosa, y también que estaba a punto de desmoronarse.

—Ese heno parece muy mullido, y estoy agotada. Creo que voy a echar una siesta bien larga.

—Adelante, no te cortes —la animó Clay.

2

Clay soñó que él, Sharon y Johnny-Gee habían organizado una comida campestre detrás de su casita de Kent Pond. Sharon había extendido su manta de los indios navajos sobre la hierba, y los tres tomaban bocadillos y té helado. De repente, el día se ensombrecía. Sharon señalaba con el dedo por encima del hombro de Clay y exclamaba: «¡Mirad, telépatas!». Pero al volverse, Clay no veía más que una bandada de cuervos tan nutrida que oscurecía el sol. De repente empezaba a oírse un tintineo. Sonaba como el furgón de Míster Softee tocando la sintonía de *Barrio Sésamo*, pero Clay sabía que era el tono de un teléfono y en el sueño estaba aterrorizado. Cuando se giraba de nuevo, Johnny-Gee había desaparecido, y cuando le preguntaba a Sharon dónde estaba, temeroso..., no, sabedor ya de la respuesta, ella le respondía que Johnny se había metido bajo la manta para contestar el móvil. Había un bulto bajo la manta. Clay se deslizaba debajo, entre la fragancia embriagadoramente dulce del heno, suplicando a Johnny que no cogiera el teléfono, que no contestara, alargando la mano hacia él, pero tocando tan solo el contorno frío de una bola de cristal, el pisapapeles que había comprado en Pequeños Tesoros, aquel con la bruma de diente de león flotando en su interior cual niebla de bolsillo.

De repente, Tom lo estaba zarandeando y diciéndole que según su reloj eran las nueve pasadas, que ya había salido la luna y que si pretendían avanzar algo más valía que se pusieran en marcha. Clay nunca se había alegrado tanto de despertar; en términos generales, prefería los sueños de la carpa del Bingo.

Alice lo observaba con una expresión peculiar.

—¿Qué? —preguntó Clay mientras comprobaba si el seguro de su arma automática estaba puesto, un gesto que se estaba convirtiendo en algo inherente a él.

—Has hablado en sueños. Decías «No contestes, no contestes».

—Nadie debería haber contestado —señaló Clay—. Las cosas nos irían mucho mejor ahora mismo.

—Ya, pero ¿quién es el guapo que se resiste a un teléfono que suena? —quiso saber Tom—. Y pataplum, ya la hemos liado.

—Así habló el puto Zaratustra —espetó Clay.

Alice se echó a reír y no paró hasta que sus carcajadas se trocaron en llanto.

3

Con la luna jugando al escondite entre las nubes, *como en una ilustración de una novela juvenil de piratas y tesoros enterrados*, pensó Clay, dejaron atrás las caballerizas y reanudaron su viaje hacia el norte. Aquella noche empezaron a toparse con otras personas como ellos.

Porque este se ha convertido en nuestro período, se dijo Clay mientras se cambiaba de mano el fusil automático, que cargado pesaba una tonelada. *Los chiflados telefónicos son dueños del día, y cuando salen las estrellas nos toca a nosotros. Somos como vampiros; hemos sido desterrados a la noche. De cerca nos reconocemos unos a otros porque aún podemos hablar. A cierta distancia podemos estar bastante seguros gracias al equipaje que llevamos y las armas que cada vez más de nosotros nos hemos procurado. Sin embargo, la única confirmación cierta es el haz de las linternas. Hace tres días no solo gobernábamos el planeta, sino que vivíamos con el sentimiento de culpabilidad del superviviente por habernos cargado a miles de especies en nuestro ascenso hacia el nirvana de los canales de noticias de veinticuatro horas y las palomitas para microondas. Y ahora nos hemos convertido en Los Tipos de las Linternas.*

Miró a Tom.

—¿Adónde van? —preguntó a este—. ¿Adónde van los locos cuando se pone el sol?

Tom le lanzó una mirada cargada de cinismo.

—Al Polo Norte. Todos los elfos murieron a causa de la enfermedad de los renos locos y ahora estos tipos ayudan a Papá Noel hasta que las nuevas crías crezcan.

—Madre mía, veo que alguien se ha levantado con el pie izquierdo esta noche…

Pero sus palabras no lograron arrancar ni media sonrisa a Tom.

—Estaba pensando en mi gato —dijo—, preguntándome si estará bien. Seguro que piensas que es una chorrada.

—Claro que no —aseguró Clay, aunque en comparación con su preocupación por su mujer y su hijo, lo cierto es que sí le parecía una chorrada.

4

Consiguieron un mapa de carreteras en una papelería del diminuto pueblo de Ballardvale. Se dirigían hacia el norte y se alegraban de haber decidido quedarse en la zona más o menos bucólica entre las autopistas 93 y 95. Los otros viajeros con que se cruzaban, casi todos los cuales se encaminaban hacia el oeste, alejándose de la 95, les hablaban de terribles atascos y accidentes. Uno de los pocos peregrinos que viajaba hacia el este les contó que en la Autopista 93, cerca de la salida de Wakefield, un camión cisterna había sufrido un accidente y que el consiguiente incendio había ocasionado una cadena de explosiones que había incinerado todos los vehículos que viajaban hacia el norte a lo largo de casi un kilómetro y medio.

—Apestaba como una fritanga de pescado en el infierno —comentó.

Encontraron a más Tipos de las Linternas al pasar por las afueras de Andover y oyeron un rumor tan persistente que ya se repetía como hecho probado. Por lo visto, la frontera de New Hampshire estaba cerrada; la policía del estado y agentes especiales disparaban antes de preguntar, sin importarles si estabas loco o cuerdo.

—Es una nueva versión del puto lema que llevan desde siempre en las putas matrículas —masculló un anciano de expresión amargada con el que caminaron un trecho.

Llevaba una pequeña mochila sobre el carísimo abrigo y una linterna muy larga. De un bolsillo del abrigo sobresalía la culata de un revólver.

—Si estás dentro de New Hampshire, puedes vivir en libertad, pero si pretendes entrar en New Hampshire, te matan.

—Eso es… muy difícil de creer —dijo Alice.

—Crea lo que quiera, señorita —replicó su compañero momentáneo—. Me he cruzado con algunos que intentaron ir hacia el norte como ustedes y que se volvieron pies para qué os quiero hacia el sur después de ver a varias personas abatidas a tiros al intentar entrar en New Hampshire al norte de Dunstable.

—¿Cuándo fue eso? —preguntó Clay.

—Anoche.

A Clay se le ocurrieron otras preguntas que formular al hombre, pero se contuvo. A la altura de Andover, tanto él como casi todos los demás caminantes con los que habían compartido el trayecto atestado de vehículos, pero practicable, se desviaron por la Carretera 133 en dirección a Lowell y otros lugares más al oeste. Clay, Tom y Alice se encontraron en la calle principal de Andover, desierta a excepción de algunos viajeros armados con linternas, y se detuvieron para tomar una decisión.

—¿Tú te lo crees? —preguntó Clay a Alice.

—No —repuso ella antes de volverse hacia Tom.

—Yo tampoco —convino él—. Me parece la típica leyenda urbana.

Alice asintió con un gesto.

—Las noticias ya no circulan tan deprisa ahora que no hay teléfonos.

—Exacto —coincidió Tom—. Lo que digo, una leyenda urbana de última generación. Sin embargo, estamos hablando de lo que un amigo mío llama New Hamster y por tanto considero que deberíamos cruzar la frontera por el punto menos concurrido que podamos encontrar.

—Me parece un buen plan —comentó Alice.

Acto seguido se pusieron de nuevo en marcha, caminando por la acera mientras hubo acera por la que caminar.

5

A las afueras de Andover, un hombre con dos linternas sujetas en una especie de arnés a ambos lados de la cabeza salió del escaparate roto del supermercado IGA. Los saludó con ademán amistoso y se abrió camino hacia ellos entre el atasco de carros de la compra mientras guardaba latas de comida en lo que parecía una bolsa de lona como las que usaban los repartidores de periódicos. Se detuvo junto a una camioneta volcada de costado, se presentó como Roscoe Handt, de Methuen, y les preguntó hacia dónde se dirigían. Cuando Clay repuso que iban a Maine, el hombre meneó la cabeza.

—La frontera de New Hampshire está cerrada. No hace ni media hora me he cruzado con dos personas que han tenido que dar marcha atrás. Dicen que intentan distinguir a los chiflados telefónicos de los normales, pero que no es que se esfuercen mucho.

—¿Esas personas lo han visto con sus propios ojos? —quiso saber Tom.

Roscoe Handt se quedó mirando a Tom como si creyera que él estaba loco.

—Hay que dar crédito a lo que te cuentan los demás —declaró—, sobre todo ahora que no podemos llamar a nadie para verificar las cosas, ¿no le parece? —Hizo una pausa—. Esos tipos también me han dicho que están quemando los cadáveres en Salem y Nashua, y que huele a cerdo asado. Yo voy con un grupo de cinco personas hacia el oeste, y queremos avanzar unos cuantos kilómetros antes de que salga el sol. La ruta hacia el oeste está abierta.

—Eso es lo que le han dicho, ¿no? —terció Clay.

Handt se volvió hacia él con una expresión de leve desprecio.

—Pues sí, eso es lo que me han dicho. Y como decía mi madre, más vale hacer caso. Si realmente quieren ir hacia el norte, procuren llegar a la frontera de noche. Los locos no salen de noche.

—Ya lo sabemos —señaló Tom.

El hombre de las linternas fijadas a ambos lados de la cabeza hizo caso omiso de Tom y siguió hablando con Clay, a quien sin duda tomaba por el líder del trío.

—Y no llevan linternas. Muévanlas de un lado a otro, hablen, griten. Los locos tampoco hacen esas cosas. No creo que los que vigilen la frontera los dejen pasar, pero con un poco de suerte tampoco les dispararán.

—Se están volviendo más inteligentes —intervino Alice—. Lo sabe, ¿verdad, señor Handt?

Handt lanzó un bufido.

—Se mueven en manadas y ya no se matan los unos a los otros; no sé si eso significa que se están volviendo más inteligentes o no, pero lo que sí sé es que todavía nos están matando a nosotros.

Sin duda detectó cierto escepticismo en la expresión de Clay, porque esbozó una sonrisa que las linternas trocaron en un gesto desagradable.

—Esta mañana los he visto atacar a una mujer —explicó—. Lo he visto con mis propios ojos, ¿vale?

—Vale —asintió Clay.

—Creo que sé por qué estaba en la calle. Estábamos en Topsfield, a unos quince kilómetros al este de aquí, en un Motel 6. Ella caminaba hacia allí, bueno…, más que caminar, casi corría y miraba una y otra vez por encima del hombro. La vi porque no podía dormir. —Sacudió la cabeza—. Cuesta acostumbrarse a dormir de día.

Clay contempló la posibilidad de decirle que todos acabarían por acostumbrarse, pero decidió callar. Advirtió que Alice había sacado de nuevo su talismán. No quería que la chica escuchara la historia de Handt y al mismo tiempo sabía que no había forma de impedirlo, en parte porque aquella información era útil para la supervivencia y, a diferencia de los rumores sobre la frontera de New Hampshire, estaba bastante seguro de que eran datos veraces, y en parte porque el mundo estaría lleno de historias como aquella durante algún tiempo. Si escuchaban un número suficiente de ellas, tal vez acabaran dilucidando alguna clase de patrón que les fuera de ayuda.

—Probablemente solo buscaba un lugar donde refugiarse, ¿saben?, y al ver el Motel 6 pensó: «Qué bien, una habitación con una cama justo al lado de la gasolinera Exxon, a menos de una manzana». Pero a medio camino un puñado de chiflados apareció por una esquina. Caminaban…, bueno, ya saben cómo caminan ahora, ¿no?

Roscoe echó a andar hacia ellos con paso rígido, como un soldadito de plomo, la bolsa de lona bamboleándose de un lado a otro. Los chiflados telefónicos no caminaban de aquel modo, pero los tres viajeros comprendieron lo que intentaba transmitir y asintieron.

—Y ella… —Handt se apoyó contra la camioneta volcada y se restregó el rostro con las manos—. Esto es lo que quiero que entiendan, la razón por la que no pueden dejar que los cojan o pensar que se están volviendo normales porque de vez en cuando uno aprieta por pura casualidad los botones correctos en una minicadena y pone un compacto…

—¿Los ha visto hacer eso? —atajó Tom—. ¿Lo ha oído?

—Sí, dos veces. El segundo tipo al que vi iba caminando y

balanceando el trasto con tal fuerza que el disco no dejaba de saltar, pero sí, sonaba. O sea, que les gusta la música y es posible que estén recuperando algún que otro tornillo, pero precisamente por eso hay que andarse con ojo.

—¿Qué fue de la mujer a la que cogieron? —preguntó Alice.

—Intentó comportarse como ellos —explicó Handt—. Y yo pensé, mientras la miraba por la ventana de la habitación del motel: «Eso es, chica, puede que tengas una oportunidad si sigues así un rato y luego sales corriendo y te metes en alguna parte». Porque no les gusta entrar en edificios, ¿se han fijado?

Clay, Tom y Alice negaron con la cabeza.

—Lo hacen si no les queda más remedio —prosiguió el hombre—, pero no les gusta.

—¿Qué le pasó a la mujer? —insistió Alice.

—Pues no lo sé exactamente. Creo que la olieron o algo.

—O le leyeron el pensamiento —aventuró Tom.

—O no pudieron leérselo —añadió Alice.

—No tengo ni idea —aseguró Handt—, pero lo que sí sé es que la despedazaron en medio de la calle…, literalmente.

—¿Y eso cuándo pasó? —quiso saber Clay, y al ver que Alice se balanceaba un poco, le rodeó los hombros con el brazo.

—A las nueve de esta mañana, en Topsfield. Así que si ven a un grupo de chiflados recorriendo el camino de baldosas amarillas con una minicadena en la que suena «Why Can't We Be Friends» [«Por qué no podemos ser amigos»]… —Los miró con expresión sombría a la luz de las linternas que llevaba sujetas a la cabeza—. Bueno, yo personalmente no haría el kamikaze… —Hizo una pausa antes de continuar—: Y tampoco iría hacia el norte. Aunque no los maten a tiros, es una pérdida de tiempo.

Pero tras debatir el asunto durante unos instantes en el aparcamiento del IGA, reanudaron su viaje hacia el norte a pesar de todo.

Pararon cerca de North Andover, en un paso elevado peatonal sobre la Carretera 495. El cielo se estaba encapotando una vez más, pero la luna se asomó el tiempo suficiente para mostrarles seis carriles atestados de vehículos silenciosos. Cerca del puente sobre el que se habían detenido, en los carriles que discurrían en sentido sur, había un camión de dieciséis ruedas volcado y con aspecto de elefante muerto. A su alrededor se veía un cordón de conos anaranjados, lo cual demostraba que alguien había intentado al menos poner cierto orden, y junto a ellos se veían dos coches patrulla abandonados, uno de ellos también volcado. La mitad posterior del camión aparecía carbonizada. No había rastro de cadáveres, al menos a la tenue y fugaz luz de la luna. Algunas personas caminaban hacia el oeste por el arcén, aunque resultaba dificultoso avanzar aun fuera de la calzada.

—Ver esto hace que te des cuenta de que lo que pasa es real, ¿no os parece? —comentó Tom.

—No —replicó Alice en tono indiferente—. A mí me recuerda a los efectos especiales de uno de esos grandes estrenos de verano. Cómprate unas palomitas gigantes y una Coca-Cola, y siéntate a ver el fin del mundo en…, ¿cómo coño lo llaman? ¿Gráficos generados por ordenador? ¿Pantallas azules? Algo así… —Sostuvo la zapatilla en alto por uno de los cordones—. Esto es lo único que necesito para darme cuenta de que es real. Algo lo bastante pequeño para llevarlo en la mano. Venga, vámonos.

7

Había muchos vehículos abandonados en la Carretera 28, pero parecía despejada en comparación con la 495, y a las cuatro de la madrugada se encontraban cerca de Methuen, población natal del señor Roscoe Handt, el de las linternas en estéreo. Los tres daban suficiente crédito a la historia de Handt como para querer encontrar cobijo antes del amanecer. Eligieron un motel situado en el cruce de la 28 con la 110. Vieron alrededor de una docena de coches estacionados ante los distintos bloques de habitaciones, pero a Clay le parecieron abandonados. ¿Y por qué no? Ambas carreteras eran transitables, pero solo a pie. Clay y Tom se detuvieron en la entrada del aparcamiento y agitaron las linternas de un lado a otro.

—¡Hola! —gritó Tom—. ¡Somos normales! ¡Vamos a entrar!

Esperaron unos instantes, pero no obtuvieron respuesta del interior de lo que el rótulo identificaba como el SWEET VALLEY INN, PISCINA CLIMATIZADA, TELEVISIÓN POR CABLE Y DESCUENTOS PARA GRUPOS.

—Vamos, me duelen los pies —dijo Alice—. Y pronto se hará de día, ¿no?

—Mirad esto —señaló Clay al tiempo que recogía un disco compacto del suelo delante del motel y lo alumbraba con el haz de la linterna; era *Love Songs*, de Michael Bolton.

—Y tú que decías que se estaban volviendo más inteligentes —masculló Tom.

—No te precipites —advirtió Clay cuando se dirigían hacia las habitaciones—. Quien lo tenía lo tiró, ¿no?

—Lo más probable es que se le cayera —observó Tom.

Alice enfocó el disco con su linterna.

—¿Quién es este tío? —preguntó.

—Más te vale no saberlo, cariño.

Dicho aquello, cogió el CD y lo arrojó por encima del hombro.

Forzaron las cerraduras de tres habitaciones contiguas con todo el cuidado posible a fin de poder cerrar desde dentro, y gracias a la comodidad de las camas durmieron a pierna suelta casi todo el día. Nada perturbó su descanso, si bien por la noche Alice explicó que le había parecido oír una música que venía de muy lejos, aunque reconoció que podía haberlo soñado.

En la recepción del Sweet Valley Inn vendían unos mapas que les proporcionarían información más detallada que el mapa general de carreteras. Se hallaban en una vitrina con el cristal hecho añicos. Clay cogió uno de Massachusetts y uno de New Hampshire, introduciendo la mano con cuidado en el mueble para no cortarse. De repente vio a un joven tendido detrás del mostrador de recepción. Sus ojos abiertos miraban sin ver; por un instante, Clay creyó que alguien le había embutido una especie de corsé de un color extraño en la boca, pero entonces vio las puntas verdosas que atravesaban las mejillas del cadáver y constató que eran idénticas a los fragmentos de vidrio que salpicaban los estantes de la vitrina. El cadáver llevaba una placa de identificación en la que se leía ME LLAMO HANK. CONSÚLTEME LAS TARIFAS SEMANALES ESPECIALES. Por un momento, Clay recordó al señor Ricardi.

Tom y Alice lo esperaban en el umbral de la recepción. Eran las nueve menos cuarto, noche cerrada.

—¿Qué tal? —preguntó Alice.

—Creo que esto nos servirá —repuso Clay.

Le alargó los mapas y sostuvo en alto la Coleman para que ella y Tom pudieran estudiarlos, compararlos con el mapa de carreteras y trazar la ruta de aquella noche. Clay estaba intentando tomarse el destino de Johnny y Sharon con fatalismo, y ser consciente en todo momento de la verdad descarnada acerca de su actual situación familiar. Lo que hubiera sucedido en Kent Pond no tenía remedio. O su mujer y su hijo estaban bien o no lo estaban. O Clay los encontraría o no. El éxito de aquel planteamiento semimágico era desigual.

En un momento bajo se recordó a sí mismo que tenía suerte de seguir vivo, lo cual sin duda era cierto. El contrapunto de su buena fortuna era el hecho de que se encontrara en Boston, a más de doscientos kilómetros al sur de Kent Pond aun por la vía más rápida (que no era ni mucho menos la que habían elegido para volver), en el momento de El Pulso. Pero aun así se había topado con buenas personas, de eso no cabía la menor duda, personas a las que podía considerar amigos. Muchos otros, como el tipo del barril de cerveza, la fanática religiosa o el señor Roscoe Handt, no eran tan afortunados.

Si consiguió reunirse contigo, Sharon, si Johnny consiguió llegar hasta ti, más te vale estar cuidando de él. Más te vale.

Pero ¿y si Johnny tenía el móvil? ¿Y si se había llevado el móvil rojo a la escuela? ¿Acaso en los últimos tiempos no lo llevaba más a menudo porque muchos de sus compañeros también lo hacían?

Joder.

—¿Estás bien, Clay? —se interesó Tom.

—Sí, ¿por qué?

—No sé, te veo un poco… sombrío.

—Hay un tipo muerto detrás del mostrador. Nada agradable.

—Mirad —señaló Alice mientras deslizaba un dedo sobre el mapa.

Vieron una ruta que cruzaba serpenteante la frontera del estado y por lo visto convergía con la Carretera 38 de New Hampshire al este de Pelham.

—Parece una buena opción —comentó la chica—. Si seguimos la carretera hacia el oeste unos doce o trece kilómetros… —Señaló la 110, donde tanto los vehículos como el asfalto emitían un fulgor tenue a causa de la llovizna—, deberíamos cruzarnos con ella. ¿Qué os parece?

—Me parece bien —repuso Tom.

Alice se volvió hacia Clay con expresión nerviosa. La zapatilla había desaparecido, con toda probabilidad en las profundidades de su mochila, pero Clay intuía que se moría de ganas de apretarla. Suponía que era bueno que no fumara, porque a esas alturas sin duda ya habría llegado a los cuatro paquetes diarios.

—Si tienen la frontera vigilada… —empezó Alice.

—Nos preocuparemos por eso si llega el momento —atajó Clay.

Aunque a decir verdad no estaba preocupado. De un modo u otro llegaría hasta Maine. Si para ello tenía que atravesar bosques y maleza como un inmigrante ilegal que cruzara la frontera canadiense para ir a recolectar manzanas en octubre, lo haría. Si Tom y Alice decidían quedarse atrás, qué se le iba a hacer. Clay lo lamentaría…, pero seguiría adelante porque tenía que averiguar lo que había sucedido.

La serpenteante línea roja que Alice había encontrado en los mapas del Sweet Valley Inn tenía nombre, Dostie Stream Road, y estaba casi despejada. Había seis kilómetros hasta la frontera del estado, durante los cuales no vieron más que cinco o seis coches abandonados y tan solo un accidente. También pasaron ante dos casas en las que se veía luz y de las que llegaba el zumbido de generadores. Consideraron la posibilidad de parar en ellas, pero la descartaron casi de inmediato.

—Lo más probable es que si vamos acabemos liándonos a tiros con algún tipo que pretende defender su hogar —señaló Clay—. Suponiendo que haya alguien. Más bien creo que los generadores están programados para ponerse en marcha si falla el suministro eléctrico y que funcionarán hasta que se les termine el combustible.

—Aun cuando sean personas normales y nos dejen entrar, lo cual no sería demasiado normal que digamos, ¿qué vamos a hacer? ¿Pedir que nos dejen llamar por teléfono? —añadió Tom.

Valoraron la opción de parar en alguna parte y liberar un vehículo (fue Tom quien empleó la palabra «liberar»), pero al final decidieron no hacerlo. Si la frontera del estado estaba vigilada por policías o civiles armados, llegar hasta ella en un Chevrolet Tahoe no parecía una idea demasiado sensata.

Así pues, continuaron a pie, y por supuesto en la frontera no había nada salvo una valla publicitaria (pequeña, como estaba mandado en una carretera secundaria de un solo carril que discurría por una zona rural) en la que se leía: ACABA DE LLEGAR A NEW HAMPSHIRE Y BIENVENUE! No se oía más sonido que el de las gotas de lluvia al caer de los árboles a ambos lados de la carretera así como el ocasional suspiro de la brisa o el crujido de las pisadas de algún animal. Pararon un instante para leer la valla y luego siguieron adelante, dejando atrás Massachusetts.

9

La sensación de soledad se desvaneció al terminar Dostie Stream Road, junto a una señal que indicaba CARRETERA 38 NH Y MANCHESTER 28 KM. Por la Carretera 38 aún había pocos caminantes, pero al cabo de media hora, cuando tomaron la 128, una vía ancha y llena de vehículos accidentados que discurría hacia el norte, la escasa presencia humana se convirtió en una corriente constante de refugiados. Casi todos viajaban en grupos de tres o cuatro personas y con lo que a Clay se le antojó una indiferencia bastante mezquina hacia los demás.

Se toparon con una mujer de unos cuarenta años y un hombre unos veinte años mayor; cada uno de ellos empujaba un carro de la compra con un niño dentro. El que iba en el carro del hombre era un chaval demasiado mayor para aquel medio de transporte, pero pese a ello había encontrado el modo de acurrucarse y dormir. Cuando Clay y sus compañeros pasaban junto a aquella familia improvisada, se desprendió una de las ruedas del carro del hombre, que se ladeó y despidió al niño, de unos siete años. Tom lo asió por el hombro y consiguió amortiguar en parte la caída del pequeño, pero aun así se desolló la rodilla y por supuesto se asustó mucho. Tom lo ayudó a levantarse, pero el niño no lo conocía y forcejeó para zafarse, llorando cada vez con más fuerza.

—Ya está, gracias, ya me encargo de él —dijo el hombre.

Cogió al niño y se sentó con él en la cuneta, donde empezó a hablarle en un lenguaje infantil que Clay no oía desde que él mismo tenía siete años.

—Ahora Gregory le dará un besito a tu pupa.

Besó la herida del pequeño, que le apoyó la cabeza en el hombro, a punto de dormirse de nuevo. Gregory sonrió a Tom y a Clay con un ademán de asentimiento. Parecía medio muerto de cansancio, un hombre de sesenta años que apenas una semana antes debía de haber estado más que bien conservado, pero que ahora tenía el aspecto de un judío de setenta años pugnando por huir de Polonia antes de que fuera demasiado tarde.

—Estamos bien, ya pueden irse —añadió.

Clay abrió la boca para decir algo así como «¿Y por qué no vamos todos juntos? ¿Por qué no aunamos esfuerzos? ¿Qué te parece, Greg?» Era lo que siempre decían los héroes de las novelas de ciencia ficción que leía de adolescente. ¿Por qué no aunamos esfuerzos?

—Eso, ¿a qué esperan? —intervino la mujer antes de que Clay pudiera decir aquello o cualquier otra cosa.

En su carro de la compra dormía una niña de unos cinco años. La mujer estaba de pie junto a su improvisado vehículo en actitud protectora, como si hubiera encontrado una ganga fabulosa y temiera que Clay o uno de sus amigos intentara arrebatársela.

—¿O es que creen que tenemos algo que puedan querer?

—Natalie, para —rogó Gregory con paciencia cansina.

Pero Natalie no paró, y Clay comprendió de repente lo más desalentador de la escena. No era el hecho de que una mujer cuya fatiga y cuyo miedo habían degenerado en paranoia le estuviera cantando la caña en plena noche, pues eso era comprensible y perdonable. Lo que hizo que el alma se le cayera a los pies era el modo en que la gente seguía caminando, linternas en ristre, conversando en voz baja en sus pequeños grupos, cambiándose de vez en cuando alguna maleta de mano… Un tipo montado en un ciclomotor se abrió paso entre los coches accidentados y la basura desparramada por la calzada, y los caminantes se apartaron para dejarle paso, mascullando con resentimiento. Clay llegó a la conclusión de que su reacción habría sido la misma si el niño se hubiera roto el cuello al caer del carro en lugar de despellejarse la rodilla, de que nada cambiaría si el tipo grueso que caminaba jadeante por la cuneta cargado con una bolsa de lona llenísima cayera de repente fulminado por un infarto. Nadie intentaría reanimarlo, y por supuesto los tiempos de llamar a una ambulancia habían tocado a su fin.

Nadie se molestó siquiera en gritar «¡Bien dicho, señora!» O «Eh, tío, ¿por qué no le dices que cierre el pico?» Simplemente, se limitaron a seguir caminando.

—... porque lo único que nos queda son estos niños, una responsabilidad que no hemos pedido, si apenas podemos cuidar de nosotros mismos, él lleva un marcapasos, ya me dirá qué haremos cuando se le acaben las pilas. ¡Y ahora estos niños! ¿Alguien quiere un niño? —Miró a su alrededor con expresión enloquecida—. ¡Eh! ¿Alguien quiere un niño?

La pequeña del carro empezó a removerse.

—Natalie, vas a despertar a Portia —advirtió Gregory.

La mujer llamada Natalie se echó a reír.

—¡Pues que se joda! ¡El mundo se ha ido a la mierda!

A su alrededor, la gente continuaba la Marcha de los Refugiados. Nadie prestó atención. *De modo que así es como nos comportamos, pensó Clay. Esto es lo que pasa cuando las cosas se desmoronan, cuando las cámaras dejan de grabar, cuando no hay edificios en llamas, cuando Anderson Cooper ya no dice «Devolvemos la conexión a los estudios de la CNN en Atlanta». Esto es lo que pasa cuando la Seguridad Nacional queda suspendida por falta de cordura.*

—Dejen que lleve al niño —propuso Clay—. Lo llevaré en brazos hasta que encuentren un vehículo mejor. El carro está destrozado.

Miró a Tom, que asintió con un encogimiento de hombros.

—Apártense de nosotros —ordenó Natalie.

Y de repente tenía un arma en la mano. No era muy grande, con toda probabilidad un .22, pero incluso un .22 podía cumplir su cometido si la bala alcanzaba su objetivo.

Clay oyó el sonido de armas al desenfundarse a ambos lados de él y supo que Tom y Alice apuntaban a Natalie con las pistolas que habían sacado de casa de los Nickerson. Así que eso también pasaba.

—Guarde el revólver, Natalie —pidió—. Ya nos vamos.

—Ya lo creo que se van, joder —espetó ella mientras se apartaba un rizo del ojo con el dorso de la mano libre, en apariencia ajena a que los dos acompañantes de Clay la apuntaran con sus armas.

Ahora la gente sí los miraba, pero su única reacción consistió en alejarse más deprisa del enfrentamiento y el posible derramamiento de sangre.

—Vamos, Clay —murmuró Alice al tiempo que le apoyaba la mano libre sobre la muñeca—, antes de que alguien resulte herido.

De nuevo echaron a andar. Alice caminaba con la mano aún apoyada sobre la muñeca de Clay, casi como si fuera su novio. *Aquí, dando un paseíto a medianoche*, pensó Clay, aunque no sabía qué hora era ni le importaba. El corazón le latía con violencia. Tom los acompañó hasta la primera curva y luego retrocedió con la pistola aún desenfundada. Clay suponía que quería estar preparado para disparar por si a Natalie se le ocurría usar su pistolita a fin de cuentas. Porque responder al fuego con fuego era lo que se hacía en aquellas circunstancias, ahora que el servicio telefónico había quedado interrumpido hasta nuevo aviso.

10

En las horas previas al alba, cuando caminaban por la Carretera 102 al este de Manchester, les llegó a los oídos una música muy tenue.

—Madre mía —exclamó Tom, deteniéndose en seco—. Es «Baby Elephant Walk».

—¿Qué? —preguntó Alice con aire divertido.

—Una pieza instrumental para big-band de la era del pleistoceno. Son Les Brown and His Band of Renown, o alguien por el estilo. Mi madre tenía el disco.

En aquel momento, dos hombres les dieron alcance y se detuvieron a charlar unos instantes. Eran bastante mayores, pero ambos parecían estar en forma. *Como un par de carteros recién jubilados de excursión por los Cotswalds, donde quiera que estén*, pensó Clay. Uno de ellos llevaba una mochila grande, no una de esas mariconadas para pasar el día fuera, sino de las de estructura metálica, y el otro, una mochila más pequeña colgada del hombro derecho, mientras que en el izquierdo llevaba lo que parecía una .30 .30.

Mochila Grande se enjugó la curtida frente con el antebrazo.

—Puede que tu madre tuviera una versión de Les Brown, hijo, pero es más probable que fuera de Don Costa o Henry Mancini, que hicieron las versiones más conocidas. Eso de ahí… —Ladeó la cabeza en dirección a la música— es el puto Lawrence Welk, te lo digo yo.

—Lawrence Welk —jadeó Tom, impresionado.

—¿Quién? —quiso saber Alice.

—Escucha caminar al elefante —terció Clay con una carcajada.

Estaba cansado y le había entrado la risa floja. De repente se le ocurrió que a Johnny le encantaría aquella música.

Mochila Grande le lanzó una mirada algo desdeñosa antes de volverse de nuevo hacia Tom.

—Es Lawrence Welk, seguro —insistió—. Mi vista ya no es lo que era, pero el oído lo tengo perfecto. Mi mujer y yo veíamos su programa cada puto sábado por la noche.

—Dodge también lo pasaba bien —terció Mochila Pequeña.

Fue su única aportación a la conversación, y Clay no tenía ni idea de su significado.

—Lawrence Welk y la Champagne Band —dijo Tom—. Vaya…

—Lawrence Welk y los Champagne Music Makers —corrigió Mochila Grande—. Joder.

—Sin olvidar a las Lennon Sisters y la adorable Alice Lon —añadió Tom.

A lo lejos, la fantasmal música dejó de sonar.

—Es «Calcuta» —señaló Mochila Grande—. Bueno, nosotros nos vamos. Que tengáis un buen día.

—Noche —corrigió Clay.

—No —negó Mochila Grande—. Ahora las noches se han convertido en nuestros días, ¿no os habéis dado cuenta? Que os vaya bien, chicos. Y a ti también, señorita.

—Gracias —musitó con un hilo de voz la señorita flanqueada por Clay y Tom.

Mochila Grande se puso en marcha, y al poco Mochila Pequeña lo alcanzó. A su alrededor, un desfile de haces de linterna oscilantes conducía a los caminantes hacia las entrañas de New Hampshire. Al cabo de unos instantes, Mochila Grande se detuvo y miró atrás para decirles algo más.

—No sigáis caminando más de una hora —aconsejó—. Encontrad una casa o un motel donde refugiaros. Sabéis lo de los zapatos, ¿no?

—¿Qué pasa con los zapatos? —preguntó Tom.

Mochila Grande lo miró con expresión paciente, como sin duda miraría a cualquiera que no pudiera evitar ser estúpido. En la distancia, «Calcuta» había dado paso a una polka. La música sonaba demencial en medio de la noche brumosa y lluviosa. Y ahora aquel tipo de la mochila grande les hablaba de zapatos.

—Cuando entréis en un sitio, dejad los zapatos en la entrada —indicó Mochila Grande—. Los locos no se los llevarán, no os preocupéis, pero los otros sabrán que el sitio está ocupado y que deben buscarse otro sitio. Así se evitan… —Bajó la mirada hacia la pesada arma automática que llevaba Clay— accidentes.

—¿Ha habido accidentes? —inquirió Tom.

—Oh, sí —asintió Mochila Grande con una indiferencia sobrecogedora—. Siempre hay accidentes porque la gente es como es. Pero hay muchos sitios donde esconderse, así que no tiene por qué pasaros a vosotros. Limitaos a recordar lo de los zapatos.

—¿Cómo lo sabe? —preguntó Alice.

El hombre le dedicó una sonrisa que mejoraba en grado sumo su rostro. Por otro lado, resultaba difícil no sonreír a Alice. Era joven y, aun a las tres de la madrugada, bonita.

—La gente habla, yo los escucho. Yo hablo, y a veces la gente me escucha. ¿Tú me has escuchado?

—Sí —asintió Alice—, escuchar es uno de mis puntos fuertes.

—Entonces, pásalo. Bastante tenemos con tener que enfrentarnos a ellos —señaló sin necesidad de especificar nada más— como para encima arriesgarnos a sufrir accidentes entre nosotros.

Clay pensó en Natalie apuntándole con el .22.

—Tiene razón, gracias —dijo.

—Eso que suena es «La polca del barril de cerveza», ¿verdad? —preguntó Tom.

—Sí, hijo —repuso Mochila Grande—. Myron Floren, que en paz descanse, al reproductor de música. Tal vez os convenga parar en Gaiten. Es un pueblo muy bonito a unos tres kilómetros al norte de aquí.

—¿Es ahí donde van a pasar el día ustedes? —preguntó Alice.

—Creo que Rolfe y yo seguiremos un poco más —explicó el hombre.

—¿Por qué?

—Porque podemos, señorita, solo por eso. Buenos días.

En esta ocasión no lo contradijeron, y aunque los dos hombres debían de acercarse a los setenta años no tardaron en perderse de vista tras el haz de una única linterna, que sostenía Mochila Pequeña, es decir, Rolfe.

—Lawrence Welk y los Champagne Music Makers —se maravilló Tom.

—«Baby Elephant Walk» —añadió Clay con una carcajada.

—¿Por qué Dodge también lo pasaba bien? —quiso saber Alice.

—Porque podía, supongo —repuso Tom, y se echó a reír al ver la expresión perpleja de la chica.

11

La música procedía de Gaiten, aquel pueblo bonito que Mochila Grande les había recomendado. No sonaba ni mucho menos al volumen del concierto de AC/DC al que Clay había ido en Boston de adolescente y que le había dejado un zumbido en los oídos durante varios días, pero sí lo bastante fuerte para recordarle los conciertos estivales al aire libre a los que asistía con sus padres en South Berwick. De hecho, casi esperaba descubrir que el origen de la música se hallaba en la plaza mayor de Gaiten. Con toda probabilidad, alguna persona entrada en años, no uno de los chiflados telefónicos, sino una persona aturdida por el desastre, se había metido entre ceja y ceja acompañar el éxodo con clásicos populares que sonaban a través de altavoces con pilas.

En efecto, Gaiten tenía plaza mayor, pero estaba desierta salvo por un puñado de refugiados que cenaban tarde o desayunaban temprano a la luz de varias linternas y lámparas de gas. La música procedía de algún lugar situado más al norte. Para entonces, Lawrence Welk había dado paso a alguien que tocaba la trompeta con tal suavidad que resultaba soporífero.

—Es Wynton Marsalis, ¿verdad? —preguntó Clay, deseoso de parar a descansar y consciente de que Alice estaba reventada.

—O él o Kenny G —contestó Tom—. ¿Sabes lo que dice Kenny G al salir del ascensor?

—No, pero estoy seguro de que me lo vas a contar —replicó Clay.

—Dice: «Madre mía, qué marcha hay en este sitio».

—Es tan gracioso que creo que mi sentido del humor está a punto de volatilizarse —suspiró Clay.

—No lo pillo —terció Alice.

—No vale la pena explicarlo —aseguró Tom—. Escuchad, tenemos que parar a descansar. Estoy hecho polvo.

—Yo también —convino Alice—. Creía estar en forma por el fútbol, pero no me tengo en pie.

—Lo mismo digo —se sumó Clay.

Ya habían dejado atrás el distrito comercial de Gaiten y, según los rótulos, Main Street, que coincidía con la Carretera 102, se había convertido en Academy Avenue. Ello no sorprendió a Clay, porque en las afueras del pueblo habían visto un letrero según el cual Gaiten albergaba la histórica Academia Gaiten, una institución acerca de la que Clay había escuchado vagos rumores. Le parecía recordar que era una de esas escuelas privadas típicas de Nueva Inglaterra para niños que no consiguen entrar en Exeter o Milton. Suponía que no tardarían en regresar al país de los Burger Kings, los talleres de coches y los moteles baratos, pero aquel tramo de la 102 aparecía flanqueado por casas muy hermosas. El problema era que ante casi todas ellas había zapatos, en algunos casos hasta cuatro pares.

El flujo de refugiados había menguado de forma considerable porque casi todos ellos habían encontrado cobijo para pasar el día, pero al pasar delante del Citgo de Academy Grove y acercarse a los pilares de piedra que flanqueaban el camino de entrada de la Academia Gaiten, vieron caminar ante ellos a tres personas, dos hombres y una mujer, todos ellos de mediana edad. Mientras andaban por la acera inspeccionaban cada casa en busca de alguna que no tuviera zapatos delante de la puerta principal. La mujer cojeaba mucho, y uno de los hombres le rodeaba la cintura para ayudarla a caminar.

La Academia Gaiten quedaba a la izquierda, y Clay comprobó que era de allí de donde procedía la música, en aquel momento una versión estruendosa y saturada de cuerdas de «Fly Me to the Moon». También reparó en otras dos cosas. La primera era que en aquel lugar había mucha más basura de lo habitual, gran cantidad de bolsas rotas, hortalizas a medio comer, huesos roídos..., casi todo desparramado sobre la grava del camino de entrada. La segunda era que había dos personas de pie allí. Uno de ellos era un anciano encorvado sobre un bastón, y el otro, un niño con una lámpara de pilas entre los pies. No aparentaba más de doce años y dormitaba apoyado contra uno de los pilares. Llevaba lo que parecía un uniforme escolar compuesto de pantalones grises, jersey del mismo color y americana granate con un escudo en la pechera.

Cuando el trío que precedía a Clay y sus amigos pasó por delante de la entrada de la Academia, el anciano, ataviado con una chaqueta de *tweed* con coderas, se dirigió a ellos en el tono potente que emplean los profesores para hacerse oír hasta el fondo de las aulas más grandes.

—¡Hola! ¡He dicho hola! ¿Por qué no entran? Podemos ofrecerles refugio, pero lo más importante es que tenemos que...

—No tenemos que nada, señor mío —lo atajó la mujer—. Tengo cuatro ampollas, dos en cada pie, y apenas puedo andar.

—Pero hay mucho sitio... —insistió el anciano.

El hombre en el que se apoyaba la mujer le lanzó una mirada sin duda desagradable, porque el anciano se interrumpió en seco. El trío pasó ante el camino de entrada, los pilares y el letrero colgado de unos anticuados ganchos de hierro forjado en los que se leía: **ACADEMIA GAITEN. FUNDADA EN 1846.** *Una mente joven es una luz en la oscuridad.*

El anciano volvió a encorvarse sobre el bastón, pero al divisar a Clay, Tom y Alice se irguió de nuevo. Pareció a punto de abordarlos, pero por lo visto llegó a la conclusión de que su técnica de conferenciante no funcionaba, así que propinó un golpecito en las costillas de su compañero con la punta del bastón. El chico se incorporó con expresión aturdida mientras a su espalda, donde varios edificios de ladrillo se alzaban en la oscuridad a lo largo de la suave pendiente de una colina, «Fly Me to the Moon» daba paso a una interpretación igualmente tediosa de algo que quizá en su origen hubiera sido «I Get a Kick out of You».

—¡Jordan! —exclamó el anciano—. Te toca a ti. ¡Pídeles que entren!

El chico llamado Jordan dio un respingo, miró parpadeando al anciano y por fin se volvió hacia el segundo trío de desconocidos con una expresión de sombría suspicacia que hizo pensar a Clay en el Conejo Blanco y el Ratón de *Alicia en el país de las maravillas*. Quizá se equivocaba de personajes, era lo más probable, pero estaba exhausto.

—Esto…, seguro que dicen lo mismo, señor —afirmó—. Tampoco entrarán. No entrará nadie. Mañana por la noche lo volvemos a intentar. Tengo sueño.

Clay sabía que, a despecho del cansancio, averiguarían qué quería el anciano…, es decir, a menos que Alice y Tom se negaran en redondo. En parte porque el acompañante del anciano le recordaba a Johnny, era cierto, pero sobre todo porque el chaval había llegado a la conclusión de que nadie le ayudaría en aquel nuevo mundo no demasiado feliz; él y el hombre al que llamaba «señor» tendrían que apañárselas solos, porque así eran las cosas. Claro que si eso era cierto, muy pronto ya no quedaría nada que mereciera la pena salvar.

—Vamos —lo instó el anciano al tiempo que volvía a golpearlo con la punta del bastón, aunque sin hacerle daño—. Diles que podemos darles cobijo, que tenemos sitio de sobra, pero que primero tienen que verlo. Alguien tiene que ver esto. Si ellos tampoco quieren entrar, lo dejaremos por esta noche.

—De acuerdo, señor.

El anciano sonrió, dejando al descubierto una generosa dentadura caballuna.

—Gracias, Jordan.

El chico se encaminó hacia ellos a regañadientes, arrastrando los zapatos polvorientos, los faldones de la camisa colgando por debajo del jersey. En una mano sostenía la lámpara, que emitía un leve zumbido. Tenía enormes ojeras y su pelo reclamaba a gritos un lavado.

—¿Tom? —preguntó Clay.

—Averiguaremos qué quiere —dijo Tom—, porque es evidente que tú quieres, pero...

—¿Señores? Disculpen, señores...

—Un momento —le pidió Tom antes de volverse hacia Clay con semblante grave—. Dentro de una hora o quizá menos amanecerá. Así que más vale que el viejo vaya en serio con lo de acogernos.

—Oh, sí, señor —aseguró Jordan, procurando en vano no exteriorizar esperanza—. Hay muchísimo sitio. Cientos de dormitorios comunes, por no hablar de Cheatham Lodge. Tobias Wolff se alojó allí el año pasado. Vino a dar una conferencia sobre su libro *Vieja Escuela*.

—Lo he leído —intervino Alice en tono algo perplejo.

—Todos los chicos que no tenían móvil se han ido, y los que sí tenían...

—Ya sabemos lo que les ha pasado —lo atajó Alice.

—Yo estoy becado. Vivía en Holloway y no tenía móvil. Tenía que usar el teléfono del ama de mi residencia cada vez que quería llamar a casa, y los otros chicos se reían de mí por eso.

—Pues ahora más que nunca me parece que quien ríe el último, Jordan... —señaló Tom.

—Sí, señor —asintió el chico, obediente, pero a la luz de la lámpara Clay no detectó ningún indicio de risa en su rostro, tan solo aflicción y fatiga—. ¿Qué les parece si se acercan a conocer al director?

Y aunque también él debía de estar muerto de cansancio, Tom respondió con exquisita cortesía, como si se hallaran en un jardín soleado, tal vez en una merienda para padres de alumnos, en lugar de en la avenida de la Academia salpicada de basura a las cuatro de la madrugada.

—Será un placer, Jordan.

12

—Siempre los he llamado interfonos diabólicos —comentó Charles Ardai, jefe del departamento de inglés de la Academia Gaiten desde hacía veinticinco años y director en funciones de todo el centro en el momento de El Pulso.

El anciano subía con sorprendente rapidez por la acera, apoyado en el bastón y sorteando el río de basura que alfombraba el camino central de entrada. Jordan caminaba junto a él sin perderlo de vista, seguido de los otros tres. Jordan temía que el anciano perdiera el equilibrio en cualquier momento. Clay, por su parte, temía que el hombre sufriera un infarto al intentar hablar y al mismo tiempo subir aquella cuesta, por suave que fuera.

—Claro que no lo decía en serio. Era una broma, un chiste, una hipérbole cómica, pero lo cierto es que nunca me han gustado esos trastos, sobre todo en un entorno académico. Podría haber presentado una moción para que los prohibieran del todo en la escuela, pero por supuesto la habrían rechazado. Habría sido como intentar prohibir que suba la marea. —Lanzó varios bufidos antes de proseguir—: Mi hermano me regaló uno cuando cumplí los sesenta y cinco años. Cuando se acabó la batería... —Jadeo, bufido—, no volví a cargarla. Emiten radiaciones, ¿lo sabían? En cantidades minúsculas, es verdad, pero aun así..., una fuente de radiación cerca de la cabeza..., del cerebro...

—Señor, debería esperar hasta que lleguemos a Tonney —advirtió Jordan, y sostuvo a Ardai cuando el bastón del director resbaló sobre una pieza de fruta podrida y lo hizo ladearse por un breve instante (pero peligrosamente) a babor.

—Estoy de acuerdo —convino Clay.

—Sí —asintió el director—. Es solo que... nunca he confiado en ellos, eso es lo que quería decir. Es algo que nunca me ha pasado con el ordenador. Me acostumbré a usarlo en un abrir y cerrar de ojos.

En lo alto de la cuesta, el camino principal del campus se bifurcaba en forma de Y. El brazo izquierdo serpenteaba en dirección a unos edificios que a buen seguro eran residencias, mientras que el de la derecha se dirigía hacia las aulas, un grupo de edificios destinados a la administración y una arcada que relucía blanquecina en la oscuridad. Bajo ella fluía el río de basura orgánica y envoltorios. El director Ardai los condujo hacia allí, sorteando en la medida de lo posible los desechos desparramados por el suelo mientras Jordan le asía el codo. La música, ahora Bette Midler cantando «Wind Beneath My Wings», procedía del otro lado de la arcada, y Clay vio varias docenas de discos compactos tirados entre los huesos de carne y las bolsas vacías de patatas fritas. Empezaba a albergar un mal presentimiento.

—Esto..., señor. Director... Quizá deberíamos...

—No pasa nada —lo interrumpió el director—. ¿Alguna vez jugó a las sillas musicales de pequeño? Seguro que sí. Bueno, pues mientras siga sonando la música, no tenemos nada que temer. Echaremos un vistazo rápido y luego iremos a Cheatham Lodge. Es la residencia del director y está a menos de doscientos metros del campo Tonney.

Clay se volvió hacia Tom, que se encogió de hombros. Alice hizo un gesto de asentimiento.

Jordan había vuelto la cabeza para mirarlos con expresión angustiada y captó aquel intercambio.

—Tienen que verlo —afirmó—. El director tiene razón. Hasta que lo vean no sabrán...

—¿Hasta que veamos qué, Jordan? —inquirió Alice.

Pero Jordan se limitó a mirarla con grandes ojos de niño que relucían en la oscuridad.

—Espera y verás —dijo.

13

—¡Joder! —exclamó Clay.

En su mente, la palabrota sonó como un grito estentóreo de sorpresa y horror, tal vez incluso teñido de cierta indignación, pero lo que brotó de su garganta no fue más que una suerte de gemido. En parte quizá se debía a que en aquel lugar la música sonaba casi tan fuerte como aquel remoto concierto de AC/DC (si bien Debbie Boone cantando con su vocecilla de colegiala «You Light Up My Life» no se parecía gran cosa a «Hell's Bells», ni siquiera a todo volumen), pero sobre todo se debía a la más pura estupefacción. Había creído que El Pulso y la consiguiente huida de Boston lo habrían preparado para cualquier cosa, pero estaba equivocado.

Dudaba de que las escuelas privadas como aquella ofrecieran un deporte tan vulgar (y violento) como el fútbol americano, pero en cambio el fútbol europeo era sin duda el deporte estrella del centro. Las gradas que rodeaban el campo Tonney daban la sensación de poder albergar a unos mil espectadores y aparecían coronadas por hileras de banderines que empezaban a verse maltrechas a causa de las lluvias caídas en los últimos días. En el otro extremo del campo había un sofisticado marcador con una pancarta en la parte superior. Clay no alcanzaba a leer lo que decía a causa de la oscuridad, aunque a buen seguro tampoco se habría fijado a pleno día. Había luz suficiente para ver el campo, y eso era lo único que importaba.

Hasta el último centímetro de hierba estaba cubierto de chiflados telefónicos. Yacían de espaldas como sardinas en una lata, pierna con pierna, cadera con cadera y hombro con hombro, los rostros vueltos hacia el negro cielo de madrugada.

—Jesús, María y José —masculló Tom con voz ahogada porque se había llevado un puño a la boca.

—¡Sujeten a la chica! —advirtió el director—. ¡Está a punto de desmayarse!

—No..., estoy bien —aseguró Alice.

Pero cuando le rodeó el hombro con los brazos, la chica se dejó caer contra él, respirando entrecortadamente. Mantenía los ojos abiertos, pero en ellos se pintaba una expresión fija y aturdida.

—Hay más debajo de las gradas —explicó Jordan.

Hablaba con una serenidad estudiada, casi teatral, que Clay no se tragó ni por un segundo. Era la voz de un chaval intentando convencer a sus amigos de que no le dan asco los gusanos que infestan los ojos de un gato muerto..., justo antes de desplomarse y vomitar hasta la primera papilla.

—Yo y el director creemos que es ahí donde pusieron a los que no van a ponerse bien —prosiguió Jordan.

—El director y yo, Jordan —lo corrigió el anciano.

—Lo siento, señor.

Debbie Boone alcanzó la catarsis poética y enmudeció. Tras un breve silencio, Lawrence Welk y los Champagne Music Makers empezaron a tocar de nuevo «Baby Elephant Walk». *Dodge también lo pasaba bien*, pensó Clay.

—¿Cuántas cadenas de música tienen conectadas entre sí? —preguntó al director Ardai—. ¿Y cómo lo han hecho? Si no tienen cerebro, por el amor de Dios. ¡No son más que zombis!

De repente se le ocurrió una idea terrible, ilógica y muy persuasiva a un tiempo.

—¿Lo ha hecho usted? Para mantenerlos callados o..., no sé...

—No ha sido él —murmuró Alice desde la seguridad de los brazos de Clay.

—No, y sus dos suposiciones son incorrectas —añadió el director.

—¿Las dos? Pero si...

—Debe de gustarles mucho la música —intervino Tom—,

porque no les gusta entrar en edificios y en cambio es ahí donde están los CD, ¿no?

—Por no hablar de las cadenas de música —agregó Clay.

—No hay tiempo para explicaciones. Está a punto de amanecer, y…, díselo, Jordan.

—Todos los buenos vampiros deben acostarse antes de que cante el gallo, señor —repuso Jordan obediente, como quien recita una lección que no entiende.

—Exacto, antes de que cante el gallo. De momento, limítense a mirar, nada más. No sabían que existieran lugares como este, ¿verdad?

—Alice sí —señaló Clay.

De nuevo pasearon la mirada por el campo sembrado de cuerpos, y puesto que, en efecto, la noche empezaba a dar paso a un nuevo día, Clay advirtió que todos aquellos ojos estaban abiertos. Estaba bastante seguro de que no veían; tan solo estaban… abiertos.

Aquí pasa algo malo, pensó. *Lo de ir en rebaño solo era el comienzo.*

Ver aquellos cuerpos hacinados y sus rostros vacuos, casi todos ellos blancos, porque a fin de cuentas estaban en Nueva Inglaterra, era de por sí sobrecogedor, pero los ojos abiertos vueltos hacia el cielo nocturno le provocaron una oleada de terror irracional. En algún lugar no demasiado lejano empezó a cantar el primer pájaro del día. No era un gallo, pero el director dio un respingo y luego se tambaleó. En esta ocasión fue Tom quien lo sujetó.

—Vamos —los instó el anciano—. Cheatham Lodge está muy cerca, pero tenemos que ponernos en marcha. La humedad me deja las articulaciones molidas. Cógeme del codo, Jordan.

Alice se separó de Clay y se situó al otro lado del anciano. Este le dirigió una sonrisa bastante severa y negó con la cabeza.

—Jordan se ocupará de mí. Ahora nos ocupamos el uno del otro, ¿verdad, Jordan?

—Sí, señor.

—Jordan —dijo Tom mientras se acercaban a una enorme y bastante pretenciosa casa estilo Tudor que sin duda era Cheatham Lodge.

—¿Señor?

—La pancarta sobre el marcador... No he podido leerla. ¿Qué decía?

—ANTIGUOS ALUMNOS, BIENVENIDOS A LA FIESTA —repuso Jordan con un atisbo de sonrisa.

Pero al recordar que ese año no habría fiesta de antiguos alumnos y que los banderines ya habían empezado a estropearse sobre las gradas, su semblante volvió a oscurecerse. De no haber estado tan exhausto, quizá habría logrado mantener la compostura, pero era muy tarde, casi amanecía, y mientras se acercaban a la residencia del director, el último alumno de la academia Gaiten, aún vestido de granate y gris, rompió a llorar.

14

—Ha sido increíble, señor —aseguró Clay, que había adoptado con toda naturalidad la forma de hablar de Jordan, al igual que Alice y Tom—. Gracias.

—Sí, gracias —se sumó Alice—. Nunca había comido dos hamburguesas, al menos no tan grandes como estas.

Eran las tres de la tarde siguiente, y se hallaban en el porche trasero de Cheatham Lodge. Charles Ardai, el director, como lo llamaba Jordan, había preparado las hamburguesas en una pequeña barbacoa de gas. Aseguraba que comer la carne no entrañaba peligro alguno porque el generador que alimentaba el congelador de la cantina no se había apagado hasta la tarde anterior, y en efecto, las hamburguesas que sacó de la nevera portátil que Tom y Jordan habían transportado desde la despensa aún estaban blanquecinas por el hielo y duras como piedras. Asimismo, Charles Ardai comentó que, con toda probabilidad, podían asar la carne hasta las cinco de la tarde, aunque la prudencia dictaba comer temprano.

—¿Los locos olerían la comida? —preguntó Clay.

—Digamos que no nos conviene averiguarlo —replicó el director—, ¿verdad, Jordan?

—Sí, señor —asintió Jordan antes de hincar de nuevo el diente en su hamburguesa ya con menos frenesí, aunque Clay creía que se la acabaría—. Tenemos que estar dentro de la casa cuando se despiertan y también cuando vuelven del pueblo, porque ahí es donde van. Lo están limpiando, como los pájaros limpian los campos de trigo. Eso es lo que dice el director.

—Cuando estábamos en Malden volvían a casa más temprano —observó Alice—, aunque no sabíamos dónde estaba su «casa», claro —añadió mientras miraba una bandeja llena de flanes—. ¿Puedo coger uno?

—Por supuesto —asintió el director mientras empujaba la bandeja hacia ella—. Y también otra hamburguesa, si quieres. Lo que no nos comamos pronto se estropeará.

Alice emitió un gruñido y negó con la cabeza, pero sí cogió un flan, al igual que Tom.

—Parece que salen a la misma hora por la mañana, pero es cierto que han empezado a volver más tarde —comentó Ardai con aire pensativo—. ¿Por qué será?

—¿Tardan más en conseguir provisiones porque cada vez hay menos? —aventuró Alice.

—Es posible… —El director dio un último bocado a su hamburguesa y envolvió el resto con cuidado en una servilleta de papel—. Hay muchos rebaños, puede que hasta una docena en un radio de ochenta kilómetros. Por gente que se dirigía hacia el sur sabemos que hay rebaños en Sandown, Fremont y Candia. Durante el día se abastecen de forma casi caótica, probablemente tanto de comida como de música, y luego vuelven.

—¿Está seguro? —preguntó Tom mientras se acababa el flan y alargaba la mano para coger otro.

Ardai sacudió la cabeza.

—No estoy seguro de nada, señor McCourt.

Su larga y enmarañada melena blanca (*la clásica melena de profesor de inglés*, pensó Clay) ondeó un poco a la suave brisa de la tarde. Las nubes habían desaparecido, y el porche les proporcionaba una buena vista del campus, que de momento aparecía desierto. A intervalos regulares, Jordan rodeaba la casa a fin de escudriñar la pendiente que descendía hasta Academy Avenue y luego regresar para asegurar que todo estaba tranquilo.

—¿Ustedes no han visto otros lugares donde pasen la noche? —preguntó el anciano.

—No —negó Tom.

—Pero no olvide que viajamos de noche —le recordó Clay—, y que ahora las noches son oscuras de verdad.

—Cierto —convino el director antes de añadir en tono casi soñador—: Como en *le moyen âge*. Traducción, Jordan.

—La Edad Media, señor.

—Muy bien —alabó el director al tiempo que le daba una palmadita en el hombro.

—En esas circunstancias incluso sería fácil no ver los rebaños grandes —señaló Clay—, por mucho que no se escondan.

—No, no se esconden —aseguró el director Ardai, uniendo las yemas de los dedos—. Al menos de momento. Forman rebaños…, se abastecen… y puede que su conciencia colectiva se desmorone un poco mientras se abastecen…, pero quizá menos. Quizá cada día un poco menos.

—Manchester ardió hasta los cimientos —explicó Jordan de repente—. Vimos el fuego desde aquí, ¿verdad, señor?

—En efecto —corroboró el director—. Fue muy triste y aterrador.

—¿Es cierto que están disparando contra la gente que intenta entrar en Massachusetts? —inquirió Jordan—. Eso es lo que dice la gente. Dicen que hay que ir a Vermont, que es la única ruta segura.

—Es una chorrada —afirmó Clay—. Nosotros oímos lo mismo sobre la frontera de New Hampshire.

Jordan se lo quedó mirando un momento con los ojos muy abiertos y de repente se echó a reír, una carcajada que resonó cristalina y hermosa en la quietud de la tarde. Al poco se oyó un disparo a lo lejos, y más cerca, un grito de rabia o de horror.

Jordan dejó de reír.

—Háblenos del extraño estado en que estaban anoche —pidió Alice en voz baja—. Y de la música. ¿Todos los rebaños escuchan música de noche?

El director se volvió hacia Jordan.

—Sí —asintió el chico—. Siempre cosas suaves, nada de rock ni de country...

—Y diría que tampoco escuchan música clásica —añadió el director—, al menos nada demasiado complicado.

—Son sus nanas —prosiguió Jordan—. Eso es lo que creemos yo y el director, ¿verdad, señor?

—El director y yo, Jordan.

—El director y yo, sí, señor.

—Pero en cualquier caso, sí, es lo que creemos —asintió el director—, aunque sospecho que podría haber algo más..., de hecho, bastante más.

Clay estaba desconcertado y sin saber por dónde tirar. Al mirar a sus amigos advirtió en sus rostros un reflejo de lo que él mismo sentía, una expresión que, más allá de la perplejidad, indicaba muy pocas ganas de saber.

—¿Me permiten que les hable con franqueza? —pidió el director, inclinándose hacia delante—. De hecho, debo hablarles con franqueza porque no sé hablar de otro modo. Quiero que nos ayuden a hacer una cosa terrible. Creo que nos queda poco tiempo para hacerlo, y si bien cabe la posibilidad de que una acción aislada no sirva de nada, nunca se sabe. No sabemos qué tipo de comunicación puede establecerse entre esos... rebaños, pero en cualquier caso no pienso quedarme de brazos cruzados mientras esas... cosas... se hacen no solo con mi escuela, sino con la luz del día. Lo habría intentado ya, pero soy viejo, y Jordan muy joven. Demasiado joven. Sean lo que sean ahora, hasta hace poco todas esas criaturas eran seres humanos, y no pienso permitir que Jordan intervenga en esto.

—¡Puedo hacer mi parte, señor! —protestó Jordan con la firmeza de un adolescente musulmán dispuesto a atarse explosivos al pecho para cometer un atentado suicida, se dijo Clay.

—Tu valentía es loable, Jordan —aseguró el director—, pero no. —Miró al chaval con expresión bondadosa, pero cuando se volvió hacia los demás, su mirada se había endurecido un tanto—. Ustedes tienen armas, armas efectivas, y en cambio yo no tengo más que un rifle manual del .22 que tal vez ni siquiera funcione, aunque el cañón no está obstruido, lo he comprobado. Pero aunque funcione, es posible que los cartuchos no sirvan. Sin embargo, tenemos una bomba de gasolina en el garaje, y puede que la gasolina sirva para acabar con sus vidas.

Sin duda advirtió el horror que se pintaba en sus rostros, porque de inmediato asintió. A los ojos de Clay ya no tenía aspecto de abuelo bondadoso, sino de anciano puritano en un cuadro al óleo, de aquellos capaces de condenar a un hombre a la horca sin pestañear siquiera. O a una mujer acusada de brujería a morir en la pira.

El gesto de asentimiento de Ardai iba dirigido especialmente a Clay. De eso estaba seguro.

—Sé lo que digo y sé cómo suena. Pero no sería un asesinato, sino un exterminio. No tengo poder para obligarlos a hacer nada, pero en cualquier caso, me ayuden o no, tienen que transmitir un mensaje.

—¿A quién? —preguntó Alice en un susurro.

—A todas las personas con las que se crucen, señorita Maxwell —replicó el anciano antes de inclinarse sobre los restos de la comida y mirarla con sus pequeños y hundidos ojillos de viejo—. Tienen que decirles lo que les está pasando a las criaturas que escucharon el mensaje infernal por sus interfonos diabólicos. Tienen que difundir el mensaje. Todas las personas a las que han arrebatado la luz del día deben saberlo, y antes de que sea demasiado tarde.

Se pasó una mano por la parte inferior del rostro, y Clay advirtió que sus dedos temblaban ligeramente. Habría sido fácil atribuirlo a la edad, pero hasta entonces no había visto la menor vacilación en sus manos.

—Y nos parece que pronto será demasiado tarde, ¿verdad, Jordan?

—Sí, señor —asintió Jordan, a todas luces convencido de que sabía algo, pues parecía aterrorizado.

—¿Qué? ¿Qué les está pasando? —preguntó Clay—. Tiene algo que ver con la música y las cadenas de música conectadas entre sí, ¿verdad?

El director se encorvó, de repente con aspecto muy cansado.

—No están conectadas entre sí —repuso—. ¿Acaso no recuerda que le dije que sus dos premisas eran erróneas?

—Sí, pero no entiendo a qué...

—Hay una cadena con un disco compacto dentro, en eso tiene razón. Según Jordan, es un solo CD recopilatorio y por eso oímos las mismas canciones una y otra vez.

—Qué suerte la nuestra —masculló Tom.

Pero Clay apenas oyó a su amigo; estaba demasiado ocupado intentando asimilar lo que Ardai acababa de decir, que las cadenas no estaban conectadas entre sí. ¿Cómo era posible? No lo era.

—Las cadenas están repartidas por todo el campo —prosiguió el director—, todas ellas encendidas. De noche se ven las lucecitas rojas...

—Sí —intervino Alice—. Me fijé en algunas luces rojas, pero no le di importancia.

—..., pero están vacías, no contienen CD ni cintas, y no están conectadas entre sí. No son más que esclavos que captan el sonido de la cadena principal y lo retransmiten.

—Y si tienen la boca abierta, la música también sale de allí —agregó Jordan—. Muy bajita, casi como un susurro..., pero se oye.

—No —negó Clay—. Son imaginaciones tuyas, pequeño. Es imposible.

—Yo no lo he oído —admitió Ardai—, aunque por supuesto mi oído ya no es lo que era cuando me gustaban Gene Vincent y los Blue Caps. En el año catapún, como dirían Jordan y sus amigos.

—Es usted de la muy vieja escuela, señor —señaló Jordan con una solemnidad inconfundiblemente cargada de afecto.

—Cierto, Jordan, cierto —convino el director, dándole otra

palmadita en el hombro antes de volverse de nuevo hacia los demás—. Si Jordan dice que lo ha oído…, yo le creo.

—Es imposible —insistió Clay—. Sin transmisor es imposible.

—Están transmitiendo —replicó el director—. Es una habilidad que por lo visto han aprendido después de El Pulso.

—Un momento —terció Tom.

Levantó una mano como un policía regulando el tráfico, la bajó, empezó a decir algo y luego volvió a subirla. Desde su posición de dudoso abrigo junto al director Ardai, Jordan lo observaba con detenimiento.

—¿Estamos hablando de telepatía? —preguntó Tom por fin.

—En mi opinión no es *le mot juste* para definir este fenómeno en particular —repuso el director—, pero ¿por qué perder el tiempo con tecnicismos? Apostaría todas las hamburguesas que quedan en el congelador a que no es la primera vez que emplean este término.

—Pues se hartaría de hamburguesas —aseguró Clay.

—Ya, bueno, pero lo de la conducta de rebaño es distinto —insistió Tom.

—Porque… —empezó a decir el director al tiempo que enarcaba las enmarañadas cejas.

—Pues porque…

Tom no pudo terminar la frase, y Clay sabía por qué. Porque no era distinto. La formación de rebaños no era un comportamiento humano, y lo sabían desde el momento en que observaron a George el mecánico seguir a la mujer del traje mugriento por el jardín delantero de la casa de Tom hasta Salem Street. Caminaba muy cerca de ella, lo suficiente para hincarle los dientes en el cuello…, pero no lo había hecho. ¿Y por qué? Porque para los chiflados telefónicos se había acabado la era del mordisco y había empezado la de formar rebaños.

Al menos se había acabado lo de morder a los suyos. A menos que…

—Profesor Ardai, al principio mataban a todo el mundo…

—Cierto —convino el director—. Tuvimos mucha suerte al poder escapar, ¿verdad, Jordan?

Jordan asintió con un estremecimiento.

—Los chicos corrían por todas partes, y también algunos profesores. Mataban, mordían, hablaban en esa lengua incomprensible... Me escondí un buen rato en uno de los invernaderos.

—Y yo en el desván de esta casa —añadió el director—. Por el ventanuco presencié cómo el campus que tanto amo se convertía en un auténtico infierno.

—Casi todos los que sobrevivieron se dirigieron al pueblo —explicó Jordan—. Ahora muchos de ellos han vuelto. Están allí —indicó, señalando con la cabeza en dirección al campo de fútbol.

—¿De todo lo cual concluimos que...? —preguntó Clay.

—Creo que ya lo sabe, señor Riddell.

—Clay.

—Muy bien, Clay. Creo que lo que está sucediendo es más que una anarquía temporal. Estoy convencido de que es el inicio de una guerra y de que será una guerra corta pero extremadamente cruenta.

—¿No le parece que está exager...?

—Pues no. Es cierto que solo puedo guiarme por lo que he observado..., en fin, porque lo que hemos observado Jordan y yo, pero el rebaño del campo de fútbol es muy numeroso, y los hemos visto ir y venir, además de... descansar, por así decirlo. Han dejado de matarse los unos a los otros, pero siguen matando a personas que podemos calificar de «normales». En mi opinión, eso es un comportamiento bélico.

—¿Los ha visto matar a personas normales? —quiso saber Tom.

Junto a ella, Alice abrió su mochila, sacó la zapatilla de bebé y la sujetó con fuerza.

El director le dirigió una mirada solemne.

—Sí, y lamento decir que Jordan también.

—No pudimos ayudarles —intervino Jordan con los ojos inundados de lágrimas—. Había demasiados. Eran un hombre y una mujer. No sé qué hacían en el campus al anochecer, pero no podían saber lo del campo de fútbol. Ella estaba herida, y él la ayudaba a caminar. Se toparon con unos veinte chiflados que volvían del pueblo. El hombre intentó cargar con la mujer —musitó con voz quebrada—. Puede que él solo hubiera conseguido escapar, pero con ella... Solo llegó hasta Horton Hall; es una de las residencias. Allí se cayó, y entonces ellos los alcanzaron. Ellos...

De repente, Jordan sepultó el rostro en el abrigo del anciano, aquella tarde una prenda color carbón. El director le acarició la suave nuca con una de sus grandes manos.

—Parece que conocen a sus enemigos —comentó—. Puede que eso formara parte del mensaje original, ¿no les parece?

—Es posible —convino Clay.

Tenía cierto sentido de un modo perverso.

—En cuanto a lo que hacen por las noches cuando se tumban tan quietos y con los ojos abiertos, escuchando su música...

El director suspiró, se sacó un pañuelo de uno de los bolsillos del abrigo y enjugó las lágrimas del chico con firmeza. Clay comprendió que estaba aterrado y al mismo tiempo muy seguro de la conclusión a la que había llegado.

—Creo que se recargan —dijo el anciano.

15

—Ven las lucecitas rojas, ¿verdad? —señaló el director con su habitual voz de aula magna—. Yo cuento al menos sesenta y tr...

—¡Hable más bajo! —siseó Tom con cara de querer taparle la boca.

El director lo miró con absoluta serenidad.

—¿Acaso ha olvidado lo que les dije anoche sobre las sillas musicales, Tom?

Tom, Clay y Ardai estaban junto a los torniquetes del campo, de espaldas a la arcada que daba paso al campo de fútbol. De mutuo acuerdo, Alice se había quedado en Cheatham Lodge con Jordan. La música que sonaba en el campo en aquel momento era una versión instrumental jazzística de «La chica de Ipanema».

Clay pensó que sin duda era el último grito para los chiflados telefónicos.

—No —repuso Tom—. Mientras suene la música no hay peligro. Solo es que no quiero convertirme en el tipo al que haga pedazos un insomne que sea la excepción que confirma la regla.

—Eso no sucederá.

—¿Cómo puede estar tan seguro, señor? —quiso saber Tom.

—Porque, haciendo un pequeño juego de palabras literario, no podemos calificar esto de sueño. Vamos.

Echó a andar por la rampa por la que bajaban los jugadores para llegar al campo, y al ver que Tom y Clay se quedaban rezagados, se volvió hacia ellos con expresión paciente.

—Quien nada arriesga, nada consigue —recitó—, y en estos momentos me atrevería a afirmar que conseguir averiguar algo más acerca de estos seres es de vital importancia, ¿no les parece? Vamos.

Tom y Clay siguieron el golpeteo de su bastón en dirección al campo, Clay algo por delante de Tom. Sí, veía las luces rojas de las cadenas de música repartidas por todo el perímetro del campo. En efecto, había entre sesenta y setenta cadenas de música de dimensiones considerables instaladas a intervalos de unos tres o cuatro metros, cada una de ellas rodeada de cuerpos. A la luz de las estrellas, aquellos cuerpos ofrecían un espectáculo sobrecogedor. No estaban amontonados, porque cada uno de ellos disponía de su propio espacio, pero tampoco desperdiciaban un solo centímetro. Yacían con los brazos entrelazados, formando lo que parecían hileras de muñecas de papel surcando el campo entero, mientras la música, *como la que se oye en los supermercados*, pensó Clay, se elevaba hacia el cielo negro. Otra cosa se elevaba también hacia el cielo, un olor penetrante a tierra y hortalizas podridas, mezclado con el hedor más denso de la putrefacción y los excrementos humanos.

El director bordeó la portería, que los locos habían empujado a un lado, volcado y desgarrado. Allí, en la orilla del lago de cuerpos, yacía un joven de unos treinta años con dentelladas irregulares en el brazo hasta la manga de la camiseta NASCAR que llevaba. Las heridas parecían infectadas. En una mano sujetaba una gorra roja que a Clay le recordó la zapatilla de Alice. El joven tenía la mirada vacua clavada en las estrellas mientras Bette Middler empezaba de nuevo a cantar sobre el viento que soplaba bajo sus alas.

—¡Hola! —gritó el director con su voz ronca y estentórea al tiempo que golpeaba al joven en el vientre con la punta del bastón, empujando hasta que soltó una ventosidad—. ¡He dicho hola!

—Basta —masculló Tom, exasperado.

El director se volvió hacia él con los labios apretados en una mueca de desprecio y deslizó la punta del bastón bajo la gorra que el joven sujetaba. La apartó con un golpe de muñeca, y la gorra voló unos tres metros hasta aterrizar sobre el rostro de una mujer de mediana edad. Clay observó fascinado cómo la gorra resbalaba hacia un lado, dejando al descubierto un ojo abierto y fijo.

El joven alargó la mano en la que antes sujetaba la gorra con lentitud onírica y volvió a apretar el puño antes de quedarse de nuevo inmóvil.

—Cree que todavía sujeta la gorra —susurró Clay, anonadado.

—Es posible —replicó el director sin demasiado interés.

Acto seguido hurgó con la punta del bastón en una de las mordeduras infectadas del joven. Debería haberle dolido horrores, pero el hombre no reaccionó, sino que siguió contemplando el cielo mientras Bette Midler daba paso a Dean Martin.

—No reaccionaría ni aunque le atravesara el cuello con el bastón. Y los que están a su lado no acudirían en su defensa, aunque no me cabe duda de que de día me despedazarían.

Tom estaba en cuclillas junto a uno de los equipos de música.

—Lleva pilas —constató—. Se nota por el peso.

—Sí, todos llevan; por lo visto las necesitan. —El director reflexionó unos instantes antes de añadir algo que, en opinión de Clay, podría haberse ahorrado—: Al menos de momento.

—Podríamos hacer una batida ahora mismo, ¿verdad? —comentó Clay—. Exterminarlos igual que los cazadores exterminaban palomas migratorias hacia la década de 1880.

El director hizo un gesto de asentimiento.

—Les aplastaban el cráneo cuando estaban sentadas en el suelo, ¿no? Una buena analogía. Pero yo tardaría siglos con mi bastón y creo que usted también a pesar del arma automática.

—De todos modos, no tengo suficientes balas. Aquí debe de haber... —Clay paseó de nuevo la mirada por el lago de cuerpos, un espectáculo que le producía jaqueca—. Debe de haber seiscientos o setecientos, sin contar a los que están debajo de las gradas.

—Señor... Señor Ardai —terció Tom—. ¿Cuándo...? ¿Cómo descubrió...?

—¿Que cómo determiné la profundidad de su letargo? ¿Es eso lo que quería preguntarme?

Tom asintió.

—La primera noche vine para observarlos. Por supuesto, el rebaño era mucho menos numeroso entonces. Vine atraído por pura y abrumadora curiosidad. Jordan no me acompañó. Acostumbrarse a vivir de noche le ha resultado bastante difícil.

—Arriesgó usted la vida, y lo sabe —dijo Clay.

—No me quedó otro remedio —replicó el director—. Era como estar hipnotizado. No tardé en comprender que estaban inconscientes pese a tener los ojos abiertos, y unos cuantos experimentos muy sencillos con la punta de mi bastón confirmaron la profundidad de su estado.

Clay pensó en la cojera del director y contempló la posibilidad de preguntarle si se había detenido a considerar qué habría ocurrido si se hubiera equivocado y los locos hubieran arremetido contra él, pero al final decidió callar. A buen seguro, el director habría contestado lo mismo que un rato antes, que quien nada arriesga, nada consigue. Jordan estaba en lo cierto; aquel hombre era de la muy vieja escuela. A Clay no le habría hecho ni pizca de gracia tener catorce años y verse sometido a sus medidas disciplinarias.

Por su parte, Ardai lo miraba meneando la cabeza.

—Seiscientos o setecientos me parece un cálculo muy por lo bajo, Clay. Este campo es de dimensiones reglamentarias, lo cual significa que mide unos seis mil metros cuadrados.

—¿Cuántos cree que hay?

—Apiñados como están, diría que por lo menos mil.

—¿Y está seguro de que no están realmente aquí?

—Sí. Y lo que vuelve…, un poco más cada día (Jordan está de acuerdo y es muy observador, créanme), es distinto a lo que eran antes, lo que significa que no son humanos.

—¿Podemos volver a la casa? —preguntó Tom con voz de estar mareado.

—Por supuesto —asintió el director.

—Un momento —pidió Clay.

Se arrodilló junto al joven con la camiseta de NASCAR. No quería hacerlo, porque no podía evitar pensar que la mano que había asido la gorra roja se alargaría ahora para asirlo a él, pero se obligó. A nivel del suelo, el hedor era más intenso. Hasta entonces había creído que ya estaba acostumbrado a él, pero se equivocaba.

—Clay, ¿qué…? —empezó Tom.

—Silencio —lo atajó Clay.

Se inclinó hacia la boca entreabierta del joven. Vaciló un instante y luego se obligó a acercarse más, hasta ver la saliva brillar sobre su labio inferior. En el primer momento creyó que eran imaginaciones suyas, pero cinco centímetros más cerca, casi lo bastante cerca para besar a aquella cosa no dormida que llevaba a Ricky Craven estampado en la camiseta, comprendió que no era así.

«Y si tienen la boca abierta, la música también sale de allí. Muy bajita, casi como un susurro…, pero se oye», había dicho Jordan.

Y Clay lo oyó, la voz por alguna razón rezagada una o dos sílabas respecto a la música que sonaba por los altavoces. Dean Martín cantando «Everybody Loves Somebody Sometimes».

Se incorporó de un salto y estuvo a punto de proferir un grito al oír el chasquido de sus rodillas. Tom sostuvo en alto la lámpara y se lo quedó mirando con los ojos abiertos de par en par.

—¿Qué? ¿Qué? No me dirás que ese chico estaba...

Clay asintió.

—Volvamos a la casa —instó.

A media rampa, asió al director por el hombro con brusquedad. Ardai se encaró con él, al parecer nada sorprendido por el hecho de que lo trataran de aquel modo.

—Tiene usted razón, señor —declaró Clay—. Tenemos que deshacernos de ellos, de todos los que podamos y lo más deprisa que podamos. Puede que sea nuestra única oportunidad. ¿O cree que me equivoco?

—No —repuso el director—. Por desgracia, no creo que se equivoque. Como ya le dije, esto es la guerra, o al menos eso creo, y en la guerra se mata a los enemigos. ¿Por qué no volvemos a la casa y lo hablamos? Podríamos tomar chocolate caliente, en mi caso, como buen bárbaro que soy, con un chorro de whisky.

Al llegar a lo alto de la rampa, Clay se volvió para contemplar el campo una vez más. El recinto estaba a oscuras, pero gracias a la intensa luz de las estrellas se vislumbraba la alfombra de cuerpos que se extendía de un extremo a otro del terreno de juego. Se dijo que quizá uno podía no saber qué miraba si tropezaba por casualidad con aquel lugar, pero una vez lo había visto..., una vez lo había visto...

En un momento dado, la vista le jugó una mala pasada, y casi le pareció ver respirar a aquellos ochocientos o mil cuerpos como si de un solo organismo se tratara. Aquello lo asustó tanto que giró en redondo y echó a correr para alcanzar a Tom y al director Ardai.

16

El director preparó chocolate caliente en la cocina, y lo tomaron en el salón a la luz de dos lámparas de gas. Clay creía que el anciano propondría salir más tarde a Academy Avenue en busca de más voluntarios para el Ejército de Ardai, pero el hombre parecía conformarse con lo que tenía.

La bomba de gasolina del garaje, les contó el director, se alimentaba de un depósito de unos mil quinientos litros instalado en el techo, de modo que no tendrían más que retirar un tapón. En el invernadero había atomizadores con capacidad para ciento veinte litros, al menos una docena de ellos. Tal vez pudieran cargarlos en una camioneta, bajar con ella marcha atrás por la rampa...

—Un momento —pidió Clay—. Antes de ponernos a diseñar la estrategia, si tiene usted alguna teoría sobre esto, me gustaría escucharla, señor.

—No se trata de nada tan formal —aseguró el anciano—, pero Jordan y yo somos observadores, tenemos intuición y bastante experiencia entre los dos...

—Soy un fanático de la informática —terció Jordan por encima del tazón de chocolate, y a Clay su forma sombría de expresarse le pareció singularmente entrañable—. Un auténtico chalado. Llevo casi toda la vida delante del ordenador, y estoy convencido de que por la noche esas cosas se recargan, o más bien se «reinician». Es como si tuvieran INSTALANDO SOFTWARE, POR FAVOR ESPERE escrito en la frente.

—No entiendo nada —admitió Tom.

—Yo sí —intervino Alice—. Jordan, tú crees que El Pulso fue realmente un Pulso, ¿verdad? Todos los que lo oyeron..., bueno, se les borró el disco duro.

—Eso mismo —asintió Jordan, demasiado educado para decir «Elemental».

Tom se quedó mirando a Alice con expresión perpleja. Clay sabía que su amigo no era tonto, ni tampoco creía que fuera lento de reflejos.

—Tú tenías ordenador —señaló Alice—. Lo vi en tu despacho.

—Sí...

—Y alguna vez habrás instalado el software, ¿no?

—Claro, pero... —Tom se interrumpió un instante sin apartar la mirada de Alice, que la sostuvo sin pestañear—. Pero ¿sus cerebros? ¿Te refieres a sus cerebros?

—¿Qué cree que es un cerebro? —replicó Jordan—. No es más que un disco duro, un conjunto de circuitos orgánicos. Nadie sabe cuántos bytes tiene, pero digamos un giga elevado a la potencia del googolplex. Un número infinito de bytes. —Se llevó las manos a las orejas pequeñas y bien formadas—. Aquí, entre estas.

—No me lo creo —objetó Tom con un hilo de voz y muy pálido.

Sin embargo, Clay pensaba que sí se lo creía. Al recordar la locura que había asolado Boston, a Clay no le quedó más remedio que reconocer que se trataba de una idea persuasiva y al mismo tiempo terrorífica. Millones, tal vez incluso miles de millones de cerebros borrados al mismo tiempo como quien borra un disco antiguo de ordenador con un imán potente.

Le acudió a la memoria el recuerdo del Duendecillo Moreno, la amiga de la chica del teléfono color verde menta. «¿Quién eres? ¿Qué está pasando?», había preguntado la chica. «¿Quién eres? ¿Quién soy yo?» Y luego se había golpeado varias veces la frente con el dorso de la mano antes de estamparse contra una farola dos veces seguidas, haciéndose añicos la carísima ortodoncia.

«¿Quién eres? ¿Quién soy yo?»

Y el teléfono móvil no era suyo; tan solo había estado escuchando la conversación de su amiga y por tanto no había recibido una dosis completa.

Clay, que casi siempre pensaba en imágenes en lugar de en palabras, visualizó la imagen de una pantalla de ordenador llenándose con aquel mensaje: QUIÉN ERES QUIÉN SOY YO QUIÉN ERES QUIÉN SOY YO QUIÉN ERES QUIÉN SOY YO, y por fin, en la parte inferior, desolador e incuestionable como el destino del Duendecillo Moreno:

FALLO DEL SISTEMA

¿El Duendecillo Moreno se había convertido en un disco duro parcialmente borrado? Era una idea sobrecogedora, pero olía a verdad.

—Me licencié en literatura inglesa, pero de joven leía mucha psicología —explicó el director—. Empecé por Freud, por supuesto, todo el mundo empieza por Freud. Seguí con Jung, luego Adler…, y así sucesivamente. Detrás de todas las teorías sobre el funcionamiento de la mente acecha una más fundamental, la de Darwin. En la terminología de Freud, la idea de la supervivencia como primera directriz se expresa mediante el concepto del ello, mientras que Jung emplea la idea más grandilocuente de la conciencia de sangre. A mi juicio, ninguno de los dos cuestionaría la idea de que si a un ser humano se le arrebatara en un instante todo pensamiento consciente, todo recuerdo y todo raciocinio, lo que quedaría sería puro y terrible.

Se detuvo y miró a su alrededor. Ninguno de sus compañeros dijo nada, y el director asintió como si le satisficiera su reacción.

—Si bien ni los freudianos ni los junguianos lo dicen a las claras, ambos grupos insinúan que cabe la posibilidad de que tengamos un núcleo, una única onda portadora fundamental o, para emplear un lenguaje con el que Jordan se sienta más cómodo, una única línea de código escrito imposible de eliminar.

—La PD —intervino Jordan—. La primera directriz.

—Exacto —convino el director—. En el fondo no somos homo sapiens, pues nuestro núcleo es la locura, y la directiva primordial, el asesinato. Lo que Darwin fue demasiado educado para expresar, amigos míos, es que no llegamos a dominar el mundo porque seamos los más inteligentes ni los más malvados, sino porque siempre hemos sido los cabrones más chiflados y asesinos de toda la selva. Y eso es lo que dejó al descubierto El Pulso hace cinco días.

17

—Me niego a creer que fuéramos dementes y asesinos antes de ser cualquier otra cosa —protestó Tom—. Por el amor de Dios, ¿y el Partenón? ¿Y el *David* de Miguel Ángel? ¿Y esa placa en la luna que dice VINIMOS EN SON DE PAZ POR TODA LA HUMANIDAD?

—Esa placa también lleva el nombre de Richard Nixon

—señaló Ardai con sequedad—. Cuáquero, eso sí, pero no exactamente un hombre de paz... Señor McCourt..., Tom, no tengo intención alguna de lanzar acusaciones contra la humanidad. Si la tuviera, señalaría que por cada Miguel Ángel hay un Marqués de Sade, que por cada Gandhi hay un Eichmann, que por cada Martin Luther King hay un Osama bin Laden. Ciñámonos a lo siguiente: el hombre ha llegado a dominar el mundo gracias a dos rasgos esenciales. En primer lugar, la inteligencia, y en segundo, la disposición absoluta a acabar con cualquier cosa o persona que se interponga en su camino.

Se inclinó hacia delante y los miró con ojos brillantes.

—La inteligencia humana terminó por imponerse al instinto asesino, y la razón sofocó los impulsos más dementes de los hombres. También eso es supervivencia. En mi opinión, es posible que el enfrentamiento definitivo entre ambos rasgos se produjera en octubre de 1963 por causa de un puñado de misiles en Cuba, pero eso es tema de discusión para otro día. La cuestión es que casi todos nosotros habíamos logrado sublimar lo peor que llevamos dentro hasta que llegó El Pulso y lo eliminó todo salvo ese núcleo salvaje.

—Alguien dejó salir al demonio de Tasmania de su jaula —murmuró Alice—. Pero ¿quién?

—Eso poco nos importa —replicó el director—. Sospecho que no sabían lo que hacían..., que ignoraban el alcance de lo que hacían. Sobre la base de lo que sin duda han sido unos cuantos experimentos precipitados a lo largo de unos cuantos años, o tal vez incluso meses, quizá creyeran que desencadenarían una ola de terrorismo, pero lo que en realidad han desencadenado es un auténtico maremoto de violencia sin precedentes que está mutando. Por muy horribles que nos parezcan estos días, es posible que más adelante los veamos como un período de calma entre tempestades. Y también es posible que estos días sean nuestra única oportunidad de marcar la diferencia.

—¿Qué quiere decir con que «está mutando»? —inquirió Clay. Pero el director no respondió, sino que se volvió hacia Jordan.

—Por favor, joven.

—De acuerdo. Bueno… —El chiquillo reflexionó unos instantes—. La mente consciente solo utiliza una pequeña fracción de la capacidad del cerebro. Eso lo saben, ¿verdad?

—Sí —afirmó Tom con cierta condescendencia—. Lo he leído en alguna parte.

Jordan hizo un gesto de asentimiento antes de proseguir.

—Aun añadiendo todas las funciones autónomas que controla el cerebro, además de todo lo subconsciente, como los sueños, los pensamientos espontáneos, el impulso sexual, etcétera, el cerebro sigue teniendo un montón de espacio inexplorado.

—Me asombra usted, Holmes —exclamó Tom.

—¡No te hagas el listillo, Tom! —lo reconvino Alice, granjeándose una sonrisa más que cálida de Jordan.

—Lo decía en serio; este chico es genial —aseguró Tom.

—Cierto —corroboró el director con la misma sequedad—. En ocasiones tiene problemas con la lengua inglesa, pero no obtuvo la beca por su cara bonita. —Advirtió que el chico estaba algo incómodo y le alborotó el cabello con sus dedos huesudos—. Continúa, por favor.

—Bueno… —farfulló Jordan; Clay vio que le costaba un poco retomar el hilo, pero no tardó en conseguirlo—. Si el cerebro fuera un disco duro, la carcasa estaría casi vacía —explicó, aunque consciente de que solo Alice parecía entenderlo—. Para expresarlo de otra forma, la barra de información diría algo así como 2 pr iœto e ꜱꝗ 98oꝓ iœto dꝗonble Nadie sabe qué contiene ese noventa y ocho por ciento, pero el potencial es enorme. Las personas que han sufrido un ictus, por ejemplo… A veces acceden a zonas antes dormidas de su cerebro para aprender a hablar y andar de nuevo. Es como si las conexiones de su cerebro rodearan las zonas afectadas, como si la luz se encendiera en una zona parecida, pero del otro hemisferio.

—¿Estudias todas esas cosas? —quiso saber Clay.

—Es una consecuencia lógica de mi interés por los ordenadores y la cibernética —repuso Jordan con un encogimiento de hombros—. Además leo un montón de novelas de ciencia ficción ciberpunk. William Gibson, Bruce Sterling, John Shirley…

—¿Neal Stephenson? —intervino Alice.

Jordan le dedicó una sonrisa radiante.

—Neal Stephenson es un dios —sentenció.

—Al grano —lo conminó el director, pero con suavidad.

Jordan volvió a encogerse de hombros.

—Si borras el disco duro de un ordenador, no puede regenerarse de forma espontánea..., salvo quizá en una novela de Greg Bear.

Sonrió de nuevo, pero en esta ocasión fue un gesto rápido y, en opinión de Clay, más bien nervioso, un movimiento de los labios que no alcanzó los ojos. En parte se debía a Alice, que a todas luces deslumbraba al chaval.

—La gente es diferente.

—Pero hay una gran diferencia entre aprender a caminar de nuevo tras un ictus y ser capaz de poner en marcha un montón de equipos de música por telepatía —señaló Tom—. Una diferencia abismal.

Miró a su alrededor con cierta vergüenza, creyendo que los demás se reirían de él por haber empleado la palabra «telepatía», pero no fue así.

—Sí, pero una persona que ha sufrido un ictus, por grave que sea, está a años luz de lo que les pasó a los que estaban hablando por el móvil en el momento de El Pulso —indicó Jordan—. Yo y el director..., el director y yo, quiero decir, creemos que además de eliminar toda la información del cerebro salvo esa única línea de código imborrable, El Pulso también desencadenó algo que probablemente llevamos dentro desde hace millones de años, algo enterrado en ese noventa y ocho por ciento de disco duro aletargado.

La mano de Clay se deslizó hacia la culata del revólver que había cogido del suelo de la cocina de Beth Nickerson.

—Un gatillo —murmuró.

El rostro de Jordan se iluminó.

—¡Exacto! Un gatillo mutacional. No podría haber pasado sin esta... digamos eliminación total a gran escala. Porque lo que está surgiendo, lo que se está desarrollando en todas esas personas…, aunque en realidad ya no son personas, lo que se está desarrollando es…

—Un solo organismo —terminó el director por él—. Eso es lo que creemos.

—Sí, pero es algo más que un rebaño —añadió Jordan—, porque lo que son capaces de hacer con los equipos de música quizá solo sea el comienzo, como un niño que aprende a ponerse los zapatos. Piensen en lo que pueden llegar a saber hacer dentro de una semana. O un mes. O un año.

—Es posible que te equivoques —señaló Tom, aunque con voz tensa como una cuerda de guitarra.

—Y también es posible que no —replicó Alice.

—Estoy seguro de que tiene razón —afirmó el director antes de tomar un sorbo de su chocolate caliente con guarnición—. Claro que no soy más que un anciano y de todos modos me queda poco tiempo. Acataré cualquier decisión que tomen. —Hizo una pausa y paseó la mirada entre Clay, Alice y Tom—. Siempre y cuando sea la correcta, por supuesto.

—Los rebaños intentarán unirse —dijo Jordan—. Si todavía no se oyen los unos a los otros, no creo que tarden.

—Tonterías —masculló Tom sin convicción—. Eso no son más que historias de terror.

—Puede —terció Clay—, pero da que pensar. Ahora mismo, las noches nos pertenecen, pero ¿y si llegan a la conclusión de que no necesitan dormir tanto? ¿O de que la oscuridad no les da miedo?

Todos guardaron silencio durante varios minutos. Fuera empezaba a soplar el viento. Clay bebía chocolate caliente, que en ningún momento había estado más que tibio y ahora ya se había quedado frío. Cuando volvió a alzar la mirada, Alice había dejado su tazón y sujetaba de nuevo su talismán Nike.

—Quiero acabar con ellos —dijo la chica—. Los del campo de fútbol…, quiero acabar con ellos. No digo asesinarlos porque creo que Jordan tiene razón, y no quiero hacerlo por la humanidad. Quiero hacerlo por mi madre y por mi padre, porque sé que él también se ha ido. Quiero hacerlo por mis amigas Vickie y Tess. Eran buenas amigas, pero las dos tenían móvil, no iban a ninguna parte sin él, y sé en qué se han convertido y dónde duermen, en algún lugar muy parecido a ese puto campo de fútbol. —Miró al director con el rostro enrojecido—. Lo siento, señor.

El director desechó sus disculpas con un ademán vago.

—¿Podemos hacerlo? —le preguntó Alice—. ¿Podemos acabar con ellos?

Charles Ardai, que estaba a punto de poner punto final a su carrera como director en funciones de la Academia Gaiten cuando se acabó el mundo, mostró la dentadura erosionada en una sonrisa que Clay habría dado cualquier cosa por captar con el lápiz o el pincel, una sonrisa que no contenía ni un ápice de compasión.

—Podemos intentarlo, señorita Maxwell —dijo el anciano.

18

A las cuatro de la madrugada siguiente, Tom McCourt estaba sentado a una mesa de picnic situada entre los dos invernaderos de la Academia Gaiten, gravemente dañados después de El Pulso. Tenía los pies, ahora calzados con las Reebok que se había puesto en Malden, apoyados sobre uno de los bancos, la cabeza sepultada entre los brazos y los codos descansando sobre las rodillas. El viento le alborotaba el cabello a un lado y al otro. Alice estaba sentada frente a él, con la barbilla apoyada en las manos y los haces de varias linternas proyectando un juego de luces y sombras sobre su rostro. La intensa luz le confería cierta belleza pese a su evidente fatiga; a su edad, cualquier luz resultaba halagüeña. Sentado junto a ella, el director tan solo parecía fatigado. En el más próximo de los dos invernaderos flotaban dos lámparas de gas como espíritus inquietos.

Las dos lámparas convergieron en el extremo más cercano del invernadero. Clay y Jordan salieron por la puerta pese a que a ambos lados de ella había enormes agujeros en el vidrio. Al cabo de un instante, Clay se sentó junto a Tom, mientras Jordan ocupaba su lugar habitual al lado del director. El chico olía a gasolina, fertilizante y desaliento. Clay dejó caer varios juegos de llaves sobre la mesa, entre las linternas. Por lo que a él respectaba, podían quedarse allí hasta que algún arqueólogo los encontrara cuatro milenios más tarde.

—Lo siento —musitó el director Ardai—. Parecía tan sencillo…

—Sí —asintió.

Era cierto, había parecido muy sencillo. Tan solo se trataba de llenar los rociadores del invernadero con gasolina, cargarlos en la caja de una camioneta, conducir alrededor del campo de fútbol rociando de gasolina todos los flancos y por fin arrojar una cerilla. Contempló la posibilidad de señalar a Ardai que, con toda probabilidad, la aventura iraquí de George W. Bush habría parecido igual de sencilla, nada más que cargar los rociadores y arrojar una cerilla, pero que al final no lo fue. Al final había sido absurdamente cruel.

—¿Estás bien, Tom? —preguntó Clay.

Ya había notado que, pese a gozar de buena salud, Tom no tenía demasiadas reservas de energía. Eso podía cambiar. *Si vive lo suficiente*, pensó Clay. *Si vivimos lo suficiente*.

—Sí, solo un poco cansado —aseguró Tom al tiempo que levantaba la cabeza y sonreía a Clay—. No estoy acostumbrado al turno de noche. ¿Y ahora qué hacemos?

—Pues acostarnos, supongo —repuso Clay—. Amanecerá dentro de cuarenta minutos más o menos.

De hecho, el cielo ya empezaba a clarear por el este.

—Es injusto —se quejó Alice, restregándose las mejillas con furia—. Es injusto. Con lo que nos hemos esforzado…

Y era cierto, pero habían tropezado con una dificultad tras otra. Cada pequeña y en definitiva fútil victoria había sido la clase de pugna enloquecedora que su madre siempre llamaba un «tira y afloja de mierda». Una parte de Clay quería culpar al director… y también a sí mismo por tomarse tan en serio la idea de los rociadores. Parte de él creía que avenirse al plan de un viejo profesor de inglés de incendiar un campo de fútbol era como llevarse un cuchillo a un tiroteo. Pero aun así..., sí, había parecido una buena idea.

Hasta que descubrieron que el depósito de gasolina del garaje estaba dentro de un cobertizo cerrado con llave. Habían pasado casi una hora en la oficina, rebuscando a la luz de las lámparas entre un montón enloquecedor de llaves sin marcar colgadas de un tablón tras la mesa del encargado. Fue Jordan quien por fin dio con la llave correcta.

Luego descubrieron que lo de «solo hay que retirar el tapón y ya está» no era del todo cierto. Lo que cerraba el depósito era un tapón también cerrado con llave. Otra batida en el despacho a la luz de las lámparas, hasta que por fin encontraron una llave que parecía encajar en la cerradura del tapón. Fue Alice quien señaló que, puesto que el tapón estaba situado en la parte inferior del depósito para así garantizar el chorro en caso de que fallara el suministro eléctrico, quedarían empapados de gasolina si no usaban una manguera o un sifón. Pasaron otra hora buscando una manguera que encajara, pero no encontraron nada que se le pareciera siquiera. Tom dio con un embudo, lo que les provocó un ataque moderado de histeria.

Y puesto que las llaves de las camionetas tampoco estaban marcadas, al menos no de un modo comprensible para personas que no trabajaran en el garaje, localizar el juego correspondiente se convirtió en otro proceso de ensayo y error. Por fortuna, este fue más rápido, ya que solo había ocho vehículos aparcados detrás del garaje.

Y por último el invernadero. Allí descubrieron que solo había ocho rociadores, no una docena, con una capacidad de cuarenta litros, no de ciento veinte. Quizá pudieran llenarlos directamente del depósito, pero quedarían empapados y al final tan solo obtendrían unos trescientos litros de gasolina útil. Fue la perspectiva de intentar eliminar a mil chiflados con trescientos litros de gasolina lo que indujo a Tom, Alice y el director a sentarse fuera. Clay y Jordan se quedaron un rato más dentro, buscando rociadores más grandes, pero sin encontrarlos.

—En cambio hemos encontrado unos rociadores más pequeños, para plantas —explicó Clay—, de esos para rociar insecticida.

—Y los rociadores grandes están llenos de herbicida, abono o algo así —añadió Jordan—. Tendríamos que empezar por vaciarlos todos, y eso significaría ponerse mascarillas para no envenenarnos o algo...

—La cruda realidad... —masculló Alice, taciturna.

Se quedó mirando un instante la zapatilla y luego se la guardó en el bolsillo.

Jordan cogió las llaves de una de las camionetas de mantenimiento.

—Podríamos ir al centro. Seguro que en la ferretería tienen rociadores.

Tom sacudió la cabeza.

—Hay casi dos kilómetros, y la calle principal está llena de coches accidentados y abandonados. Podríamos sortear algunos, pero no todos. Y no podemos conducir por los jardines; las casas están demasiado juntas. La gente va a pie por alguna razón.

Habían visto a algunas personas en bicicleta, pero incluso las que tenían luz eran peligrosas aun yendo despacio.

—¿Una camioneta pequeña podría pasar por las calles secundarias? —preguntó el director.

—Podríamos intentarlo mañana por la noche —sugirió Clay—. Buscar un camino a pie y luego volver a por la camioneta. —Meditó unos instantes antes de proseguir—: Seguro que en la ferretería también tienen toda clase de mangueras.

—No parece entusiasmarte la idea —señaló Alice.

—Las calles estrechas quedan bloqueadas a la mínima —suspiró Clay—. Acabaríamos haciendo un montón de esfuerzos inútiles aun cuando tuviéramos más suerte que hoy. No sé..., puede que lo vea con otros ojos después de dormir un poco.

—Por supuesto —convino el director, aunque sin demasiada convicción—. Como todos.

—¿Y la gasolinera que está frente a la escuela? —preguntó Jordan sin mucha esperanza.

—¿Qué gasolinera? —inquirió Alice.

—La Citgo —explicó el director—. El mismo problema, Jordan; hay mucha gasolina en los depósitos bajo los surtidores, pero no hay electricidad. Y no creo que tengan más que un puñado de recipientes de diez o veinte litros. Lo que de verdad creo... —Pero no llegó a expresar lo que de verdad creía—. ¿Qué pasa, Clay?

Clay estaba pensando en el trío que había visto caminando ante ellos al llegar a la Academia, por delante de aquella gasolinera, uno de los hombres rodeando la cintura de la mujer.

—Academy Grove Citgo —dijo—. Se llama así, ¿verdad?

—Sí...

—Pero me parece que no solo venden gasolina.

No solo se lo parecía, sino que estaba seguro de ello por los dos camiones que había visto aparcados junto a la estación de servicio. Los había visto, pero no les había dado ninguna importancia en ese momento, porque no tenía motivo alguno para dársela.

—No sé qué... —empezó el director.

Se interrumpió en seco. Su mirada se encontró con la de Clay, y aquellos dientes erosionados aparecieron de nuevo en medio de otra de esas sonrisas singularmente despiadadas.

—Ah —murmuró—. Ah. Madre mía, sí...

Tom paseaba la mirada entre ellos con expresión cada vez más perpleja, al igual que Alice. Jordan se limitó a esperar.

—¿Les importaría contarnos de qué están hablando? —pidió Tom.

Clay se disponía a hacerlo (veía con claridad el funcionamiento del plan, y era demasiado bueno para no compartirlo con los demás) cuando la música procedente del campo de fútbol empezó a desvanecerse. No enmudeció de repente, como solía suceder cuando las criaturas despertaban por la mañana, sino que fue alejándose, como si alguien hubiera arrojado su punto de origen por el hueco de un ascensor.

—Se han levantado muy temprano —musitó Jordan.

Tom asió el antebrazo de Clay.

—Es distinto —aseguró—. Y uno de esos malditos trastos sigue funcionando; lo oigo muy flojo.

El viento soplaba con fuerza, y Clay sabía que soplaba desde el campo de fútbol porque traía consigo el olor a comida descompuesta, carne podrida y cientos de cuerpos sucios. Asimismo transportaba el fantasmal sonido de Lawrence Welk y los Champagne Music Makers tocando «Baby Elephant Walk».

Y de repente, de algún lugar del noroeste, quizá a quince kilómetros de distancia, aunque tal vez a cuarenta, resultaba difícil saber desde dónde lo transportaba el viento, les llegó una suerte de gemido espectral que recordaba el vuelo de una polilla. Luego silencio…, silencio…, y por fin las criaturas ni dormidas ni despiertas del campo de fútbol Tonney respondieron con un sonido idéntico, aunque mucho más audible, una especie de gruñido hueco, fantasmal, que se elevó hacia el firmamento estrellado.

Alice se había tapado la boca, y la zapatilla de bebé sobresalía hacia arriba entre sus manos, flanqueada por sus ojos casi desorbitados. Jordan había rodeado la cintura del director con ambas manos y se había sepultado en su costado.

—Mira, Clay —señaló Tom.

Se levantó de un salto y trotó hacia el pasillo herboso que separaba los dos invernaderos destrozados al tiempo que señalaba el cielo.

—¿Lo ves? Dios mío, ¿lo ves?

Al noroeste, desde donde les había llegado el primer sonido, un fulgor rojo anaranjado teñía el horizonte. El brillo se intensificó mientras lo contemplaban, el viento les llevó otro de aquellos gemidos sobrecogedores…, y de nuevo oyeron la respuesta procedente del campo de fútbol, idéntica, pero mucho más fuerte.

Alice se acercó a ellos seguida del director, que caminaba rodeando los hombros de Jordan.

—¿Qué hay allí? —preguntó Clay, señalando al noroeste, donde el brillo ya empezaba a apagarse.

—Puede que sea Glen's Falls —repuso el director—, o Littleton.

—Sea lo que sea, los están friendo, y los nuestros lo saben. Lo han oído.

—O percibido —puntualizó Alice con un estremecimiento antes de erguirse y hacer una mueca que dejó al descubierto sus dientes—. ¡Eso espero!

Le respondió otro gruñido procedente del campo de fútbol. Cientos de voces se elevaron en una exclamación de compasión... o tal vez de agonía compartida. La cadena de música, la principal, suponía Clay, la que sí tenía un disco en su interior, seguía funcionando. Al cabo de diez minutos, las otras se sumaron a ella. La música, ahora «Close To You», de The Carpenters, subió de volumen al igual que antes había bajado. Para entonces, el director Ardai, ahora cojeando visiblemente, los había conducido de regreso a Cheatham Lodge. Unos minutos más tarde, la música se detuvo de nuevo, pero esta vez de forma abrupta, como la mañana anterior. De muy lejos, transportada desde Dios sabía cuántos kilómetros de distancia por el viento, les llegó el leve chasquido de un disparo. Luego el mundo se sumió en un silencio absoluto y espeluznante, a la espera de que la oscuridad diera paso a la luz.

19

Cuando el sol proyectaba sus primeros rayos rojizos entre los árboles que se recortaban contra el horizonte del este, los refugiados observaron a los chiflados abandonar el campo de fútbol en ordenada formación para dirigirse al centro de Gaiten y los barrios circundantes. Mientras caminaban fueron dispersándose, descendiendo hacia Academy Avenue como si no hubiera sucedido nada fuera de lo común hacia el final de la noche. Sin embargo, Clay no confiaba en aquella apreciación y consideraba que más les valía ir a la gasolinera ese mismo día si es que querían conseguirlo. Salir en pleno día podía significar disparar contra algunos de ellos, pero siempre y cuando solo se desplazaran en masa al principio y al final del día, Clay estaba dispuesto a correr el riesgo.

Contemplaron lo que Alice dio en llamar *Amanecer de los*

muertos desde el comedor. Más tarde, Tom y el director fueron a la cocina. Clay los encontró sentados a la mesa, bañados por una columna de sol y tomando café tibio. Antes de que Clay pudiera empezar a explicarles lo que pretendía hacer más tarde, Jordan le asió la muñeca.

—Algunos de los locos siguen aquí —dijo antes de añadir en voz más baja—: Algunos de ellos eran compañeros míos en la escuela.

—Creía que a estas horas ya estarían todos en el Kmart, buscando las ofertas especiales —comentó Tom.

—Será mejor que echéis un vistazo —instó Alice desde el umbral—. No sé si es otro de esos… ¿cómo llamarlos? Avances evolutivos, pero es posible…, probable, más bien.

—Ya lo creo —masculló Jordan, sombrío.

Los locos telefónicos que se habían quedado atrás, un escuadrón de unos cien, calculó Clay, estaban sacando cadáveres de debajo de las gradas. Al principio se limitaron a acarrearlos hasta el aparcamiento situado al sur del campo y luego tras un edificio bajo de ladrillo, para luego reaparecer con las manos vacías.

—Ese edificio es el polideportivo —explicó el director—, y también donde se guarda todo el material deportivo. Al otro lado hay un barranco; imagino que están arrojando los cadáveres allí.

—Seguro que sí —convino Jordan con cara de sentir náuseas—. Ahí abajo está todo lleno de barro. Se pudrirán.

—Se estaban pudriendo de todos modos, Jordan —le recordó Tom con suavidad.

—Ya lo sé —musitó Jordan, aún más pálido—, pero al sol se pudrirán más deprisa. —Hizo una pausa—. ¿Señor?

—¿Sí, Jordan?

—He visto a Noah Chutsky, del Club de Lectura Teatral.

Tan pálido como su alumno, el director le dio una palmadita en el hombro.

—No te preocupes.

—No es fácil —susurró Jordan—. Me hizo una foto. Con el…, usted ya sabe.

En aquel momento se produjo otro cambio. Dos docenas de abejas obreras se separaron del pelotón principal sin decir nada y se dirigieron hacia los invernaderos destrozados, marchando en forma de V como una bandada de aves migratorias. Entre ellos caminaba el chaval al que Jordan había identificado como Noah Chutsky. Los demás integrantes del cuerpo de recogedores de cadáveres los siguieron con la mirada unos instantes y luego bajaron de nuevo por las rampas en filas de a tres para continuar pescando cuerpos bajo las gradas.

Veinte minutos más tarde, la partida de los invernaderos regresó, formando ahora una sola hilera. Algunos de ellos tenían las manos vacías, pero casi todos se habían hecho con carretillas de las que suelen emplearse para transportar bolsas grandes de cal o fertilizante. Al poco estaban utilizando las carretillas para deshacerse de los cadáveres, con lo que el proceso se agilizó un tanto.

—Un avance evolutivo, sin duda alguna —comentó Tom.

—Más de uno —puntualizó el director—. Están haciendo limpieza y utilizando herramientas para ello.

—Esto no me gusta nada —masculló Clay.

Jordan lo miró con un semblante pálido y exhausto que parecía pertenecer a una persona mucho mayor que él.

—Bienvenido al club —dijo.

20

Durmieron hasta la una del mediodía. Tras confirmar que los recogedores de cadáveres habían terminado su trabajo y se habían reunido con sus compañeros, bajaron hasta los pilares de piedra que señalizaban la entrada de la Academia Gaiten. Alice se había burlado de la idea de Clay de que él y Tom ejecutaran el plan solos.

—Ya, estilo Batman y Robin —se mofó.

—Siempre he querido ser un chaval brillantísimo —exclamó Tom con aire un poco teatral, pero Alice se lo quedó mirando con tal seriedad, la zapatilla ya un poco gastada en la mano, que enseguida recobró la compostura—. Lo siento.

—Podéis ir solos a la gasolinera —dijo Alice—, eso tiene sentido, pero los demás vigilaremos desde la acera de enfrente.

El director había sugerido que Jordan se quedara en la residencia. Antes de que el chico pudiera responder, y parecía dispuesto a responder con vehemencia, Alice intervino.

—¿Qué tal andas de la vista, Jordan? —preguntó.

Jordan le dedicó otra de aquellas sonrisas embelesadas.

—Bien.

—¿Y juegas a videojuegos? ¿De esos en los que hay que disparar?

—Claro, un montón.

Alice le alargó su pistola. Clay observó que el chico temblaba muy levemente, como un diapasón al golpearlo, cuando sus dedos rozaron los de Alice.

—Si te digo que apuntes y dispares..., o si te lo dice el director Ardai, ¿lo harás?

—Claro.

Alice miró a Ardai con una expresión a caballo entre el desafío y la disculpa.

—Necesitamos toda la ayuda posible.

El director cedió, por lo que ahora estaban junto a la entrada de la escuela, casi frente a la gasolinera Academy Grove Citgo. Desde allí se leía con facilidad el otro letrero, algo más pequeño: GASOLINERA ACADEMY LP. El único coche aparcado junto a los surtidores con la portezuela del conductor abierta ya ofrecía un aspecto polvoriento y de abandono. El gran escaparate de la estación de servicio estaba hecho añicos. A la derecha, a la sombra de lo que debía de ser uno de los pocos olmos supervivientes de Nueva Inglaterra, había dos camiones estacionados con forma de bombonas gigantescas de propano. En el costado de ambos se leía **Gasolinera Academy LP** y **Abastecemos el sur de New Hampshire desde 1982**.

No había rastro de chiflados en aquel tramo de Academy Avenue, y aunque casi todas las casas que veía Clay tenían zapatos en la entrada, en algunas no había. La oleada de refugiados parecía estar remitiendo. *Aunque es demasiado pronto para afirmarlo*, se advirtió a sí mismo.

—¿Señor? ¿Clay? ¿Qué es eso? —preguntó Jordan.

Estaba señalando el centro de la avenida, que por supuesto aún era la Carretera 102, aunque resultaba fácil olvidarlo en aquella tarde soleada y tranquila cuyos sonidos más audibles eran el trino de los pájaros y el susurro del viento entre las hojas de los árboles. Había algo escrito en tiza color rosa chillón sobre el asfalto, pero Clay no alcanzaba a leerlo desde su posición. Meneó la cabeza.

—¿Preparado? —preguntó a Tom.

—Por supuesto —repuso este en un intento de mostrarse despreocupado, aunque una vena le palpitaba desbocada en el cuello sin afeitar—. Tú Batman, yo Robin.

Cruzaron la calle corriendo con las pistolas en ristre. Clay había dejado el fusil automático ruso en manos de Alice, bastante convencido de que se pondría a girar como una peonza si tenía que utilizarla.

El mensaje garabateado en tiza rosa sobre el asfalto rezaba así:

KASHWAK=NO-FO

—¿Sabes lo que significa? —preguntó Tom.

Clay negó con la cabeza; no lo sabía y en aquel momento no le importaba. Lo único que quería era salir del centro de Academy Avenue, donde se sentía expuesto como una hormiga en un cuenco de arroz. De repente, y no por primera vez, se le ocurrió que estaría dispuesto a vender su alma por saber que su hijo estaba bien y en un lugar donde la gente no daba armas a niños expertos en videojuegos. Se le hacía extraño; creía tener las prioridades claras, creía estar jugando una a una las cartas de su baraja personal, pero entonces acudían a su mente aquellos pensamientos, renovados y crueles como un dolor pendiente de resolver.

Fuera de aquí, Johnny. Este no es tu lugar ni tu momento.

Los camiones de propano estaban vacíos y cerrados con llave, pero no importaba, porque aquel día la suerte estaba de su lado. Las llaves estaban colgadas de un tablón en la oficina, bajo un letrero que advertía NO HAY SERVICIO DE GRÚA ENTRE MEDIANOCHE Y LAS SEIS DE LA MAÑANA. SIN EXCEPCIONES. De cada juego de llaves pendía una diminuta bombona de propano. Cuando se disponía a salir de la oficina, Tom le apoyó una mano en el hombro.

En medio de la calle caminaban dos chiflados, uno junto al otro, pero sin desfilar. Uno de ellos comía Twinkies que iba sacando de una caja; llevaba el rostro manchado de nata, migas y azúcar glaseado. La mujer que lo acompañaba sostenía un libro enorme ante ella. A Clay le recordó a una cantante de coro sosteniendo un inmenso libro de partituras. Le pareció que la portada mostraba la fotografía de un collie saltando por un columpio de neumático. El hecho de que la mujer sostuviera el libro al revés tranquilizó un tanto a Clay. La expresión vacua que se pintaba en los rostros de ambos y el que deambularan por ahí solos, lo cual significaba que durante el día seguían sin formar rebaños, lo tranquilizó aún más.

Pero no le gustaba aquel libro.

No, no le gustaba ni pizca.

Los locos pasaron ante los pilares de piedra, y Clay vio a Alice, Jordan y el director asomados con los ojos muy abiertos. Los dos chiflados pisaron el críptico mensaje escrito con tiza en la calzada, KASHWAK = NO-FO, y de repente la mujer alargó la mano para hacerse con la caja de Twinkies. El hombre la apartó. La mujer dejó caer el libro, que aterrizó bien, por lo que Clay pudo ver que se titulaba *Los 100 perros más populares del mundo*, y de nuevo alargó la mano hacia la caja. El hombre la abofeteó en la cara con tal fuerza que el cabello mugriento de la mujer se alborotó en todas direcciones y el sonido resultó casi ensordecedor en la quietud del día. Todo ello sucedió sin que dejaran de caminar. La mujer emitió un sonido, «¡*Au!*», y el hombre respondió, o al menos a Clay le pareció una respuesta, con una especie de «¡*Eeeen!*». La mujer intentó aferrar una vez más la caja de Twinkies. Ahora estaban a la altura de la gasolinera. En esta ocasión, el hombre le asestó un puñetazo en el cuello, un gancho muy amplio, y acto seguido hundió la mano en la caja para sacar otra golosina. La mujer se detuvo. Lo miró. Al cabo de un instante, el hombre también se detuvo. Se había adelantado unos pasos, de modo que estaba casi de espaldas a ella.

Clay percibió algo en la quietud caldeada por el sol de la oficina de la gasolinera. *No*, pensó, *en la oficina no, sino en mi interior. Me he quedado sin aliento, como cuando subes la escalera demasiado deprisa.*

Aunque quizá también en la oficina, porque…

Tom se puso de puntillas.

—¿Lo notas? —le susurró al oído.

Clay asintió y señaló el escritorio. No soplaba el viento ni había corriente, pero los papeles de la mesa se movían, y la ceniza acumulada en el cenicero había empezado a girar muy despacio, como el agua por el desagüe. Había dos colillas…, no, tres, y las cenizas en movimiento parecían empujarlas hacia el centro.

El hombre se volvió hacia la mujer y la miró. Ella le devolvió la mirada. Se miraron. Clay no alcanzaba a discernir expresión alguna en sus rostros, pero percibió que se le erizaban los pelos de los brazos y oyó un leve tintineo. Lo producían las llaves colgadas del tablero, que también se movían, entrechocando con infinita suavidad.

—¡Au! —dijo la mujer al tiempo que alargaba la mano.

—¡Eeeen! —repuso el hombre.

Llevaba los últimos vestigios de un traje e iba calzado con zapatos negros opacos por la suciedad. Seis días antes sin duda era un cuadro medio en alguna empresa, un comercial o el administrador de algún complejo residencial. Pero ahora la única propiedad inmobiliaria que le importaba era su caja de Twinkies. La apretó contra su pecho sin dejar de masticar.

—¡Au! —insistió la mujer

Alargó ambas manos en lugar de una, el gesto inmemorial que significaba «dame», y las llaves tintinearon con más fuerza. Sobre sus cabezas se oyó un zumbido cuando un fluorescente para el que no había electricidad se encendió un instante antes de volver a apagarse. La boquilla del surtidor central cayó de su soporte y se estrelló contra el suelo con un chasquido metálico sordo.

—*Au* —dijo el hombre.

De repente bajó los hombros y toda tensión desapareció de su cuerpo y del ambiente. Las llaves del tablero enmudecieron. La ceniza describió un último círculo en su maltrecho relicario metálico y se detuvo. Daba la sensación de que ahí no había pasado nada, pensó Clay, si no fuera por la boquilla caída en el suelo y el montoncito de colillas en el centro del cenicero.

—*Au* —repitió la mujer, aún con las manos extendidas.

Su compañero se acercó a ellas. La mujer cogió un Twinkie en cada mano y empezó a comérselos con envoltorio y todo. Aquella conducta tranquilizó a Clay, pero solo un poco. Al cabo de un instante, los dos locos reanudaron su camino hacia el pueblo. En un momento dado, la mujer se detuvo un instante para escupir un trozo de papel de celofán cubierto de relleno, haciendo caso omiso de los *100 perros más populares del mundo.*

—¿Qué ha sido eso? —preguntó Tom en voz baja y temblorosa cuando los dos locos se perdieron de vista.

—No tengo ni idea, pero no me ha hecho ni pizca de gracia —repuso Clay antes de alargarle uno de los juegos de llaves de los camiones de propano—. ¿Sabes conducir con cambio de marchas manual?

—Aprendí a conducir con cambio de marchas manual. ¿Y tú?

—Soy heterosexual, Tom —señaló Clay con una sonrisa paciente—. Los heterosexuales sabemos conducir con cambio de marchas manual sin que nos enseñen. Lo llevamos en la sangre.

—Muy gracioso —masculló Tom, distraído, mirando aún en la dirección por la que se había marchado la extraña pareja, la vena de su cuello palpitaba con más violencia que nunca—. Se acaba el mundo y se abre la veda del marica, ¿eh?

—Exacto, y también se abrirá la veda del heterosexual si consiguen controlar esa mierda. Venga, vamos.

Se dispuso a salir, pero Tom lo retuvo un instante.

—Oye, puede que los demás hayan notado lo que ha pasado, pero puede que no. En tal caso, quizá será mejor que no digamos nada por el momento. ¿Qué te parece?

Clay pensó en Jordan, que no perdía de vista ni un segundo al director, en Alice y su espeluznante zapatilla de bebé, en las ojeras que ensombrecían los rostros de ambos y en lo que planeaban hacer esa noche. Tal vez Armagedón fuera una palabra demasiado fuerte para describirlo, pero no por mucho. A despecho de haberse convertido en criaturas inhumanas, los chiflados telefónicos habían sido personas hasta hacía bien poco, y quemar vivos a mil de ellos ya era una carga lo bastante pesada. Pensar siquiera en ello le provocaba un dolor físico.

—Me parece bien —convino—. Sube la cuesta en una marcha corta, ¿vale?

—La más corta que encuentre —asintió Tom mientras se acercaban a los grandes camiones con forma de bombonas—. ¿Cuántas marchas crees que tienen estos trastos?

—Con la primera debería bastarnos —indicó Clay.

—Tal como están aparcados, creo que antes tendremos que encontrar la marcha atrás.

—A tomar por el culo —espetó Clay—. ¿Qué gracia tiene el fin del mundo si no puedes atravesar una puta valla metálica con un camión?

Y así lo hicieron.

21

La Pendiente de la Academia era el nombre con que el director Ardai y el único alumno que le quedaba denominaban la larga y sinuosa ladera que descendía desde el campus hasta la calle principal. La hierba aún relucía muy verde, aunque ya se veía salpicada de hojas caídas. Cuando empezó a caer la tarde sin que hubiera rastro de los locos, Alice comenzó a pasearse por el vestíbulo de Cheatham Lodge, deteniéndose una vez en cada círculo para observar por la ventana mirador del salón. El ventanal ofrecía buenas vistas de la pendiente, las dos salas de conferencias principales y el campo de fútbol. Alice llevaba de nuevo la zapatilla atada a la muñeca.

Los otros estaban en la cocina tomando Coca-Cola de lata.

—No van a volver —sentenció Alice al final de uno de sus circuitos—. Se han enterado de lo que planeamos, nos han leído el pensamiento o algo, y no van a volver.

Dio otras dos vueltas al alargado vestíbulo, cada una con una pausa para mirar por la ventana, y luego se asomó de nuevo a la cocina.

—O puede que sea una migración general, ¿os habéis parado a pensarlo? Puede que vayan a pasar el invierno al sur, como los putos petirrojos.

Se fue sin esperar respuesta. Vestíbulo arriba, vestíbulo abajo. Vestíbulo arriba, vestíbulo abajo.

—Está como Ahab en *Moby Dick* —comentó el director.

—Puede que Eminem sea un capullo, pero tenía razón en lo de ese tío —masculló Tom, sombrío.

—¿Cómo dice, Tom? —preguntó el director.

Tom agitó la mano con ademán vago.

Jordan miró el reloj.

—Anoche no volvieron hasta media hora más tarde de lo que es ahora —señaló—. Si quieren voy a decírselo a Alice.

—No creo que sirva de nada —repuso Clay—. Tiene que procesar todo esto.

—Está muy alterada, ¿verdad, señor?

—¿Tú no, Jordan?

—Sí —asintió Jordan con un hilo de voz—, alteradísimo.

—Quizá sea mejor si no vuelven —declaró Alice la siguiente vez que se asomó a la cocina—. No sé si están reiniciando sus cerebros de una forma nueva, pero lo que está claro es que hay un vudú muy chungo en el ambiente. Me he dado cuenta al ver a esos dos en la calle a mediodía, la mujer del libro y el hombre de los Twinkies. —Sacudió la cabeza—. Un vudú pero que muy chungo.

Reanudó su ronda antes de que nadie tuviera ocasión de contestar, la zapatilla se bamboleaba bajo su muñeca.

El director se volvió hacia Jordan.

—¿Tú has notado algo, hijo?

Jordan titubeó unos instantes antes de contestar.

—Bueno, sí, algo. Los pelos de la nuca intentaron erizárseme.

El director miró a los dos hombres sentados al otro lado de la mesa.

—¿Y ustedes dos? Estaban mucho más cerca.

Alice los libró de responder al irrumpir en la cocina con las mejillas enrojecidas, los ojos abiertos como platos y las suelas de las zapatillas deportivas chirriando sobre las baldosas.

—Ya vienen —anunció.

22

Los cuatro se situaron junto al ventanal para ver a los chiflados subir por la Pendiente de la Academia en filas convergentes, sus sombras alargadas proyectaban una enorme rueda sobre la hierba. Al acercarse a lo que Jordan y el director llamaban el Arco de Tonney, las filas se apretaron más, y la rueda dio la impresión de girar a la luz dorada del atardecer al tiempo que se contraía y solidificaba.

Alice no pudo resistir por más tiempo la tentación de aferrarse a la zapatilla de bebé. Se la quitó de la muñeca y empezó a apretarla de forma compulsiva.

—Verán lo que hemos hecho y darán media vuelta —musitó atropelladamente—. Si han empezado a coger libros significa que al menos son lo bastante inteligentes para darse cuenta de eso.

—Ya veremos —replicó Clay.

Estaba casi seguro de que los chiflados irían al campo de fútbol aun cuando lo que vieran inquietara su extraña conciencia colectiva. Pronto anochecería, y no tenían ningún otro lugar adonde ir. De repente le acudió a la memoria un fragmento de una canción de cuna que su madre le cantaba de pequeño: *Hombrecito, has tenido un día muy ajetreado.*

—Ojalá se vayan y ojalá se queden —murmuró Alice en voz

aún más baja—. Me siento a punto de explotar —añadió con una risita enloquecida—. Aunque son ellos los que tienen que explotar, ¿verdad, Tom? Ellos. —Tom se volvió para mirarla—. Estoy bien —aseguró Alice—. Estoy bien, así que cierra el pico.

—Solo iba a decir que lo que tenga que ser será —señaló Tom.

—Chorradas místicas; pareces mi padre, el rey de los marcos.

Una lágrima le rodó por la mejilla, y Alice se la enjugó impaciente con el dorso de la mano.

—Cálmate, Alice, y observa.

—Lo intentaré, ¿vale? Lo intentaré.

—Y deja ya la zapatilla —pidió Jordan con inusual sequedad—. Ese chirrido me está volviendo loco.

Alice bajó la mirada hacia la zapatilla como si le sorprendiera y luego se la ató de nuevo a la muñeca. Todos se quedaron mirando a los locos mientras convergían en el Arco de Tonney y pasaban bajo él con menos empellones y desorden que cualquier muchedumbre de asistentes a un partido de fútbol, Clay estaba convencido de ello. Los vieron dispersarse al llegar al otro lado, atravesar la explanada de hormigón y bajar las rampas. Esperaban que aquella marcha constante disminuyera hasta detenerse, pero no fue así. Los últimos rezagados, casi todos ellos heridos y ayudándose unos a otros, pero aun así desfilando en ordenada formación, llegaron mucho antes de que el disco rojizo del sol poniente se ocultara tras las residencias de alumnos situadas en la cara oeste del campus de la Academia Gaiten. Los chiflados habían regresado como palomas a sus nidos o golondrinas a Capistrano. Apenas cinco minutos después de que la estrella vespertina hiciera su aparición en el cielo, Dean Martin empezó a cantar «Everybody Loves Somebody Sometime».

—Estaba preocupada por nada, ¿verdad? —admitió Alice—. A veces soy una tonta. Es lo que siempre dice mi padre.

—No —negó el director—. Todos los tontos llevaban móvil. Por eso están ahí fuera y tú aquí, con nosotros.

—Me gustaría saber si Rafe está bien —comentó Tom.

—Y a mí si Johnny está bien —añadió Clay, sombrío—. Johnny y Sharon.

23

A las diez de aquella noche ventosa de otoño, a la luz de una luna que entraba en el último cuarto, Clay y Tom estaban en la tribuna del equipo local del campo de fútbol Tonney. Ante ellos se alzaba un muro de hormigón que les llegaba a la cintura y que estaba acolchado en la cara que daba al terreno de juego. Junto a ellos había unos cuantos atriles algo oxidados, y el suelo aparecía cubierto de basura. El viento barría los envoltorios rotos y los papeles hacia allí en tal cantidad que se hundían en desechos hasta los tobillos. A su espalda y por encima de sus cabezas, junto a los torniquetes, Alice y Jordan flanqueaban al director, una silueta alta apoyada sobre su delgado bastón.

La voz de Debbie Boone surcó el campo en olas amplificadas de cómica majestuosidad. En circunstancias normales la habría seguido Lee Ann Womack cantando «I Hope You Dance», que a su vez habría dado paso a Lawrence Welk y los Champagne Music Makers, pero quizá no esa noche.

El viento soplaba cada vez más frío y les llevaba el hedor de los cadáveres descompuestos arrojados en el lodazal tras el polideportivo, así como el olor a tierra y sudor de los vivos hacinados en el campo de fútbol. *Si es que se les puede llamar vivos*, pensó Clay al tiempo que esbozaba una sonrisita amarga para sus adentros. La racionalización era un buen deporte humano, quizá el mejor deporte humano, pero aquella noche no se engañaría a sí mismo; por supuesto, ellos consideraban que estaban vivos. Fueran lo que fuesen, se convirtieran en lo que se convirtiesen, estaban tan vivos como él.

—¿A qué esperas? —murmuró Tom.

—A nada —respondió Clay en el mismo tono—. Solo que…, nada.

De la funda que Alice había cogido en el sótano de los Nickerson, Clay sacó el anticuado Colt .45 de Beth Nickerson, ahora cargado de nuevo. Alice le había ofrecido el fusil automático, que hasta entonces no habían probado siquiera, pero Clay había declinado el ofrecimiento alegando que si no podía arreglárselas con la pistola, lo más probable era que no pudiera arreglárselas con nada.

—Pues yo creo que el automático sería más útil si dispara treinta o cuarenta balas por segundo —insistió ella—. Podrías dejar esos camiones como coladores.

Clay se mostró de acuerdo, pero recordó a Alice que su objetivo no consistía en la mera destrucción, sino en la ignición de los vehículos, y le explicó la naturaleza extremadamente ilegal de la munición que Arnie Nickerson había obtenido para el .45 de su mujer. Balas de punta hueca o lo que en tiempos se denominaba balas dum-dum.

—Vale, pero si no funciona puedes probar con Míster Rápido —sugirió Alice—. A menos que esos tipos…, bueno…

No empleó la palabra «atacar», sino que imitó el movimiento de unos pies al andar con los dedos de la mano que no sujetaba la zapatilla.

—En tal caso, lárgate por piernas.

El viento arrancó una hilera de banderines maltrechos sobre el marcador y la barrió sobre las criaturas dormidas. Alrededor del campo, como flotando en la oscuridad, se distribuían las luces rojas de las cadenas de música, todas las cuales salvo una sonaban sin disco en su interior. Los banderines se estrellaron contra el parachoques de uno de los camiones de propano, aletearon allí unos segundos, se desprendieron y desaparecieron en la noche. Los vehículos estaban aparcados uno junto al otro en el centro del campo, elevándose entre la masa de cuerpos como estrafalarios monolitos metálicos. Los chiflados dormían a sus pies y tan cerca de ellos que algunos estaban apretados contra las ruedas. Clay pensó de nuevo en las palomas migratorias y el modo en que los cazadores del siglo XIX les aplastaban el cráneo en el suelo con garrotes. La especie había quedado extinguida a principios del siglo XX…, claro que no eran más que pájaros con pequeños cerebros de pájaro, incapaces de reiniciarse.

—Clay —susurró Tom—. ¿Estás seguro de que quieres hacerlo?

—No —reconoció Clay.

Enfrentado a la inminencia del plan, su mente era un hervidero de preguntas sin respuesta. Una de ellas era qué harían si la cosa salía mal; otra, qué harían si la cosa salía bien. Las palomas migratorias eran animales incapaces de vengarse, pero aquellas cosas tendidas en el campo...

—No, pero voy a hacerlo.

—Pues hazlo ya —lo instó Tom—, entre otras cosas porque no soporto «You Light Up My Life».

Clay levantó el .45 y se sujetó la muñeca derecha con la mano izquierda. Centró la mira en el depósito del camión situado a la izquierda. Dispararía dos veces contra aquel y dos contra el de la derecha. De ese modo le quedaría una bala más para cada uno en caso necesario. Si eso no funcionaba, probaría con el fusil automático que Alice había dado en llamar Míster Rápido.

—Agáchate si explota —advirtió a Tom.

—No te preocupes —dijo Tom.

Su rostro se había contraído en una mueca de aprensión ante el estruendo de los disparos y lo que pudiera suceder a continuación.

Debbie Boone se hallaba en pleno éxtasis final. De repente, Clay se dijo que era de suma importancia acabar antes que ella. Si fallas a esta distancia es que eres un desastre, se dijo antes de apretar el gatillo.

No tuvo ocasión ni necesidad de efectuar un segundo disparo. En el centro del depósito del camión apareció una flor color rojo chillón, y a su luz distinguió una profunda hendidura en la superficie metálica hasta entonces lisa. En el interior del depósito parecía haberse desatado un infierno cada vez más intenso. Al poco, la flor se convirtió en un río, primero rojo y luego de un blanco anaranjado.

—¡Al suelo! —gritó al tiempo que empujaba a Tom por el hombro.

Clay cayó sobre su compañero justo cuando la noche se convirtió en un mediodía abrasador. Se oyó un inmenso rugido seguido de un golpe ensordecedor que Clay percibió en cada hueso de su cuerpo. Fragmentos de metal volaban por encima de sus cabezas. Le pareció oír gritar a Tom, pero no estaba seguro, porque de repente se produjo otro de aquellos rugidos y la temperatura del aire subió de un modo espectacular.

Asió a Tom por la nuca y por el cuello de la camisa, y empezó a arrastrarlo rampa arriba, en dirección a los torniquetes, los ojos casi cerrados para protegerse de la inaudita claridad que inundaba el centro del campo de fútbol. A su derecha, algo aterrizó sobre las gradas auxiliares, algo enorme, tal vez un motor. Clay estaba bastante seguro de que el amasijo de hierros retorcidos que estaba pisando había sido hasta pocos segundos antes la tribuna del campo de fútbol de la Academia Gaiten.

Tom gritaba y llevaba las gafas torcidas, pero se tenía en pie y parecía ileso. Los dos corrieron rampa arriba como si huyeran de Gomorra. Ante ellos, Clay veía sus sombras largas y flacas como patas de araña. De repente reparó en que a su alrededor no cesaban de caer cosas. Brazos, piernas, un trozo de parachoques, una cabeza de mujer con el cabello en llamas. A su espalda se oyó una segunda explosión, o quizá fuera la tercera, y esta vez fue Clay quien gritó. En un momento dado dio un traspié y cayó de bruces. El mundo entero se estaba convirtiendo a marchas forzadas en un horno de calor y luz increíbles. Tenía la sensación de hallarse en el escenario personal de Dios.

No sabíamos lo que hacíamos, pensó mientras contemplaba un paquetes de chicles, una caja pisoteada de caramelos de menta y un tapón azul de Pepsi Cola. *No teníamos ni idea y ahora lo vamos a pagar con nuestras vidas, joder.*

—¡Levántate!

Era Tom, y a Clay le pareció que gritaba, pero su voz parecía llegar desde muy lejos. Sintió que las manos delicadas y de dedos largos de Tom le tironeaban el brazo. De repente, Alice estaba junto a él, tirándole del otro brazo, refulgiendo a la luz de la conflagración. Clay vio la zapatilla de bebé cabeceando al final del cordón atado a su muñeca. Alice estaba salpicada de sangre, jirones de ropa y pedacitos de carne humeante.

Clay se incorporó con dificultad y cayó de nuevo de rodillas. Alice lo levantó de nuevo a pulso. A su espalda, el propano rugía como un dragón. Al poco llegó Jordan, y tras él, el director avanzaba dando tumbos, el rostro sonrosado y hasta la última arruga de su rostro rellena de sudor.

—No, Jordan, no, apártalo de aquí —gritó Tom.

Jordan tiró del director hacia un lado y le rodeó la cintura con firmeza cuando el anciano se tambaleó. Un torso en llamas con un *piercing* en el ombligo aterrizó a los pies de Alice, que lo chutó fuera de la rampa. «Cinco años de fútbol», recordaba haberle oído decir Clay. Un fragmento de camisa se posó en la coronilla de la chica, y Clay lo apartó de un manotazo antes de que le quemara el cabello.

En lo alto de la rampa, un neumático de camión en llamas con medio eje aún prendido a él se apoyaba contra la última fila de asientos reservados. Si hubiera aterrizado bloqueándoles el paso, con toda probabilidad se habrían carbonizado, cuando menos el director, pero yacía de forma que pudieron pasar, conteniendo el aliento para no aspirar el humo grasiento que surgía de él. Al cabo de un momento pasaron los torniquetes, Jordan a un lado del director, y Clay al otro, llevándolo casi en volandas. El bastón del anciano le golpeó dos veces en la oreja, pero treinta segundos después de pasar junto al neumático se hallaban bajo el Arco de Tonney contemplando la inmensa columna de fuego que se elevaba por encima de las gradas y la tribuna de prensa con idénticas expresiones de incredulidad pintadas en sus rostros.

Otra hilera de banderines en llamas aterrizó en el suelo junto a las taquillas principales, arrastrando algunas chispas tras de sí antes de detenerse.

—¿Sabías que pasaría esto? —preguntó Tom.

Tenía la piel blanca en torno a los ojos, roja en la frente y las mejillas, y parecía haber perdido medio bigote. Clay oía su voz muy lejana, al igual que todos los demás sonidos. Era como si tuviera los oídos llenos de algodón o se los hubiera protegido con los tapones que Arnie Nickerson sin duda hacía llevar a su esposa cuando la llevaba a su campo de tiro predilecto, donde a buen seguro practicaban con los móviles prendidos a una cadera y los buscas a la otra.

—¿Lo sabías? —repitió Tom.

El hombrecillo intentó zarandearlo, pero solo consiguió aferrar su camisa y le desgarró toda la pechera.

—¡Claro que no, joder! ¿Estás loco o qué? —replicó Clay con voz más que ronca, más que apergaminada, como asada—. ¿Crees que lo habría hecho de haberlo sabido? De no ser por el muro de hormigón, la explosión nos habría partido en dos… o volatilizado.

Por increíble que pareciera, Tom sonrió de oreja a oreja.

—Te he roto la camisa, Batman —constató.

A Clay le entraron ganas de partirle la cara y al mismo tiempo de abrazarlo y besarlo por el mero hecho de seguir vivo.

—Quiero volver a la casa —dijo Jordan con un matiz de temor inequívoco en la voz.

—Sí, vayamos a un lugar más seguro —convino el director.

Temblaba como una hoja y tenía la mirada clavada en la infernal columna de fuego que se elevaba sobre el Arco y las gradas.

—Gracias a Dios que el viento sopla en dirección a la Pendiente de la Academia.

—¿Puede caminar, señor? —le preguntó Tom.

—Sí, gracias. Con la ayuda de Jordan estoy seguro de que podré llegar a la residencia.

—Hemos acabado con ellos —masculló Alice.

Se estaba limpiando salpicaduras de sangre y carne del rostro con ademán casi distraído, dejando churretes sobre la piel, y en sus ojos se advertía una expresión que Clay solo había visto en algunas fotografías y un puñado de viñetas excepcionales de los cincuenta y los sesenta. En cierta ocasión, cuando no era más que un niño, había asistido a un congreso de cómics y escuchado a Wallace Wood explicar cómo dibujar lo que él denominaba Mirada de Pánico. Eso era lo que ahora veía en el rostro de aquella colegiala de quince años.

—Vamos, Alice —la instó—. Tenemos que volver a la casa y recoger nuestras cosas. Hay que largarse de aquí.

En cuanto aquellas palabras brotaron de sus labios, tuvo que repetirlas para averiguar si sonaban veraces. La segunda vez le sonaron más que veraces; le sonaron asustadas.

No sabía si Alice lo había oído. Estaba exultante, pletórica de triunfo, enferma más bien, como una niña que se ha atiborrado de golosinas. Sus pupilas aparecían incendiadas.

—Aquí no va a sobrevivir nadie.

Tom asió el brazo de Clay. El contacto dolía como si le tocaran la piel quemada por el sol.

—¿Qué te pasa? —le preguntó su amigo.

—Creo que hemos cometido un error —declaró Clay.

—¿Es como en la gasolinera? —inquirió Tom, los ojos penetrantes tras las gafas ladeadas—. ¿Cuando el hombre y la mujer se pelearon por las malditas golo...?

—No, solo es que creo que hemos cometido un error —repitió Clay.

De hecho, no solo lo creía, sino que lo sabía a ciencia cierta.

—Vamos; tenemos que irnos esta misma noche.

—Si tú lo dices —accedió Tom—. Venga, Alice.

Alice los acompañó parte del camino que conducía a la residencia del director, donde habían dejado dos lámparas de gas encendidas junto al ventanal, y luego se detuvo para mirar atrás. La tribuna de la prensa era pasto de las llamas, al igual que las gradas. Las estrellas habían desaparecido, e incluso la luna no era más que un espectro ejecutando una danza enloquecida en la bruma de calor que surgía del camión.

—Están muertos, acabados, reducidos a cenizas —masculló Alice—. Arded, malditos, ard...

Fue entonces cuando se oyó de nuevo aquel gemido, solo que ahora no procedía de Glen's Falls ni de Littleton, sino de ahí mismo, a kilómetro y medio de distancia. Y tampoco tenía nada de espectral, sino que era una exclamación de dolor agónico, el grito de algo..., de un solo ente, un ente consciente, Clay estaba seguro de ello, que había despertado de un sueño profundo para descubrir que se estaba quemando vivo.

Alice profirió un chillido y se tapó los oídos. A la luz de la conflagración, los ojos parecían a punto de salírsele de las órbitas.

—¡Tenemos que deshacerlo! —exclamó Jordan mientras asía

la muñeca del director—. ¡Tenemos que deshacer lo que hemos hecho, señor!

—Demasiado tarde, Jordan —sentenció Ardai.

24

Sus mochilas abultaban un poco más cuando las apoyaron contra la puerta principal de Cheatham Lodge al cabo de una hora. Cada una de ellas contenía un par de camisas, bolsas de frutos secos, cartones de zumo, paquetes de salchichas secas, pilas y linternas de recambio. Clay había acuciado a Tom y Alice para que recogieran sus pertenencias lo más deprisa posible, y ahora era él quien entraba cada dos por tres en el salón para mirar por el ventanal.

El incendio del terreno de juego empezaba a menguar, pero las gradas seguían en llamas, al igual que la tribuna de prensa. El Arco de Tonney también había prendido y relucía en la noche como una herradura en una herrería. Nada podía seguir con vida en el campo, en eso Alice tenía razón, pero durante el trayecto de regreso a la residencia, con el director tambaleándose como un viejo borracho pese a los esfuerzos por mantenerlo erguido, habían oído en dos ocasiones aquellos gritos fantasmales transportados por el viento desde otros rebaños. Clay intentó convencerse de que no detectaba furia en los gritos, que aquella sensación solo era fruto de su imaginación…, de su imaginación culpable, su imaginación de asesino, su imaginación de asesino en serie, pero no acababa de creérselo.

Había sido un error, pero ¿qué otra cosa podrían haber hecho? Él y Tom habían percibido la intensificación de su poder a mediodía, la habían presenciado pese a que solo habían visto a dos chiflados, tan solo dos. ¿Cómo podían dejar que ese poder continuara creciendo?

—Hagas lo que hagas, la cagas —masculló entre dientes antes de apartarse del ventanal.

No sabía cuánto rato llevaba contemplando el campo en llamas y resistió la tentación de mirar el reloj. Lo más fácil sería sucumbir al pánico, que acechaba justo debajo de la superficie, y si sucumbía, los demás no tardarían en contagiarse. Empezando por Alice. Esta había conseguido recobrar cierta medida de autodominio, pero no era más que una película finísima. «Lo bastante fina para leer el periódico a través de ella», habría dicho su madre, gran aficionada al bingo. Pese a que también ella era poco más que una niña, Alice había logrado mantener la compostura en aras del otro niño, para que él no se desmoronara por completo.

El otro niño, Jordan.

Clay regresó corriendo al vestíbulo, advirtió que todavía faltaba una cuarta mochila en la entrada y vio a Tom bajar la escalera. Solo.

—¿Dónde está el chico? —le preguntó.

Se le habían destapado un poco los oídos, pero su propia voz aún le sonaba muy lejana y como si perteneciera a un desconocido. Suponía que seguiría así durante un tiempo.

—¿No tenías que ayudarle a recoger algunas cosas para llevarse? Ardai ha dicho que se ha traído una mochila de la residencia de…

—No quiere venir —lo atajó Tom al tiempo que se restregaba un lado del rostro.

Parecía cansado, triste y distraído, además de ofrecer un aspecto algo ridículo con medio bigote quemado.

—¿Qué?

—Baja la voz, Clay. No mates al mensajero.

—Entonces dime de qué estás hablando, por el amor de Dios.

—Dice que sin el director no viene. «No pueden obligarme», ha dicho, y si de verdad quieres irte esta noche, creo que tiene razón.

En aquel instante, Alice salió corriendo de la cocina. Se había aseado, llevaba el cabello recogido y una camisa nueva que le llegaba casi hasta la rodilla, pero su piel mostraba el mismo aspecto quemado que Clay percibía en la suya. Suponía que podían considerarse afortunados por no tener el cuerpo lleno de ampollas.

—Alice —empezó—, necesito que emplees todos tus poderes de persuasión femenina con Jordan. Se está...

Alice pasó junto a él como si no lo hubiera oído, cayó de rodillas, agarró su mochila y la abrió. Clay la miró con expresión perpleja mientras ella la vaciaba. Cuando se volvió hacia Tom advirtió que en su rostro comenzaba a dibujarse un rictus de comprensión y pena.

—¿Qué? —exclamó Clay—. ¿Qué pasa, por el amor de Dios?

Había sentido aquella misma impaciencia exasperada hacia Sharon a menudo durante el último año, y se odió a sí mismo por experimentarla precisamente ahora. Pero maldita sea, no necesitaban más complicaciones. Se mesó los cabellos.

—¿Qué pasa?

—Mírale la muñeca —indicó Tom.

Clay obedeció. El cordón mugriento seguía allí, pero la zapatilla había desaparecido. Sintió que se le formaba un nudo absurdo en la boca del estómago. O quizá no era tan absurdo. A fin de cuentas, si a Alice le parecía importante, entonces lo era. ¿Qué más daba que solo fuera una zapatilla?

La camiseta y la sudadera de repuesto que había guardado, con GAITEN BOOSTERS' CLUB impreso en la pechera, salieron despedidas. Las pilas rodaron por el suelo. La linterna de recambio se estrelló contra el suelo, y la tapa de protección se resquebrajó. Aquello bastó para convencer a Clay de que no se trataba de una rabieta al estilo Sharon Riddell porque se les había acabado el café con aroma de avellana o el helado con cacahuete crujiente, sino de un ataque de terror puro y duro.

Se acercó a Alice, se arrodilló junto a ella y le asió las muñecas. Sentía transcurrir los minutos, minutos que deberían haber empleado para dejar atrás aquel pueblo, pero también sentía el pulso acelerado de la chica contra los dedos. Además, no había más que mirarla a los ojos. En su mirada no se pintaba el pánico, sino una auténtica agonía. Clay comprendió que Alice lo había depositado todo en aquella zapatilla, a su madre, a su padre, a sus amigos, a Beth Nickerson y su hija, el infierno del campo de fútbol, todo...

—¡No está! —gimió—. Pensaba que la había guardado aquí dentro, pero no. ¡No la encuentro por ninguna parte!

—Ya lo sé, cariño —musitó Clay sin soltarle las muñecas y levantándole la que aún tenía el cordón atado a ella—. ¿Lo ves?

Esperó hasta cerciorarse de que Alice fijaba la vista y agitó los extremos del cordón bajo el nudo, donde antes había un segundo nudo.

—Está demasiado largo —dijo ella—. Antes no era tan largo.

Clay intentó recordar la última vez que había visto la zapatilla. Se dijo que era imposible recordar un detalle como aquel dadas las circunstancias, pero enseguida se dio cuenta de que sí lo recordaba, y además con toda claridad. Fue cuando Alice ayudó a Tom a levantarlo tras la explosión del segundo camión. En aquel momento, la zapatilla se bamboleaba en su muñeca. Alice estaba cubierta de sangre, jirones de tela y pedacitos de carne, pero la zapatilla seguía en su sitio. Clay intentó recordar si aún la tenía cuando chutó el torso en llamas rampa abajo. Creía que no. Cabía la posibilidad de que a toro pasado la memoria le jugara una mala pasada, pero creía que no.

—Se te ha deshecho el nudo, tesoro —señaló—. Se te ha deshecho, y la zapatilla se ha caído.

—¿La he perdido? —exclamó ella, incrédula, derramando las primeras lágrimas—. ¿Estás seguro?

—Bastante seguro, sí.

—Era mi amuleto de la buena suerte —susurró, llorando ahora con más fuerza.

—No —intervino Tom al tiempo que la abrazaba—. Nosotros somos tus amuletos de la buena suerte.

Alice se volvió hacia él.

—¿Cómo lo sabes?

—Porque nos encontraste a nosotros primero —explicó Tom—, y seguimos aquí.

Alice los abrazó a ambos, y los tres permanecieron un rato en aquella posición, aferrados los unos a los otros en el vestíbulo, con las escasas pertenencias de Alice desparramadas a su alrededor.

25

El incendio se propagó a un edificio de aulas que el director identificó como Hackery Hall. Hacia las cuatro de la madrugada, el viento amainó, y el fuego dejó de extenderse. Cuando salió el sol, el campus de Gaiten apestaba a propano, madera quemada y gran cantidad de cuerpos carbonizados. El cielo radiante de una perfecta mañana de octubre en Nueva Inglaterra aparecía ensombrecido por una inmensa columna de humo negruzco. Y Cheatham Lodge seguía ocupada, circunstancia que se debía al efecto dominó. El director solo podía desplazarse en coche, desplazarse en coche era imposible, Jordan se negaba a irse sin el director, y el director no pudo persuadirlo de lo contrario. Aunque resignada a la pérdida de su talismán, Alice se negaba a irse sin Jordan, Tom no quería irse sin Alice, y Clay detestaba la idea de irse sin ellos dos pese a que le horrorizaba darse cuenta de que aquellos recién llegados a su vida revistieran, al menos de momento, más importancia que su hijo, y pese a que seguía convencido de que pagarían un precio muy alto por lo que habían hecho en el campo de fútbol si se quedaban en Gaiten, sobre todo en el escenario del crimen.

Había creído que de día vería el asunto con otros ojos, pero no era así.

Los cinco esperaron y miraron por el ventanal del salón, pero por supuesto nada salió del campo reducido a cenizas, y el único sonido que se oía era el crepitar del fuego devorando las oficinas del departamento de educación física, los vestuarios y las últimas gradas. Los mil chiflados anidados en el campo estaban, como Alice bien había dicho, reducidos a cenizas. El olor era penetrante y se adhería a la garganta con una crueldad nauseabunda. Clay había vomitado una vez y sabía que los demás también, inclusive el director.

Hemos cometido un error, pensó por enésima vez.

—Deberían haberse ido —dijo Jordan—. Nosotros nos las habríamos apañado, como antes, ¿verdad, señor?

El director Ardai hizo caso omiso de la pregunta; estaba observando a Clay con fijeza.

—¿Qué pasó ayer cuando usted y Tom estaban en la gasolinera? Creo que sucedió algo y por eso ahora pone la cara que pone.

—Oh..., ¿y qué cara pongo?

—Cara de animal que husmea una trampa. ¿Los chiflados de la calle los vieron?

—No exactamente —repuso Clay.

No le hacía demasiada gracia que lo llamaran animal, pero no podía negar que lo era, un ser que ingería oxígeno y alimento para luego expulsar dióxido de carbono y mierda.

El director empezó a restregarse el costado izquierdo con una de sus grandes manos. Como muchos de sus gestos, a Clay le pareció que poseía una cualidad teatral; no eran ademanes exactamente falsos, pero sí destinados a ser vistos desde el fondo del aula.

—Entonces, ¿qué ocurrió exactamente?

Y puesto que ya no creía poder proteger a los demás, Clay refirió al director lo que habían presenciado desde la oficina de la gasolinera. La pelea por una caja de golosinas que de repente se había transformado en otra cosa, los papeles revoloteando sobre la mesa, la ceniza girando en el cenicero como el agua al colarse por el desagüe de la bañera, las llaves tintineando en su tablero, la boquilla del surtidor estrellándose contra el suelo.

—Eso lo vi —intervino Jordan al tiempo que Alice hacía un gesto de asentimiento.

Tom mencionó que se había quedado sin aliento, y Clay añadió que a él le había sucedido lo mismo. Ambos intentaron explicar la impresión de que algo muy poderoso se cocía en el ambiente. Clay comentó que era una sensación parecida a la que se experimenta antes de una tormenta. Tom dijo que el aire estaba cargado, demasiado pesado, por así decirlo.

—Y entonces él le dejó coger un par de golosinas de esas, y la tensión desapareció —explicó Tom—. La ceniza dejó de dar vueltas, las llaves dejaron de tintinear y la sensación de tormenta inminente se esfumó.

Se volvió hacia Clay en busca de confirmación, y este asintió.

—¿Por qué no nos lo habíais contado? —quiso saber Alice.

—Porque no habría cambiado nada —replicó Clay—. De todos modos íbamos a quemar el nido.

—Cierto —convino Tom.

—Creen que los chiflados se están convirtiendo en psiónicos, ¿verdad? —terció Jordan.

—No sé lo que significa esa palabra, Jordan —admitió Tom.

—Son personas capaces de mover cosas solo con pensar en ellas…, o por accidente si sus emociones se descontrolan. Pero las habilidades psiónicas como la telequinesis y la levitación…

—¿Levitación? —espetó Alice.

—… no son más que ramificaciones —prosiguió Jordan sin hacerle caso—. El tronco del árbol psiónico es la telepatía, y es eso lo que temen, ¿verdad? La telepatía.

Tom se llevó los dedos a la parte del rostro de la que había desaparecido buena parte de su bigote y se tocó la piel enrojecida.

—Bueno, lo cierto es que lo he pensado —reconoció antes de hacer una pausa con la cabeza ladeada—. Vaya, no sé si lo que acabo de decir es ingenioso o no.

—Supongamos que lo son —dijo Jordan, haciendo caso omiso también de ese comentario—. Quiero decir, supongamos que se están convirtiendo en auténticos telépatas y dejan de ser zombis con instinto de formar rebaños. ¿Y qué? El rebaño de la Academia Gaiten ha muerto sin saber quién los ha inmolado, porque han muerto mientras dormían o lo que sea que hacen, así que si lo que les preocupa es que puedan haber transmitido telepáticamente nuestros nombres y descripciones a sus colegas de los estados circundantes de Nueva Inglaterra, tranquilos.

—Jordan… —empezó el director antes de hacer una mueca sin dejar de frotarse el costado.

—¿Se encuentra bien, señor?

—Sí. Ve al baño de abajo y tráeme el Zantac, ¿quieres? Y una botella de agua mineral. Buen chico.

Jordan obedeció con presteza.

—¿Úlcera? —preguntó Tom.

—No —negó el director—. Estrés, un viejo..., no podemos llamarlo amigo, sino más bien conocido.

—¿Está usted bien del corazón? —preguntó Alice con un hilo de voz.

—Me parece que sí —asintió el director con una sonrisa de desconcertante regocijo—. Si el Zantac no me hace efecto, tendré que reconsiderar mi respuesta, pero hasta ahora siempre ha funcionado, así que no llamemos al mal tiempo. Ah, gracias, Jordan.

—De nada, señor —repuso el chaval al tiempo que le alargaba el vaso y la píldora con su habitual sonrisa.

—Deberías irte con ellos —lo instó Ardai tras tragarse el comprimido.

—Con todos los respetos, señor, le digo que es imposible que lo sepan, totalmente imposible.

El director se volvió hacia Tom y Clay con expresión inquisitiva. Tom alzó las manos, y Clay se limitó a encogerse de hombros. Podía expresar en voz alta lo que sentía, articular lo que sin duda los demás ya sabían que pensaba..., *hemos cometido un error, y quedarnos aquí no hará más que agravar las cosas...*, pero le pareció que carecía de sentido. En el rostro de Jordan se pintaba una expresión testaruda que disimulaba a duras penas el terror que lo embargaba. No lograrían convencerlo. Además, un nuevo día estaba a punto de empezar, y el día les pertenecía a ellos.

Alborotó el cabello del chico.

—Si tú lo dices, Jordan... Voy a dormir un poco.

Jordan adoptó una expresión de profundo alivio.

—Buena idea, yo también.

—Yo me voy a tomar una taza del mundialmente famoso cacao tibio de Cheatham Lodge antes de subir —anunció Tom—. Y creo que me voy a afeitar el resto del bigote. Los gritos y lamentos que oigáis serán los míos.

—¿Puedo mirar? —pidió Alice—. Siempre he querido ver a un hombre adulto gritar y lamentarse.

26

Clay y Tom compartían un pequeño dormitorio en la segunda planta de la residencia, mientras que a Alice le habían asignado la otra habitación. Mientras se quitaba los zapatos, Clay oyó una breve llamada a la puerta y al punto entró el director. En sus mejillas destacaban dos manchas de piel enrojecida, pero por lo demás su rostro estaba mortalmente pálido.

—¿Se encuentra bien? —preguntó Clay—. ¿Es el corazón a fin de cuentas?

—Me alegro de que me lo pregunte —replicó el director—; no sabía si había conseguido plantar la semilla de la duda, pero por lo visto sí. —Miró hacia el pasillo por encima del hombro y luego cerró la puerta con la punta del bastón—. Escúcheme con atención, señor Riddell..., Clay, y no haga preguntas a menos que no le quede otro remedio. En algún momento dado de esta tarde me encontrarán muerto en mi cama, y por supuesto usted dirá que tenía mal el corazón a fin de cuentas, que lo que hicimos anoche me ha provocado un ataque. ¿Entendido?

Clay asintió. Lo entendía a la perfección y se calló la protesta que acudió automáticamente a sus labios. Era una protesta que habría resultado lógica en el pasado, pero que no tenía cabida en el nuevo mundo. Sabía por qué el director había trazado aquel plan.

—Si Jordan llega a sospechar siquiera que me he quitado la vida para librarlo de lo que él, en su admirable inocencia, considera su deber sagrado, cabe la posibilidad de que también él decida acabar con su vida. Cuando menos se sumiría en lo que cuando yo era pequeño los mayores denominaban «una fuga negra». Mi muerte lo apenará muchísimo en cualquier caso, pero eso es permisible, a diferencia de la idea de que me he suicidado para sacarlo de Gaiten. ¿Lo entiende?

—Sí —asintió Clay—. Señor, espere un día más. Lo que pretende hacer..., puede que no sea necesario. Es posible que salgamos de esta.

No lo creía, y en cualquier caso Ardai tenía intención de

seguir adelante con su plan; Clay lo veía en su rostro demacrado, los labios apretados, los ojos relucientes.

—Espere un día más —insistió a pesar de ello—. Puede que no venga nadie.

—Ya oyó esos gritos —replicó el director—. Eran gritos de furia. Vendrán.

—Es posible, pero…

El director levantó el bastón para silenciarlo.

—Y si vienen y son capaces de leerles el pensamiento como se lo leen los unos a los otros, ¿qué leerán en su mente, Clay, si es que para entonces aún le queda mente que leer?

Clay se lo quedó mirando sin decir nada.

—Aun cuando no puedan leer el pensamiento —prosiguió el director—, ¿qué sugiere usted, Clay? ¿Quedarse aquí día tras día, semana tras semana? ¿Hasta que empiecen las nevadas? ¿Hasta que me muera de viejo? Mi padre vivió hasta los noventa y siete años. Y usted tiene mujer e hijo.

—Mi mujer y mi hijo están bien o no lo están. Ya lo tengo asumido.

No era cierto, y tal vez Ardai lo detectara en la expresión de Clay, porque esbozó otra de sus sonrisas inquietantes.

—¿Y cree que su hijo ha asumido no saber si su padre está vivo, muerto o loco? ¿Después de tan solo una semana?

—Eso ha sido un golpe bajo —masculló Clay con voz insegura.

—¿En serio? No sabía que estuviéramos peleándonos. En cualquier caso, no hay árbitro; aquí solo estamos nosotros. —El director se volvió un instante hacia la puerta cerrada antes de mirar de nuevo a Clay—. La ecuación es muy sencilla. Ustedes no pueden quedarse, y yo no puedo irme. Lo mejor es que Jordan les acompañe.

—Pero sacrificarlo como a un caballo con la pata rota…

—De eso nada —lo atajó el director—. Los caballos no practican la eutanasia, pero las personas sí.

En aquel momento se abrió la puerta y entró Tom. El director siguió hablando sin solución de continuidad.

—¿Y alguna vez ha considerado la posibilidad de dedicarse a la ilustración comercial, Clay? —preguntó—. De libros, quiero decir.

—Mi estilo es demasiado exuberante para la mayoría de las editoriales comerciales —repuso él—, aunque he hecho algunas cubiertas para editoriales de literatura fantástica, como Grant y Eulalia, y también para algunos títulos de la colección de novelas marcianas de Edgar Rice Burroughs.

—¡Barsoom! —exclamó el director mientras blandía el bastón en el aire; de repente se frotó el plexo solar e hizo una mueca—. Maldito ardor de estómago. Disculpe, Tom; solo he entrado a charlar un momento antes de acostarme.

—Encantado —repuso Tom antes de seguirlo con la mirada mientras el anciano se iba—. ¿Se encuentra bien? —preguntó a Clay cuando el golpeteo del bastón de alejó por el pasillo—. Está muy pálido.

—Creo que sí —contestó Clay antes de señalar el rostro de Tom—. ¿No ibas a afeitarte el resto del bigote?

—He decidido no hacerlo en presencia de Alice —explicó Tom—. Me cae muy bien, pero a veces puede ser bastante malvada.

—Eso es pura paranoia.

—Gracias, Clay, justo el comentario que necesitaba. Solo ha pasado una semana y ya echo de menos a mi psicoanalista.

—Paranoia combinada con manía persecutoria y delirios de grandeza.

Clay se tendió en una de las estrechas camas del dormitorio y entrelazó las manos en la nuca con la mirada vuelta hacia el techo.

—Te mueres de ganas de largarte de aquí, ¿verdad? —preguntó Tom.

—Y que lo digas —replicó Clay con voz carente de inflexiones.

—Todo irá bien, Clay, de verdad.

—Eso dices, pero sufres manía persecutoria y delirios de grandeza.

—Cierto —reconoció Tom—, pero esos trastornos se compensan gracias a la falta de autoestima y la menstruación del ego a intervalos de unas seis semanas. Y en cualquier caso...

—... es demasiado tarde, al menos por hoy —terminó por él Clay.

—Exacto.

Aquella idea encerraba cierta paz. Tom añadió algo más, pero Clay solo alcanzó a oír «Jordan cree que» antes de dormirse.

27

Despertó gritando, o eso le pareció en el primer momento. Un vistazo a la otra cama, donde Tom seguía durmiendo con algo, tal vez un paño doblado sobre los ojos, le hizo comprender que solo había gritado mentalmente. Tal vez de sus labios hubiera brotado algún sonido, pero no lo bastante fuerte para despertar a su compañero de habitación.

La habitación no estaba a oscuras, pues era media tarde, pero Tom había bajado la persiana antes de acostarse, por lo que en la estancia reinaba la penumbra. Clay permaneció tendido boca arriba unos instantes, la boca reseca, el pulso acelerado en el pecho y los oídos, donde sonaba como alguien corriendo sobre una alfombra de terciopelo. La casa estaba sumida en el más absoluto silencio. Quizá aún no se habían acostumbrado del todo al cambio de horario, pero la noche anterior había sido agotadora, y en aquel momento no se advertía movimiento alguno en la residencia. En el exterior cantó un pájaro, y a lo lejos, no creía que fuera en Gaiten, ululaba una alarma testaruda.

¿Había tenido alguna vez una pesadilla tan espantosa como aquella? Quizá en una ocasión. Un mes después del nacimiento de Johnny, Clay soñó que lo levantaba de la cuna para cambiarle el pañal y que el cuerpecito rechoncho del niño se desmembraba entre sus manos como una muñeca mal ensamblada. Comprendía bien el significado de ese sueño. Miedo a la paternidad, miedo a cagarla. Era un miedo con el que aún convivía, como bien había detectado el director. Pero ¿cómo interpretar el sueño del que acababa de despertar?

Fuera cual fuese su significado, Clay no quería olvidarlo y sabía por experiencia que había que actuar con rapidez para evitar que eso sucediera.

El dormitorio tenía un escritorio, y en el bolsillo de los vaqueros que Clay había dejado arrugados al pie de la cama había un bolígrafo, se dirigió descalzo hacia el escritorio, se sentó y abrió el cajón situado sobre el hueco para las piernas. Allí encontró lo que esperaba, un montoncito de papel en blanco con el encabezamiento **ACADEMIA GAITEN**. *Una mente joven es una luz en la oscuridad.* Cogió una hoja y la dejó sobre la mesa. Había poca luz, pero le bastaría. Pulsó el botón para sacar la punta del bolígrafo y dedicó unos instantes a intentar recordar el sueño de la forma más detallada posible.

Él, Tom, Alice y Jordan estaban alineados en el centro de un terreno de juego. No era un campo de fútbol como el Tonney, sino tal vez un campo de rugby. Al fondo se alzaba una especie de estructura esquelética en la que se veía una luz roja parpadeante. Clay no sabía qué era, pero sí sabía que las gradas estaban abarrotadas de personas que los miraban con fijeza, personas con la cara destrozada y la ropa hecha jirones, muy fáciles de reconocer. Él y sus amigos estaban en... ¿en jaulas? No, sobre unas plataformas. Y sí eran jaulas pese a carecer de barrotes. Clay no sabía cómo era posible, pero lo era. Ya empezaba a olvidar los detalles del sueño.

Tom se hallaba en un extremo de la fila. Un hombre, un hombre especial, se acercaba a él y le posaba una mano sobre la cabeza. Clay no recordaba cómo podía hacerlo puesto que Tom, al igual que Alice, Jordan y él mismo, estaban subidos a aquellas tarimas, pero lo hacía y decía *«Ecce homo... insanus»*. La muchedumbre, miles de personas, gritaba «¡NO TOCAR!» al unísono. A continuación, el hombre se acercaba a Clay y repetía la operación. Al apoyar la mano sobre la cabeza de Alice, el hombre recitaba *«Ecce femina... insanus»*. En el caso de Jordan, *«Ecce puer... insanus»*. Y en cada ocasión, el gentío respondía «¡NO TOCAR!».

Ni el hombre..., ¿el maestro de ceremonias?, ¿el jefe de pista? ni los espectadores habían abierto la boca durante el ritual; se comunicaban por telepatía.

De repente, Clay dejó que su mano derecha se hiciera con el control de sus pensamientos (su mano derecha y el rincón especial de su cerebro que la dominaba) y empezó a dibujar una imagen sobre el papel. La pesadilla entera había sido terrible, con su acusación falsa, la sensación de cautividad..., pero lo peor de todo había sido el hombre que se acercaba a cada uno de ellos y les apoyaba la mano sobre la cabeza como un subastador disponiéndose a vender ganado en una feria rural. Clay creía que si era capaz de plasmar la imagen de aquel hombre en papel, sería capaz de apresar el terror.

Era un hombre negro de cabeza noble y semblante ascético sobre un cuerpo desgarbado, casi escuálido. Sus cabellos formaban un casco de apretados rizos oscuros en uno de cuyos costados se abría un feo corte en forma de triángulo. Era de hombros delgados y caderas casi inexistentes. Bajo la mata de rizos, Clay esbozó la frente ancha y despejada, la frente de un erudito. A continuación la afeó con otro corte y sombreó el colgajo de piel que le oscurecía una de las cejas. Tenía la mejilla izquierda abierta, quizá por un mordisco, y la parte izquierda del labio inferior desgarrada de modo que la comisura se curvaba hacia abajo en un rictus cansino. Los ojos le plantearon dificultades; no consiguió dibujarlos con fidelidad. En el sueño eran sabios y al mismo tiempo carentes de vida. Tras dos tentativas desistió y se concentró en el jersey para no olvidarlo. El hombre llevaba una sudadera con capucha (ROJO, escribió con una flecha) y unas letras de imprenta blancas en la pechera. Le iba muy grande y la tela se arrugaba sobre la mitad superior de las letras, pero Clay estaba casi seguro de que ponía HARVARD. Se disponía a escribir la palabra cuando empezó el llanto, un llanto leve y amortiguado procedente de la planta inferior.

28

Era Jordan, lo supo al instante. Miró a Tom por encima del hombro mientras se ponía los vaqueros, pero Tom no se había movido. *Está frito*, pensó Clay. Abrió la puerta, salió y la cerró tras de sí.

Ataviada con una camiseta de la Academia Gaiten a guisa de camisón, Alice estaba sentada en el descansillo de la primera planta con el niño entre los brazos. Jordan había sepultado el rostro en su hombro. Alice alzó la mirada al oír las pisadas de Clay y habló antes de que este pudiera decir algo que tal vez habría lamentado más tarde: ¿Es el director?

—Ha tenido una pesadilla —explicó la chica.

Clay dijo lo primero que le vino a la cabeza, algo que en aquel momento se le antojó de vital importancia.

—¿Y tú?

Alice frunció el ceño. Con las piernas desnudas, el cabello recogido en una cola de caballo y el rostro quemado como si hubiera pasado el día entero en la playa, parecía la hermanita de once años de Jordan.

—¿Qué? No, le he oído llorar en el pasillo. Supongo que ya me estaba despertando de todas formas...

—Un momento —la atajó Clay—. Quédate aquí.

Volvió a su habitación del segundo piso y cogió el dibujo del escritorio. En ese momento, Tom abrió los ojos, miró a su alrededor con expresión entre asustada y desorientada, luego fijó la vista en Clay y se tranquilizó.

—De vuelta a la realidad —dijo antes de restregarse el rostro e incorporarse sobre el codo—. Gracias a Dios. ¿Qué hora es?

—Tom, ¿has tenido un sueño? ¿Una pesadilla?

—Creo que sí —asintió Tom—. He oído llorar a alguien. ¿Era Jordan?

—Sí. ¿Qué has soñado? ¿Lo recuerdas?

—Alguien nos llamaba locos —explicó Tom, y Clay sintió que el corazón le daba un vuelco—. Probablemente con razón. No recuerdo nada más. ¿Por qué lo preguntas? ¿Tú también...?

Clay no esperó a escuchar más, sino que bajó la escalera corriendo. Jordan se volvió hacia él con una suerte de timidez aturdida cuando Clay se sentó junto a él. No había rastro del genio informático; si Alice aparentaba once años con su cola de caballo y su piel quemada, Jordan no aparentaba más de nueve en aquel instante.

—Jordan, el sueño…, la pesadilla —dijo Clay—. ¿La recuerdas?

—Casi nada —repuso Jordan—. Nos tenían en unas plataformas y nos miraban como si…, no sé…, como si fuéramos animales salvajes…, y decían que…

—Que estábamos locos.

—¡Sí! —exclamó Jordan con los ojos muy abiertos.

A su espalda, Clay oyó los pasos de Tom bajando la escalera, pero en vez de volverse le mostró su dibujo a Jordan.

—¿Este era el jefe?

Jordan no respondió, pero no hizo falta. El chico se encogió, asió de nuevo a Alice y sepultó el rostro en su pecho.

—¿Qué pasa? —preguntó ella, desconcertada.

Alargó la mano hacia el dibujo, pero Tom se le adelantó.

—Dios mío —musitó antes de devolvérselo a Clay—. Apenas recuerdo el sueño, pero sí recuerdo el corte en la mejilla.

—Y el labio —añadió Jordan con voz amortiguada por el cuerpo de Alice—. El labio colgando hacia abajo. Era el que nos enseñaba a los demás. A ellos…

Se interrumpió con un estremecimiento. Alice le acarició la espalda y cruzó las manos sobre sus omóplatos para poder abrazarlo con más fuerza.

Clay sostuvo el dibujo ante Alice.

—¿Te suena de algo? ¿Es el hombre de tus sueños?

Alice sacudió la cabeza y empezó a decir que no, pero antes de que tuviera ocasión de hablar se oyó un estruendoso traqueteo y una serie irregular de golpes procedentes del exterior, muy cerca de la puerta principal de la residencia. Alice profirió un grito, Jordan se aferró a ella con más fuerza, como si quisiera sepultarse en su interior, y lanzó una exclamación, y Tom asió el hombro de Clay.

—Joder, qué coño...

Un nuevo traqueteo al otro lado de la puerta, largo y fuerte. Alice volvió a gritar.

—¡Armas! —exclamó Clay—. ¡Armas!

Por un instante todos quedaron paralizados en el descansillo bañado por el sol. Al poco se oyó otro de aquellos traqueteos, que recordaba un montón de huesos rodando por el suelo. Tom subió corriendo al segundo piso seguido de Clay, que en un momento dado resbaló por culpa de los calcetines y tuvo que agarrarse a la barandilla para recobrar el equilibrio. Alice apartó a Jordan de sí y corrió hacia su habitación, los faldones de la camiseta revoloteaban alrededor de sus piernas, dejando a Jordan acurrucado contra el poste de la barandilla, la mirada húmeda clavada en el vestíbulo.

29

—Calma —pidió Clay—. Vamos a tomárnoslo con calma, ¿vale?

Los tres estaban apostados al pie de la escalera apenas dos minutos después de que restallara el primero de aquellos latigazos al otro lado de la puerta. Tom tenía el fusil de asalto ruso que aún no habían probado y que habían dado en llamar Míster Rápido. Alice sostenía una automática de nueve milímetros en cada mano, y Clay tenía el .45 de Beth Nickerson, que milagrosamente había logrado conservar la noche anterior, pese a que no recordaba haberlo vuelto a deslizar en el cinturón, donde lo encontró más tarde. Jordan seguía acurrucado en el descansillo. Desde allí no veía las ventanas de la planta baja, y Clay consideraba que probablemente era lo mejor. La luz que entraba por ellas era mucho más tenue de lo que correspondía por la hora, y eso era mala señal, sin ningún género de duda.

Era más débil porque había chiflados ante todas las ventanas, agolpados contra los vidrios para observarlos. Docenas, tal vez centenares de aquellos extraños rostros vacuos, casi todos ellos marcados por las batallas que habían librado y las heridas que habían sufrido a lo largo de la última semana caótica. Clay distinguió cuencas oculares vacías, huecos en las dentaduras, orejas desgarradas, cardenales, quemaduras, piel abrasada y colgajos de piel ennegrecida. Todos ellos guardaban silencio, y los unía una suerte de avidez atormentada que acompañaba a aquella sensación de atmósfera cargada, de aire irrespirable, de la presencia de un poder inmenso y apenas contenido. Clay casi esperaba que las armas salieran despedidas de sus manos y se volvieran contra ellos.

Contra nosotros, pensó.

—Ahora sé cómo se sienten las langostas en los acuarios de los restaurantes chinos —comentó Tom en voz baja y tensa.

—Calma —insistió Clay—. Dejemos que den el primer paso.

Pero no hubo primer paso. Al cabo de un rato se oyó otro de aquellos largos traqueteos, que parecía una andanada de metralleta disparada en el porche delantero, en opinión de Clay, y a continuación los chiflados se retiraron de las ventanas como si obedecieran una señal que tan solo ellos podían oír. Se alejaron en ordenadas filas. No era la hora del día a la que solían formar rebaños, pero a todas luces las cosas habían cambiado.

Clay se dirigió al ventanal del salón con el revólver en el costado, seguido de Tom y Alice. Desde allí vieron cómo los chiflados, que a Clay ya no le parecían chiflados en absoluto, al menos en el sentido en que él concebía la locura, se batían en retirada, caminando de espaldas con una facilidad sobrecogedora, sin perder en ningún momento el espacio personal que separaba a cada uno de los demás. Se detuvieron entre Cheatham Lodge y los restos humeantes del campo de fútbol, una suerte de batallón de trapo formando en un terreno alfombrado de hojas. Todas las miradas, no del todo vacuas, permanecían clavadas en la residencia del director.

—¿Por qué tienen las manos y los pies manchados? —preguntó una voz tímida.

Todos se volvieron hacia ella; era Jordan quien había hablado. Clay ni siquiera había reparado en el hollín que cubría las manos del ejército silencioso, pero antes de que pudiera expresarlo en voz alta, Jordan respondió a su propia pregunta.

—Han ido a verlo, ¿verdad? Seguro que sí. Han ido a ver lo que les hicimos a sus amigos. Y están enfadados. Lo noto. ¿Ustedes lo notan?

Clay no quería reconocerlo, pero por supuesto que lo notaba. El aire cargado, la sensación de una tormenta inminente apenas contenida por una red de electricidad. Era furia. Pensó en el Duendecillo Rubio ensañándose con el cuello de la Mujer Traje Chaqueta, en la mujer entrada en años que había ganado la Batalla de la Estación de Metro de Boylston Street antes de dirigirse hacia el parque con sangre chorreándole del cabello color acero, en el joven desnudo salvo por las zapatillas deportivas que blandía una antena de coche en cada mano mientras corría. Toda aquella furia… ¿Realmente creía que había desaparecido en el momento en que habían empezado a formar rebaños? En tal caso, más le valía replanteárselo.

—Yo sí que lo noto —convino Tom—. Jordan, si tienen poderes telepáticos, ¿por qué no hacen que nos suicidemos o que nos matemos los unos a los otros?

—O que nos estalle la cabeza —añadió Alice con voz temblorosa—. Lo vi una vez en una película antigua.

—No lo sé —repuso Jordan, alzando la mirada hacia Clay—. ¿Dónde está el Hombre Andrajoso?

—¿Así lo llamas?

Clay bajó la vista hacia su dibujo, que todavía llevaba en la mano. La carne desgarrada, la manga del jersey hecha jirones, los vaqueros holgados. Le pareció que Hombre Andrajoso no era un mal nombre para el tipo de la sudadera de Harvard.

—Lo llamo problema —puntualizó Jordan en voz baja.

Se volvió de nuevo hacia los recién llegados, al menos trescientos, quizá cuatrocientos, venidos de Dios sabía qué poblaciones circundantes, y al cabo de unos instantes miró de nuevo a Clay.

—¿Lo ha visto?

—Solo en el sueño.

Tom negó con la cabeza.

—Para mí no es más que un dibujo en un papel —señaló Alice—. No he soñado con él ni he visto a nadie que llevara una sudadera con capucha ahí fuera. ¿Qué hacían en el campo de fútbol? ¿Creéis que intentan identificar a sus amigos muertos? —se preguntó con aire escéptico—. ¿Y no seguirá haciendo mucho calor allí? Seguro que sí.

—¿A qué están esperando? —se preguntó a su vez Tom—. Si no pretenden atacarnos ni obligarnos a que nos clavemos cuchillos de cocina los unos a los otros, ¿a qué están esperando?

De repente, Clay comprendió a qué esperaban los chiflados y también dónde estaba el Hombre Andrajoso de Jordan. Acababa de experimentar lo que el señor Devane, su profesor de álgebra en el instituto, habría denominado un «momento ajá». Giró sobre sus talones y se encaminó al vestíbulo.

—¿Adónde vas? —quiso saber Tom.

—A averiguar qué nos han dejado —repuso Clay.

Los demás se apresuraron a seguirlo. Tom fue el primero en darle alcance cuando Clay ya tenía la mano en el picaporte.

—No sé si es buena idea —comentó Tom.

—Puede que no, pero es lo que esperan —aseguró Clay—. ¿Y sabes una cosa? Creo que si quisieran matarnos, ya estaríamos muertos.

—Me parece que tiene razón —musitó Jordan.

Clay abrió la puerta. El alargado porche delantero de Cheatham Lodge, con sus cómodos muebles de mimbre y sus vistas sobre la Pendiente y la Avenida de la Academia, estaba hecho para tardes como aquella, pero en aquel momento el ambiente era lo que menos preocupaba a Clay. Al pie de la escalinata había un escuadrón de chiflados formando una punta de flecha. Uno a la cabeza, dos detrás de él, tres detrás de estos, luego cuatro, cinco y seis. Veintiuno en total. El que encabezaba el grupo era el Hombre Andrajoso del sueño de Clay, la encarnación de su dibujo. En la pechera de la desgarrada sudadera roja con capucha se veía en efecto la palabra HARVARD. El colgajo producido por la herida en la mejilla izquierda aparecía levantado y sujeto a un lado de la nariz con dos torpes puntos de sutura blancos que habían rasgado la piel oscura y remendada sin cariño alguno. Se veían otros desgarrones donde otros dos puntos de sutura habían cedido. A Clay le pareció que los puntos se habían efectuado con hilo de pescar. El labio caído dejaba al descubierto unos dientes que daban la impresión de haber recibido los cuidados de un ortodoncista no mucho tiempo antes, cuando el mundo era un lugar más agradable.

Delante de la puerta, sepultando el felpudo y desparramados a ambos lados de él, yacía un montón de objetos negros e informes. Casi parecía la obra de algún escultor enloquecido. Clay tardó apenas un instante en comprender que se hallaba ante los restos derretidos de las cadenas de música del rebaño del campo de fútbol.

De repente, Alice profirió un chillido. Algunos de los equipos de música deformados por el calor se habían volcado cuando Clay abrió la puerta, y algo que con toda probabilidad habían colocado en equilibrio en lo alto del montón había caído con ellos hasta quedar a media pila. Alice avanzó antes de que Clay pudiera retenerla, dejó caer una de las pistolas automáticas y recogió lo que había visto. Era la zapatilla. Alice la apretó contra su pecho y miró a los demás con los ojos entornados, como desafiándolos a que intentaran arrebatársela.

Clay cambió una mirada con Tom. Ellos no tenían poderes telepáticos, pero en aquel momento casi lo pareció. *¿Y ahora qué?*, preguntaba la mirada de Tom.

Clay se volvió de nuevo hacia el Hombre Andrajoso. Se preguntó si uno se daría cuenta si le leían el pensamiento y si se lo estarían leyendo en aquel preciso instante. Extendió las manos hacia el Hombre Andrajoso. Aún sostenía el arma, pero ni el Hombre Andrajoso ni los demás integrantes de su escuadrón parecían sentirse amenazados por ella. Clay volvió las palmas hacia arriba. *¿Qué queréis?*

El Hombre Andrajoso esbozó una sonrisa carente de humor. A Clay le pareció ver enojo en sus ojos castaño oscuro, pero intuyó que se trataba de una emoción superficial bajo la que no había chispa alguna, al menos que él alcanzara a distinguir. Era como ver sonreír a una muñeca.

El Hombre Andrajoso ladeó la cabeza y levantó un dedo. *Espera*. Y desde Academy Avenue les llegó el sonido de numerosos gritos, como si el gesto del hombre los hubiera provocado. Gritos de personas agonizantes, acompañados de algunas interjecciones guturales de predador. No muchas.

—¿Qué están haciendo? —gritó Alice.

Avanzó unos pasos mientras apretaba convulsivamente la zapatilla. Los tendones de su antebrazo estaban lo bastante tensos como para proyectar sombras rectas sobre su piel.

—¿Qué están haciendo con esa gente?

Como si cupiera alguna duda, pensó Clay.

Alice levantó la mano en la que aún sostenía el arma. Tom la asió y se la arrebató sin darle tiempo a apretar el gatillo. Alice se encaró con él e intentó arañarlo con la mano libre.

—¡Devuélvemela! ¿Es que no has oído eso? ¿No lo has oído?

Clay la apartó de Tom. Jordan había observado la escena desde el umbral con los ojos muy abiertos por el terror. El Hombre Andrajoso permanecía inmóvil en la punta de la flecha, con una sonrisa en la que una capa de humor cubría la furia, y bajo la furia… nada que Clay pudiera ver. Nada en absoluto.

—El seguro estaba puesto —constató Tom tras echar un vistazo—. Gracias al Señor por los pequeños favores. —Se volvió hacia Alice—. ¿Es que quieres que nos maten?

—¿Crees que nos van a dejar marchar?

Alice lloraba con tal fuerza que resultaba difícil entenderla. Los mocos le pendían de la nariz en dos hilillos transparentes. De la avenida flanqueada de árboles que discurría ante la Academia Gaiten les llegaron más gritos y chillidos. «No, por favor, no, por favor», gritó una mujer antes de que sus palabras se perdieran en un aullido sobrecogedor de dolor.

—No sé lo que van a hacer con nosotros —reconoció Tom en un intento de mantener la calma—, pero si quisieran matarnos, no harían eso. Míralo, Alice. Lo que está pasando ahí abajo es en nuestro honor.

Se oyeron algunos disparos de personas que intentaban defenderse, pero no muchos. Sobre todo se escuchaban gritos de dolor y sorpresa, todos ellos procedentes de las inmediaciones de la Academia Gaiten, donde el rebaño había quedado reducido a cenizas. El episodio no debió de durar más de diez minutos, *pero a veces*, se dijo Clay, *el tiempo era pero que muy relativo...*

A todos ellos se les hizo eterno.

30

Cuando los gritos cesaron por fin, Alice permaneció entre Clay y Tom en silencio y con la cabeza gacha. Había dejado ambas automáticas sobre una mesa destinada a carteras y sombreros instalada junto a la puerta principal. Jordan la había cogido de la mano mientras miraba al Hombre Andrajoso y sus compañeros, que seguían en el sendero de la entrada. Por el momento, el chaval no había reparado en la ausencia del director. Clay sabía que no tardaría en darse cuenta y que entonces comenzaría la siguiente escena de aquel espantoso día.

El Hombre Andrajoso avanzó un paso y se inclinó en una reverencia con las manos extendidas hacia los lados, como si dijera «A su servicio». Al poco levantó la vista y señaló con una mano la Pendiente de la Academia y la avenida mientras paseaba la mirada por las personas agolpadas en el umbral de la puerta abierta, tras la escultura de equipos de música derretidos. Clay captó el mensaje al instante. «La carretera es vuestra. A por ella.»

—Quizá —dijo Clay—, pero antes tenemos que aclarar una cosa. Estoy seguro de que podéis acabar con nosotros si os viene en gana, porque nos superáis en número, pero si no os volvéis derechitos al cuartel general, te garantizo que mañana el jefe será otro, porque me encargaré personalmente de que seas el primero en palmarla.

El Hombre Andrajoso se llevó las manos a las mejillas y abrió los ojos de par en par. ¡Oh, vaya! A su espalda, sus compañeros permanecieron impasibles como autómatas. Clay los observó un instante más y por fin cerró la puerta con suavidad.

—Lo siento —musitó Alice—. Es que no podía soportar los gritos.

—No pasa nada —la tranquilizó Tom—. Todo ha ido bien, y además te han devuelto a Míster Zapatilla.

Alice se quedó mirando el diminuto zapato.

—¿Es así como han descubierto que fuimos nosotros? ¿Lo han husmeado como los sabuesos husmean las presas?

—No —negó Jordan; estaba sentado en una silla de respaldo alto junto al paragüero, con aspecto pequeño, frágil y exhausto—. Es solo su forma de decir que te conocen, al menos eso creo.

—Sí —convino Clay—. Apuesto algo a que sabían que fuimos nosotros antes de venir. Lo vieron en nuestros sueños al igual que nosotros vimos su rostro.

—Yo no —empezó Alice.

—Porque ya te estabas despertando —señaló Tom—. Seguro que tendrás noticias suyas a su debido tiempo. —Hizo una pausa antes de continuar—: Si es que tiene algo más que decir, claro. No lo entiendo, Clay. Fuimos nosotros. Fuimos nosotros y ellos lo saben, estoy convencido.

—Sí —asintió Clay.

—Entonces, ¿por qué matar a un montón de peregrinos inocentes cuando habría sido igual de fácil…, bueno, casi igual de fácil, entrar aquí por la fuerza y matarnos? A ver, entiendo el concepto de las represalias, pero no le encuentro el sentido a este…

Fue entonces cuando Jordan se levantó de la silla y miró en derredor con una expresión de preocupación incipiente.

—¿Dónde está el director?

31

Clay alcanzó a Jordan, pero no antes de que el chico llegara al descansillo de la primera planta.

—Espera, Jordan —le pidió.

—No —exclamó Jordan.

Su rostro mostraba un aspecto más pálido y asustado que antes. Tenía el cabello alborotado, y Clay suponía que se debía a que necesitaba un corte, pero lo que parecía era que tenía los pelos de punta.

—Con todo lo que ha pasado, habría estado con nosotros si estuviera bien —declaró Jordan con labios temblorosos—. ¿Recuerdas cómo se tocaba el costado? ¿Y si no tenía solo acidez?

—Jordan...

Pero Jordan no le prestó atención alguna, y Clay habría apostado algo a que se había olvidado por completo del Hombre Andrajoso y sus secuaces, al menos de momento. Se zafó de la mano de Clay y echó a correr por el pasillo mientras llamaba a gritos al director y las hileras de directores que se remontaban hasta el siglo XIX lo observaban con el ceño fruncido desde las paredes.

Clay miró atrás. Alice no le sería de ninguna ayuda, porque estaba sentada al pie de la escalera con la cabeza inclinada sobre la puta zapatilla como si del cráneo de Yorick se tratara, pero Tom empezó a subir a regañadientes.

—¿Cómo de mal está la cosa? —preguntó a Clay.

—Bueno..., Jordan cree que el director se habría reunido con nosotros si se encontrara bien, y la verdad es que creo que tiene...

En aquel momento Jordan empezó a chillar con una voz estridente de soprano que atravesó la cabeza de Clay como una lanza. El primero en reaccionar fue Tom, mientras que Clay se quedó paralizado en lo alto de la escalera durante al menos tres y quizá hasta siete segundos, atenazado por un único pensamiento: *esto no suena como el grito de alguien que acaba de encontrar a alguien con aspecto de haber muerto de un infarto. El viejo debe de haberla fastidiado. Puede que se equivocara de pastillas.* Estaba a medio pasillo cuando Tom profirió un grito de espanto.

—Diosmíojordannomires —dijo en una sola palabra.

—¡Espera! —gritó Alice a espaldas de Clay, pero este no esperó.

La puerta de la pequeña suite del director estaba abierta. El estudio con los libros y el fogón eléctrico ahora inservible, el dormitorio con la puerta abierta, dejando pasar la luz del sol. Tom estaba de pie ante el escritorio, apretando a Jordan contra sí. El director estaba sentado al otro lado de la mesa. Su peso había desplazado el respaldo de la silla giratoria hacia atrás, y el anciano parecía mirar el techo con el ojo que le quedaba. La enredada melena blanca pendía sobre el respaldo. A Clay le recordó a un pianista que acabara de desgranar las últimas notas de una pieza difícil.

Oyó a Alice lanzar un grito ahogado de terror, pero apenas si fue consciente de él. Sintiéndose como un pasajero en su propio cuerpo, Clay se acercó a la mesa y echó un vistazo a la hoja de papel que descansaba sobre el secante. Pese a que estaba manchada de sangre, alcanzó a distinguir las palabras escritas en ella con la caligrafía elegante y clara del director. De la muy vieja escuela hasta el final, habría dicho Jordan.

aliene   geisteskrank
*   insano*
elnebajos   vansinnig   fou
*   atamagaokashii   gek   dolzinnig*

                                              hullu

gila
meschuge   nebun
dement

Clay tan solo hablaba inglés y el poco francés aprendido en el instituto, pero supo al instante qué era aquello y lo que significaba. El Hombre Andrajoso quería que se fueran y de algún modo sabía que el director Ardai era demasiado viejo y frágil para acompañarlos; así pues, lo había obligado a sentarse a la mesa, a escribir el equivalente de la palabra «insano» en catorce lenguas, y acto seguido a clavarse la punta de la pesada estilográfica con la que había escrito aquellos vocablos en el ojo derecho y, desde allí, hacia el anciano y perspicaz cerebro que anidaba tras él.

—Lo han obligado a suicidarse, ¿verdad? —musitó Alice con voz quebrada—. ¿Por qué a él y a nosotros no? ¿Por qué a él y a nosotros no? ¿Qué es lo que quieren?

Clay pensó en el gesto que el Hombre Andrajoso había hecho en dirección a Academy Avenue. Academy Avenue, que a su vez era la Carretera 102 de New Hampshire. Los locos que ya no estaban exactamente locos..., o que estaban locos en un sentido nuevo, querían que se fueran. Por lo demás, no tenía ni la menor idea de sus motivos ni deseos. Quizá fuera lo mejor. Quizá fuera una bendición estar en la inopia.

ROSAS MARCHITAS, ESTE JARDÍN SE HA TERMINADO

1

Había media docena de manteles de hilo fino en un armario situado al final del pasillo posterior, y uno de ellos hizo las veces de mortaja. Alice se ofreció para coserla, pero se desmoronó hecha un mar de lágrimas cuando su destreza o bien sus nervios demostraron no estar a la altura de la misión. Tom tomó el relevo. Tensó el mantel, dobló los dobladillos para unirlos y los cosió con movimientos rápidos, casi profesionales. Clay pensó que era como ver a un boxeador golpear un saco invisible con la mano derecha.

—Nada de chistes —le advirtió Tom sin levantar la mirada—. Agradezco lo que has hecho arriba, yo no podría haberlo hecho, pero ahora mismo no estoy de humor para un solo chiste, ni siquiera de la variedad inofensiva a lo *Will and Grace*. Estoy al borde del colapso.

—Vale —repuso Clay.

De hecho, nada más lejos de su ánimo que bromear. En cuanto a lo que había hecho arriba… En fin, había que sacar la estilográfica del ojo del director; no podían dejarla dentro, así que Clay se había ocupado de ello, desviando la mirada hacia un rincón de la habitación mientras tiraba de ella e intentaba no pensar en lo que hacía ni en por qué costaba tanto. Estuvo a punto de conseguirlo, pero de repente la estilográfica chirrió contra el hueso de la cuenca ocular, y a continuación se oyó una suerte de salpicadura viscosa cuando un objeto se desprendió de la punta torcida de la pluma y cayó sobre el secante. Clay estaba convencido de que recordaría aquel sonido hasta el fin de sus días, pero había conseguido sacar la maldita pluma, y eso era lo que importaba.

Fuera, alrededor de mil locos estaban de pie en el césped entre las ruinas humeantes del campo de fútbol y Cheatham Lodge. Permanecieron allí casi toda la tarde, y hacia las cinco desfilaron en silencio hacia el centro de Gaiten. Clay y Tom bajaron el cadáver amortajado del director por la escalera trasera y lo sacaron al porche. Luego, los cuatro supervivientes se reunieron en la cocina y dieron cuenta de la comida que habían dado en llamar desayuno mientras las sombras se alargaban en el exterior.

Jordan comió con sorprendente apetito. Tenía las mejillas sonrosadas y hablaba con gran animación, sobre todo de su vida en la Academia Gaiten y de la influencia que el director Ardai había ejercido en el corazón y la mente de un adicto a los ordenadores tímido e introvertido de Madison, Wisconsin. La extraordinaria lucidez de sus recuerdos consiguió que Clay se inquietara cada vez más, y al cambiar una mirada con Alice y Tom advirtió que a ellos les sucedía lo mismo. La mente del chaval se tambaleaba al borde de un abismo, pero ¿qué hacer al respecto? No podían enviarlo a un psiquiatra.

En un momento dado, ya de noche, Tom sugirió a Jordan que le convenía descansar. El chico respondió que lo haría, pero después de enterrar al director. Podían sepultarlo en el huerto situado tras la residencia, propuso antes de contarles que el director lo denominaba su «jardín de la victoria», si bien nunca había explicado a Jordan por qué.

—Es el lugar ideal —aseguró con una sonrisa.

Su rostro había adquirido un matiz casi lívido, y los ojos le llameaban de inspiración, buen humor, locura o una combinación de las tres cosas.

—La tierra es blanda, y además era su sitio favorito... al aire libre, quiero decir. ¿Qué os parece? Los locos ya no están, siguen sin salir de noche, eso no ha cambiado, y podemos alumbrarnos con las lámparas de gas. ¿Qué os parece?

—¿Hay palas? —inquirió Tom tras meditar unos instantes.

—Claro que sí, en el cobertizo del huerto. Ni siquiera tenemos que subir a los invernaderos —aseguró Jordan con una carcajada.

—Pues vamos —instó Alice—. Cuanto antes empecemos, antes acabaremos.

—Y luego te acuestas —conminó Clay a Jordan.

—Que sí, que sí —resopló Jordan con aire impaciente antes de levantarse y ponerse a pasear por la estancia—. ¡Vamos, chicos! —exclamó como si los animara a jugar a pillar.

Así pues, cavaron la tumba en el huerto del director tras la residencia, y sepultaron al anciano entre judías y tomates. Tom y Clay bajaron el cadáver amortajado al hoyo, de alrededor de un metro de profundidad. El ejercicio los mantuvo caldeados, de modo que hasta que terminaron no se dieron cuenta del frío que hacía. Las estrellas brillaban con intensidad en el firmamento, pero una densa niebla baja flotaba por la Pendiente de la Academia, mientras que la avenida ya aparecía sumergida en un manto blanquecino. Solo los tejados inclinados de las casonas más altas rompían su superficie.

—Ojalá alguien supiera de poesía —comentó Jordan.

Tenía las mejillas más ruborizadas si cabe, pero sus ojos aparecían hundidos en sus cuencas, tiritaba pese a llevar dos jerséis y respiraba entrecortadamente.

—Al director le encantaba la poesía, estaba convencido de que la poesía era lo más grande sobre la faz de la tierra. Era... —La voz de Jordan, tan espeluznantemente alegre hasta entonces, se quebró por fin—. Era tan, tan de la vieja escuela.

Alice lo estrechó contra sí. Por un instante, Jordan intentó zafarse, pero al poco desistió.

—Haremos una cosa —intervino Tom—. Lo taparemos bien para protegerlo del frío, y luego recitaré un poema en su honor. ¿Te parece bien?

—¿De verdad conoce algún poema?

—Pues sí, de verdad.

—Es usted muy inteligente, Tom, gracias.

Y Jordan le dedicó una sonrisa cargada de una gratitud cansina y horrible.

Rellenar la tumba fue un proceso rápido, aunque al final tuvieron que ir a buscar tierra a la parte inferior del huerto para dejarla a nivel. Para cuando terminaron, Clay sudaba con profusión y había empezado a oler. Llevaba mucho tiempo sin ducharse.

Alice había intentado evitar que Jordan ayudara, pero el chaval se zafó de ella y se puso a echar tierra en el hoyo con las manos. Cuando Clay acabó de apisonar la tierra con el dorso de la pala, Jordan tenía los ojos vidriosos por el cansancio y se tambaleaba como un borracho. Pese a ello, se volvió hacia Tom.

—Vamos, lo ha prometido —lo instó.

Clay casi esperaba oírle añadir «Y hazlo bien o te meto una bala entre ceja y ceja», como un bandido homicida en una película de Sam Peckinpah.

Tom se dirigió a un extremo de la tumba; Clay creía que era el superior, pero la fatiga le impedía estar seguro. Ni siquiera recordaba si el nombre de pila del director era Charles o Robert. La niebla se arremolinaba alrededor de los pies y los tobillos de Tom, y se enroscaba en torno a los tallos muertos de las judías. El hombrecillo se quitó la gorra de béisbol, y Alice siguió su ejemplo. Clay se llevó la mano a la cabeza para hacer lo propio, pero de inmediato recordó que no llevaba gorra.

—¡Muy bien! —exclamó Jordan con una sonrisa enloquecida—. ¡Fuera gorras! ¡Todos a descubrirse en honor al director!

El chiquillo no llevaba gorra, pero pese a ello emuló el gesto de descubrirse y agitar una gorra imaginaria en el aire. Clay temió de nuevo por la cordura de Jordan.

—¡Y ahora el poema! ¡Adelante, Tom!

—De acuerdo —repuso Tom—, pero tienes que guardar silencio y mostrar respeto.

Jordan se llevó un dedo a los labios para indicar que lo comprendía, y Clay advirtió en sus ojos afligidos que todavía no había perdido el juicio. Había perdido a su amigo, pero no el juicio.

Intrigado, aguardó a ver cómo procedía Tom. Esperaba algún poema de Frost o quizá un pasaje de Shakespeare (sin duda el director habría aprobado la elección de un fragmento de Shakespeare, aun cuando tan solo fuera «¿Cuándo volveremos a vernos las tres?»), o tal vez un Tom McCourt extemporáneo. Lo que no esperaba era lo que brotó de los labios de Tom en versos contenidos y murmurados.

—Y tú, Señor, no te niegues a tener compasión de nosotros; que tu amor y tu fidelidad nos protejan sin cesar. Porque estamos rodeados de tantos males, que es imposible contarlos. Las culpas nos tienen atrapados y ya no alcanzamos a ver: son más que los cabellos de nuestra cabeza, y nos faltan las fuerzas. Líbranos, Señor, por favor; Señor, ven pronto a socorrernos.

Alice sujetaba la zapatilla y sollozaba al pie de la tumba con la cabeza inclinada. Sus lamentos eran rápidos y discretos.

Tom prosiguió, con una mano extendida sobre la tumba, la palma abierta, los dedos doblados.

—Que se avergüencen y sean humillados los que quieren acabar con nuestra vida, como ha acabado esta. Que retrocedan confundidos los que desean nuestra ruina; queden pasmados de vergüenza los que se ríen de nosotros. Aquí yacen los muertos, polvo de la tierra...

—¡Lo siento tanto, director! —exclamó Jordan con voz temblorosa y quebrada—. Lo siento mucho, no es justo, señor, siento tanto que haya muerto...

De repente, los ojos se le quedaron en blanco, y se desplomó sobre la tumba reciente. La niebla lo envolvió con sus dedos codiciosos.

Clay lo levantó y le tocó el cuello para palparle el pulso, que latía fuerte y regular.

—Solo se ha desmayado. ¿Qué estás recitando, Tom?

—Una adaptación más bien libre del Salmo 40 —repuso Tom con aire algo avergonzado—. Llevémoslo adentro...

—No —objetó Clay—. Si no es demasiado largo, acaba.

—Sí, por favor —convino Alice—. Acábalo, es precioso, como un bálsamo.

Tom se volvió de nuevo hacia la tumba y pareció recobrar la

compostura, aunque tal vez solo intentaba recordar dónde se había quedado.

—Aquí yacen los muertos, polvo de la tierra, y aquí estamos los vivos. Somos pobres y miserables; Señor, piensa en nosotros; tú eres nuestra ayuda y nuestro libertador, ¡no tardes, Dios mío! Amén.

—Amén —contestaron Clay y Alice al unísono.

—Entremos al chico —sugirió Tom—. Aquí fuera hace un frío de cojones.

—¿Eso lo aprendiste de las beatas de la Primera Iglesia de Cristo Redentor de Nueva Inglaterra? —preguntó Clay.

—Por supuesto —asintió Tom—. Muchos salmos de memoria y otros tantos de postre. También aprendí a mendigar por las esquinas y parabrisear un aparcamiento de Sears entero en solo veinte minutos con *Un millón de años en el Infierno sin un solo trago de agua*. Vamos a acostar al niño. Apuesto algo a que dormirá hasta las cuatro de la tarde y cuando despierte se encontrará mucho mejor.

—¿Y si el tipo de la mejilla desgarrada viene y descubre que seguimos aquí a pesar de que nos dijo que nos fuéramos? —terció Alice.

A Clay le pareció una buena pregunta, pero no le hizo falta meditarla demasiado. O el Hombre Andrajoso les concedía otro día de gracia o no. Mientras cogía a Jordan de los brazos de Tom y lo llevaba arriba para acostarlo, Clay se dijo que estaba demasiado cansado para preocuparse por el asunto.

2

Hacia las cuatro de la mañana, Alice dio las buenas noches a Clay y Tom en un murmullo y se dirigió hacia su habitación con paso inseguro. Los dos hombres se sentaron en la cocina y tomaron té frío sin hablar demasiado; por lo visto, no había nada que decir. Justo antes del amanecer se oyó otro de aquellos gruñidos, espectral a causa de la niebla y la distancia, procedente del nordeste. Tembló como el grito de un theremín en una película antigua de terror, y justo cuando empezaba a desvanecerse, un gemido de respuesta mucho más potente resonó desde Gaiten, adonde el Hombre Andrajoso había conducido a su nuevo rebaño, mucho más numeroso.

Clay y Tom salieron y sortearon la barrera de cadenas de música derretidas para poder bajar la escalinata. Sin embargo, no vieron nada, porque el mundo entero aparecía teñido de blanco. Tras permanecer ahí un rato, volvieron a entrar.

Ni el grito de muerte ni la respuesta desde Gaiten despertó a Alice ni a Jordan, lo cual era una bendición. Su mapa de carreteras, ahora doblado y arrugado en las esquinas, estaba sobre el mostrador de la cocina.

—Puede que viniera de Hooksett o Suncook —aventuró Tom mientras ojeaba el mapa—. Son dos poblaciones bastante grandes al nordeste de aquí…, bastante grandes en términos de New Hampshire, quiero decir. Me gustaría saber a cuántos se han cargado y cómo lo han hecho.

Clay se limitó a sacudir la cabeza.

—Espero que a muchos —continuó Tom con una sonrisa tenue y carente de humor—. Espero que al menos a mil y a fuego lento. No paro de pensar en una cadena de restaurantes que siempre promocionaba sus «pollos asados a fuego lento». ¿Nos iremos mañana por la noche?

—Si el Hombre Andrajoso no nos mata hoy, supongo que será lo mejor, ¿no te parece?

—No creo que tengamos otra elección —señaló Tom—, pero te diré una cosa, Clay. Me siento como una vaca de camino al matadero. Casi me parece oler la sangre de mis hermanitas.

Clay tenía la misma sensación, pero por otro lado se le ocurría una y otra vez la misma pregunta. Si lo que albergaba aquella conciencia colectiva era acabar con su vida, ¿por qué no hacerlo allí mismo? Podrían haberlos matado el día anterior por la tarde en lugar de dejar una pila de cadenas de música derretidas y la zapatilla de Alice en el porche.

—Voy a acostarme —anunció Tom con un bostezo—. ¿Aguantarás despierto un par de horas más?

De hecho, Clay no tenía ningunas ganas de dormir. Su cuerpo estaba exhausto, pero su mente no cesaba de dar vueltas y vueltas. De vez en cuando se serenaba un poco, pero de repente recordaba el sonido de la pluma al salir de la cuenca ocular del director, el chirrido del metal contra el hueso.

—¿Por qué lo preguntas?

—Porque si deciden matarnos hoy, prefiero morir a mi manera que a la suya. La suya ya la he visto. ¿Estás de acuerdo?

Clay pensó que si la mente colectiva a la que representaba el Hombre Andrajoso había obligado al director a clavarse una estilográfica en el ojo, los cuatro supervivientes de Cheatham Lodge podían descubrir que el suicidio ya no se contaba entre sus opciones. Sin embargo, no le apetecía enviar a Tom a la cama con semejante perspectiva, de modo que se limitó a asentir.

—Me llevo el arma arriba —dijo Tom—. Tú tienes el .45, ¿no?

—Sí, el especial de Beth Nickerson.

—Pues buenas noches. Y si los ves… o los sientes venir, llámame. —Tom hizo una pausa—. Si te da tiempo. Y si te dejan.

Clay lo siguió con la mirada mientras salía de la cocina, pensando en que Tom le llevaba ventaja desde el principio, pensando en lo bien que le caía, pensando en que le gustaría llegar a conocerlo mejor, pensando en que lo tenía bastante crudo. ¿Y Johnny y Sharon? Tenía la impresión de que estaban más lejos que nunca.

3

A las ocho de la mañana, Clay estaba sentado en un banco en un extremo del jardín de la victoria del director, diciéndose que de no estar tan hecho polvo movería el culo y confeccionaría algún tipo de marca para su tumba. No duraría mucho, pero el hombre se lo merecía, al menos por haber cuidado de su último alumno. El problema residía en que no sabía si sería siquiera capaz de levantarse, entrar en la casa y despertar a Tom para que lo relevara.

No tardarían en tener un hermoso y frío día de otoño, de

aquellos pensados para recolectar manzanas, preparar sidra y jugar al fútbol en el jardín. Por el momento, la niebla seguía siendo espesa, pero el sol brillaba con fuerza por entre su manto, transformando el mundo diminuto donde Clay estaba sentado en un paraje blanco nuclear. El aire estaba impregnado de gotitas suspendidas, y centenares de arco iris danzaban ante sus ojos fatigados.

De repente, algo rojo se materializó en medio de toda aquella blancura. Por un instante, la sudadera con capucha del Hombre Andrajoso pareció flotar sola, pero al poco, a medida que subía por el huerto hacia Clay, el rostro y las manos marrones de su sueño aparecieron por encima y por debajo de ella. Esa mañana, el Hombre Andrajoso llevaba puesta la capucha, que enmarcaba el corte en forma de sonrisa y aquellos espeluznantes ojos ni muertos ni vivos.

Frente despejada de intelectual, surcada por otro corte.

Vaqueros mugrientos y deformados, desgarrados en los bolsillos y llevados durante más de una semana seguida.

HARVARD sobre el pecho escuálido.

El .45 de Beth Nickerson estaba en la funda improvisada que Alice le había confeccionado, pero Clay ni lo tocó. El Hombre Andrajoso se detuvo a unos tres metros de él, sobre la tumba del director, y Clay dedujo que no era casual.

—¿Qué quieres? —preguntó al Hombre Andrajoso, y de inmediato se contestó a sí mismo—. Hablarte.

Mudo de asombro, Clay se quedó mirando al Hombre Andrajoso. Había esperado telepatía o nada. El Hombre Andrajoso sonrió… en la medida que podía sonreír con el labio inferior partido, y extendió las manos como si dijera que aquello no había sido nada.

—Pues di lo que tengas que decir —lo instó Clay.

Intentó prepararse para que el Hombre Andrajoso le secuestrara la voz por segunda vez, pero descubrió que resultaba imposible prepararse para algo así. Era como haberse convertido en un muñeco sonriente de madera sentado sobre las rodillas de un ventrílocuo.

—Marchaos. Esta noche.

Clay se concentró un instante.

—¡Cállate! ¡Basta! —exclamó.

El Hombre Andrajoso esperó con aire paciente.

—Creo que puedo evitar que entres si me lo propongo —prosiguió Clay—. No estoy seguro, pero creo que sí.

El Hombre Andrajoso se lo quedó mirando como si dijera «Avísame cuando acabes».

—Sigue —dijo Clay antes de añadir—: Podría traer. Más. He venido. Solo.

Clay consideró la idea de la voluntad del Hombre Andrajoso unida a la del rebaño entero y admitió que la criatura tenía razón.

—Marchaos. Esta noche. Norte.

Clay esperó y cuando se cercioró de que el Hombre Andrajoso había acabado con su voz, al menos por el momento, dijo:

—¿Adónde? ¿Por qué?

Esta vez no surgieron palabras, sino una imagen repentina ante sus ojos. Era tan vívida que no sabía si la estaba visualizando mentalmente o si, de algún modo, el Hombre Andrajoso la había conjurado para que apareciera en la reluciente pantalla de niebla. Era lo que habían visto garabateado en tiza rosa en medio de Academy Avenue:

KASHWAK=NO-FO

—No lo entiendo —dijo.

Pero el Hombre Andrajoso ya se alejaba. Por un instante, Clay vio su sudadera roja flotando de nuevo en la niebla antes de desaparecer. A Clay le quedó el magro consuelo de que de todos modos ya se dirigían al norte y de que acababan de concederles otro día de gracia, lo cual significaba que no hacía falta montar guardia. Decidió acostarse y dejar dormir a los demás.

4

Jordan se despertó bien, pero sin la vivacidad nerviosa que había mostrado durante la noche. Se sentó a mordisquear un panecillo duro como una piedra y escuchar con expresión cansina a Clay mientras este relataba su encuentro con el Hombre Andrajoso. Cuando terminó, el chico cogió el atlas de carreteras, consultó el índice del final y luego lo abrió por la página de Maine occidental.

—Allí —indicó mientras señalaba una población situada por encima de Fryeburg—. Esto es Kashwak, al este, y Little Kashwak, al oeste, muy cerca de la frontera entre Maine y New Hampshire. Ya decía yo que me sonaba el nombre. Es por el lago —explicó mientras lo golpeaba con el dedo—. Es casi tan grande como Sebago.

Alice se inclinó para leer el nombre del lago.

—Kash... Kashwakamak, creo que dice.

—Está en una zona aislada y sin término municipal llamada TR-90 —prosiguió Jordan, tocándola con el dedo—. Una vez lo sabes, Kashwak = No-Fo es una equivalencia obvia, ¿verdad?

—Es una zona muerta, ¿no? —terció Tom—. Sin repetidores de telefonía móvil ni torres de microondas.

Jordan le dedicó una leve sonrisa.

—Bueno, supongo que mucha gente tendrá antenas parabólicas, pero por lo demás..., bingo.

—No lo entiendo —reconoció Alice—. ¿Por qué enviarnos a una zona sin telefonía móvil donde todo el mundo debe de estar más o menos bien?

—Primero habría que preguntarse por qué nos han perdonado la vida —señaló Tom.

—Puede que quieran convertirnos en misiles humanos teledirigidos y utilizarnos para bombardear ese sitio —aventuró Jordan—. Así se librarían de nosotros y de ellos al mismo tiempo. Matarían dos pájaros de un tiro.

Los demás sopesaron el comentario en silencio.

—Averigüémoslo —sugirió Alice—. Pero yo no pienso bombardear a nadie.

Jordan se la quedó mirando con expresión lúgubre.

—Ya viste lo que le hicieron al director. Si las cosas llegan a ese extremo, ¿crees que tendrás elección?

5

Todavía había zapatos en casi todas las puertas de las casas situadas frente a los pilares que marcaban la entrada de la Academia Gaiten, pero las puertas de las hermosas viviendas estaban abiertas o bien arrancadas. Algunos de los muertos que vieron tendidos en los jardines cuando reemprendieron el viaje hacia el norte eran locos, pero casi todos ellos eran peregrinos inocentes que habían pasado por el lugar equivocado en el momento menos oportuno. Algunos no llevaban zapatos, pero a decir verdad no hacía falta bajar la mirada hacia los pies; muchas de las víctimas de las represalias de los chiflados aparecían desmembradas.

A cierta distancia de la escuela, donde Academy Avenue se convertía de nuevo en la Carretera 102, había cadáveres a ambos lados de la calzada a lo largo de unos ochocientos metros. Alice caminaba con los ojos cerrados, permitiendo que Tom la guiara como si fuera ciega. Clay se ofreció a hacer lo propio con Jordan, pero el chiquillo negó con la cabeza y avanzó estoicamente por la línea divisoria, una figura flaca con una mochila a la espalda y el pelo demasiado largo. Tras echar un breve vistazo a la matanza, se dedicó a caminar con la mirada clavada en sus zapatillas deportivas.

—Hay centenares —comentó Tom en un momento dado.

Eran las ocho de la tarde y ya había anochecido, pero pese a ello alcanzaban a ver mucho más de lo que querían. Yaciendo aovillada alrededor de una señal de stop en la esquina de Academy Avenue y Spofford vieron a una niña ataviada con pantalones rojos y blusa marinera blanca. No aparentaba más de nueve años e iba descalza. A unos veinte metros se hallaba la puerta abierta de la casa de la que a buen seguro la habían sacado a rastras mientras ella suplicaba piedad.

—Centenares…

—Puede que no haya tantos —puntualizó Clay—. Algunos de los nuestros iban armados y se han cargado a bastantes cabrones de estos a tiros y a puñaladas. Incluso he visto a uno con una flecha clavada en…

—Nosotros somos los causantes —lo atajó Tom—. ¿Crees que aún podemos hablar de «los nuestros»?

La pregunta obtuvo respuesta mientras daban cuenta de un almuerzo frío en un área de descanso cuatro horas más tarde. Para entonces ya se encontraban en la Carretera 156, y según el rótulo aquella era una zona de descanso panorámica con vistas a Historic Flint Hill, que se alzaba al oeste. Clay imaginaba que las vistas debían de ser magníficas si uno comía allí a mediodía en lugar de a medianoche, con lámparas de gas en ambos extremos de la mesa como única iluminación.

Estaban por el postre, consistente en galletas Oreo pasadas, cuando vieron pasar a media docena de peregrinos, todos ellos de edad avanzada. Empujaban carros de la compra llenos de suministros y todos ellos iban armados. Eran los primeros viajeros a los que veían desde que se pusieran en marcha.

—¡Eh! —los llamó Tom al tiempo que los saludaba con la mano—. Hay otra mesa de picnic por si quieren descansar un rato.

Los viajeros se volvieron hacia ellos. La mayor de las dos mujeres, una señora con aspecto de abuela y abultada melena blanca que relucía a la luz de las estrellas, empezó a agitar la mano a modo de respuesta, pero se detuvo a medio gesto.

—Son ellos —constató uno de los hombres, y Clay percibió con toda claridad el odio y el miedo que se traslucía en su voz—. Son los de Gaiten.

—A tomar por el culo, colega —masculló uno de los otros hombres.

Siguieron andando e incluso apretaron el paso pese a que la abuelita cojeaba y el hombre que caminaba junto a ella tuvo que ayudarla a pasar junto a un Subaru que había chocado contra un Saturn abandonado.

Alice se levantó de un salto y a punto estuvo de volcar una de las lámparas. Clay le asió el brazo.

—No te molestes, pequeña.

—¡Al menos nosotros hemos hecho algo! —gritó ella sin hacerle caso—. ¿Qué han hecho ustedes, eh? ¿Qué coño han hecho?

—Te diré lo que no hemos hecho —replicó uno de los hombres.

El grupo ya había pasado por delante del área de descanso, de modo que el hombre tuvo que hablar por encima del hombro, lo cual pudo hacer porque no había vehículos abandonados a lo largo de unos doscientos metros.

—No somos responsables de la muerte de un montón de normales. Son más que nosotros, por si no lo habéis notado…

—¡Chorradas! Eso no puede saberlo —lo interrumpió Jordan.

Clay reparó en que era la primera vez que hablaba desde que dejaran atrás el término municipal de Gaiten.

—Puede que sí y puede que no —repuso el hombre—, pero lo que está claro es que hacen cosas muy raras y muy poderosas. Dicen que nos dejarán en paz si nosotros los dejamos en paz a ellos… y pasamos de vosotros. Y nos parece bien.

—Si creéis todo lo que os dicen… o todo lo que os meten en la mente, sois imbéciles —los increpó Alice.

El hombre se volvió de nuevo hacia la carretera, levantó una mano en un ademán obsceno y no añadió nada más.

Los cuatro siguieron con la mirada al grupo de los carros de la compra y luego se miraron entre sí por encima de la mesa de picnic surcada de viejas iniciales grabadas.

—Ahora ya lo sabemos —comentó Tom—. Somos proscritos.

—Puede que no, si la gente del teléfono quiere que vayamos al mismo sitio que el resto de los… Los ha llamado «normales», ¿verdad? —replicó Clay—. Puede que seamos otra cosa.

—¿Qué? —inquirió Alice.

Clay se había forjado una idea, pero no le apetecía expresarla en voz alta, y menos aún a medianoche.

—Ahora mismo me interesa más Kent Pond —dijo en cambio—. Quiero…, necesito ver si puedo encontrar a mi mujer y a mi hijo.

—No es probable que sigan allí, ¿no te parece? —señaló Tom en voz baja y afectuosa—. Quiero decir que, les haya pasado lo que les haya pasado, sean normales o telefónicos, lo más probable es que se hayan ido.

—Si están bien, habrán dejado un mensaje —aseguró Clay—. En cualquier caso, es un sitio adonde ir.

Y hasta que hubiera cumplido esa parte de la misión no tendría que plantearse por qué el Hombre Andrajoso los enviaba a un lugar seguro si sus demás ocupantes los odiaban y detestaban.

O cómo era posible que Kashwak No-Fo fuera un lugar seguro si la gente del teléfono conocía su existencia.

6

Se dirigían despacio hacia el este en dirección a la Carretera 19, una vía que les permitiría cruzar la frontera y entrar en Maine, algo que no consiguieron aquella noche. Todas las carreteras de aquella parte de New Hampshire parecían atravesar la pequeña ciudad de Rochester, y Rochester había ardido hasta los cimientos. El núcleo de la conflagración seguía activo, despidiendo un calor abrasador y un fulgor casi radioactivo. Alice se hizo cargo del grupo y los ayudó a sortear los escombros más peligrosos en un semicírculo que los llevó hacia el oeste. En varias ocasiones vieron el mensaje **KASHWAK=NO-FO** garabateado en las aceras, y una vez escrito con aerosol en el costado de un buzón.

—Eso te cuesta una multa multimillonaria y cadena perpetua en Guantánamo —bromeó Tom con una tenue sonrisa.

El camino los llevó a través del inmenso aparcamiento del centro comercial de Rochester. Mucho antes de llegar a él oyeron la música sobreamplificada de un trío de jazz *new age* poco inspirado tocando la clase de tema que Clay denominaba música para ir de compras. El aparcamiento aparecía sepultado bajo una alfombra de desechos descompuestos; los coches que quedaban en él estaban hundidos hasta los tapacubos en basura. Desde donde se encontraban percibían el hedor fétido y carnoso de numerosos cadáveres que la brisa les acercaba.

—Hay un rebaño por aquí cerca —comentó Tom.

Estaba en el cementerio situado junto al centro comercial. La carretera los haría rodearlo por el sur y el oeste, pero al salir del aparcamiento del centro comercial pasaron lo bastante cerca del cementerio para ver los ojos rojos de las cadenas de música por entre los árboles.

—Podríamos cargárnoslos —propuso Alice de repente cuando enfilaron de nuevo North Main Street—. Debe de haber algún camión de propano disponible por aquí cerca.

—Sí, señora —convino Jordan al tiempo que levantaba los puños y los agitaba en el aire, con aspecto de estar vivo por primera vez desde que abandonaran Cheatham Lodge—. ¡Por el director!

—No me parece buena idea —objetó Tom.

—¿Tienes miedo de agotar su paciencia? —preguntó Clay.

Le sorprendió descubrir que casi aprobaba la idea alocada de Alice. No le cabía ninguna duda de que inmolar a otro rebaño era, en efecto, una idea alocada, pero...

Podría llegar a hacerlo por el simple hecho de que esta es la peor versión de «Misty» que he oído en mi vida. Qué asco, por Dios.

—No es eso —replicó Tom con aire pensativo—. ¿Ves aquella calle?

Estaba señalando una avenida que discurría entre el centro comercial y el cementerio. Estaba abarrotada de coches abandonados y accidentados, casi todos ellos en dirección opuesta al centro comercial. A Clay no le costó imaginar aquellos coches ocupados por personas que intentaban volver a sus casas después de El Pulso. Personas deseosas de saber qué sucedía, de averiguar si sus familias estaban bien. Sin duda habrían alargado la mano hacia sus teléfonos móviles sin pensárselo dos veces...

—¿Qué pasa con la calle? —inquirió.

—Acerquémonos un poco, pero con mucho cuidado —sugirió Tom.

—¿Qué has visto, Tom?

—Prefiero no decirlo. Puede que no sea nada. Mantengámonos alejados de las aceras y caminemos bajo los árboles. Este atasco es impresionante. Sin duda habrá cadáveres.

Había docenas de ellos descomponiéndose entre Twombley Street y el cementerio West Side. «Misty» había dado paso a una versión almibarada de «I Left My Heart In San Francisco» cuando llegaron al final de la arboleda, y de nuevo divisaban los ojos rojos de las cadenas de música. De repente, Clay vio otra cosa y se detuvo.

—Dios mío —susurró.

Tom asintió.

—¿Qué? —susurró Jordan—. ¿Qué es?

Alice guardó silencio, pero Clay supo por la dirección de su mirada y la postura derrotada de sus hombros que también ella lo había visto. Había hombres armados con rifles custodiando el perímetro del cementerio. Clay asió la cabeza de Jordan, se la giró en aquella dirección y advirtió que también él hundía los hombros.

—Vámonos —murmuró el chiquillo—. Este olor me da náuseas.

7

En Melrose Corner, a unos quince kilómetros al norte de Rochester, cuyo fulgor rojo aún vislumbraban en el horizonte meridional, llegaron a otra zona de descanso, esta con una pequeña barbacoa de piedra además de mesas de picnic. Clay, Tom y Jordan recogieron leña seca. Alice, que afirmaba haber sido exploradora, demostró su destreza al encender el fuego y calentar lo que denominó «alubias de pobre». Mientras comían, dos grupos de peregrinos pasaron ante el área de descanso, pero ninguno de sus integrantes los saludó ni les dirigió la palabra.

Una vez apaciguado el rugido de su estómago, Clay habló.

—¿Viste a esos tipos desde el aparcamiento, Tom? Estoy pensando en cambiarte el nombre por Lince.

—Pura suerte —explicó Tom—. Suerte y la luz procedente de Rochester. Ya sabes, el brillo de las brasas.

Clay y los demás asintieron con un gesto.

—Por casualidad he mirado hacia el cementerio en el momento justo y el ángulo perfecto, y he visto el destello de un par de rifles. Me he dicho que no podía ser verdad, que probablemente lo que veía brillar era la verja o algo parecido, pero… —Lanzó un suspiro, se quedó mirando el resto de sus alubias y por fin dejó el plato a un lado—. Eso…

—Puede que fueran chiflados telefónicos —aventuró Jordan, pero a juzgar por su tono de voz no se lo creía.

—Pero no hacen turno de noche —señaló Alice.

—Puede que ahora necesiten dormir menos —insistió Jordan—. Puede que eso forme parte de su nueva programación.

Oírlo hablar en aquellos términos, como si la gente del teléfono no fueran más que ordenadores orgánicos inmersos en una especie de ciclo de carga, siempre producía escalofríos a Clay.

—Ni tampoco llevan rifles, Jordan —le recordó Tom—. No los necesitan.

—O sea que ahora tienen unos cuantos colaboradores que cuidan de ellos mientras duermen para reponer fuerzas —constató Alice en un tono entre despectivo y desesperanzado—. Ojalá se pudran en el infierno.

Clay no dijo nada y pensó en las personas a las que habían visto unas horas antes con sus carros de la compra, en el miedo y el odio que había detectado en la voz del hombre que los había llamado «los de Gaiten». *Lo mismo podría habernos llamado «la banda de Dillinger»*, se dijo. *Ya no pienso en ellos como chiflados telefónicos, sino como la gente del teléfono. ¿Por qué será?* La siguiente idea que le acudió a la mente le resultó aún más inquietante: *¿Cuándo deja un colaborador de ser un colaborador?* Le parecía que la respuesta era cuando los colaboradores se convertían en clara mayoría. Entonces, los que no eran colaboradores se convertían en…

Bueno, si fueras un romántico los llamarías «la resistencia», y si no lo fueras, «fugitivos».

O quizá tan solo «criminales».

Continuaron hasta el pueblo de Hayes Station y pasaron la noche en un ruinoso motel llamado Whispering Pines, situado cerca de una señal que indicaba CARRETERA 19, 10 KM **SANFORD THE BERWICKS KENT POND.** No les hizo falta dejar los zapatos delante de la puerta de las habitaciones que eligieron.

Por lo visto, ya no había necesidad.

8

De nuevo estaba de pie sobre una plataforma en medio de aquel maldito campo, inmovilizado de algún modo, el centro de todas las miradas. Contra el horizonte se recortaba la silueta esquelética coronada por una luz roja parpadeante. El lugar era mayor que Foxboro. Sus amigos estaban con él, pero no estaban solos. Se veían varias plataformas similares alineadas a lo largo del espacio abierto. A la izquierda de Tom había una mujer embarazada vestida con una camiseta de Harley-Davidson con las mangas cortadas. A la derecha de Clay, un caballero entrado en años, no tan anciano como el director, pero casi, con el cabello gris recogido en una cola y un rictus asustado en el rostro algo caballuno e inteligente. Algo más lejos, un hombre más joven tocado con una gastada gorra de los Miami Dolphins.

Clay vio a personas a las que conocía entre los miles de espectadores que abarrotaban las gradas. No le sorprendió. A fin de cuentas, ¿no era lo que solía pasar en los sueños? En un momento dado estabas metido en una cabina de teléfono con tu profesor de primero y de repente te encontrabas dándote el lote con las tres integrantes de Destiny's Child en el mirador del Empire State.

Las integrantes de Destiny's Child no aparecían en su sueño, pero Clay veía al joven desnudo que blandía las antenas de coche (aunque ahora vestía pantalones y una camiseta blanca limpia), y también al hombre de la mochila que había llamado «señorita» a

Alice, así como a la abuelita coja. Esta última señalaba a Clay y sus amigos, que se encontraban más o menos en la línea de las cincuenta yardas, y de inmediato se volvía para hablar con la mujer que caminaba junto a ella y que, según observaba Clay sin sorpresa alguna, era la nuera embarazada del señor Scottoni. «Son los de Gaiten», decía la abuelita coja, y la nuera embarazada del señor Scottoni contraía los labios en una mueca de desprecio.

«¡Socorro!», gritaba la mujer presa junto a Tom a la nuera del señor Scottoni. «¡Quiero tener a mi bebé igual que tú! ¡Socorro!»

«Deberías haberlo pensado cuando aún estabas a tiempo», replicaba la nuera del señor Scottoni, y al igual que en el sueño anterior, Clay comprendía que nadie hablaba, que toda aquella comunicación era telepática.

El Hombre Andrajoso empezaba a pasar revista a la fila, apoyando una mano sobre la cabeza de cada persona ante la que pasaba. Procedía como Tom junto a la tumba del director, con la palma extendida y los dedos curvados. Clay distinguía alguna suerte de pulsera de identificación en la muñeca del Hombre Andrajoso, tal vez una de aquellas alarmas médicas. También reparó de repente en que había electricidad en el estadio, cuyos focos brillaban cegadores. Asimismo comprobó que si el Hombre Andrajoso alcanzaba a posarles la mano en la cabeza, pese a que los prisioneros estaban sobre las plataformas, era porque el Hombre Andrajoso no caminaba por el suelo, sino a más de un metro de altura.

«*Ecce homo insanus*», recitaba. «*Ecce femina insana.*»

Y en cada ocasión, la multitud gritaba «¡NO TOCAR!» al unísono, tanto la gente del teléfono como los normales. Porque ya no existía diferencia alguna entre ellos. En el sueño de Clay, todos eran iguales.

9

Despertó a última hora de la tarde, hecho un ovillo y aferrado a una escuálida almohada del motel. Al salir encontró a Alice y

Jordan sentados en el bordillo entre el aparcamiento y las habitaciones. Alice rodeaba con el brazo los hombros de Jordan, que tenía la cabeza apoyada sobre el hombro de ella y el brazo alrededor de su cintura. El cabello de la coronilla le sobresalía en todas direcciones. Clay se sentó a su lado. Ante ellos, la carretera que conducía a la 19 y Maine aparecía desierta salvo por un camión de Federal Express abandonado sobre la línea divisoria con las puertas traseras abiertas, así como una motocicleta accidentada.

—¿Habéis...? —empezó Clay.

—*Ecce puer insanus* —lo atajó Jordan sin levantar la cabeza del hombro de Alice—. Ese soy yo.

—Y yo soy la *femina* —añadió Alice—. Clay, ¿hay algún estadio de fútbol enorme en Kashwak? Porque si es así, yo no pienso ni acercarme.

A su espalda se cerró una puerta. Unos pasos se acercaron a ellos.

—Yo tampoco —convino Tom, sentándose junto a sus amigos—. Tengo mis cosillas, no me importa reconocerlo, pero el deseo de morir no se encuentra entre ellas.

—No estoy del todo seguro, pero creo que en Kashwak hay poca cosa aparte de una escuela primaria —comentó Clay—. Lo más probable es que los alumnos de instituto tengan que ir en autobús a Tashmore.

—Es un estadio virtual —declaró Jordan.

—¿Eh? —se extrañó Tom—. ¿Cómo en los juegos de ordenador, quieres decir?

—Quiero decir como en los ordenadores —repuso Jordan al tiempo que levantaba la cabeza y clavaba la mirada en la carretera desierta que conducía a Sanford, los Berwicks y Kent Pond—. Pero da igual. Si ni los locos ni los normales quieren tocarnos, ¿quién nos tocará? —Clay jamás había visto un dolor tan adulto reflejado en los ojos de un niño—. ¿Quién?

Nadie le respondió.

—¿El Hombre Andrajoso? —prosiguió Jordan en voz un poco más alta—. ¿Nos tocará el Hombre Andrajoso? Es posible. Porque nos está observando, lo percibo.

—Jordan, no desvaríes —le advirtió Clay.

Sin embargo, la idea encerraba cierta lógica extraña. Si les estaban enviando aquel sueño, el sueño de las plataformas, quizá era cierto que el Hombre Andrajoso los observaba. A fin de cuentas, uno no envía una carta si no tiene la dirección.

—No quiero ir a Kashwak —sentenció Alice—. Me da igual si es una zona sin cobertura. Prefiero ir a… Idaho.

—Pues yo pienso ir a Kent Pond antes de ir a Kashwak, Idaho o cualquier otro sitio —replicó Clay—. Puedo llegar en dos noches. Me gustaría que me acompañarais, pero si no queréis o no podéis, lo entenderé.

—Este hombre necesita zanjar un asunto, así que… —terció Tom—. Después de pasar por Kent Pond podemos decidir el siguiente paso. A menos que alguien tenga otra idea.

Pero no era el caso.

10

La Carretera 19 aparecía del todo despejada en ambos lados a tramos cortos, a veces de hasta medio kilómetro, lo cual alentaba a los velocistas. Ese era el término que Jordan había acuñado para los viajeros semisuicidas que los rebasaban a velocidades de vértigo, casi siempre por el centro de la calzada y siempre con las largas puestas.

Clay y los demás veían acercarse las luces de los faros y se apresuraban a salir de la calzada para refugiarse entre la maleza si habían divisado vehículos abandonados o accidentados más adelante. Jordan dio en llamar aquellos embotellamientos «arrecifes para velocistas». Los velocistas pasaban junto a ellos a toda pastilla. Los ocupantes de los coches solían ir vociferando y con toda probabilidad borrachos. Si el obstáculo era pequeño, un arrecife insignificante, el conductor solía optar por esquivarlo. Si la carretera estaba del todo bloqueada, a veces intentaba sortear los vehículos de todos modos, pero en la mayoría de los casos tanto él como sus pasajeros se decantaban por abandonar el vehículo y continuar viaje hacia el este a pie hasta encontrar otro medio de locomoción que les pareciera apropiado para echar una buena carrera y pasar un rato entretenido. Clay imaginaba su avance como una serie de zarandeos grotescos, pero lo cierto era que casi todos aquellos velocistas eran unos capullos grotescos, un coñazo más en un mundo que se había convertido en un coñazo. Lo mismo parecía aplicarse a Gunner.

Gunner era el cuarto velocista con el que se toparon durante su primera noche en la Carretera 19. A la luz de los faros de su coche, los vio de pie a un lado de la carretera, o mejor dicho, vio a Alice. Se asomó a la ventanilla, el cabello negro peinado hacia atrás.

—¡Chúpamela, niñata de mierda! —vociferó mientras pasaba a toda velocidad en un Cadillac Escalade negro. Los demás ocupantes del coche lo vitorearon y agitaron los brazos.

—¡Di aaaah! —gritó uno de ellos.

A Clay le sonó a expresión de éxtasis absoluto articulada con acento del sur de Boston.

—Qué agradable —fue el único comentario de Alice.

—Alguna gente no tiene... —empezó Tom.

Pero antes de que pudiera explicarles lo que alguna gente no tenía, se oyó un chirrido de neumáticos en la oscuridad que se extendía ante ellos, seguido de un estruendoso golpe sordo y el tintineo de vidrios rotos.

—Joder —masculló Clay al tiempo que echaba a correr.

A menos de veinte metros, Alice lo adelantó.

—¡Cuidado, puede que sean peligrosos! —advirtió a la chica.

Alice sostuvo en alto una de las automáticas para que Clay la viera y siguió incrementando la distancia entre ellos.

Tom dio alcance a Clay casi sin resuello. Jordan corría junto a él sin esfuerzo alguno.

—¿Qué... hacemos... si están... malheridos? —jadeó Tom—. ¿Pedir una... ambulancia?

—No lo sé —repuso Clay.

Pero estaba pensando en el modo en que Alice había levantado la automática. Sí, lo sabía.

11

Alcanzaron a Alice tras doblar el siguiente recodo de la carretera. La chica estaba de pie detrás del Escalade, que yacía de costado con los airbags abiertos. Resultaba fácil reconstruir el accidente. El Escalade había tomado la curva ciega a unos noventa kilómetros por hora y chocado contra un camión de leche abandonado. Capullo o no, el conductor se las había apañado para no destrozar por completo el coche. En aquel momento rodeaba aturdido el todoterreno, apartándose el cabello de la cara. Sangraba por la nariz y por un corte en la frente. Clay se acercó al Escalade, pisando con las zapatillas deportivas los fragmentos del cristal del parabrisas desparramados por el suelo. Al mirar dentro comprobó que el coche estaba vacío. Alumbró el interior con la linterna y vio sangre en el volante, pero en ningún otro lugar. Por lo visto, los ocupantes estaban lo bastante bien para salir del coche, y todos menos uno habían emprendido la huida, seguramente de un modo instintivo. El que había decidido quedarse con el conductor era un escuálido postadolescente con profundas cicatrices de acné, dentadura prominente y mugrienta melena pelirroja. Su parloteo incesante recordó a Clay el perrito que idolatraba a Spike en los dibujos animados de la Warner.

—¿Estás bien, Gunnah? —preguntó.

Clay suponía que así se pronunciaba Gunner en el sur de Boston.

—Joder, tío, estás sangrando como un cerdo, me cago en Dios, pensaba que estábamos muertos. —Se volvió hacia Clay—. ¿Qué coño miras?

—Cierra el pico —replicó Clay no sin cierta amabilidad, dadas las circunstancias.

El pelirrojo lo señaló con el dedo y luego se giró hacia su amigo ensangrentado.

—Es uno de ellos, Gunnah. ¡Son ellos!

—Cierra el pico, Harold —ordenó Gunner sin amabilidad alguna.

Acto seguido paseó la mirada entre Clay, Tom, Alice y Jordan.

—Deja que me ocupe de tu frente —sugirió Alice.

Había enfundado el arma para quitarse la mochila de la espalda y rebuscar en su interior.

—Llevo tiritas y gasa. También agua oxigenada, que te escocerá. Pero mejor eso que una infección, ¿verdad?

—Teniendo en cuenta lo que te ha dicho este joven hace un momento, eres mejor cristiana que yo en mis mejores tiempos —constató Tom.

Se había descolgado el arma del hombro y la sostenía por la banda sin perder de vista a Gunner y Harold.

Gunner aparentaba unos veinticinco años, y su cabellera negra de cantante de rock aparecía aplastada por la sangre. Miró el camión, luego el Escalade y luego a Alice, que tenía una gasa en una mano y un frasco de agua oxigenada en la otra.

—Tommy y Frito y ese tío que siempre se hurgaba la nariz se han largado —estaba diciendo el pelirrojo antes de hinchar el poco pecho que tenía—. Pero yo no, Gunnah. ¡Joder, tío, estás sangrando como un cerdo!

Alice vertió un poco de agua oxigenada sobre la gasa y avanzó un paso hacia Gunner, que de inmediato retrocedió.

—No te acerques. Eres veneno.

—¡Son ellos! —exclamó el pelirrojo—. ¡Los de los sueños! Ya te lo decía yo...

—No te acerques a mí —repitió Gunner—. Zorra de mierda.

Clay se sintió embargado por el impulso de dispararle, lo cual no le extrañó. Gunner parecía y se comportaba como un perro peligroso acorralado, con los colmillos al descubierto, listo para morder, ¿y no era eso lo que se hacía con los perros peligrosos cuando no quedaba otro recurso? ¿Dispararles? Pero por supuesto, sí les quedaban otros recursos, y si Alice era capaz de portarse como una buena samaritana con el cabrón que la había llamado «niñata de mierda», él bien podía contener el impulso de ejecutarlo. Sin embargo, quería averiguar una cosa antes de permitir que aquellos dos personajes tan encantadores siguieran su camino.

—¿En esos sueños… —dijo— hay…, no sé, una especie de espíritu guía? ¿Un tipo con una sudadera roja con capucha, quizá?

Gunner se encogió de hombros, rasgó un pedazo de la camiseta que llevaba y se enjugó la sangre del rostro con él. Empezaba a recobrarse un poco y parecía ser más consciente de lo sucedido.

—Sí, Harvard. ¿Verdad, Harold?

El pelirrojo flaco asintió.

—Sí, Harvard. El tipo negro. Pero no son sueños. Son retransmisiones, y si no lo sabéis no sirve de nada que os lo explique, joder. Son retransmisiones. Retransmisiones mientras dormimos. Y si no las recibís es porque sois veneno. ¿Verdad, Gunnah?

—La cagasteis bien cagada —sentenció Gunner con voz huraña mientras seguía limpiándose la frente—. No me toquéis.

—Vamos a tener un lugar para nosotros —dijo Harold—. ¿Verdad, Gunnah? En el norte de Maine, sí, señor. Todo el mundo que se libró de El Pulso vivirá allí, y nos dejarán en paz. Cazaremos, pescaremos y viviremos de la puta tierra. Lo dice Harvard.

—¿Y vosotros os lo creéis? —preguntó Alice, fascinada.

—Cierra el pico, zorra —espetó Gunner levantando un dedo algo tembloroso.

—Será mejor que cierres tú el tuyo —advirtió Jordan—. Nosotros tenemos las armas.

—¡Ni se os ocurra dispararnos! —gritó Harold con voz estridente—. ¿Qué crees que os haría Harvard si nos disparaseis, retaco de mierda?

—Nada —aseguró Clay.

—No ha… —empezó Gunner.

Pero sin darle ocasión a continuar, Clay avanzó un paso y lo golpeó en la mandíbula con el .45 de Beth Nickerson. La mira del arma le ocasionó otro corte en la mandíbula, pero Clay esperaba que en última instancia aquella herida resultara ser mejor medicamento que el agua oxigenada que el tipo había rehusado. Sin embargo, se equivocaba.

Gunner cayó hacia atrás y se estrelló contra el costado del camión cisterna de leche sin dejar de mirar a Clay con expresión estupefacta. Llevado por un impulso, Harold avanzó un paso. Tom lo apuntó con el arma y sacudió la cabeza una sola vez, pero con firmeza. Harold retrocedió y empezó a mordisquearse las yemas de los dedos sucios, por encima de los cuales sus ojos se veían enormes y húmedos.

—Ahora nos iremos —anunció Clay—. Os aconsejo que os quedéis aquí al menos una hora, porque no os conviene nada volvernos a ver. Os perdonamos la vida como regalo, pero si volvemos a veros, os la quitaremos.

Dicho aquello, Clay retrocedió hacia Tom y los demás, pero con la vista aún clavada en aquel rostro huraño y ensangrentado. Se sentía un poco como el domador de leones Frank Buck, que siempre intentaba conseguir su objetivo tan solo a base de fuerza de voluntad.

—Una cosa más. No sé por qué la gente del teléfono quiere que todos los «normales» vayan a Kashwak, pero lo que sí sé es lo que suele significar un rodeo para el ganado. Os conviene pensar en ello la próxima vez que recibáis una de esas retransmisiones nocturnas.

—Que te den por el culo —masculló Gunner, pero, incapaz de seguir sosteniendo la mirada de Clay, bajó la vista.

—Venga, Clay —instó Tom—. Vámonos.

—No quiero volver a veros, Gunner —advirtió Clay.

Pero sí volvieron a verlos.

12

De algún modo, Gunner y Harold debían de haberlos adelantado, quizá asumiendo el riesgo de recorrer ocho o diez kilómetros de día, mientras Clay, Tom, Alice y Jordan dormían en el motel State Line, situado a unos doscientos metros más allá de la frontera de Maine. Tal vez se habían atrincherado en el área de descanso de Salmon Falls y habían ocultado su vehículo nuevo entre la media docena de coches abandonados allí, pero lo cierto era que daba igual. Lo que importaba era que los habían adelantado para esperar a que pasaran y luego atacar.

Clay apenas reparó en el sonido del motor ni en el comentario de Jordan de que se acercaba un velocista. Se hallaba en territorio conocido, y a medida que pasaban ante los lugares que le resultaban tan familiares, como la marisquería Freneau, a tres kilómetros al este del motel State Line, la heladería Shaky's Tasty Freeze, situada justo enfrente, y la estatua del general Joshua Chamberlain en la diminuta plaza mayor de Turnbull, se acentuaba la sensación de estar inmerso en un sueño muy vívido. No comprendió qué pocas esperanzas había depositado en volver a ver su hogar hasta divisar el enorme cucurucho de plástico que coronaba la heladería, una silueta cuya punta rizada se recortaba contra las estrellas, tan prosaica y exótica como salida de la pesadilla de un loco.

—Hay bastantes obstáculos para un velocista —comentó Alice.

Se hicieron a un lado de la carretera cuando los faros aparecieron en lo alto de la cuesta a su espalda. Había una camioneta blanca volcada sobre la línea divisoria. Clay pensó que existía la posibilidad de que el vehículo que se acercaba chocara contra ella, pero los faros se desviaron hacia la izquierda un instante después de llegar a lo alto de la cuesta. El velocista esquivó la camioneta con facilidad y condujo unos segundos por la cuneta antes de volver a la calzada. Más tarde, Clay dedujo que Gunner y Harold debían de haber reconocido aquel tramo de carretera para luego prever los arrecifes.

Se quedaron mirando el coche. Clay era quien estaba más cerca de los faros, Alice estaba a su izquierda, y Tom y Jordan, a la izquierda de Alice. Tom rodeaba los hombros del chico con el brazo.

—Madre mía, cómo viene —observó Jordan sin alarma alguna.

Tampoco Clay estaba alarmado ni barruntaba lo que sucedería. De hecho, había borrado por completo de su mente a Gunner y Harold.

Vio un coche deportivo, quizá un MG, aparcado a medias en la calzada y a medias fuera de ella, a unos veinte metros de donde se encontraban. Harold, que conducía el bólido, hizo una maniobra brusca para esquivarlo. No se desplazó mucho, pero quizá sí lo suficiente para dar al traste con la puntería de Gunner…, o no. Quizá Clay no era el objetivo de Gunner. Quizá era a Alice a quien pretendía alcanzar.

Iban en un Chevrolet de aspecto anodino. Gunner se había arrodillado en el asiento trasero y estaba asomado a la ventanilla hasta la cintura, sosteniendo en las manos un pedrusco de hormigón. Profirió un grito inarticulado que parecía sacado de los bocadillos de los cómics que Clay había dibujado como artista *freelance*, algo así como «¡Yahahhhhh!», y arrojó el pedrusco. Tras un recorrido breve y mortífero en la oscuridad, golpeó a Alice en un lado en la cabeza. Clay jamás olvidó el sonido. La linterna que Alice llevaba y que sin duda la había convertido en un blanco perfecto, aunque todos llevaban una, salió despedida de su mano y proyectó un cono de luz sobre el asfalto, alumbrando guijarros y un fragmento de protector de faro trasero que refulgía como un rubí falso.

Clay cayó de rodillas junto a ella sin dejar de gritar su nombre, pero no se oía a sí mismo a causa del traqueteo de Míster Rápido, que por fin se estrenaba. Los relámpagos del cañón iluminaban la noche como un foco estroboscópico, y a su luz Clay distinguió la sangre que le resbalaba por el lado izquierdo, *Dios mío, qué cara*, en un torrente.

De repente, el fuego cesó.

—¡El cañón se me ha ido hacia arriba! —gritaba Tom—. ¡No podía bajarlo! ¡Creo que he vaciado todo el puto cargador en el cielo!

—¿Está herida? ¿Le ha dado? —gritaba Jordan.

Clay recordaba el momento en que Alice se había ofrecido a limpiar con agua oxigenada y vendar la frente de Gunner. «Pero mejor eso que una infección, ¿verdad?», había dicho. Tenía que detener la hemorragia. Tenía que detenerla de inmediato. Se quitó la chaqueta y el jersey que llevaba debajo.

Usaría el jersey para envolverle la cabeza como si fuera un puto turbante.

El haz errante de la linterna de Tom alumbró el pedrusco de hormigón y se detuvo; estaba impregnado de sangre y cabellos. Al verlo, Jordan empezó a gritar. Jadeante y sudoroso a pesar del frío de la noche, Clay envolvió la cabeza de Alice en el jersey. La tela quedó empapada al instante, y tenía la sensación de llevar unos guantes calientes y mojados. Al poco, la luz de la linterna se posó sobre Alice, en su cabeza envuelta en el jersey hasta la nariz, de modo que parecía la prisionera de una banda de islamistas radicales en una foto de internet, en su mejilla (lo que quedaba de ella), en el cuello cubierto de sangre... Los gritos de Tom se unieron a los de Jordan.

Ayudadme, quería suplicarles Clay. *Dejad de gritar y ayudadme.* Pero de su garganta no brotó sonido alguno, y lo único que pudo hacer fue presionar el jersey empapado contra el costado herido de su cabeza, mientras recordaba que también sangraba el día que la conoció y pensaba que en aquella ocasión no había sido nada, no había sido nada.

Las manos de Alice sufrían espasmos involuntarios, y sus dedos levantaban nubecillas de tierra de la cuneta. *Que alguien le dé la zapatilla*, pensó Clay, pero la zapatilla estaba guardada en la mochila, y Alice estaba tendida sobre la mochila, tendida con la cabeza aplastada por alguien empeñado en saldar una pequeña cuenta. Advirtió que también sus pies temblaban espasmódicos y que la sangre seguía brotando de la herida y empapándole las manos a través del jersey.

Aquí estamos, en el fin del mundo, se dijo. Alzó la mirada hacia el cielo y divisó la estrella vespertina.

13

Alice no llegó a perder el conocimiento en ningún momento, aunque tampoco volvió en sí del todo. Tom consiguió dominarse y ayudó a trasladarla pendiente arriba. Ahí había árboles, según recordaba Clay, un huerto de manzanos. Le parecía recordar que Sharon y él habían ido una vez a coger manzanas cuando Johnny era pequeño, cuando las cosas iban bien entre ellos, cuando no discutían por el dinero ni por el futuro.

—Dicen que no hay que mover a la gente que tiene una herida grave en la cabeza —se inquietó Jordan, que caminaba tras ellos con la mochila de Alice.

—No te preocupes por eso, Jordan —dijo Clay—. Es imposible que sobreviva tal como está. No creo que pudieran ayudarla ni en un hospital. —Vio que el rostro de Jordan se ensombrecía—. Lo siento.

La tendieron sobre la hierba. Tom intentó darle agua de una botella con boquilla, y la chica llegó a beber un poco. Jordan le dio la zapatilla, la Nike de bebé. Alice la cogió, empezó a apretarla y la manchó de sangre. Luego se sentaron a aguardar su muerte. Aguardaron durante toda la noche.

14

—Papá me ha dicho que podía comerme el resto, así que no me eches la culpa a mí —dijo hacia las once.

Estaba tumbada con la cabeza apoyada sobre la mochila de Tom, que este había rellenado con una manta que había cogido del motel Sweet Valley Inn, a las afueras de Methuen, en lo que ahora se les antojaba otra vida. Una vida mejor, a decir verdad. La mochila ya estaba empapada de sangre. Alice tenía el ojo que le quedaba fijo en las estrellas. Su mano izquierda yacía abierta sobre la hierba; llevaba una hora sin moverla. La mano derecha apretaba la zapatilla sin cesar. Apretar..., relajar. Apretar..., relajar.

—Alice, ¿tienes sed? —le preguntó Clay—. ¿Quieres un poco más de agua?

Alice no contestó.

15

Más tarde, a la una menos cuarto según el reloj de Clay, Alice preguntó a alguien si podía ir a bañarse.

—No quiero esos tampones —declaró al cabo de diez minutos—. Esos tampones están sucios.

El sonido de su risa era natural, asombroso, y despabiló a Jordan, que se había adormecido. Al ver su estado, el chiquillo rompió a llorar. Se alejó un poco para llorar a solas, y cuando Tom intentó sentarse junto a él para consolarlo, le ordenó a gritos que se fuera.

A las dos y cuarto, un nutrido grupo de normales pasó por la carretera a sus pies, los numerosos haces de sus linternas se bamboleaban en la oscuridad. Clay se acercó al borde de la pendiente.

—No habrá algún médico entre ustedes, ¿verdad? —preguntó sin demasiada esperanza.

Los haces de las linternas se detuvieron. Un murmullo recorrió las oscuras siluetas, y por fin se oyó una hermosa voz de mujer.

—Dejadnos en paz. Estáis fuera de los límites permitidos.

Tom se situó junto a Clay.

—«Y el levita también pasó de largo» —recitó—. Eso significa «que os den por el culo» en bíblico, señora.

De repente, Alice habló con voz firme y sonora.

—Los hombres del coche pagarán. No como favor a vosotros, sino como advertencia a los demás. Lo entendéis.

Tom aferró la muñeca de Clay con una mano helada.

—Dios mío, parece despierta.

Clay encerró la mano de Tom entre las suyas.

—No es ella, Tom —aseguró—. Es el tipo de la sudadera roja, que la está utilizando de… altavoz.

Los ojos de Tom relucían enormes en la oscuridad.

—¿Cómo lo sabes? —preguntó.

—Lo sé —afirmó Clay.

A sus pies, las linternas se alejaban. No tardaron en perderse de vista, y Clay se alegró. Aquello era asunto suyo y solo suyo.

16

—¡Oh, mamá, qué pena! Rosas marchitas, este jardín se ha terminado —exclamó Alice a las tres y media, en lo más profundo de la madrugada—. ¿Nevará? —preguntó en tono más alegre—. Haremos un fuerte, haremos una hoja, haremos un pájaro, haremos una mano, una azul, haremos...

Dejó la frase sin terminar y siguió contemplando las estrellas que giraban en la noche como un reloj. Hacía frío; la abrigaron más. Cada una de sus exhalaciones formaba una nubecilla de vapor. La hemorragia había cesado por fin. Sentado junto a ella, Jordan le acariciaba la mano izquierda, la que ya estaba muerta y esperaba al resto del cuerpo.

—Pon esa tan romántica que me gusta —pidió Alice—. La de Hall and Oates.

17

—Es el vestido más bonito que he visto en mi vida —aseguró a las cinco menos veinte.

Los demás se habían reunido a su alrededor; Clay había dicho que creía que se acercaba el fin.

—¿De qué color es, Alice? —preguntó Clay sin esperar respuesta.

—Verde —lo sorprendió ella.

—¿Para qué te lo pondrás?

—Las señoras vienen a la mesa —repuso Alice.

Su mano seguía oprimiendo la zapatilla, pero cada vez más despacio. La sangre de la herida se había secado hasta adquirir una suerte de brillo esmaltado.

—Las señoras vienen a la mesa, las señoras vienen a la mesa.

El señor Ricardi se queda en su puesto, y las señoras vienen a la mesa.

—Exacto, cariño —musitó Tom—. El señor Ricardi se quedó en su puesto, ¿verdad?

—Las señoras vienen a la mesa.

El ojo de Alice se volvió hacia Clay, y por segunda vez habló con la otra voz, la que Clay había oído brotar de su propia boca.

—Tu hijo está con nosotros —fueron las únicas cinco palabras que pronunció.

—Mientes —siseó Clay con los puños apretados por el esfuerzo de no pegar a la joven moribunda—. Mientes, hijo de puta.

—Las señoras vienen a la mesa, y tomamos el té —dijo Alice.

18

El alba despuntaba al este. Tom estaba sentado junto a Clay.

—Si son capaces de leer el pensamiento —señaló al tiempo que le apoyaba una mano en el brazo—, es posible que hayan captado que tienes un hijo y estás preocupado por él con la facilidad con la que consultas algo en Google. Ese tipo podría estar utilizando a Alice para intentar volverte loco.

—Ya lo sé —respondió Clay, y también sabía que lo que Alice había dicho con la voz del tipo de la sudadera roja era más que posible—. ¿Sabes lo que no me quito de la cabeza?

Tom negó con un gesto.

—Cuando era pequeño..., debía de tener unos tres o cuatro años, cuando Sharon y yo aún nos llevábamos bien y lo llamábamos Johnny-Gee, venía corriendo cada vez que sonaba el teléfono. «¿Pa-pa mi-mí?» preguntaba. Nos partíamos de risa. Y si era su abuela o su abuelo, le decíamos «Pa-pa ti-ti» y le pasábamos el teléfono. Aún recuerdo lo enorme que parecía el maldito trasto en su manita... y junto a su carita...

—Basta, Clay.

—Y ahora..., ahora...

No pudo continuar. Ni falta que hacía.

—¡Venid! —gritó de repente Jordan con voz angustiada—. ¡Deprisa!

Regresaron junto a Alice. Su cuerpo se había arqueado presa de una convulsión, la columna vertebral rígida en su abrazo mortal. El ojo bueno parecía a punto de salirse de su órbita; los labios se curvaron hacia abajo. Y de repente todo se relajó. Alice pronunció un nombre que a ninguno de ellos les resultaba familiar, Henry, y apretó la zapatilla por última vez. Luego, sus dedos quedaron inertes y la soltaron. Un último suspiro, una última nubecilla de vapor por entre los labios entreabiertos.

Jordan paseó la mirada entre Tom y Clay.

—¿Está...?

—Sí —asintió Clay.

Jordan rompió a llorar. Clay permitió que Alice contemplara las estrellas ya casi desvanecidas durante unos segundos más y luego le cerró el ojo con el dorso de la mano.

19

Cerca del huerto había una granja. Encontraron palas en uno de los cobertizos y enterraron a Alice al pie de uno de los manzanos, con la zapatilla en la mano. Los tres convinieron en que era lo que Alice habría querido. A instancias de Jordan, Tom recitó de nuevo el salmo 40, aunque en esta ocasión le costó mucho más acabarlo. Cada uno de ellos expresó un recuerdo que conservaba de Alice. Durante aquella parte del improvisado funeral, un rebaño de chiflados no demasiado nutrido pasó al norte de ellos. Los chiflados los vieron, pero no los molestaron, lo cual no extrañó a Clay ni lo más mínimo. Estaban locos y eran intocables..., como sin duda Gunner y Harold no tardarían en comprobar de forma dolorosa.

Durmieron casi todo el día en la granja y al caer la noche prosiguieron el viaje hacia Kent Pond. Clay ya no esperaba encontrar a su hijo allí, pero no había perdido la esperanza de tener noticias de él o quizá de Sharon. El mero hecho de saber que seguía con vida tal vez aliviara la pena que ahora lo abrumaba, una sensación tan pesada que se le antojaba un manto de plomo.

KENT POND

1

Su antigua casa, la casa en la que vivían Johnny y Sharon en el momento de El Pulso, se encontraba en Livery Lane, dos manzanas al norte del semáforo apagado que marcaba el centro de Kent Pond. Era la clase de vivienda que algunos anuncios inmobiliarios adornaban con términos del estilo «muchas posibilidades» o «ideal parejas jóvenes». Antes de la separación, Clay y Sharon siempre bromeaban que su casa «ideal parejas jóvenes» acabaría convirtiéndose en su vivienda definitiva. Y cuando Sharon se quedó embarazada hablaron de llamar al bebé Olivia si resultaba ser lo que ella llamaba «la persuasión femenina». Decía que así tendrían a la única Livvie de Livery Lane. Cómo los hacía reír aquello.

Clay, Tom y Jordan, un Jordan pálido, un Jordan taciturno y callado que por lo general solo respondía a las preguntas cuando se las repetían dos y hasta tres veces, llegaron al cruce de Main con Livery poco después de medianoche un día ventoso de la segunda semana de octubre. Clay se quedó mirando como enloquecido la señal de stop situada en la esquina de su antigua calle, a la que había ido solo de visita durante los últimos cuatro meses. Ahí seguían las palabras *ENERGÍA NUCLEAR* escritas con aerosol, como antes de que se fuera a Boston. STOP... *ENERGÍA NUCLEAR*. STOP... *ENERGÍA NUCLEAR*. No le hallaba el sentido. Le quedaba claro que no era cuestión de sentido, sino tan solo una declaración política ingeniosa (si buscaba bien, a buen seguro encontraría las mismas palabras en montones de señales de stop por todo el pueblo y quizá incluso en Springvale y Acton), pero lo que no alcanzaba a comprender era que aquello siguiera igual en un mundo que había cambiado tanto. Lo embargó la sensación de que si miraba las palabras STOP... **ENERGÍA NUCLEAR** con suficiente intensidad y desesperación, se abriría una especie de túnel del tiempo y podría viajar a un pasado donde nada de aquello hubiera sucedido. Nada de aquel horror.

—Clay —dijo Tom—, ¿estás bien?

—Esta es mi calle —repuso Clay como si aquello lo explicara todo, y sin apenas darse cuenta, echó a correr.

Livery Lane era una calle sin salida, al igual que todas las calles en aquella parte del pueblo, que iban a morir en el flanco de Kent Hill, una especie de colina erosionada. Los robles se cernían sobre la calle alfombrada de hojas muertas que crujían bajo sus pies. También había muchos coches abandonados y dos unidos por los parachoques en un forzado beso mecánico.

—¿Adónde va? —exclamó Jordan.

Clay se encogió al detectar el temor en la voz de Jordan, pero no podía detenerse.

—No pasa nada, déjalo —lo tranquilizó Tom.

Clay sorteó los coches parados mientras el haz de su linterna se balanceaba enloquecido ante él. En uno de sus recorridos, la luz dio de lleno en el rostro del señor Kretsky. El señor Kretsky siempre le daba una piruleta a Johnny los días que le tocaba cortarse el pelo cuando aún era Johnny-Gee, un chavalín que gritaba «Pa-pa mi-mí» cuando sonaba el teléfono. El señor Kretsky yacía sobre la acera delante de su casa, medio sepultado bajo una capa de hojas de roble caídas, y por lo visto su nariz había desaparecido.

Que no los encuentre muertos. Aquel pensamiento le martilleaba la mente una y otra vez. *Después de lo de Alice no, por favor, que no los encuentre muertos.* Y a continuación, a su pesar (pero en momentos de tensión extrema la mente casi siempre decía la verdad): *Y si tengo que encontrar muerto a alguien, que sea a ella.*

Su casa era la última a la izquierda, como siempre recordaba a Sharon con una sonrisa oportunamente espeluznante, incluso cuando el chiste ya no hacía gracia, y el sendero de entrada ascendía en diagonal hasta el pequeño cobertizo reformado en el que a duras penas cabía un coche. Clay se había quedado casi sin resuello, pero no aflojó el paso. Corrió sendero arriba, levantando hojas secas con los pies, sintiendo los pinchazos del flato en el costado derecho, percibiendo un sabor metálico en la boca hambrienta de oxígeno. Por fin levantó la linterna y alumbró el interior del garaje.

Vacío. ¿Buena o mala señal? Esa era la cuestión.

Giró sobre sus talones, vio los haces de las linternas de Tom y Jordan bamboleándose en su dirección y alumbró la puerta trasera de su casa. El corazón le dio un vuelco. Subió a grandes zancadas los tres escalones que lo separaban del umbral, dio un traspié y a punto estuvo de romper la puerta de seguridad al arrancar la nota sujeta solo por una esquina con cinta adhesiva. Si hubieran llegado una hora más tarde, o quizá tan solo media hora, tal vez el viento inquieto la habría arrancado y transportado muy lejos. Habría podido matarla por no ser más cuidadosa, aquella clase de negligencia era tan típica de Sharon, pero al menos...

La nota no era de su mujer.

2

Jordan subió por el sendero y se detuvo al pie de la escalinata, alumbrando a Clay con la linterna. Tom le pisaba los talones casi sin resuello, armando un gran estruendo al pisar las hojas muertas. Se detuvo junto a Jordan y dirigió el haz de la linterna hacia el papel desdoblado que Clay tenía en la mano. Al poco lo desvió hacia el rostro anonadado de su amigo.

—Había olvidado la puta diabetes de su madre —masculló Clay al tiempo que le entregaba la nota que había encontrado pegada con cinta adhesiva a la puerta.

Tom y Jordan la leyeron juntos.

Papá:

Ha pasado algo malo, como seguro que sabes. Espero que estés bien y recibas esto. Mitch Steinman y George Gendron están conmigo, la gente se está volviendo loca y creemos que son los teléfonos móviles. Papá aquí viene lo malo, vinimos aquí porque yo tenía miedo. Quería romper mi teléfono si estaba equivocado, pero no estaba equivocado, había desaparecido. Lo usaba mamá porque ya sabes que la abuela está enferma y mamá quería poder llamarla a menudo. Tengo que irme, tengo mucho miedo, alguien ha matado al señor Kretsky. Mucha gente ha muerto o está loca como en las pelis de terror pero hemos oído que muchos se están reuniendo (personas NORMALES) en el ayuntamiento y ahí es adonde vamos. Puede que mamá esté ahí pero Dios mío tiene mi TELÉFONO. Papá si llegas hasta aquí POR FAVOR VEN A BUSCARME.

Tu hijo,

JOHN GAVIN RIDDELL

Tom terminó de leer la nota y habló en un tono de cautela afectuosa que aterrorizó más a Clay que la advertencia más sombría.

—Ya sabes que la gente que se reunió en el ayuntamiento puede haber ido a cualquier parte. Han pasado diez días, y el mundo ha sufrido una tremenda conmoción.

—Lo sé —repuso Clay con los ojos ardientes por las lágrimas inminentes y la voz algo temblorosa—. Y sé que su madre probablemente esté…

Se encogió de hombros y agitó la mano insegura hacia el mundo tenebroso que se extendía más allá de su jardín alfombrado de hojas muertas.

—Pero tengo que ir al ayuntamiento para comprobarlo, Tom. Puede que hayan dejado otra nota. Puede que él haya dejado otra nota.

—Sí —asintió Tom—, claro que tienes que ir. Y cuando lleguemos ahí decidiremos el siguiente paso —añadió con la misma delicadeza aterradora.

Clay casi deseaba que su amigo se echara a reír y dijera algo como «Venga, desgraciado, ¿no creerás que vas a volver a verlo? Despierta, joder».

Jordan había leído la nota por segunda vez, quizá por tercera e incluso cuarta. Aun sumido en el más profundo de los horrores y pesares, Clay sintió deseos de disculparse ante Jordan por los errores ortográficos y sintácticos de su Johnny, de recordar a Jordan que su hijo debía de haber escrito aquella nota en un terrible estado de tensión, agazapado junto a la puerta, garabateando el mensaje mientras sus amigos contemplaban el caos que se desataba ante sus ojos.

—¿Qué aspecto tiene tu hijo? —inquirió Jordan al tiempo que bajaba la nota.

Clay estuvo a punto de preguntarle por qué quería saberlo, pero enseguida decidió que no quería averiguarlo, al menos de momento.

—Johnny es unos treinta centímetros más bajo que tú, robusto y con el pelo castaño oscuro.

—O sea, que no es flaco ni rubio.

—No, esa descripción concuerda más con su amigo George.

Jordan y Tom cambiaron una mirada solemne, pero a Clay le pareció detectar en ella una nota de alivio.

—¿Qué? —preguntó—. ¿Qué pasa? Decídmelo.

—Al otro lado de la calle —indicó Tom—. No lo has visto porque ibas corriendo. Hay un chico muerto a unas tres casas de aquí. Flaco, rubio, mochila roja...

—Es George Gendron —lo atajó Clay.

Conocía la mochila roja de George tan bien como conocía la azul de Johnny con las rayas de cinta reflectante pegadas a ella.

—Él y Johnny construyeron una aldea puritana para la clase de historia en cuarto curso. Les pusieron un excelente. George no puede estar muerto.

Pero a buen seguro lo estaba. Clay se sentó en el último escalón, que emitió el consabido crujido bajo su peso, y rompió a llorar.

El ayuntamiento se encontraba en el cruce de las calles Pond y Mill, delante del parque municipal y el pequeño lago al que la población debía su nombre.* El aparcamiento aparecía casi desierto salvo por las plazas reservadas a los empleados, porque las dos calles que conducían hasta el gran edificio blanco de estilo victoriano estaban atestadas de coches abandonados. La gente se había acercado todo lo posible en coche para luego recorrer a pie el resto del camino. Para los rezagados como Clay, Tom y Jordan, el avance resultaba lento y farragoso. En las dos manzanas más cercanas al ayuntamiento, ni siquiera las cunetas de césped estaban limpias de vehículos. Vieron media docena de autobuses quemados, algunos de los cuales aún humeaban.

Clay había cubierto el cadáver del chico en Livery Lane, que en efecto era el amigo de Johnny, George, pero no podían hacer nada por los numerosos cuerpos hinchados y descompuestos con los que se toparon mientras se dirigían a paso de tortuga hacia el ayuntamiento de Kent Pond. Había centenares, pero en la oscuridad Clay no vio ningún rostro conocido. Tal vez tampoco habría visto ninguno en pleno día, porque los cuervos se habían dado un buen festín en los últimos diez días.

Sus pensamientos no dejaban de vagar hacia George Gendron, tendido de bruces sobre un gran coágulo de hojas ensangrentadas. En su nota, John decía que George y Mitch, su otro buen amigo en séptimo, estaban con él. De modo que lo que le había ocurrido a George había sucedido después de que Johnny pegara la nota a la puerta de protección y los tres se fueran de la casa de los Riddell. Y puesto que solo habían encontrado a George muerto entre las hojas ensangrentadas, Clay podía deducir que Johnny y Mitch habían salido de Livery Lane con vida.

Claro que deducir era absurdo y peligroso. El Evangelio según Alice Maxwell, que en paz descanse.

* *Pond* significa «estanque» o «lago». *(N. de la T.)*

Y era cierto. El asesino de George podía haberlos perseguido y alcanzado en otro lugar. En Main Street, en Dugway Street, tal vez en la cercana Laurel Way. Podía haberlos apuñalado con un cuchillo sueco de carnicero o unas antenas de coche...

Habían llegado a la entrada del aparcamiento del ayuntamiento. A su izquierda había una camioneta de caja abierta que había intentado entrar en él campo a través y acabado atascada en una zanja fangosa a menos de cinco metros de una enorme extensión de asfalto civilizado (y casi desierto). A su izquierda vieron a una mujer con el cuello rebanado y las facciones reducidas a agujeros negros y churretes de sangre por los pájaros. Aún llevaba su gorra de béisbol de los Sea Dogs de Portland y el bolso colgado al hombro.

A los asesinos ya no les interesaba el dinero.

Tom le apoyó una mano en el hombro, sobresaltándolo.

—Deja de pensar en lo que puede haber pasado.

—¿Cómo sabías que...?

—No hace falta ser vidente para eso. Si encuentras a tu hijo, lo cual no es muy probable... Pero si lo encuentras, ya te contará toda la historia. En caso contrario..., ¿qué más da?

—Claro, tienes razón. Pero es que... conocía a George Gendron, Tom. A veces los chicos lo llamaban Connecticut porque su familia es de ahí. Muchas veces comió perritos calientes y hamburguesas en nuestro jardín. Su padre venía a ver partidos de los Patriots a mi casa.

—Lo sé —musitó Tom—. Lo sé. —De repente se volvió hacia Jordan—. Deja de mirarla, Jordan —le ordenó con firmeza—. No va a levantarse y echar a andar por mucho que la mires.

Jordan hizo caso omiso de él y siguió contemplando el cadáver de la gorra de béisbol picoteado por los cuervos.

—Los telefónicos empezaron a intentar ocuparse de los suyos en cuanto recuperaron cierto nivel de programación básica —observó—. Aunque solo fuera para sacarlos de debajo de las gradas y arrojarlos a la ciénaga. Pero no se ocupan de los nuestros. Dejan que se pudran allí donde mueren. —Se encaró con Clay y Tom—. Da igual lo que digan o lo que prometan. No po demos fiarnos de ellos —exclamó con vehemencia—. No podemos, ¿vale?

—Estoy totalmente de acuerdo —aseguró Tom.

—Y yo —convino Clay.

Tom ladeó la cabeza en dirección al ayuntamiento, donde algunas luces de emergencia aún bañaban en un brillo enfermizo los coches de los empleados, ahora con las ruedas sepultadas en hojas muertas.

—Entremos a ver qué encontramos.

—De acuerdo —dijo Clay.

Johnny no estaría allí, de eso no le cabía la menor duda, pero una pequeña parte de él, una parte minúscula, infantil y testaruda, continuaba albergando la esperanza de oírle gritar «¡Papá!» y verlo correr hacia él para arrojarse a sus brazos, un ser vivo, un peso real en medio de aquella pesadilla.

4

Supieron con certeza que el ayuntamiento estaba desierto en cuanto vieron lo que había pintado en las puertas de entrada. A la luz mortecina de las luces de emergencia, los trazos grandes e irregulares de pintura roja parecían sangre seca.

KASHWAK=NO-FO

—¿A cuánto está Kashwak? —quiso saber Tom.

Clay reflexionó unos instantes.

—Yo diría que a unos ciento veinte kilómetros al norte. Se va por la Carretera 160 casi todo el camino, pero una vez llegas a la TR, no lo sé.

—¿Qué es esa TR exactamente? —preguntó Jordan.

—La TR 90 es una zona sin término municipal. Tiene un par de pueblecitos, algunas canteras y una pequeña reserva micmac hacia el norte, pero casi todo son bosques llenos de osos y ciervos. —Intentó abrir la puerta, que cedió al instante—. Voy a echar un vistazo dentro. No tenéis que acompañarme si no queréis.

—Te acompañamos —dijo Tom—. ¿Verdad que sí, Jordan?

—Claro —convino Jordan con un suspiro, como si acabaran de asignarle una tarea muy difícil—. Hay luz eléctrica —sonrió de repente—. ¿Quién sabe cuándo volveremos a verla?

5

Johnny Riddell no salió corriendo de ninguna habitación oscura para arrojarse a los brazos de su padre, pero el ayuntamiento aún olía a la comida preparada en los hornillos eléctricos y de gas por quienes se habían refugiado en el edificio después de El Pulso. Delante de la sala principal, sobre el tablón alargado de anuncios en el que por lo general se veían avisos municipales y anuncios de actos públicos, los refugiados habían colgado unas doscientas notas. Tan tenso que casi jadeaba, Clay se puso a examinarlas con la intensidad de un investigador convencido de que puede haber encontrado el Evangelio perdido de María Magdalena. Temía lo que podía llegar a encontrar y lo que no. Con mucho tacto, Tom y Jordan se retiraron a la sala de juntas principal, todavía llena de residuos dejados por los refugiados que por lo visto habían pasado varias noches allí, a la espera de un rescate que no llegó.

A raíz de las notas, Clay comprendió que los supervivientes se habían convencido de que podían esperar algo más que un rescate, de que Kashwak era su salvación. ¿Por qué precisamente aquel pueblecito, cuando con toda probabilidad toda la TR-90, al menos los cuadrantes norte y oeste, carecían de cobertura de telefonía móvil? Las notas del tablón no lo especificaban. Casi todas ellas presuponían que quienes las leyeran lo sabrían sin necesidad de más explicaciones, por ciencia infusa, para expresarlo de algún modo. E incluso las notas más claras denotaban que sus autores habían pugnado por mantener un equilibrio estricto entre el terror y la euforia. Casi todos los mensajes podían resumirse en algo así como «Sigue el camino de baldosas amarillas hasta Kashwak y la salvación lo antes posible».

Tras leer unas tres cuartas partes del tablón, medio oculta por una nota de Iris Nolan, una señora a la que Clay conocía bastante bien, pues trabajaba de voluntaria en la diminuta biblioteca municipal, divisó la caligrafía inclinada de su hijo y pensó: *Gracias, Dios mío, muchísimas gracias.* Arrancó la nota con cuidado para no romperla.

Estaba fechada el 3 de octubre. Clay intentó recordar dónde estaba la noche del 3 de octubre, pero no lo consiguió. ¿El granero de North Reading, el Sweet Valley Inn, cerca de Methuen? Creía que en el granero, pero no lo sabía a ciencia cierta. Los días se confundían, y si forzaba la mente en exceso empezaba a parecerle que el hombre de las linternas colocadas a ambos lados de la cabeza también era el joven que blandía las antenas de coche, que el señor Ricardi se había suicidado tragando vidrio en lugar de ahorcándose, que era Alice a quien había visto comiendo pepinos y tomates en el jardín de Tom.

—Basta —se conminó en un susurro antes de concentrarse en la nota.

Estaba mejor escrita tanto desde el punto de vista ortográfico como gramatical, pero la angustia que reflejaba era más que evidente.

3 de octubre

Querido papá:

Espero que estés vivo y que recibas esto. Yo y Mitch estamos bien, pero Hughie Darden atacó a George y creo que lo mató. Yo y Mitch corrimos más deprisa. Pensé que era culpa mía, pero Mitch dijo que cómo iba a saber que era un chiflado como los demás y que no era culpa mía.

Papá, tengo malas noticias. Mamá es uno de ellos, hoy la he visto con uno de los «rebaños». Así los llaman, rebaños. No tiene tan mala pinta como algunos otros, pero sé que si me acerco a ella no sabrá ni quién soy y me matará en cuanto me vea. SI LA VES NO TE DEJES ENGAÑAR, LO SIENTO PERO ES VERDAD.

Nos vamos a Kashwak (está al norte) mañana o pasado, la madre de Mitch está aquí, me da tanta envidia que lo mataría.

Papá sé que no tienes móvil y todo el mundo sabe que Kashwak es un sitio seguro. Si recibes esta nota POR FAVOR VEN A BUSCARME.

Te quiero con todo mi Corazón
Tu Hijo,

JOHN GAVIN RIDDELL

Pese a la noticia sobre Sharon, Clay mantuvo la compostura hasta llegar a la parte en que su hijo le decía que lo quería con todo su corazón. Quizá incluso entonces habría logrado mantener la compostura de no ser por la C mayúscula. Besó la firma de su hijo de doce años, miró de nuevo el tablón con ojos ahora indignos de confianza, que le hacían verlo todo doble, triple y luego borroso, y profirió un grito ahogado y sordo de dolor. Tom y Jordan acudieron corriendo.

—¿Qué pasa, Clay? —preguntó Tom—. ¿Qué pasa?

Al ver el papel, una hoja de papel amarillo pautado arrancada de un cuaderno, lo cogió de la mano de Clay y lo leyó a toda prisa con Jordan.

—Me voy a Kashwak —anunció Clay con voz ronca.

—Clay, no creo que sea buena idea —advirtió Jordan con cautela—. Teniendo en cuenta lo que..., bueno, lo que hicimos en la Academia Gaiten.

—Me da igual. Me voy a Kashwak. Voy a encontrar a mi hijo.

6

Los refugiados que se habían cobijado en el ayuntamiento de Kent Pond habían dejado atrás gran cantidad de provisiones antes de poner rumbo a la TR-90 y Kashwak, con toda probabilidad todos juntos. Clay, Tom y Jordan comieron ensalada de pollo en lata con pan seco y macedonia en conserva de postre.

Cuando acabaron, Tom se inclinó hacia Jordan y le susurró algo al oído. El chico asintió, y los dos se levantaron.

—Perdónanos un momento, Clay, Jordan y yo tenemos que hablar.

Clay asintió. Durante su ausencia, abrió otra lata de macedonia y leyó la nota de Johnny por novena o décima vez; ya casi se la sabía de memoria. Recordaba la muerte de Alice con la misma claridad, pero al tiempo tenía la sensación de que había sucedido en otra vida y a otra versión de Clayton Riddell, a una versión anterior, por así decirlo.

Terminó de comer y guardó la nota en el instante en que Tom y Jordan regresaban del vestíbulo, donde habían sostenido lo que en teatro se denominaba un aparte, en los tiempos en que aún existía el teatro. Tom rodeaba de nuevo los estrechos hombros del chico. Ninguno de los dos parecía contento, pero ambos estaban tranquilos.

—Clay —empezó Tom—. Lo hemos hablado y...

—No queréis venir conmigo. Lo entiendo perfectamente.

—Sé que es tu hijo y todo eso, pero... —dijo Jordan.

—Y que es lo único que me queda. Su madre... —Clay lanzó una carcajada amarga—. Su madre, Sharon. Qué ironía. Después de preocuparme tanto por si Johnny había recibido una señal a través de ese puñetero trasto rojo... De haber tenido que escoger, me habría decantado por ella.

Ya lo había soltado, como un pedazo de carne que se le hubiera quedado atascado en la garganta, amenazando con cortarle la respiración.

—¿Y sabéis cómo me siento ahora? Como si le hubiera propuesto un pacto al diablo, y el diablo lo hubiera aceptado.

Tom hizo caso omiso de aquellas palabras y cuando habló lo hizo con extremada precaución, como si temiera que Clay estallara como una mina.

—Nos odian. Empezaron odiando a todo el mundo y han acabado odiándonos solo a nosotros. Pase lo que pase en Kashwak, si es idea suya no puede ser nada bueno.

—Si están reiniciándose hacia un nivel superior, puede que pasen a modo «vive y deja vivir» —señaló Clay.

Aquella conversación carecía de sentido, sin duda ambos debían de comprenderlo. Tenía que ir y punto.

—Lo dudo —objetó Jordan—. ¿No fuiste tú quien habló de la rampa que acaba en el matadero?

—Clay, somos normales, punto en contra número uno —le recordó Tom—. Quemamos uno de sus rebaños, puntos en contra número dos y tres. Lo de «vive y deja vivir» no se aplica a nosotros.

—¿Por qué iba a aplicarse a nosotros? —añadió Jordan—. El Hombre Andrajoso dice que estamos locos.

—Y que somos intocables —agregó Clay—. En tal caso, no creo que me pase nada, ¿no os parece?

Ya no quedaba gran cosa que decir.

7

Tom y Jordan decidieron poner rumbo al oeste, atravesar New Hampshire y adentrarse en Vermont para dejar atrás **KASHWAK=NO-FO** lo antes posible. Clay les explicó que la Carretera 11, que trazaba un recodo en Kent Pond, sería un buen punto de partida para los tres.

—Yo la seguiré hacia el norte hasta la 160 —señaló—, y vosotros podéis seguirla hasta Laconia, que está en el corazón de New Hampshire. No es la vía más directa, pero, por otro lado, no se os escapa el avión precisamente.

Jordan se oprimió los ojos con las manos y se los restregó antes de apartarse el cabello de la frente, un gesto que Clay había llegado a conocer muy bien y que denotaba cansancio e inquietud. Lo echaría de menos. Echaría de menos a Jordan. Y a Tom aún más.

—Ojalá Alice siguiera aquí —suspiró Jordan—. Seguro que habría conseguido disuadirte.

—No —negó Clay.

Sin embargo, deseaba con toda el alma que Alice hubiera tenido ocasión de intentarlo. De hecho, deseaba con toda el alma que Alice hubiera tenido ocasión de hacer muchas cosas. Quince años no era una buena edad para morir.

—Tu plan me recuerda al cuarto acto de *Julio César* —comentó Tom—. En el quinto, todos se arrojan sobre sus espadas.

En aquellos momentos estaban sorteando y a veces pasando por encima de los coches abandonados que atestaban Pond Street. Las luces de emergencia del ayuntamiento empequeñecían cada vez más a su espalda. Ante ellos se alzaba el semáforo apagado que marcaba el centro del pueblo, oscilando suavemente en la brisa.

—No seas tan pesimista, joder —masculló Clay.

Se había prometido a sí mismo no impacientarse, porque no quería separarse de sus amigos en aquellos términos si podía evitarlo, pero empezaba a costarle.

—Lo siento, estoy demasiado cansado para dar saltos de alegría —murmuró Tom antes de detenerse junto a una señal que decía **CARRETERA 11 3 KM**—. Y si me permites añadirlo, demasiado triste por la idea de perderte.

—Lo siento, Tom.

—Si creyera que existe una posibilidad entre cinco de que las cosas te salgan bien…, o siquiera una entre cincuenta… Bueno, da igual. —Tom alumbró a Jordan con la linterna—. ¿Y tú, Jordan? ¿Te queda algún argumento contra esta locura?

Jordan reflexionó unos instantes y por fin meneó la cabeza muy despacio.

—Una vez el director me dijo una cosa —comentó—. ¿Queréis escucharla?

Tom hizo un saludo irónico con la linterna. El haz se deslizó sobre la marquesina del cine Ioka, en el que habían proyectado la última película de Tom Hanks, y ante la farmacia contigua.

—Adelante —instó al chico.

—Me dijo que la mente puede calcular, pero que el espíritu anhela y el corazón sabe lo que sabe.

—Amén —musitó Clay.

Torcieron hacia el este en Market Street, que era al tiempo la Carretera 19-A, y recorrieron otros tres kilómetros. Al cabo de un kilómetro y medio terminaban las aceras y empezaban las granjas. Al final de la segunda había otro semáforo apagado y una señal que indicaba el cruce con la Carretera 11. Vieron a tres personas sentadas y arrebujadas hasta el cuello en sacos de dormir junto al cruce. Clay reconoció a uno de ellos en cuanto lo alumbró con la linterna; era un hombre entrado en años, de rostro alargado e inteligente, y melena grisácea recogida en una cola. También le resultaba familiar la gorra de los Miami Dolphins que llevaba el otro hombre. En aquel momento, Tom enfocó a la mujer sentada junto al hombre de la cola.

—Tú —dijo.

Clay no distinguió si la mujer llevaba una camiseta Harley-Davidson con las mangas cortadas porque el saco de dormir le cubría todo el torso, pero de inmediato supo que si no la tenía puesta la llevaría en una de las mochilas que se amontonaban junto a la señal de la Carretera 11. También supo que estaba embarazada. Había soñado con ella y su bebé en el motel Whispering Pines dos noches antes de que Alice muriera. Había soñado con ellos en el campo alargado, bajo las luces, de pie sobre aquellas plataformas.

El hombre del cabello gris se levantó y dejó resbalar el saco de dormir cuerpo abajo. Entre sus pertenencias había varios rifles, pero alzó las manos para demostrar que no iba armado. La mujer siguió su ejemplo, y cuando el saco de dormir cayó alrededor de sus pies, no cupo la menor duda acerca de su embarazo. El hombre de la gorra de los Dolphins aparentaba tener unos cuarenta años y era alto. También levantó las manos. Los tres permanecieron en aquella postura durante unos segundos a la luz de las linternas, y luego el hombre del cabello gris sacó unas gafas de montura negra del bolsillo de la pechera de su camisa arrugada y se las puso. Su aliento brotaba en nubecillas blancas a causa del frío de la noche, elevándose hacia el indicador de la Carretera 11, donde dos flechas señalaban hacia el oeste y hacia el norte.

—Vaya, vaya —empezó—. El Rector de Harvard dijo que probablemente apareceríais por aquí, y aquí estáis. Un tipo listo el Rector de Harvard, aunque un poco joven para el cargo y, en mi opinión, no le vendría mal una buena cirugía plástica antes de salir en busca de benefactores importantes para la institución.

—¿Quiénes sois? —inquirió Clay.

—Aparta la luz de mi cara y estaré encantado de contestar a tu pregunta, joven.

Tom y Jordan bajaron las linternas. Clay hizo lo propio, pero sin apartar la mano del .45 de Beth Nickerson.

—Yo soy Daniel Hartwick, de Haverhill, Massachusetts —se presentó el hombre canoso—. Esta joven es Denise Link, también de Haverhill, y el caballero a su derecha es Ray Huizenga, de Groveland, un pueblo vecino.

—Encantado —dijo Ray Huizenga con una pequeña reverencia tan divertida, torpe y tierna que Clay apartó la mano de la culata del arma.

—Pero nuestros nombres han dejado de tener importancia —prosiguió Daniel Hartwick—. Lo que ahora de verdad importa es lo que somos, al menos por lo que concierne a los telefónicos. —Los miró con expresión solemne—. Estamos locos. Como vosotros.

8

Denise y Ray improvisaron una comida en un hornillo de propano («Estas salchichas en lata no están del todo mal si las hierves», comentó Ray) mientras hablaban…, o mejor dicho, mientras sobre todo hablaba Dan. Empezó contándoles que eran las dos y veinte de la madrugada y que tenía intención de ponerse en marcha con su «pequeño grupo de valientes» antes de las tres. Quería recorrer la mayor distancia posible antes del amanecer, antes de que reaparecieran los telefónicos.

—Porque de noche no salen —explicó—. De momento eso juega a nuestro favor. Dentro de un tiempo, cuando estén del todo o casi del todo programados…

—¿Está de acuerdo en que se trata de eso? —lo interrumpió Jordan, que manifestaba entusiasmo por primera vez desde la muerte de Alice—. ¿Cree que se están reiniciando, como ordenadores cuyos discos duros han sido...?

—Eliminados, sí, sí —terminó por él Dan como si fuera la cosa más evidente del mundo.

—¿Es usted...? ¿Era usted científico o algo así? —inquirió Tom.

Dan le dedicó una sonrisa.

—Era el departamento de sociología en pleno del Instituto de Formación Profesional de Haverhill —explicó—. Si el Rector de Harvard tiene una pesadilla, soy yo.

Dan Hartwick, Denise Link y Ray Huizenga no habían destruido un rebaño, sino dos. Con el primero habían topado por casualidad en un cementerio de coches de Haverhill, cuando su grupo se componía de seis miembros y buscaban el modo de salir de la ciudad. Eso había sucedido dos días después de El Pulso, cuando los telefónicos aún eran los chiflados telefónicos, hordas de seres confusos y tan proclives a matarse entre sí como a matar a los normales con que se tropezaban. Era un rebaño pequeño, de tan solo unos setenta y cinco integrantes, y lo habían aniquilado con gasolina.

—La segunda vez, en Nashua, usamos dinamita que encontramos en el cobertizo de una obra —explicó Denise—. Por entonces habíamos perdido a Charlie, Ralph y Arthur. Ralph y Arthur se fueron por su cuenta. Charlie, el pobre Charlie, tuvo un infarto. La cuestión es que Ray aprendió a manejar dinamita cuando trabajaba construyendo carreteras.

Acuclillado ante el hornillo mientras removía las alubias y las salchichas, Ray levantó la mano libre y la agitó.

—Después empezamos a ver esas señales de Kashwak = No-Fo. Nos parecieron prometedoras, ¿verdad, Den?

—Sí —asintió la joven—. Nos parecieron geniales. Nos dirigíamos hacia el norte, como vosotros, y cuando empezamos a ver las señales, apretamos el paso. Yo era la única a la que no le hacía demasiada gracia la idea, porque había perdido a mi marido durante El Pulso. Esos cabronazos son la razón por la que mi hijo no conocerá a su padre... Lo siento —añadió al ver que Clay hacía una mueca—. Sabemos que tu hijo ha ido a Kashwak.

Clay se la quedó mirando con la boca abierta de par en par.

—Oh, sí —terció Dan al tiempo que cogía uno de los platos que Ray había empezado a llenar—. El Rector de Harvard lo sabe todo, lo ve todo, tiene expedientes acerca de todo…, o al menos eso quiere hacernos creer.

Dedicó un guiño a Jordan, que le correspondió con una sonrisa.

—Dan me convenció —explicó Denise—. Una banda terrorista…, o quizá solo un par de chiflados listos haciendo tonterías en un garaje, provocaron todo esto, pero nadie sabía que llegaría a este extremo. Los telefónicos se limitan a representar su papel. No eran responsables cuando estaban locos ni tampoco lo son ahora, porque…

—Porque están a merced de una influencia colectiva —terminó Tom por ella—. Una especie de migración.

—Es una influencia colectiva, pero no una migración —puntualizó Ray mientras se sentaba con su plato—. Dan dice que es supervivencia pura, y creo que tiene razón. Sea como sea, tenemos que encontrar algún sitio donde refugiarnos.

—Los sueños empezaron después de que quemáramos el primer rebaño —explicó Dan—. Eran sueños muy potentes. «*Ecce homo, insanus…*» Muy Harvard. Luego, después de aniquilar el rebaño de Nashua, el Rector de Harvard se presentó en persona con unos quinientos de sus mejores amigos.

Dan comía en bocados pequeños y pulcros.

—Y dejó un montón de cadenas de música fundidas delante de vuestra puerta —dijo Clay.

—Algunas estaban fundidas —repuso Denise—, pero sobre todo eran fragmentos. —Esbozó una sonrisa tenue—. Nos alegramos. Tienen gustos musicales pésimos.

—Vosotros lo llamáis el Rector de Harvard, y nosotros el Hombre Andrajoso —señaló Tom.

Dejó el plato en el suelo, abrió su mochila y al poco sacó el dibujo que Clay había hecho el día en que el director había sido inducido a suicidarse. Denise lo examinó con los ojos muy abiertos antes de pasárselo a Ray Huizenga, que emitió un silbido.

Dan fue el último en verlo y enseguida miró a Tom con renovado respeto.

—¿Lo has dibujado tú?

Tom señaló a Clay.

—Tienes mucho talento —elogió Dan.

—Hice un curso de dibujo básico —repuso Clay antes de volverse hacia Tom, que también guardaba los mapas en su mochila—. ¿A qué distancia está Nashua de Gaiten?

—A cuarenta kilómetros como mucho.

Clay asintió y se giró de nuevo hacia Dan Hartwick.

—¿Te dijo algo el tipo de la sudadera roja?

Dan miró a Denise, que desvió la vista. Ray se concentró en el hornillo, seguramente para cerrarlo y guardarlo, y Clay captó la situación de inmediato.

—¿A través de cuál de vosotros habló?

—A través de mí —repuso Dan—. Fue espantoso. ¿A ti también te ha pasado?

—Sí. Puedes detener el proceso, pero no si quieres saber lo que piensa. ¿Crees que lo hace para mostrar su poder?

—Probablemente —asintió Dan—, pero me parece que hay algo más. No creo que puedan hablar. Pueden vocalizar, y estoy seguro de que piensan, aunque no como antes, sería un gran error considerar que albergan pensamientos humanos… Pero en cualquier caso no creo que sean capaces de articular palabras.

—Todavía —puntualizó Jordan.

—Todavía —convino Dan.

Miró el reloj, a lo que Clay miró el suyo. Ya eran las tres menos cuarto.

—Nos dijo que fuéramos hacia el norte —intervino Ray—. Nos habló de Kashwak = No-Fo. También nos dijo que se nos había acabado lo de quemar rebaños porque estaban apostando centinelas…

—Sí, vimos a algunos en Rochester —explicó Tom.

—Y habéis visto muchas señales de Kashwak = No-Fo.

Los tres asintieron.

—Empecé a cuestionar aquellas señales en términos puramente sociológicos —dijo Dan—. No el modo en que empezaron a aparecer, porque estoy convencido de que las primeras las pusieron poco después de El Pulso unos supervivientes que decidieron que un lugar sin cobertura de telefonía móvil sería el mejor refugio del mundo. Lo que empecé a cuestionarme fue que la idea y la señal pudieran difundirse tan deprisa en una sociedad catastróficamente fragmentada, donde todos los medios de comunicación normales, salvo el boca oreja, claro está, se habían ido al garete. La respuesta parecía evidente si reconocíamos que había entrado en escena un nuevo medio de comunicación reservado a un solo grupo.

—La telepatía —susurró Jordan—. Ellos, los telefónicos..., quieren que vayamos a Kashwak. —Se volvió hacia Clay con expresión asustada—. ¡Tenías razón, es una rampa hacia el matadero! ¡No puedes ir allí, Clay! ¡Todo esto ha sido idea del Hombre Andrajoso!

Antes de que Clay tuviera ocasión de responder, Dan Hartwick siguió hablando en el tono de un profesor convencido de que enseñar era su responsabilidad e interrumpir, su privilegio.

—Me veo obligado a apremiaros, lo siento. Tenemos que mostraros algo..., algo que el Rector de Harvard ha exigido que os mostremos...

—¿En sueños o en persona? —quiso saber Tom.

—En sueños —murmuró Denise—. Desde que aniquilamos el rebaño de Nashua solo lo hemos visto una vez en persona, y de lejos.

—Apareció para controlarnos —terció Ray—, al menos eso es lo que creo.

Dan esperó con aire exasperado a que el diálogo tocara a su fin.

—Nos mostramos dispuestos a obedecerle porque nos venía de camino —explicó.

—¿Así que os dirigís al norte? —interrumpió Clay.

Dan volvió a mirar el reloj con aire aún más exasperado.

—Si te fijas bien en esa señal, verás que ofrece dos alternativas. Tenemos intención de dirigirnos hacia el oeste, no hacia el norte.

—Desde luego —masculló Ray—. Seré idiota, pero no estoy loco.

—Lo que os mostraré sirve más a nuestros propósitos que a los suyos —explicó Dan—. Y por cierto, hablando del Rector de Harvard... o el Hombre Andrajoso, si lo preferís, lo más probable es que presentarse en persona haya sido un error. Quizá un error grave, incluso. No es más que un pseudópodo que la conciencia colectiva, el sobrerrebaño, coloca de portavoz para tratar con los normales corrientes y los normales especiales insanos como nosotros. Mi teoría es que ya hay sobrerrebaños repartidos por todo el mundo, y puede que cada uno de ellos tenga uno de esos pseudópodos o más de uno. Pero no cometáis el error de creer que cuando habláis con vuestro Hombre Andrajoso habláis con un hombre real, porque en realidad habláis con el rebaño.

—¿Qué tal si nos enseñas lo que quiere que veamos? —propuso Clay.

Tuvo que realizar un esfuerzo sobrehumano para parecer tranquilo, pues su mente era un torbellino de pensamientos confusos. La única idea clara era que si lograba alcanzar a Johnny antes de que llegara a Kashwak y a lo que tuviera lugar allí, tal vez aún tuviera alguna posibilidad de salvarlo. La razón le decía que Johnny ya debía de estar en Kashwak, pero otra voz (una voz no del todo irracional) le sugería que quizá algo hubiera retenido a Johnny y su grupo por el camino. O tal vez se hubieran arredrado. Era posible. Incluso cabía la posibilidad de que en Kashwak no sucediera nada más siniestro que un proceso de segregación, que los telefónicos estuvieran creando una reserva para normales. A fin de cuentas, todo se resumía en lo que había dicho Jordan al citar al director: la mente podía calcular, pero el espíritu anhelaba.

—Por aquí —indicó Dan—. Está cerca.

Sacó una linterna y echó a andar por la cuneta de la Carretera 11 en dirección al norte, con el haz apuntando a sus pies.

—Disculpadme si no os acompaño —dijo Denise—. Ya lo he visto y con una vez he tenido bastante.

—Creo que está pensado para complaceros en cierto modo —observó Dan—. Claro que también está pensado para subrayar, tanto a mi pequeño grupo como al vuestro, el hecho de que ahora son los telefónicos quienes tienen el poder y que hay que obedecerles. —Se detuvo un instante antes de continuar—. Ya hemos llegado. En este sueño en particular, el Rector de Harvard se cercioró de que todos viéramos al perro para que no nos equivocáramos de casa. —El haz de su linterna enfocó un buzón con un collie pintado en el costado—. Siento que Jordan tenga que ver esto, pero me parece conveniente que sepáis a qué ateneros. —Alzó el haz de la linterna, y Ray unió el de la suya para intensificar la iluminación. Ambos haces enfocaron la fachada principal de una modesta casa de una sola planta rodeada de un pulcro rectángulo de césped.

Gunner había sido crucificado entre la ventana del salón y la puerta principal. Tan solo llevaba unos calzoncillos tipo bóxer manchados de sangre. De sus manos, pies, antebrazos y rodillas sobresalían clavos lo bastante grandes para ser tirafondos de raíles. *Tal vez este fuera su propósito*, pensó Clay. Harold estaba espatarrado a los pies de Gunner. Al igual que Alice el día que la conocieron, Harold llevaba un babero de sangre, pero esta no procedía de su nariz. El vidrio que había utilizado para rebanarse el cuello después de crucificar a su compinche seguía reluciendo en su mano.

Del cuello de Gunner colgaba un cartón sujeto a un cordel con tres palabras garabateadas en oscuras mayúsculas: **JUSTITIA EST COMMODATUM.**

9

—Por si no entendéis el latín… —empezó Dan Hartwick.

—Recuerdo lo suficiente del instituto para entender esto —lo atajó Tom—. «Se ha hecho justicia.» Es por haber matado a Alice, por atreverse a tocar a una de los intocables.

—Exacto —asintió Dan antes de apagar la linterna; Ray siguió su ejemplo—. También sirve de advertencia para otros. Y no fueron ellos quienes los mataron, aunque sin duda podrían haberlo hecho.

—Lo sabemos —repuso Clay—. Tomaron represalias en Gaiten después de que quemáramos su rebaño.

—En Nashua también —corroboró Ray con expresión sombría—. Recordaré aquellos gritos hasta el fin de mis días. Qué horror, joder. Y esto también —añadió al tiempo que señalaba la silueta oscura de la casa—. Hicieron que el pequeño crucificara al grande, y que el grande no se resistiera. Y después hicieron que el pequeño se cortara el cuello.

—Igual que el director —señaló Jordan, asiendo la mano de Clay.

—Es el poder de su mente —observó Ray—, y Dan cree que eso forma parte de lo que está empujando a todo el mundo hacia el norte, hacia Kashwak, quizá parte de lo que nos impulsó a nosotros a seguir hacia el norte, aunque nos decíamos a nosotros mismos que solo era para mostraros esto y convenceros de que os unierais a nosotros.

—¿El Hombre Andrajoso os habló de mi hijo? —inquirió Clay.

—No, pero de haberlo hecho sin duda nos habría dicho que está con los otros normales y de que os reuniréis felizmente en Kashwak —señaló Dan—. Mira, olvida esos sueños en los que estás sobre una plataforma mientras el Rector le dice a la muchedumbre enardecida que estás loco. Ese final no es para ti, no puede ser para ti. Estoy seguro de que has pensado en todos los posibles finales felices del mundo, el principal de los cuales sin duda es que Kashwak y quién sabe cuántos otros lugares sin cobertura de telefonía móvil se convertirán en el equivalente humano de los parques naturales, lugares donde las personas que no se vieron afectadas por El Pulso podrán vivir tranquilas. Creo que lo que tu joven amigo ha dicho sobre la rampa que lleva al matadero es mucho más probable, pero aun cuando los telefónicos dejen en paz a los normales en Kashwak, ¿realmente crees que perdonarán a personas como nosotros? ¿A los asesinos de rebaños?

Clay no supo qué responder a eso.

Dan volvió a mirar el reloj en la oscuridad.

—Son las tres pasadas —anunció—. Volvamos a la carretera. Denise ya lo habrá recogido todo. Ha llegado el momento de decidir si nos separamos o continuamos juntos.

Pero al proponerme que continuemos juntos me estás pidiendo que me separe de mi hijo, pensó Clay. Y no haría eso a menos que averiguara que Johnny-Gee había muerto.

O cambiado.

10

—¿Cómo esperáis ir hacia el oeste? —preguntó Clay mientras regresaban a la señal del cruce—. Puede que las noches sigan siendo nuestras durante un tiempo, pero los días les pertenecen a ellos, y ya habéis comprobado lo que son capaces de hacer.

—Estoy casi seguro de que podemos mantenerlos fuera de nuestras mentes cuando estamos despiertos —afirmó Dan—. Cuesta un poco de esfuerzo, pero puede hacerse. Dormiremos por turnos, al menos durante un tiempo. Lo más importante es mantenernos alejados de los rebaños.

—Lo que significa llegar al oeste de New Hampshire y entrar en Vermont lo antes posible —añadió Ray—, siempre evitando las zonas urbanizadas. —Alumbró con la linterna a Denise, que estaba reclinada contra los sacos de dormir—. ¿Todo listo, cielo?

—Sí —asintió ella—. Me gustaría que me dejarais llevar algo.

—Ya llevas a tu bebé —le recordó Ray en tono afectuoso—. Y con eso basta. Además, podemos dejar los sacos de dormir aquí.

—En algunos puntos puede que incluso nos convenga ir en coche —comentó Dan—. Ray cree que algunas carreteras secundarias pueden estar despejadas durante veinte kilómetros seguidos. Tenemos buenos mapas.

Apoyó una rodilla en el suelo y se cargó la mochila al hombro mientras miraba a Clay con una sonrisita amarga.

—Sé que las perspectivas no son demasiado halagüeñas. No soy estúpido, por si lo pensabas. Pero hemos aniquilado dos de sus rebaños, hemos matado a cientos de ellos, y no quiero acabar sobre una de esas plataformas.

—Tenemos otra cosa a nuestro favor —intervino Tom.

Clay se preguntó si Tom era consciente de que acababa de alinearse con el equipo de Hartwick. Probablemente sí. Tom no tenía un pelo de tonto.

—Nos quieren vivos —prosiguió su amigo.

—Exacto —corroboró Dan—. Puede que lo consigamos. Es pronto para ellos, Clay; aún están tejiendo su red, y apuesto algo a que todavía tiene muchos agujeros.

—Si ni siquiera se han cambiado de ropa todavía —observó Denise.

Clay la admiraba; la joven parecía estar de seis meses o quizá incluso más, pero era dura de roer. Ojalá Alice la hubiera conocido.

—Podríamos escabullirnos —insistió Dan—. Entrar en Canadá por Vermont o por Nueva York. Cinco es mejor que tres, pero seis sería aún mejor que cinco… Tres para dormir y tres para montar guardia durante el día y combatir la telepatía. Nuestro propio rebaño. ¿Qué me dices?

Clay meneó la cabeza muy despacio.

—Me voy en busca de mi hijo.

—Piénsatelo bien, Clay —pidió Tom—. Por favor.

—Déjalo en paz —terció Jordan—. Ya ha tomado una decisión. —Extendió los brazos y abrazó a Clay—. Espero que lo encuentres —le deseó—, pero aunque lo encuentres, imagino que a nosotros no volverás a encontrarnos.

—Seguro que sí —afirmó Clay antes de besar a Jordan en la mejilla y apartarse—. Me agenciaré a un telépata y lo utilizaré de brújula. Quizá al mismísimo Hombre Andrajoso.

Se volvió hacia Tom y le tendió la mano. Tom hizo caso omiso de ella, lo abrazó y lo besó en ambas mejillas.

—Me salvaste la vida —le susurró al oído; su aliento cálido le hacía cosquillas, y Clay sentía la piel rasposa de la mejilla de su amigo contra la suya—. Deja que ahora te la salve yo. Ven con nosotros.

—No puedo, Tom. Tengo que hacer esto.

Tom retrocedió un paso y lo miró.

—Lo sé, lo sé —musitó mientras se enjugaba los ojos—. Joder, mira que se me dan mal las despedidas. Pero si ni siquiera fui capaz de despedirme de mi puto gato.

11

Clay se quedó junto a la señal del cruce y siguió con la mirada los puntos de luz de las linternas. Se concentró en la de Jordan, que fue la última en desaparecer. Por un instante, el haz se detuvo en lo alto de la primera cuesta hacia al oeste, una única chispa en la negrura, como si Jordan se hubiera parado para mirar atrás. Clay tuvo la impresión de que la agitaba a modo de despedida, y al cabo de un momento desapareció, completando la oscuridad. Clay lanzó un suspiro tembloroso, se cargó la mochila a la espalda y echó a andar hacia el norte por la cuneta sin asfaltar de la Carretera 11. Hacia las cuatro menos cuarto llegó al término municipal de North Berwick y dejó atrás Kent Pond.

BINGO
TELEFÓNICO

1

No había razón alguna para no retomar un ritmo de vida más normal y empezar a viajar de día, pues Clay sabía que los telefónicos no le harían daño. Era un intocable, y de hecho querían que llegara a Kashwak. El problema residía en que se había habituado a vivir de noche. *Ya solo me falta un ataúd y una capa para abrigarme cuando me meta dentro*, pensó.

Cuando el día siguiente amaneció rojizo y frío, Clay se hallaba a las afueras de Springvale. Había una casa pequeña, probablemente la residencia del guarda, junto al Museo de la Madera de Springvale. Parecía muy acogedora. Clay forzó la cerradura de la puerta lateral y entró. Lo entusiasmó encontrar un fogón de leña y una bomba manual en la cocina. Asimismo había una despensa pequeña pero bien surtida e intacta. Celebró el hallazgo con un enorme cuenco de gachas de avena que preparó con leche en polvo, grandes cantidades de azúcar y pasas.

En la despensa encontró también paquetes de beicon y huevos concentrados, alineados con pulcritud en un estante como libros de bolsillo. Cocinó uno de los paquetes y guardó el resto en la mochila. Fue una comida mucho más opípara de lo que había esperado, y al llegar al dormitorio, situado en la parte posterior de la casita, concilió el sueño casi al instante.

2

Dos carpas alargadas flanqueaban la carretera.

Aquello no era la Carretera 11, con sus granjas, pueblos y campos abiertos, con su estación de servicio cada veinticinco kilómetros, sino una carretera secundaria y recóndita. Espesos bosques cubrían el paisaje hasta las cunetas, y a ambos lados de la línea divisoria se veían largas colas de gente.

Izquierda y derecha, indicaba una voz amplificada. *Izquierda y derecha, formen dos filas.*

La voz amplificada se parecía un poco a la del locutor del bingo de la Feria Rural de Akron, pero al acercarse por la línea divisoria Clay comprendió que tan solo sonaba en su cabeza. Era la voz del Hombre Andrajoso, solo que el Hombre Andrajoso no era más que un… ¿Cómo lo había llamado Dan? Ah, sí, un pseudópodo. Y lo que estaba escuchando era la voz del rebaño.

Izquierda y derecha, dos filas, eso es. Muy bien.

¿Dónde estoy? ¿Por qué nadie me mira ni me dice «Eh, tío, no te cueles, espera tu turno.»?

Más adelante, las dos colas se desviaban a ambos lados como carriles de salida de una autopista. Una de ellas entraba en la carpa situada a la izquierda de la carretera y la otra, en la de la derecha. Era la clase de carpas que los servicios de catering instalaban para los bufets al aire libre en los días calurosos. Clay advirtió que, justo antes de entrar en las carpas, la gente que formaba las colas se dividía en grupos de diez o doce personas. Parecían fans a la espera de que les validaran la entrada para poder acceder al recinto de un concierto.

En el centro de la carretera, justo en el punto donde las dos colas se separaban y se curvaban a derecha e izquierda, ataviado aún con la raída sudadera roja con capucha, estaba el mismísimo Hombre Andrajoso.

Izquierda y derecha, señoras y señores. Sin mover los labios. Telepatía a todo volumen, amplificada por el poder colectivo del rebaño. *No se detengan. Todos podrán llamar a un ser querido antes de entrar en la zona No-fo.*

Aquellas palabras sobresaltaron a Clay, pero era un sobresalto carente de sorpresa, como el final de un buen chiste que escuchaste por primera vez hace diez o veinte años.

—¿Dónde estoy? —preguntó al Hombre Andrajoso—. ¿Qué estás haciendo? ¿Qué coño está pasando?

Pero el Hombre Andrajoso no lo miró siquiera, y, por supuesto, Clay conocía la razón. Se hallaba en el punto donde la Carretera 160 entraba en Kashwak y estaba visitando el lugar en sueños. En cuanto a lo que estaba pasando...

Es un bingo telefónico, pensó. *Es un bingo telefónico que se juega dentro de esas carpas.*

No se detengan, señoras y señores, transmitió el Hombre Andrajoso. *Nos quedan dos horas antes de que se ponga el sol, y queremos procesar a tantos de ustedes como sea posible antes de dejarlo hasta mañana.*

Procesar.

¿Era en verdad un sueño?

Clay siguió la cola que se desviaba hacia la carpa de la izquierda, sabedor aun antes de llegar de lo que vería. A la cabeza de cada una de las colas divididas había un telefónico, uno de aquellos expertos en Lawrence Welk, Dean Martin y Debby Boone. A medida que los integrantes de cada cola llegaban ante él, el acomodador en cuestión, ataviado con ropa mugrienta y a menudo mucho más desfigurado aún que el propio Hombre Andrajoso a causa de la lucha por la supervivencia librada en los últimos once días, le alargaba un teléfono móvil.

Ante la mirada de Clay, el hombre más próximo a él cogió el teléfono, pulsó tres teclas y se lo llevó al oído con ademán ansioso.

—¿Hola? ¿Mamá? ¿Mamá? ¿Estás ah...?

El hombre se interrumpió en seco. Sus ojos se vaciaron de toda expresión y su rostro se tornó impávido. El teléfono se apartó un poco de su oreja. El facilitador..., era el primer calificativo que le acudió a la mente..., recuperó el móvil, empujó al hombre hacia delante e indicó por señas al siguiente de la cola que se acercara.

Izquierda y derecha, seguía ordenando el Hombre Andrajoso. *No se detengan.*

El tipo que había intentado llamar a su madre apareció por el extremo opuesto de la carpa. Al otro lado, Clay divisó a centenares de personas deambulando sin rumbo. En ocasiones, uno de ellos se interponía en el camino de otro, y se producía una serie de manotazos desganados, pero sin relación alguna con lo que había visto días atrás. Porque...

Porque han modificado la señal.

Izquierda y derecha, señoras y señores, no se detengan, tenemos que procesar a muchos de ustedes antes de que anochezca.

Clay vio a Johnny. Llevaba vaqueros, su gorra de la Liga Infantil y su camiseta predilecta de los Red Sox, la que exhibía el nombre y el número de Tim Wakefield en la espalda. Acababa de llegar a la cabeza de la cola a dos puestos de donde se encontraba Clay.

Clay echó a correr hacia él, pero alguien entorpeció su avance.

—¡Quítate de en medio! —vociferó.

Pero, por supuesto, el hombre que le impedía continuar, y que se apoyaba alternativamente en un pie y en otro como si tuviera que ir al lavabo, no lo oía. Aquello era un sueño, y además Clay era uno de los normales y carecía del don de la telepatía.

Se coló entre el hombre nervioso y la mujer que lo seguía. Luego se abrió paso a empellones para atravesar la siguiente cola, demasiado obsesionado por llegar junto a Johnny como para saber si las personas a las que empujaba tenían o no sustancia. Alcanzó a Johnny justo cuando una mujer (Clay comprendió con creciente horror que era la nuera del señor Scottoni, aún embarazada, pero ahora con una de las cuencas oculares vacías) le alargaba un móvil Motorola.

Marca el número de urgencias, el 911, ordenó la joven sin mover los labios. *Todas las llamadas pasan por el 911.*

—¡No, Johnny! —gritó Clay, alargando la mano hacia el teléfono en el momento en que Johnny-Gee empezaba a marcar el número, ese número que tanto tiempo atrás le habían enseñado a marcar si tenía algún problema—. ¡No lo hagas!

Johnny se giró hacia la izquierda como si quisiera protegerse del único ojo de la mujer embarazada, y Clay falló. De todos modos, lo más probable era que no hubiera conseguido detenerlo; a fin de cuentas, aquello era un sueño.

Johnny terminó de marcar, porque pulsar tres teclas no llevaba mucho tiempo, pulsó la tecla de envío de llamada y se llevó el móvil a la oreja.

—¿Hola? ¿Papá? ¿Estás ahí, papá? ¿Me oyes? Si me oyes, por favor, ven a buscarm...

Desde donde se encontraba, Clay tan solo le veía un ojo, pero eso le bastó para comprobar que su luz se apagaba. Johnny dejó caer los hombros, y el móvil se apartó de su oreja. La nuera del señor Scottoni le arrebató el aparato con una mano mugrienta y le propinó un empujón brusco en la nuca para hacerlo entrar en Kashwak junto con todos los demás que habían viajado hasta allí en busca de refugio. Acto seguido indicó al siguiente de la cola que se acercara para hacer la llamada que le correspondía.

Izquierda y derecha, formen dos filas, vociferaba el Hombre Andrajoso en medio del cerebro de Clay, y en aquel momento despertó gritando el nombre de su hijo en la casita del guarda, mientras la luz del atardecer entraba a raudales por las ventanas.

3

A medianoche, Clay llegó al pueblo de North Shapleigh. Por entonces había empezado a caer una desagradable lluvia gélida que casi era aguanieve, la clase de lluvia que Sharon siempre llamaba «lluvia sorbete». Oyó el ruido de unos motores que se acercaban y se apartó de la carretera, aún la Carretera 11, para esperar en la explanada asfaltada de un Seven Eleven. Cuando aparecieron los faros, transformando la lluvia en briznas plateadas, comprobó que eran dos velocistas haciendo una carrera en plena noche. Una auténtica locura. Clay se situó detrás de un surtidor de gasolina, sin esconderse pero al mismo tiempo sin esforzarse para que lo vieran. Los vio pasar a toda pastilla como una visión de un mundo pasado, dos fantasmas levantando finos arcos de agua. Uno de los vehículos parecía un Corvette antiguo, aunque por lo que podía ver con la única y débil luz de emergencia que quedaba en una esquina de la tienda resultaba imposible afirmarlo con seguridad. Los velocistas pasaron bajo el sistema entero de control de tráfico de North Shapleigh (un semáforo apagado), se convirtieron en cuatro cerezas fluorescentes y por fin desaparecieron.

Una auténtica locura, pensó de nuevo Clay. Y acto seguido, mientras cruzaba la cuneta de vuelta a la calzada, se dijo: *No eres precisamente el más indicado para hablar de locura.*

Cierto. Porque el sueño del bingo telefónico no había sido un sueño, o al menos no del todo, de eso estaba convencido. Los telefónicos estaban utilizando sus crecientes facultades telepáticas para controlar al mayor número posible de exterminadores de rebaños. Tenía todo el sentido del mundo. Tal vez les resultara difícil con grupos como el de Dan Hartwick, con personas que intentaran luchar contra su poder, pero no creía que tuvieran problema alguno con él. La cuestión era que la telepatía se parecía mucho a un teléfono, pues funcionaba en ambas direcciones. Lo cual lo convertía a él en... ¿qué? ¿El fantasma de la máquina? Algo por el estilo. Mientras ellos lo vigilaran, él podía vigilarlos a ellos. Al menos mientras dormía. En sueños.

¿Realmente había carpas en la frontera de Kashwak, con personas normales haciendo cola para que les fundieran el cerebro? Clay creía que así era, tanto en Kashwak como en otros lugares similares del país y del resto del mundo. Cabía la posibilidad de que la actividad hubiera aflojado a esas alturas, pero también de que los puntos de control, los puntos de cambio, siguieran allí.

Los telefónicos empleaban la telepatía colectiva para atraer a los normales a través de los sueños. ¿Convertía eso a los telefónicos en seres inteligentes, calculadores? No a menos que uno considerara que una araña es inteligente porque es capaz de tejer una telaraña, o que un cocodrilo es calculador porque sabe quedarse muy quieto y parecer un tronco. Mientras avanzaba hacia el norte por la Carretera 11 en dirección a la 160, la carretera que lo conduciría hasta Kashwak, Clay se dijo que la señal telepática que los telefónicos transmitían como una sirena de baja frecuencia (o un pulso) debía de contener al menos tres mensajes distintos.

Venid y estaréis a salvo. Vuestra lucha por la supervivencia puede tocar a su fin.

Venid y estaréis con los vuestros, en un lugar exclusivo para vosotros.

Venid y podréis hablar con vuestros seres queridos.

Venid. Sí. El quid de la cuestión. Y una vez te acercas lo suficiente, toda capacidad de decisión se va al garete. La telepatía y el sueño de la seguridad se adueñan de ti. Te pones a la cola. Escuchas al Hombre Andrajoso ordenarte que no te detengas, que todos podréis llamar a un ser querido, pero que tienen que procesar a muchos de vosotros antes de que anochezca y Bette Midler se ponga a cantar a todo volumen «The Wind Beneath My Wings».

¿Y cómo podían seguir haciéndolo sin suministro eléctrico, con las ciudades quemadas hasta los cimientos y la civilización sumergida en un mar de sangre? ¿Cómo podían continuar sustituyendo a los millones de telefónicos perdidos en el tumulto inicial y en la destrucción de los rebaños? Pues podían hacerlo porque El Pulso aún no había terminado. En algún lugar, en ese laboratorio clandestino o en el garaje de algún loco, un artilugio seguía funcionando con pilas, un módem seguía transmitiendo su señal estridente y demencial a los satélites que sobrevolaban el planeta o los repetidores que lo surcaban como un cinturón de acero. ¿Y adónde podías llamar con la certeza de que tu llamada obtendría respuesta, aunque solo fuera de un contestador que funcionaba con pilas?

Al número de urgencias, por lo visto. Al 911.

Y eso era lo que con toda probabilidad le había sucedido a Johnny-Gee.

De hecho, sabía que era eso lo que le había sucedido. Era demasiado tarde.

En tal caso, ¿por qué seguía avanzando hacia el norte en

aquella noche lluviosa? Ante él, no muy lejos, estaba Newfield, y allí dejaría la Carretera 11 para enfilar la 160. Clay estaba bastante seguro de que poco después sus días de leer indicadores (o cualquier otra cosa) tocarían a su fin, así que, ¿por qué?

Pero lo sabía muy bien, al igual que sabía que el estruendo lejano y el toque breve pero estridente de claxon que la noche lluviosa había llevado hasta él significaba que uno de los velocistas se había estrellado. Seguía adelante a causa de la nota que había encontrado en la puerta de su casa, sujeta por un pedacito insignificante de cinta adhesiva porque el resto lo había arrancado el viento. Seguía adelante a causa de la segunda nota que había hallado en el tablón de anuncios del ayuntamiento, semioculta por la esperanzada nota que Iris Nolan había dejado a su hermana. Su hijo había escrito lo mismo en ambas ocasiones y en mayúsculas: POR FAVOR VEN A BUSCARME.

Aunque fuera demasiado tarde para salvar a Johnny, quizá no lo fuera para verlo y decirle que lo había intentado. Quizá pudiera conservar una parte lo bastante significativa de sí mismo para decírselo aun cuando lo obligaran a llamar por teléfono.

En cuanto a las plataformas y los millones de espectadores…

—En Kashwak no hay estadio de fútbol —dijo en voz alta.

Es un estadio virtual, susurró Jordan en su mente.

Clay desterró el pensamiento. Había tomado una decisión. Era una locura, por supuesto, pero el mundo entero se había vuelto loco, de modo que él encajaba a la perfección.

4

A las tres menos cuarto de la madrugada, con los pies doloridos y empapados pese al anorak con capucha que había encontrado en la caseta del guarda de Springvale, Clay llegó al cruce de las carreteras 11 y 160. En la misma intersección se había producido un accidente múltiple, y el Corvette que había visto pasar a toda velocidad en North Shapleigh se había unido a la fiesta. El conductor tenía medio cuerpo asomado a la ventanilla izquierda, que aparecía muy comprimida, con la cabeza hacia abajo y los brazos colgando. Cuando Clay intentó levantarle la cabeza para comprobar si seguía vivo, la parte superior de su cuerpo cayó a la calzada, arrastrando tras de sí un amasijo de entrañas. Clay se alejó dando tumbos hasta un poste de teléfonos, apoyó la frente de pronto ardiente contra la madera y vomitó hasta que no le quedó nada en el estómago.

En el otro extremo del cruce, donde la Carretera 160 se dirigía hacia el norte, se alzaba el colmado de Newfield. Un rótulo en el escaparate prometía CARAMELOS, AUTÉNTICO SIROPE ARTESANÍA INDIA «CHUCHERÍAS». Parecía destrozado además de desvalijado, pero le proporcionaría cobijo de la lluvia y del horror absurdo e inesperado que acababa de presenciar. Clay entró y permaneció sentado con la cabeza baja hasta que dejó de tener la certeza de que iba a desmayarse. Había cadáveres en el establecimiento, los olía, pero alguien los había cubierto todos con una lona, salvo a dos, y al menos aquellos no estaban destrozados. La máquina de cerveza estaba rota y vacía, la de Coca-Cola, solo rota. Clay sacó un ginger ale y se lo tomó en sorbos largos y lentos, deteniéndose para eructar. Al cabo de un rato empezó a encontrarse algo mejor.

Echaba desesperadamente de menos a sus amigos. El desgraciado del coche y quienes fueran los ocupantes del vehículo con el que lo había visto competir eran los únicos velocistas con los que se había topado en toda la noche, y tampoco había visto a ningún grupo de refugiados. Había pasado la noche entera con sus pensamientos por toda compañía. Tal vez el tiempo retuviera a los viajeros, o quizá habían empezado a desplazarse de día. No había motivo para no hacerlo si los telefónicos habían pasado del asesinato a la conversión.

De repente reparó en que llevaba toda la noche sin escuchar lo que Alice había dado en llamar música de rebaño. Tal vez todos los rebaños estuvieran más al sur, salvo el grande (suponía que debía de ser grande) que gestionaba las Conversiones de Kashwak. En cualquier caso, no le importaba demasiado; por muy solo que estuviera, se tomaría aquellas vacaciones de

«I Hope You Dance» y «The Theme from *A Summer Place*» como un pequeño regalo.

Decidió continuar una hora más a lo sumo y luego buscar un lugar donde cobijarse. La lluvia gélida lo estaba matando. Salió de la tienda de Newfield y evitó con firmeza no mirar el Corvette accidentado ni los restos empapados que yacían junto a él.

5

Acabó caminando casi hasta el alba, en parte porque la lluvia amainó, pero sobre todo porque no encontró gran cosa donde refugiarse en la Carretera 160, flanqueada sobre todo de bosques. Hacia las cuatro y media pasó junto a un rótulo surcado de balazos que decía BIENVENIDOS A GURLEYVILLE, VILLA SIN TÉRMINO MUNICIPAL. Al cabo de unos diez minutos pasó junto a la razón de ser de Gurleyville, la cantera de Gurleyville, una enorme hondonada de roca con algunos cobertizos, volquetes y un garaje al pie de sus lastimadas paredes de granito. Clay contempló por un instante la posibilidad de pasar la noche en uno de los cobertizos de material, pero de inmediato decidió que podía encontrar un lugar mejor y siguió adelante. Aún no se había topado con ningún peregrino ni había escuchado música de rebaño, ni siquiera de lejos. Casi tenía la impresión de ser el último morador del planeta.

Pero no lo era. Unos diez minutos después de dejar atrás la cantera, alcanzó la cima de una colina y divisó un pueblecito a sus pies. El primer edificio al que llegó era el departamento de bomberos voluntarios de Gurleyville (NO OLBIDEIS LA FIESTA DE LA DONACION DE HALOWEN, rezaba el rótulo de la entrada; por lo visto todo el mundo andaba fatal de ortografía al norte de Springvale), y de pie en el aparcamiento vio a dos telefónicos frente a frente delante de un camión de bomberos de aspecto triste que debía de haberse estrenado cuando la guerra de Corea.

Cuando Clay los enfocó con el haz de la linterna se volvieron muy despacio hacia él, pero enseguida se pusieron de nuevo a mirarse el uno al otro. Ambos eran varones; uno de ellos aparentaba unos veinticinco años, y el otro más o menos el doble. No cabía la menor duda de que eran telefónicos. Llevaban la ropa muy sucia y desgarrada, el rostro surcado de arañazos y cortes. El más joven parecía haber sufrido una quemadura bastante grave en un brazo. El ojo izquierdo del mayor relucía desde las profundidades de unos pliegues de carne muy inflamada y con toda probabilidad infectada. Sin embargo, su aspecto no era lo más importante. Lo más importante era lo que Clay sentía en su interior, aquella misma extraña falta de aliento que él y Tom habían experimentado en la oficina de la gasolinera de Gaiten cuando entraron en busca de la llave para abrir uno de los camiones de propano. Aquella misma sensación de una fuerza cada vez más intensa y concentrada.

Y era de noche. Los nubarrones que encapotaban el cielo estaban posponiendo el alba. ¿Qué hacían aquellos tipos despiertos de noche?

Clay apagó la linterna, desenfundó el .45 de Beth Nickerson y esperó. Por unos instantes creyó que no sucedería nada, que aquella sensación de ahogo, de que estaba a punto de ocurrir algo, sería todo. Pero entonces oyó una suerte de gemido estridente, como si alguien acabara de hacer vibrar la hoja de una sierra entre las manos, y al alzar la vista comprobó que los cables eléctricos tendidos delante del cuartel de bomberos oscilaban con tal rapidez que apenas se veían.

—¡Vete!

Era el joven quien había articulado aquella palabra, al parecer con un esfuerzo tremendo. Clay dio un respingo. De haber tenido el dedo sobre el gatillo del revólver, a buen seguro lo habría apretado. Aquello no era un sonido inarticulado, sino una palabra. Le parecía oírla también mentalmente, pero muy lejana, como un eco moribundo.

—¡Tú! ¡Vete! —replicó el mayor.

Llevaba unas bermudas holgadas con una enorme mancha marrón en el trasero que podía ser de barro o de mierda. Hablaba con igual dificultad, pero en esta ocasión Clay no oyó ningún eco en la cabeza, lo cual, paradójicamente, lo convenció de que en efecto había oído el primero.

Ambos se habían olvidado por completo de él, de eso estaba seguro.

—¡Mío! —espetó el joven con tal esfuerzo que todo su cuerpo se convulsionó al son de la palabra.

A su espalda, varios de los ventanucos del garaje del cuartel estallaron hacia fuera.

Se produjo un largo silencio. Clay observaba la escena, sin pensar en Johnny por primera vez desde que saliera de Kent Pond. El hombre de más edad parecía muy concentrado en sus pensamientos, luchando con ellos, y Clay creía que luchaba por expresarse tal como se había expresado antes de que El Pulso le arrebatara la facultad del habla.

En lo alto del cuartel de bomberos voluntarios, que no era más que un garaje algo embellecido, la sirena emitió un breve aullido, como si una corriente de electricidad espectral acabara de atravesarla. Las luces del viejo camión, tanto los faros como las luces rojas del techo, también se encendieron por un instante, alumbrando a los dos hombres y proyectando sus sombras contra el suelo.

—¡Mierda! ¡Dices tú! —consiguió articular el mayor como si escupiera un trozo de carne que se le hubiera quedado atascado en la garganta.

—¡Miión! —casi gritó el joven.

Y en la mente de Clay la misma voz susurró: «Mi camión». Así de sencillo. En lugar de golosinas, se estaban disputando el viejo camión. Solo que ahora era de noche, una noche que estaba a punto de acabar, eso sí, pero aún oscura, y los telefónicos empezaban a recobrar el habla. Qué coño, ya la habían recobrado.

Sin embargo, la conversación había terminado. El joven agachó la cabeza, echó a correr hacia el mayor y se estrelló contra su pecho. Su adversario cayó de espaldas; el joven tropezó con sus piernas y cayó de rodillas.

—¡Mierda! —exclamó.

—¡Joder! —replicó el otro.

Sin ningún género de dudas. «Joder» era una palabra inconfundible.

Los dos hombres se incorporaron y se encararon con una distancia de unos cinco metros entre ellos. Clay percibía el odio mutuo que se profesaban, lo sentía en la mente, empujándole los globos oculares en un intento por salir.

—Ese... ¡miión!

Y en el cerebro de Clay, la voz lejana del joven susurró: «Ese es mi camión».

El mayor tomó aliento, alzó un brazo surcado de cicatrices y dedicó un gesto obsceno con el dedo a su adversario.

—Sube. Aquí —replicó con absoluta claridad.

Los dos hombres agacharon la cabeza y se abalanzaron el uno sobre el otro. Sus cráneos colisionaron con un crujido sordo que a Clay le provocó náuseas. Esta vez estallaron todas las demás ventanas del garaje. La sirena del tejado emitió un largo aullido de guerra antes de desvanecerse. Los fluorescentes de la oficina se encendieron, activados durante unos tres segundos por aquella energía demencial. De repente sonó una música, Britney Spears cantando «Oops!... I Did It Again». Dos cables eléctricos se rompieron con un chasquido y cayeron delante de Clay, que se apartó a toda prisa. Lo más probable es que estuvieran secos, deberían estar secos, pero...

El hombre de más edad cayó de rodillas con ambos lados de la cabeza ensangrentados.

—¡Mi camión! —exclamó con la misma claridad meridiana antes de desplomarse de bruces.

El joven se volvió hacia Clay como si pretendiera reclutarlo como testigo de su victoria. La sangre le brotaba por entre el cabello sucio y apelmazado, entre los ojos, en un doble reguero alrededor de la nariz y sobre los labios. Clay reparó en que sus ojos no eran vacuos en absoluto, sino dementes. Clay comprendió de repente y con total inexorabilidad que si aquel era el final del ciclo, no le quedaba ni la más remota posibilidad de salvar a su hijo.

—¡Miión! —chilló el joven—. ¡Miión, miión!

La sirena del camión emitió un aullido ronco y desafinado, como si quisiera manifestar su conformidad.

—¡MIIÓN!

Clay le disparó y enfundó el .45. *Qué coño*, pensó, *solo me pueden poner una vez sobre la plataforma*. Sin embargo, no podía dejar de temblar, y cuando irrumpió en el único motel de Gurleyville, situado en el extremo opuesto de la población, tardó largo rato en conciliar el sueño. En lugar del Hombre Andrajoso, fue su hijo quien lo visitó mientras dormía, un niño sucio de mirada vacua que se limitó a mascullar «Mierda, miión» cuando Clay pronunció su nombre.

6

Despertó de aquel sueño mucho antes del anochecer, pero no logró volver a dormirse, de modo que decidió reanudar el viaje. Y en cuanto dejara atrás Gurleyville, lo poco que había allí, cogería un coche. Era lo más lógico; la Carretera 160 parecía prácticamente despejada y con toda probabilidad llevaba así desde el accidente múltiple en el cruce con la 11. Lo que sucedía era que no se había dado cuenta hasta entonces a causa de la oscuridad y la lluvia.

El Hombre Andrajoso y sus amigos la han despejado, pensó. Por supuesto, es la puta rampa para el ganado. En mi caso, probablemente es la rampa que lleva al matadero, porque soy agua pasada. Les gustaría poder ponerme un sello de PAGADO y archivarme lo antes posible. Lástima de Tom, Jordan y los otros tres. Me pregunto si habrán encontrado suficientes carreteras secundarias para llegar al centro de New Hampshire.

Alcanzó la cima de una cuesta, y en aquel instante aquel pensamiento se interrumpió en seco. En medio de la carretera que se extendía a sus pies había aparcado un pequeño autobús escolar amarillo en cuyo costado ponía **DISTRITO ESCOLAR 38 NEWFIELD, MAINE.** Contra él se apoyaban un hombre y un niño. El hombre rodeaba con el brazo los hombros del niño en un gesto afectuoso que Clay habría reconocido en cualquier parte. Mientras permanecía ahí inmóvil, sin dar crédito a lo que veía, otro hombre apareció junto al morro del autobús. Llevaba la melena canosa recogida en una cola. Lo seguía una mujer embarazada ataviada con una camiseta. Era una camiseta azul celeste en lugar de la Harley-Davidson negra con las mangas cortadas, pero no cabía ninguna duda de que era Denise.

Jordan lo vio, lo llamó, se zafó del brazo de Tom y echó a correr hacia él. Clay también echó a correr, y se encontraron a unos treinta metros del autobús.

—¡Clay! —gritó Jordan, loco de alegría—. ¡Eres tú!

—Soy yo —convino Clay.

Alzó al niño en volandas y lo besó. Jordan no era Johnny, pero de momento le serviría. Lo abrazó con fuerza, lo dejó en el suelo y escudriñó el rostro demacrado, reparando en las ojeras de cansancio que lo ensombrecían.

—¿Cómo habéis llegado hasta aquí?

El rostro de Jordan se ensombreció aún más.

—No pudimos..., quiero decir que solo soñábamos...

Tom se acercó a ellos. Una vez más hizo caso omiso de la mano tendida de Clay y una vez más lo abrazó.

—¿Qué tal estás, Van Gogh? —lo saludó.

—Bien. Encantado de veros, joder, pero no entiendo...

Tom le dedicó una sonrisa fatigada y dulce a un tiempo, el equivalente facial a una bandera blanca.

—Lo que el cerebrito de la informática intenta decirte es que no hemos tenido elección. Ven al autobús. Ray dice que si las carreteras siguen despejadas, y estoy seguro de que sí, podemos llegar a Kashwak a última hora de la tarde, incluso conduciendo a cuarenta kilómetros por hora. ¿Has leído *La guarida*?

Desconcertado, Clay negó con la cabeza.

—He visto la película.

—Hay una frase que encaja muy bien con nuestra situación actual: «Los viajes acaban cuando los amantes se encuentran». Por lo visto, puede que a fin de cuentas llegue a conocer a tu hijo.

Se dirigieron hacia el autobús. Dan Hartwick ofreció a Clay

una lata de caramelos de menta con mano no del todo firme. Al igual que Jordan y Tom, parecía exhausto. Clay cogió un caramelo como en sueños. A despecho del fin del mundo, el caramelo tenía un sabor peculiarmente intenso.

—Eh, tío —lo saludo Ray.

Estaba sentado al volante del autobús, con la gorra de los Dolphins echada hacia atrás y un cigarrillo encendido en la mano. Ofrecía un aspecto pálido y cansado mientras miraba por el parabrisas, pero no a Clay.

—Eh, Ray, ¿qué pasa contigo? —replicó Clay.

—Pasa que esta frasecita la he oído mil veces —masculló Ray con una sonrisa fugaz.

—Millones de veces, seguro. Te diría que me alegro de verte, pero dadas las circunstancias no sé si te apetece oírlo.

—Ahí arriba hay alguien a quien seguro que no te alegras de ver —señaló Ray sin apartar la vista del parabrisas.

Clay se volvió, al igual que los demás. A unos quinientos metros al norte, la Carretera 160 ascendía por otra cuesta. En lo alto, observándolos con la sudadera de HARVARD más sucia que nunca, pero aún brillante contra el cielo encapotado, estaba el Hombre Andrajoso rodeado de unos cincuenta telefónicos. Al darse cuenta de que lo miraban, el Hombre Andrajoso levantó una mano y la agitó dos veces a modo de saludo, de un lado a otro, como si limpiara un vidrio. Luego dio media vuelta y empezó a alejarse. Su séquito (*su pequeño rebaño*, pensó Clay) formó una suerte de V tras él. No tardaron en perderse de vista.

GUSANO

1

Se detuvieron en una zona de descanso no muy lejos de allí. Ninguno de ellos tenía mucha hambre, pero la parada era una ocasión para que Clay hiciera sus preguntas. Ray no probó bocado; se limitó a sentarse en el canto de una barbacoa de piedra, fumando mientras escuchaba sin aportar nada a la conversación. A Clay se le antojó muy desalentado.

—Creemos que estamos parando aquí —comentó Dan mientras señalaba la pequeña zona de picnic con su ribete de abetos, sus árboles de hoja caduca teñidos de otoño, su arroyuelo burbujeante y el rótulo que advertía SI VIAJAS ¡LLÉVATE UN MAPA!—. Probablemente estamos parados aquí, porque, ¿tú dirías que hemos parado aquí, Jordan? —dijo volviéndose hacia este—. Me parece que eres quien tiene la percepción más clara.

—Sí —asintió Jordan sin vacilar—. Esto es real.

—Cierto —masculló Ray sin levantar la vista—. Estamos aquí. —Dio un manotazo a la piedra de la barbacoa, y su alianza tintineó al contacto—. Esto es pero que muy real. Estamos otra vez todos juntos, que es lo que ellos querían.

—No lo entiendo —reconoció Clay.

—Nosotros tampoco del todo —aseguró Dan.

—Son mucho más fuertes de lo que habría imaginado —comentó Tom—, eso sí que lo entiendo.

Se quitó las gafas y se las limpió con la camisa en un ademán cansado y distraído. Parecía diez años mayor que el hombre al que Clay había conocido en Boston.

—Y han manipulado nuestras mentes. A saco. No teníamos ninguna posibilidad.

—Parecéis todos agotados —observó Clay.

Denise se echó a reír.

—¿En serio? Pues nos lo hemos ganado a pulso, te lo aseguro. Cuando te dejamos cogimos la Carretera 11 hacia el oeste. Caminamos hasta que vimos que estaba a punto de amanecer. Buscar un vehículo no tenía sentido porque la carretera estaba hecha un asco. De vez en cuando te encontrabas medio kilómetro despejado, y de repente...

—Ya sé, arrecifes —la atajó Clay.

—Ray dijo que la cosa mejoraría en cuanto pasáramos la autopista de Spaulding, pero decidimos pasar el día en un sitio llamado Motel Twilight.

—He oído hablar de él —señaló Clay—. Está en la entrada del bosque Vaughan. Un sitio bastante notorio por aquí.

—Ah, ¿sí? Bueno, pues eso —masculló Denise con un encogimiento de hombros—. Cuando llegamos, el chico..., Jordan, va y dice: «Os voy a preparar el desayuno más espectacular de vuestra vida». Le contestamos que siguiera soñando, lo que resultó ser curioso, porque eso es lo que pasó, en cierto modo... Pero resulta que había electricidad en el motel y que va Jordan y cumple su promesa. Nos prepara un desayuno de la leche y nos ponemos las botas, en plan Acción de Gracias. ¿Voy bien?

Dan, Tom y Jordan asintieron. Sentado en el canto de la barbacoa, Ray encendió otro cigarrillo.

Según Denise, desayunaron en el comedor, lo cual fascinó a Clay, puesto que estaba seguro de que el Twilight no tenía comedor. Lo recordaba como el clásico motel anodino situado justo en la frontera entre Maine y New Hampshire. Corría el rumor de que sus únicos servicios eran duchas frías en los baños y películas calientes en las habitaciones tamaño caja de cerillas.

El relato se tornaba cada vez más estrambótico. En el motel había una máquina de discos. No tenía música de Lawrence Welk ni Debby Boone, sino que estaba repleta de temas potentes (incluido el «Hot Stuff» de Donna Summer), y en lugar de acostarse enseguida se pasaron dos o tres horas bailando como posesos. A continuación, antes de acostarse, habían dado cuenta de otra copiosa comida, en esta ocasión preparada por Denise, y por fin cayeron rendidos.

—Y soñamos que caminábamos —explicó Dan.

Hablaba en un tono amargo y derrotado que resultaba inquietante. No era el mismo hombre al que Clay había conocido dos noches antes, el que afirmaba estar casi seguro de que podían mantenerlos fuera de sus mentes mientras estaban despiertos, de que quizá lo conseguirían porque aún era pronto para ellos. Lanzó una carcajada desprovista de humor.

—Y no me extraña, tío, porque eso es lo que hicimos. Nos pasamos el día entero caminando.

—El día entero no —puntualizó Tom—. Yo también soñé que íbamos en coche...

—Sí, conducías tú —corroboró Jordan en voz baja—. Solo una hora o así, pero conducías tú. Eso es lo que soñamos en aquel motel, el Twilight. Yo también soñé con el coche. Fue como un sueño dentro de un sueño, solo que ese era real.

—¿Lo ves? —exclamó Tom con una sonrisa mientras alborotaba el cabello del niño—. Jordan lo sabía desde el principio.

—Realidad virtual —explicó Jordan—. Nada más y nada menos. Casi como estar dentro de un videojuego más bien malo. —Se volvió hacia el norte, por donde había desaparecido el Hombre Andrajoso, en dirección a Kashwak—. Aunque mejorará si ellos mejoran.

—Los hijos de puta no pueden hacer nada de noche —intervino Ray—. De noche tienen que acostarse los muy jodidos.

—Y a nosotros tampoco nos quedó más remedio —añadió Dan—. Eso era lo que pretendían, agotarnos para que no nos enteráramos de nada ni siquiera cuando cayera la noche y ellos perdieran el control. Durante el día, el Rector de Harvard siempre andaba cerca, acompañado por un rebaño bastante numeroso, transmitiendo ese campo de fuerza mental, creando la realidad virtual de Jordan.

—Sí —asintió Denise.

Clay calculó que todo aquello había ocurrido mientras él dormía en la caseta del guarda.

—Agotarnos no era lo único que pretendían —afirmó Tom—. Ni tampoco ponernos de nuevo rumbo al norte. También querían que volviéramos a estar todos juntos.

Los cinco viajeros habían vuelto en sí en un destartalado motel de la Carretera 47 de Maine, al sur de Great Works. Todos ellos habían despertado embargados por un desconcierto tremendo, agudizado por el sonido bastante cercano de la música de rebaño. Todos intuían lo que debía de haber sucedido, pero fue Jordan quien logró verbalizarlo, fue Jordan quien había señalado lo evidente, que su intento de fuga había fracasado. Sí, con toda probabilidad podían escabullirse del hotel donde habían recobrado el conocimiento y reanudar el viaje hacia el oeste, pero ¿qué distancia conseguirían recorrer esta vez? Estaban exhaustos y lo que aún era peor, desalentados. También fue Jordan quien aventuró que tal vez los telefónicos disponían de algunos espías normales encargados de vigilar sus movimientos nocturnos.

—Comimos —retomó Denise el hilo del relato—, porque estábamos hambrientos además de cansados. Luego nos acostamos de verdad y dormimos hasta la mañana siguiente.

—Yo fui el primero en despertar —dijo Tom—. El Hombre Andrajoso estaba en el patio. Me hizo una pequeña reverencia y agitó la mano en dirección a la carretera.

Clay recordaba bien aquel gesto. «La carretera es vuestra. Tomadla.»

—Podría haberle disparado, supongo, porque tenía a Míster Rápido, pero ¿de qué habría servido?

Clay meneó la cabeza. De nada en absoluto.

Así pues, habían vuelto a la Carretera 47. Al rato, según explicó Tom, recibieron el impulso mental de tomar una pista forestal sin nombre que parecía discurrir serpenteante hacia el sudeste.

—¿No habéis tenido visiones esta mañana? —inquirió Clay—. ¿Ni sueños?

—No —negó Tom—. Sabían que ya lo habíamos captado. A fin de cuentas, saben leer el pensamiento.

—Nos oyeron rendirnos —terció Dan en aquel mismo tono derrotado y amargo—. Ray, ¿tienes un cigarrillo? Hace tiempo que lo dejé, pero me parece que voy a volver a pillar el hábito.

Ray le arrojó el paquete sin decir palabra.

—Es como si te tocara una mano, pero dentro del cerebro —explicó Tom—. Muy desagradable, intrusivo en un sentido indescriptible. Y todo el rato con la sensación de que el Hombre Andrajoso y su rebaño nos seguían. A veces veíamos a algunos de ellos entre los árboles, pero por lo general no.

—O sea que ya no solo forman rebaños a primera y última hora del día —observó Clay.

—No, todo está cambiando —repuso Dan—. Jordan tiene una teoría y pruebas que la avalan. Además, somos un acontecimiento especial. —Encendió el cigarrillo, fumó una calada y tosió—. Mierda, ya sabía yo que había dejado de fumar por algo… También saben flotar —añadió casi sin transición—. Levitan. Debe de ser la mar de práctico para desplazarse por las carreteras atascadas. Como volar en alfombra mágica.

Tras recorrer un kilómetro y medio por aquella pista forestal que en apariencia no llevaba a ninguna parte, los cinco viajeros habían descubierto una cabaña ante la que había aparcada una camioneta con las llaves puestas. Ray se puso al volante; Tom y Jordan se encaramaron a la caja abierta. Ninguno de ellos se sorprendió cuando la pista se desvió de nuevo hacia el norte. Justo antes del final, el navegador que llevaban instalado en la mente los envió a otra pista y más tarde a una tercera que no era más que un sendero con hierba entre los surcos laterales y que moría en una zona pantanosa. La camioneta quedó encallada allí, pero en cuestión de una hora llegaron a la Carretera 11, a escasa distancia al sur de la intersección con la 160.

—Había un par de telefónicos muertos allí —explicó Tom—.

De hacía poco. También vimos cables eléctricos rotos y postes arrancados. Los cuervos se estaban dando un festín.

Clay contempló la posibilidad de contarles lo que había visto en el cuartel de bomberos voluntarios de Gurleyville, pero decidió no hacerlo. A decir verdad, no veía qué relación podía guardar el episodio con su situación actual. Además, había muchos que no peleaban entre sí, y eran ellos quienes habían empujado a Tom y los demás a seguir adelante.

Aquella fuerza no los había conducido hasta el pequeño autobús amarillo, sino que Ray lo encontró al explorar los alrededores del colmado de Newfield mientras los demás sacaban refrescos del mismo expendedor que Clay había saqueado. Ray divisó el vehículo por una ventana trasera del establecimiento.

Desde entonces solo habían parado una vez para hacer fuego en el suelo de granito de la cantera de Gurleyville y comer algo caliente. Asimismo, se cambiaron los zapatos en el colmado de Newfield, porque la expedición por la zona pantanosa los había dejado llenos de barro, y descansaron un rato. Debían de haber pasado delante del motel donde Clay se había refugiado más o menos a la hora en que este despertaba, porque la energía mental los había obligado a detenerse poco después.

—Y aquí estamos —concluyó Tom—. Caso casi cerrado. —Abarcó con el brazo el cielo, la tierra y los árboles—. Algún día todo esto será tuyo, hijo mío.

—Ya no tengo la sensación de que me empujan el cerebro —comentó Denise—, al menos de momento. Y me alegro, la verdad. El primer día fue el peor. Jordan era el que percibía más claramente que algo iba mal, pero creo que todos sabíamos que…, bueno, que algo no andaba bien.

—Sí —convino Ray mientras se frotaba la nuca—. Era como estar metido dentro de un cuento infantil donde los pájaros y las serpientes hablan y dicen cosas como «No pasa nada, estás bien, da igual que tengas las piernas hechas polvo, estás chupi.» Chupi, eso es lo que decíamos en Lynn cuando era pequeño.

—«Lynn, Lynn, ciudad de pecado sin fin, cuando llegues al cielo, no podrás entrar en su jardín.» —recitó Tom.

—Está claro que te criaste entre fanáticos —comentó Ray—. En cualquier caso, el chico lo sabía, yo lo sabía..., creo que todos lo sabíamos, joder. Cualquiera con dos dedos de frente podía darse cuenta de que no había escapatoria...

—Yo me aferré a eso cuanto pude —atajó Dan—, pero en realidad no teníamos ninguna posibilidad. Puede que otros normales sí, pero nosotros, los asesinos de rebaños, no. Quieren cazarnos les pase lo que les pase.

—¿Qué creéis que nos tienen preparado? —preguntó Clay.

—La muerte —repuso Tom casi con indiferencia—. Bueno, así al menos podremos dormir de una vez.

En aquel instante, Clay procesó por fin un par de detalles. Momentos antes, Dan había comentado que su comportamiento normal estaba cambiando y que Jordan tenía una teoría al respecto. Y ahora acababa de decir «les pase lo que les pase».

—Vi a un par de telefónicos peleándose cerca de aquí —explicó.

—Ah, ¿sí? —replicó Dan sin demasiado interés.

—De noche —añadió Clay, y todos se volvieron hacia él—. Se peleaban por un camión de bomberos como niños por un juguete. Uno de ellos me transmitió algo por telepatía, pero los dos hablaban.

—¿Que hablaban? —repitió Denise con expresión escéptica—. ¿Pronunciaban palabras?

—Sí, palabras... Más o menos claras, pero palabras. ¿Cuántos cadáveres recientes habéis visto? ¿Solo esos dos?

—Habremos visto una docena desde que despertamos a la realidad —repuso Dan.

Miró a los demás. Tom, Denise y Jordan asintieron, mientras que Ray se encogió de hombros y encendió otro cigarrillo.

—Pero cuesta adivinar la causa de la muerte. Puede que estén revirtiendo su comportamiento. Eso encajaría con la teoría de Jordan, aunque el hecho de que los dos que viste hablaran no parece cuadrar. Puede que los que hemos visto no sean más que cadáveres que los rebaños no han tenido ocasión de retirar... No es su máxima prioridad ahora mismo.

—Su máxima prioridad somos nosotros, y seguro que no tardarán en volver a empujarnos —afirmó Tom—. No creo que..., bueno, que nos administren el tratamiento del estadio hasta mañana, pero estoy bastante seguro de que nos quieren en Kashwak antes de que anochezca.

—¿En qué consiste tu teoría, Jordan? —inquirió Clay.

—Creo que había un gusano en el programa original —repuso el chiquillo.

2

—No lo entiendo —dijo Clay—, pero no me extraña. Me las apaño con el Word, el Adobe Illustrator y el Mac-mail, pero por lo demás soy un analfabeto. Johnny tenía que ayudarme con el solitario del Mac.

Hablar de ello resultaba doloroso, y aún más recordar la mano de Johnny sobre la suya para guiarlo con el ratón.

—Pero sabes lo que es un gusano informático, ¿no?

—Algo que se mete en el ordenador y te jode todos los programas, ¿no?

Jordan lanzó un bufido.

—Más o menos —dijo—. Va penetrando y te corrompe los archivos y el disco duro por el camino. Si entra en los documentos compartidos y en las cosas que envías, incluidos los adjuntos del correo electrónico, que es lo que hacen, puede convertirse en un virus y propagarse. A veces los gusanos crían. El gusano madre es mutante, y a veces las crías también sufren mutaciones.

—Vale.

—El Pulso era un programa informático enviado por módem..., es la única posibilidad. Y siguen enviándolo por módem. Pero en el programa original había un gusano que está pudriéndolo. Se va corrompiendo cada vez más. GIGO. ¿Sabes lo que significa GIGO?

—No tengo ni la menor idea.

—Significa «Garbage In, Garbage Out.»* Creemos que existen puntos de conversión donde los telefónicos transforman a normales en...

Clay recordó el sueño que había tenido.

—Os llevo ventaja en eso —atajó.

—Pero ahora están recibiendo un código corrupto, ¿entiendes? Y tiene sentido, porque parece que son los telefónicos recién convertidos los que caen primero. Se pelean, pierden el control, mueren...

—No tienes suficientes datos para decir eso —replicó Clay al instante, pensando en Johnny.

Los ojos de Jordan, hasta entonces relucientes, se ensombrecieron un tanto.

—Cierto... —Al poco irguió el mentón—. Pero tiene su lógica. Si la premisa es cierta..., si de verdad es un gusano, algo que se mete cada vez más dentro del programa original, entonces es tan lógico como el hecho de que utilicen el latín. Los telefónicos conversos se están reiniciando, pero con un código inestable, demencial. Reciben la telepatía, pero pueden hablar. Son...

—Jordan, no puedes sacar esa conclusión tan solo sobre la base de los dos tipos a los que vi...

Pero Jordan no le prestaba atención. Siguió hablando, en realidad para sí mismo.

—No forman rebaños como los demás, al menos no en la misma medida, porque la orden de formar rebaños está mal instalada en su sistema. Lo que hacen es..., es permanecer despiertos de noche y mostrarse agresivos contra los suyos. Y si de verdad la cosa va a peor... ¿No lo veis? Los conversos tienen que ser los primeros en estropearse.

—Es como en *La guerra de los mundos* —terció Tom en tono soñador.

—¿Eh? —masculló Denise—. No he visto la película. Me daba demasiado miedo.

—Los invasores mueren a causa de unos microbios que nues-

* «Basura dentro, basura fuera.» (*N. de la T.*)

tro cuerpo tolera con facilidad —explicó Tom—. ¿No sería poético que todos los telefónicos acabaran muriendo a causa de un virus informático?

—Yo me conformaría con que el virus incrementara su agresividad —intervino Dan—. Que se maten los unos a los otros.

Clay seguía pensando en Johnny. También en Sharon, pero sobre todo en Johnny, que había escrito POR FAVOR VEN A BUSCARME en grandes mayúsculas antes de firmar con su nombre completo, como si ello confiriera más peso a su súplica.

—No nos servirá de nada a menos que ocurra esta noche —señaló Ray Huizenga antes de levantarse y desperezarse—. Nos van a dar caña muy deprisa. Voy a hacer mis necesidades ahora que aún estoy a tiempo. No os vayáis sin mí.

—En el autobús no, seguro —replicó Tom mientras Ray enfilaba el sendero—. Llevas las llaves en el bolsillo.

—Espero que salga todo bien, Ray —musitó Denise con dulzura.

—No te hagas la listilla, tesoro —espetó Ray antes de perderse de vista.

—¿Qué nos van a hacer? —inquirió Clay—. ¿Alguna idea?

Jordan se encogió de hombros.

—Puede que sea como una conexión de televisión de circuito cerrado, solo con la participación de distintas zonas del país, o quizá incluso de todo el mundo. Las dimensiones del estadio me hacen pensar en algo así...

—Y el latín, claro está —añadió Dan—. Es una especie de lengua franca.

—¿Y para qué necesitan una lengua franca? —quiso saber Clay—. Son telépatas.

—Pero siguen pensando sobre todo en palabras —le recordó Tom—, al menos de momento. En cualquier caso, tienen intención de ejecutarnos, Clay. Tanto Jordan como Dan como yo estamos convencidos de ello.

—Y yo —se sumó Denise en tono sombrío mientras se acariciaba el abultado abdomen.

—El latín es más que una lengua franca —señaló Tom—. También es la lengua de la justicia, y ya los hemos oído emplearla antes.

Gunner y Harold, sí. Clay asintió con un gesto.

—Jordan tiene otra idea —agregó Tom—, y creo que debes oírla, Clay, por si acaso. Jordan...

Pero Jordan sacudió la cabeza.

—No puedo.

Tom y Dan Hartwick intercambiaron una mirada.

—Bueno, que me la cuente uno de vosotros —pidió Clay—. ¡Por el amor de Dios!

Al final fue Jordan quien habló.

—Puesto que son telépatas, saben quiénes son nuestros seres queridos.

Clay buscó algún significado siniestro en aquellas palabras, pero no lo halló.

—¿Y? —preguntó.

—Yo tengo un hermano en Providence —intervino Tom—. Si es uno de los suyos, él será mi verdugo..., si es que Jordan tiene razón, claro está.

—Mi hermana —añadió Dan Hartwick.

—El delegado de mi clase —intervino Jordan, muy pálido—. El del móvil Nokia con no sé cuántos megapixels que tiene función de vídeo.

—Mi marido —musitó Denise antes de romper a llorar—. A menos que haya muerto. De hecho, ruego a Dios que haya muerto.

Por un instante, Clay no comprendió nada, pero entonces pensó: *¿John? ¿Mi Johnny?* Vio al Hombre Andrajoso con una mano suspendida sobre su cabeza, lo oyó emitiendo su veredicto: «*Ecce homo, insanus*». Y vio a su hijo caminando hacia él con su gorra de la Liga Infantil y su camiseta favorita de los Red Sox, la que llevaba el nombre y el número de Tim Wakefield en la espalda. Johnny, menudo ante los ojos de los millones de espectadores que presenciaban la escena gracias al milagro de la telepatía de rebaño por circuito cerrado.

El pequeño Johnny-Gee, sonriente. Con las manos vacías. Armado tan solo con sus dientes.

3

Fue Ray quien rompió el silencio a pesar de que ni siquiera estaba allí.

—Dios —lo oyeron mascullar a cierta distancia por el sendero—. Joder. ¡Eh, Clay!

—¿Qué pasa? —preguntó Clay.

—Tú has vivido aquí toda la vida, ¿no?

A juzgar por su tono de voz, no estaba demasiado contento. Clay se volvió hacia los demás, que lo miraron sin expresión alguna. Jordan se encogió de hombros y extendió las manos con las palmas hacia arriba, convirtiéndose por un instante enternecedor de nuevo en un niño en lugar de en un refugiado de la Guerra Telefónica.

—Bueno, algo más al sur…, pero sí —asintió Clay al tiempo que se levantaba—. ¿Qué pasa?

—Así que sabes qué aspecto tienen las ortigas y el roble venenoso, ¿no?

Denise se tapó la boca con ambas manos para contener la risa.

—Sí —asintió Clay.

No pudo contener una sonrisa, pero en efecto sabía qué aspecto tenían, porque había avisado a Johnny y sus amigos infinidad de veces.

—Bueno, pues ven a echar un vistazo —pidió Ray—. Y ven solo… Denise, no me hace falta telepatía para saber que te estás riendo. Haz el favor de parar.

Clay salió del área de descanso, pasó por delante del rótulo que aconsejaba SI VIAJAS, **¡LLÉVATE UN MAPA!** y echó a andar junto al bonito arroyuelo. Todo el bosque estaba precioso, un arco iris de colores cálidos mezclados con el robusto e inmutable verde de los abetos. Clay se dijo, y no por primera vez, que si los hombres y las mujeres debían a Dios una muerte, había estaciones peores para saldar la deuda.

Había esperado encontrar a Ray con los pantalones desabrochados o incluso bajados, pero el hombre estaba de pie sobre una alfombra de pinaza con los pantalones en su sitio. A su alrededor no se veía arbusto alguno, ni de ortigas ni de ninguna otra clase. Estaba tan pálido como Alice el día en que corrió al salón de los Nickerson para vomitar, con la piel tan blanca que parecía muerto. Tan solo sus ojos parecían vivos y ardientes en el centro de su rostro.

—Ven aquí —susurró con urgencia, y Clay apenas si lo oyó a causa del borboteo del riachuelo—. Deprisa, no tenemos mucho tiempo.

—Ray, ¿qué coño...?

—Calla y escucha. Dan y tu amigo Tom son demasiado inteligentes. Jordan también. A veces, ser demasiado inteligente es un obstáculo. Denise lo lleva mejor, pero está embarazada y no se puede confiar en las mujeres embarazadas. Así que solo quedas tú, artista. No me hace ninguna gracia porque sigues aferrado a tu chico, pero tu chico está perdido. En el fondo sabes que tu chico está perdido.

—¿Todo bien, chicos? —preguntó Denise desde la zona de picnic, y a pesar del sopor que se había adueñado de él, Clay percibió la sonrisa en su voz.

—Ray, no sé que...

—No, no lo sabes y seguirás sin saberlo. Limítate a escuchar. Lo que pretende el tipo de la sudadera roja no sucederá si no lo permites. Eso es lo único que necesitas saber.

Ray metió la mano en el bolsillo de sus pantalones y sacó un móvil y un trozo de papel. El teléfono aparecía grisáceo de suciedad, como si hubiera pasado la vida entera en un taller o una fábrica.

—Guárdatelo en el bolsillo. Cuando llegue el momento, llama al número que pone en el papel. Cuando llegue el momento lo sabrás, al menos eso espero.

Clay cogió el teléfono. O lo cogía o lo dejaba caer. El papel se le escurrió de entre los dedos.

—Recógelo —espetó Ray en un susurro feroz.

Clay se agachó y obedeció. En el papel vio garabateados diez dígitos, los tres primeros de los cuales formaban el prefijo de Maine.

—¡Leen el pensamiento, Ray! Si tengo esto…

Los labios de Ray se contrajeron en la sobrecogedora parodia de una sonrisa.

—¡Ya! —masculló—. Se meterán en tu cabeza y descubrirán que estás pensando en un puto teléfono móvil. ¿En qué coño crees que piensa todo el mundo desde el 1 de octubre? Bueno, los que todavía pueden pensar, claro…

Clay se quedó mirando el viejo y sucio teléfono móvil. En la carcasa se veían dos tiras de Dymo. La de arriba decía **SEÑOR FOGARTY**, mientras que la de abajo rezaba **PROPIEDAD CANTERA DE GURLEYVILLE**.

—¡Guárdatelo en el bolsillo de una puta vez!

No fue la orden en sí lo que le hizo obedecer, sino la urgencia que advirtió en aquellos ojos desesperados. Clay empezó a guardarse el teléfono y el papel en el bolsillo. Llevaba vaqueros, por lo que los bolsillos eran más estrechos que los de Ray. Bajó la vista para abrirlo un poco más, y en aquel instante Ray alargó la mano y arrancó el .45 de Clay de su improvisada funda. Cuando Clay levantó la mirada, su compañero ya se había encajado el cañón bajo la barbilla.

—Créeme, le harás un favor a tu chico, Clay. Esta no es manera de vivir, joder.

—¡Ray, no!

Ray apretó el gatillo. La bala de punta hueca American Defender le volatilizó la parte superior de la cabeza. Numerosos cuervos alzaron el vuelo desde los árboles, llenando el aire con sus gritos.

Por unos instantes, Clay los ahogó con los suyos.

4

Apenas habían empezado a cavarle una tumba en la tierra oscura y blanda bajo los abetos cuando los telefónicos se colaron de nuevo en sus mentes. Clay experimentaba por primera vez sus energías aunadas. La sensación se parecía sobremanera a la descripción de Tom, una especie de empujón contundente en la espalda, aunque tanto la mano como la espalda se hallaban en el interior del cerebro. No había palabras. Tan solo ese empujón.

—¡Déjennos acabar! —gritó, pero de inmediato se respondió a sí mismo en un timbre algo más agudo que reconoció al instante—. No. Marchaos. Ahora.

—Cinco minutos —pidió.

Esta vez, la voz del rebaño utilizó a Denise.

—Marchaos. Ahora.

Tom empujó el cadáver de Ray, con los restos de su cabeza envueltos en una de las fundas de respaldo del autobús, al hoyo y lo llenó de tierra a puntapiés. Luego se aferró ambos lados de la cabeza e hizo una mueca.

—Vale, vale —dijo antes de responderse—: Marchaos. Ahora.

Regresaron por el sendero hasta la zona de descanso. Jordan caminaba a la cabeza; estaba muy pálido, pero Clay no creía que tanto como Ray en el último minuto de su vida, ni de lejos. «Esta no es manera de vivir, joder.» Sus últimas palabras.

Al otro lado de la carretera, en una fila que se extendía hacia ambos horizontes a lo largo de unos ochocientos metros, había numerosos telefónicos. Debían de ser unos cuatrocientos en total, pero Clay no vio al Hombre Andrajoso. Suponía que habría ido a preparar el camino porque en su casa había muchas mansiones.

Con una extensión telefónica en cada una de ellas, pensó.

Mientras se dirigían hacia el autobús vieron a tres telefónicos apartarse de la fila. Dos de ellos empezaron a forcejear, morderse y tirarse de la ropa, espetando lo que quizá eran palabras; a Clay le pareció oír la expresión «capullo» en un momento dado, aunque supuso que podía tratarse de una mera coincidencia de sílabas. El tercero giró sobre sus talones y echó a andar por la línea divisoria en dirección a Newfield.

—¡Así se hace, tío, lárgate! —chilló Denise, histérica—. ¡Largaos todos!

Pero no se largaron, y antes de que el desertor, si es que era un desertor, llegara al punto en que la Carretera 160 se perdía de vista hacia el sur, un telefónico entrado en años pero fornido se limitó a extender los brazos, le agarró la cabeza y se la torció hacia un lado. El desertor se desplomó al instante.

—Ray tenía las llaves —musitó Dan con voz cansada; llevaba la cola casi desecha, y el cabello se le desparramaba sobre los hombros—. Alguien tendrá que volver y...

—Las tengo yo —atajó Clay—. Y yo conduciré.

Abrió la puerta lateral del pequeño autobús, percibiendo aquella suerte de latido y empujón constante en la cabeza. Tenía las manos manchadas de sangre y tierra. Sentía el peso del móvil en el bolsillo, y de repente lo asaltó una idea extraña: tal vez Adán y Eva cogieran algunas manzanas antes de ser expulsados del Edén. Un pequeño tentempié para el largo y arduo viaje hasta el presente de setecientos canales de televisión y mochilas bomba en el metro de Londres.

—Todo el mundo a bordo.

—No hace falta que te muestres tan alegre, Van Gogh —masculló Tom con una mirada sombría.

—¿Y por qué no? —replicó Clay con una sonrisa al tiempo que se preguntaba si su sonrisa se parecería al espeluznante rictus mortal de Ray—. Al menos no tendré que escuchar tus chorradas durante mucho más tiempo. Venga, todos arriba. Próxima parada, Kashwak = No-Fo.

Pero antes de que pudieran subir al autobús, les obligaron a deshacerse de las armas.

No les dieron una orden mental ni anularon su control motriz mediante una fuerza superior. Clay no tuvo que presenciar cómo algo lo forzaba a bajar la mano para retirar el .45 de su funda. De hecho, no creía que los telefónicos fueran capaces de eso, al menos de momento. En realidad, ni siquiera eran capaces de recurrir al ventriloquismo a menos que se lo permitieran. Lo que experimentó fue una especie de escozor en el cerebro, breve pero de intensidad casi insoportable.

—¡Dios mío! —gimió Denise, y arrojó tan lejos como pudo

el pequeño .22 que llevaba en el cinturón. El arma se estrelló contra el asfalto.

Dan se deshizo de la pistola y luego del cuchillo de caza por si acaso. El cuchillo fue a parar casi al otro lado de la Carretera 160, pero ninguno de los telefónicos alineados allí se inmutó siquiera.

Jordan dejó caer su arma junto al autobús. Acto seguido metió la mano en la mochila con un gemido, sacó la de Alice y también la tiró. Tom se deshizo de Míster Rápido.

Clay unió el .45 al pequeño montón. Ya había traído mala suerte a dos personas desde El Pulso, por lo que no le molestó demasiado separarse de él.

—Ya está —dijo a los sucios rostros que lo observaban desde el otro lado de la carretera, muchos de ellos mutilados, aunque a quien visualizaba en realidad era al Hombre Andrajoso—. Ya están todas. ¿Satisfechos? —Y se respondió al instante—: Por qué. Lo. Ha hecho.

Clay tragó saliva. Los telefónicos no eran los únicos que querían saberlo. Dan y los demás no apartaban la vista de él. Observó que Jordan se había aferrado al cinturón de Tom, como si temiera la respuesta de Clay como un niño pequeño teme una calle llena de camiones.

—Dijo que vuestra manera de vivir no es manera de vivir —explicó—. Cogió mi arma y se voló la cabeza sin que pudiera impedírselo.

Silencio quebrado tan solo por el graznido de los cuervos.

—Nuestra manera. Es la única manera —recitó por fin Jordan con voz neutra, casi robótica.

Dan fue el siguiente en hablar en el mismo tono. *Si no sienten rabia no sienten nada*, se dijo Clay.

—Subid. Al autobús.

Subieron al autobús. Clay se sentó al volante, arrancó y puso rumbo al norte por la 160. Llevaba menos de un minuto conduciendo cuando advirtió un movimiento a su izquierda. Eran los telefónicos. Avanzaban hacia el norte por la cuneta (por encima de la cuneta), en línea recta, como transportados por una cinta a unos veinte centímetros del suelo. Más adelante, en lo alto de una cuesta, se elevaron a unos cinco metros, formando un arco humano contra el telón de fondo gris opaco que formaba el cielo encapotado. Verlos desaparecer al otro lado de la colina fue como seguir con la mirada el avance de una montaña rusa.

De repente, la armoniosa simetría se quebró. Una de las figuras voladoras se desplomó como un pájaro abatido por un cazador y cayó unos tres metros hasta estrellarse contra la cuneta. Era un hombre ataviado con los vestigios andrajosos de un traje. Empezó a trazar círculos en el suelo, agitando una pierna mientras arrastraba la otra. Cuando el autobús pasó junto a él a menos de veinticinco kilómetros por hora, Clay advirtió que el rostro del hombre estaba contraído en un rictus de furia y que su boca escupía lo que a buen seguro eran sus últimas palabras…

—Bueno, ahora lo sabemos —declaró Tom con voz cansina.

Estaba sentado con Jordan en el banco que formaba la última fila del autobús, delante del guardaequipajes que contenía todas sus mochilas.

—Los primates dieron paso al hombre, el hombre dio paso a los telefónicos, y los telefónicos han dado paso a estos telépatas voladores con síndrome de Tourette. Fin de la evolución.

—¿Qué es el síndrome de Tourette? —quiso saber Jordan.

—No tengo ni puta idea, hijo —replicó Tom.

Y por increíble que pareciera, todos se echaron a reír como locos, incluso Jordan, que no sabía de qué se reía, mientras el pequeño autobús amarillo avanzaba parsimonioso hacia el norte, acompañado por los telefónicos que ascendían y ascendían en una procesión en apariencia inacabable.

KASHWAK

1

Una hora después de dejar el área de descanso donde Ray se había quitado la vida con el arma de Clay, pasaron ante un rótulo que decía:

**EXPO DE LOS CONDADOS DEL NORTE
DEL 5 AL 15 DE OCTUBRE
¡BIENVENIDOS!**

**VISITEN EL PABELLÓN DE KASHWAKAMAK
Y NO OLVIDEN EL INCOMPARABLE
«CONFÍN NORTE»
MÁQUINAS DE JUEGO
(TAMBIÉN PÓQUER TEXAS HOLD'EM)
«BINGO INDIO»**

¡¡NO SE LO PIERDAN!!

—¡Dios mío! —exclamó Clay—. La Expo. El pabellón de Kashwakamak. Joder. El mejor sitio del mundo para un rebaño.

—¿Qué es una expo? —inquirió Denise.

—Una especie de feria rural —explicó Clay—, solo que mayor que las demás y mucho más salvaje, porque se celebra en la TR, en el culo del mundo. Además está lo del «Confín Norte». Todo el mundo en Maine ha oído hablar del Confín Norte de la Expo de los Condados del Norte. En cierta forma es tan célebre como el Motel Twilight.

Tom quería saber qué era el Confín Norte, pero antes de que Clay tuviera ocasión de explicárselo, Denise lo interrumpió.

—Ahí hay dos más. Jesús, María y José, ya sé que son telefónicos, pero aun así me da náuseas.

Había un hombre y una mujer tendidos en la polvorienta cuneta. Habían muerto o bien abrazados o bien enzarzados en una encarnizada lucha, y los abrazos no parecían formar parte del estilo de vida de los telefónicos. Habían visto una media docena de cadáveres más durante el trayecto hacia el norte, a buen seguro bajas del rebaño que había salido a su encuentro. También habían visto a varios vagando sin rumbo hacia el sur, a veces solos, a veces en parejas. Una de las parejas, a todas luces sin saber adónde ir, incluso había intentado parar el autobús para que los llevara.

—Sería genial que todos desertaran o cayeran fulminados antes de lo que nos tienen preparado para mañana —comentó Tom.

—Yo no contaría con ello —replicó Dan—. Por cada baja o desertor hemos visto a veinte o treinta que siguen el programa. Y sabe Dios cuántos nos esperan en Kashwak.

—Yo tampoco contaría con eso —señaló Jordan con cierta sequedad desde su asiento junto a Tom—. Un gusano en el programa no es moco de pavo. Puede empezar como una simple molestia y de repente, catapún, todo se va a la porra. Juego a ese juego… ¿el Star-Mag? Bueno, jugaba…, y un aguafiestas de California se cabreó tanto porque siempre perdía que metió un gusano en el sistema y se cargó todos los servidores en cuestión de una semana. Casi medio millón de jugadores se quedaron sin Star-Mag por culpa de aquel imbécil.

—No tenemos una semana, Jordan —le recordó Denise.

—Ya lo sé —repuso el chico con voz sombría—. Y sé que lo más probable es que no desaparezcan todos de la noche a la mañana…, pero es posible. Y por mi parte, no perderé la esperanza. No quiero acabar como Ray. Ray… perdió la esperanza

—concluyó mientras una lágrima solitaria le rodaba por la mejilla.

—No acabarás como Ray —aseguró Tom al tiempo que lo abrazaba—. Crecerás y de mayor serás como Bill Gates.

—No quiero ser como Bill Gates —replicó Jordan, huraño—. Apuesto algo a que Bill Gates tenía móvil. De hecho, apuesto algo a que tenía una docena. —De repente se irguió en el asiento—. Me encantaría saber cómo es posible que sigan funcionando tantos repetidores si no hay electricidad.

—La FEMA* —masculló Dan.

Tom y Jordan se volvieron para mirarlo, Tom con una tenue sonrisa en los labios. Incluso Clay miró a Dan por el retrovisor.

—Creéis que estoy de broma —prosiguió Dan—. Ojalá... Leí un artículo sobre el tema un día en la consulta del médico, mientras esperaba para que me hicieran esa prueba repugnante en la que el médico se pone un guante y se va de exploración...

—Por favor —lo atajó Denise—. Las cosas ya están lo bastante chungas..., así que ahórrate los detalles. ¿Qué decía el artículo?

—Que después del 11 de septiembre la FEMA solicitó y obtuvo cierta cantidad de dinero del Congreso..., no recuerdo cuánto, pero varios millones, para equipar los repetidores de telefonía móvil de todo el país con generadores de emergencia y así garantizar que las comunicaciones de la nación no se fueran a la mierda en caso de atentados terroristas coordinados. —Dan se detuvo un instante antes de proseguir—: Y parece que funcionó.

—La FEMA —musitó Tom—. No sé si echarme a reír o a llorar.

—Te sugeriría que escribieras al diputado de tu distrito, pero lo más probable es que esté loco —comentó Denise.

—Ya estaba loco antes de El Pulso —replicó Tom con aire ausente mientras se restregaba la nuca y miraba por la ventanilla—. La FEMA. La verdad es que tiene cierto sentido. La puta FEMA...

* Agencia Federal de Gestión de Emergencias. (*N. de la T.*)

—Pues a mí me encantaría saber por qué tienen tanto empeño en hacerse con nosotros y llevarnos a ese lugar —observó Dan.

—Y en asegurarse de que los demás no sigamos el ejemplo de Ray —añadió Denise—, no lo olvides… De todos modos, yo no lo haría —aseguró tras una pausa—. El suicidio es pecado. Pueden hacerme lo que quieran, pero tengo intención de irme derecha al cielo con mi bebé. Creo en ello.

—Lo que más escalofríos me da es lo del latín —dijo Dan—. Jordan, ¿es posible que los telefónicos cogieran cosas antiguas…, cosas de antes de El Pulso, y las incorporaran a la nueva programación si encajaban en…, no sé…, en sus objetivos a largo plazo?

—Supongo que sí —asintió Jordan—. No lo sé seguro porque no sabemos qué tipo de órdenes codificaron en El Pulso. En cualquier caso, no es una programación informática normal, sino que se autogenera; es orgánica, como el aprendizaje… De hecho, creo que es aprendizaje. «Cuadra con la definición», como diría el director. Solo que todos aprenden juntos, porque….

—Por la telepatía —atajó Tom.

—Exacto —convino Jordan con expresión preocupada.

—¿Y por qué te da escalofríos lo del latín? —preguntó Clay a Dan mientras lo miraba por el retrovisor.

—Tom comentó que el latín es el lenguaje de la justicia, y supongo que es verdad, pero todo esto me parece más una venganza. —Se inclinó hacia delante; tras los cristales de las gafas, sus ojos parecían cansados e inquietos—. Porque, con latín o sin él, no son capaces de pensar, de eso estoy convencido. Al menos de momento. No dependen del raciocinio, sino de una especie de mente colmenar nacida de la furia más pura.

—Protesto, señoría, especulación freudiana —intervino Tom en tono más bien risueño.

—Quizá sea Freud o quizá sea Lorenz —replicó Dan—, pero en cualquier caso te pido que me concedas el beneficio de la duda. ¿Sería de extrañar que un ente cargado de semejante ira confundiera la justicia con la venganza?

—¿Tiene importancia? —replicó Tom.

—Puede que para nosotros sí —señaló Dan—. Como persona

que una vez impartió un curso sobre «vigilantismo» en Estados Unidos, estoy en condiciones de afirmar que la venganza acaba ocasionando más daño.

2

Poco después de aquella conversación llegaron a un lugar que Clay reconoció, lo cual resultaba inquietante, ya que nunca había estado en aquella parte del estado, salvo una vez, en el sueño de las conversiones masivas.

De nuevo vieron **KASHWAK=NO-FO** escrito con brillante pintura verde en la calzada. El autobús pasó por encima de las palabras a unos cuarenta y cinco kilómetros por hora mientras los telefónicos proseguían con su majestuosa y diabólica procesión a la izquierda de la carretera.

No fue un sueño, se dijo Clay mientras contemplaba los montones de basura atrapada en los arbustos que flanqueaban la carretera, las latas de refresco y cerveza acumuladas en las zanjas. Bolsas de patatas fritas, Doritos y ganchitos crujían bajo los neumáticos del autobús. *Los normales estaban aquí de pie en una fila de a dos, comiendo y bebiendo, sintiendo ese extraño picor en la cabeza, experimentando la peculiar sensación de que una mano mental les daba un empujón en la espalda, esperando su turno para llamar a un ser querido perdido en el momento de El Pulso. Estaban aquí de pie, escuchando al Hombre Andrajoso decir «Derecha e izquierda, dos filas, muy bien, no se detengan, tenemos que procesar a muchos de ustedes antes de que anochezca».*

Delante de ellos, los árboles se apartaban de la carretera. Lo que en el otro mundo había sido la tierra de pasto laboriosamente cuidada por un granjero para sus vacas u ovejas se había convertido en una extensión de tierra desnuda a causa de innumerables pisadas. Daba la impresión de que se hubiera celebrado un concierto de rock en aquel lugar. Una de las carpas había desaparecido barrida por el viento, pero la otra había quedado atrapada en unos árboles y aleteaba a la mortecina luz del atardecer como una larguísima lengua parda.

—Soñé con este sitio —anunció Jordan con voz tensa.

—Ah, ¿sí? Yo también —convino Clay.

—Los normales seguían las señales de Kashwak = No-Fo y llegaban hasta aquí —prosiguió Jordan—. Eran como casetas de peaje, ¿verdad, Clay?

—Más o menos —repuso Clay—. Sí, como casetas de peaje.

—Tenían unas cajas de cartón muy grandes llenas de teléfonos —explicó Jordan.

Clay no recordaba aquel detalle, pero no dudó ni un instante de su veracidad.

—Montones y montones de teléfonos. Y cada normal tenía derecho a hacer una llamada. Qué afortunados.

—¿Cuándo tuviste ese sueño, Jordan? —preguntó Denise.

—Anoche —repuso Jordan, cambiando una mirada con el reflejo de Clay en el retrovisor—. Sabían que no hablarían con la persona con la que querían comunicarse. En el fondo lo sabían, pero aun así lo hacían. Cogían el teléfono y escuchaban. De hecho, la mayoría de ellos ni siquiera se resistía. ¿Por qué, Clay?

—Porque estaban cansados de luchar, supongo —repuso Clay—. Cansados de ser distintos. Querían escuchar «Baby Elephant Walk» con otra actitud.

Dejaron atrás los campos destrozados donde habían estado instaladas las carpas. Ante ellos vieron una vía secundaria asfaltada, más ancha y lisa que la carretera principal. Los telefónicos la tomaban y desaparecían entre los árboles. A unos ochocientos metros de distancia, asomada a las copas de los árboles, divisaron una estructura de acero en forma de caballete gigantesco que Clay identificó al instante con la que había visto en sueños. Se dijo que debía de ser algún tipo de atracción, tal vez una Caída Libre. En la bifurcación entre la carretera principal y la vía secundaria había una valla publicitaria en la que se veía a una familia sonriente, papá, mamá, nene y nena, entrando en un maravilloso universo de atracciones, juegos y muestras agrícolas.

**EXPO DE LOS CONDADOS DEL NORTE
ESPECTÁCULO DE FUEGOS ARTIFICIALES
EL 5 DE OCTUBRE**

**VISITEN EL PABELLÓN DE KASHWAKAMAK
«CONFÍN DEL NORTE», ABIERTO DÍA Y NOCHE
DEL 5 AL 15 DE OCTUBRE**

¡¡NO SE LO PIERDAN!!

El Hombre Andrajoso estaba de pie ante la valla. En aquel momento levantó una mano para hacerlos parar.

Dios mío, pensó Clay al tiempo que detenía el autobús junto a él. Los ojos del Hombre Andrajoso, que Clay no había sido capaz de plasmar con precisión en el dibujo que hiciera en Gaiten, ofrecían un aspecto aturdido y lleno de interés malévolo a un tiempo. Clay se dijo que era imposible que expresaran ambas cosas de forma simultánea, pero así era. A veces el aturdimiento ganaba la partida para luego dar paso a una desagradable y sobrecogedora avidez.

No querrá subir al autobús.

Pero por lo visto sí quería. Levantó las manos hacia la puerta con las palmas juntas y luego las separó. Fue un gesto más bien agradable, como si quisiera expresar que el pájaro había volado, pero las manos estaban ennegrecidas de suciedad, y el meñique de la izquierda aparecía fracturado por al menos dos puntos.

Estos son los nuevos habitantes de la tierra, se dijo Clay, *telépatas que no se lavan.*

—No le dejes subir —advirtió Denise con voz temblorosa.

Clay reparó en que el flujo de telefónicos a la izquierda del autobús se había detenido y sacudió la cabeza.

—No tengo elección —aseguró.

«Se meterán en tu cabeza y descubrirán que estás pensando en un puto teléfono móvil», había dicho, casi espetado, Ray. «¿En qué coño crees que piensa todo el mundo desde el 1 de octubre?»

Espero que tuvieras razón, Ray, pensó Clay, *porque aún falta una hora y media para que anochezca, como mínimo una hora y media.*

Accionó la palanca que abría la puerta, y el Hombre Andrajoso, con el labio desgarrado curvado en su sempiterno rictus de desprecio, subió a bordo. Estaba sobrecogedoramente escuálido, y la sucísima sudadera roja le pendía del cuerpo como un saco. Ninguno de los ocupantes del autobús iba demasiado aseado, porque la higiene no había constituido su principal prioridad desde el 1 de octubre, pero el Hombre Andrajoso despedía un hedor intenso y penetrante que casi quitó el aliento a Clay. Era el olor de una pieza de queso fuerte encerrada en una habitación caldeada en exceso.

El Hombre Andrajoso se sentó en el asiento situado junto a la puerta, de cara al conductor, y miró a Clay. Por un instante todo se concentró en el peso polvoriento de su mirada y en aquella extraña curiosidad a medias risueña.

Finalmente, Tom habló en un tono suave y al mismo tiempo indignado que Clay solo le había oído emplear una vez, al decir «Bueno, ya basta» a la rolliza fanática religiosa que había lanzado un sermón apocalíptico a Alice.

—¿Qué quieres de nosotros? Ya tenéis el mundo, ¿no? ¿Qué más queréis de nosotros?

La boca destrozada del Hombre Andrajoso formó la palabra en el instante en que esta brotaba de los labios de Jordan en un tono neutro y carente de toda emoción.

—Justicia.

—Pues a mí me parece que no tenéis ni idea de lo que es la justicia —comentó Dan.

El Hombre Andrajoso replicó levantando la mano en dirección a la vía secundaria con la palma hacia fuera y el índice extendido. «En marcha.»

Cuando el autobús se puso en movimiento, casi todos los telefónicos siguieron su ejemplo. Unos cuantos más habían caído a consecuencia de las peleas, y por el retrovisor exterior Clay vio a otros caminando por la vía secundaria de la Expo en dirección a la carretera principal.

—Estáis perdiendo soldados —comentó.

El Hombre Andrajoso no habló en nombre del rebaño. Sus ojos, ora apagados, ora curiosos, ora ambas cosas, permanecían clavados en Clay, que casi tenía la impresión de sentirlos deslizarse por su piel. Los dedos retorcidos del Hombre Andrajoso, grises por la suciedad, descansaban sobre el regazo de sus vaqueros también mugrientos. Al cabo de unos instantes esbozó una sonrisa, quizá respuesta más que suficiente. A fin de cuentas, Dan tenía razón. Por cada telefónico que desaparecía había muchos más. Sin embargo, Clay no comprendió cuántos más hasta al cabo de media hora, cuando el bosque se abrió y pasaron bajo un arco de madera en el que se leían las palabras **BIENVENIDOS A LA EXPO DE LOS CONDADOS DEL NORTE**.

3

—Dios mío —musitó Dan.

Denise expresó con mayor precisión los sentimientos de Clay al proferir un grito.

Sentado al otro lado del estrecho pasillo en la primera fila de asientos, el Hombre Andrajoso se limitó a seguir mirando a Clay con la malevolencia obtusa de un niño tonto a punto de arrancarles las alas a unas cuantas moscas. «¿Te gusta?» parecía preguntar su sonrisa. «No está mal, ¿verdad? ¡Está toda la tropa!» Claro que su sonrisa podía significar aquello o cualquier otra cosa. Incluso podía significar que el Hombre Andrajoso sabía lo que Clay llevaba en el bolsillo.

Bajo el arco partía un camino central y un conjunto de atracciones que, a juzgar por su aspecto, estaban a medio montar en el momento de El Pulso. Clay no sabía cuántas carpas habrían instalado en un principio, pero algunas las había arrancado el viento, como las del punto de control junto a la bifurcación, y solo quedaban alrededor de media docena, los costados abombándose a la brisa del anochecer como si respiraran. La carpa de las Tazas Locas estaba a medio montar, al igual que el Pasaje del

Terror situado frente a ella (**ATRÉVETE**, se leía en el único trozo de fachada ya levantado, bajo unos esqueletos danzantes). Solo la Noria y la Caída Libre, situadas en el extremo más alejado del camino central, parecían terminadas, y a falta de luz eléctrica que les confiriera su habitual colorido, ofrecían más aspecto de gigantescos instrumentos de tortura que de atracciones. No obstante, sí vio brillar una luz, un diminuto piloto rojo, sin duda alimentado con pilas, en lo alto de la Caída Libre.

Más allá de la Caída Libre se alzaba un edificio blanco con detalles rojos, de las dimensiones de una docena de graneros juntos. En sus costados se amontonaban enormes pilas de heno suelto. Cada tres metros se veían banderas americanas ondeando al viento en aquella feria rural de tres al cuarto. El edificio aparecía envuelto en largas tiras de banderines patrióticos y se anunciaba en pintura azul brillante como

EXPO DE LOS CONDADOS DEL NORTE
PABELLÓN KASHWAKAMAK

Pero nada de aquello fue lo que les llamó la atención. Entre la Caída Libre y el Pabellón Kashwakamak se abrían varios acres de campo abierto. Clay supuso que era allí donde las grandes multitudes se congregaban para presenciar las exhibiciones de ganado, los concursos de arrastre de tractores, los conciertos de fin de feria y, por supuesto, los fuegos artificiales que se organizaban tanto al principio como al término de la Expo. El campo estaba rodeado de focos y postes para altavoces…, y en aquel momento, abarrotado de telefónicos. Estaban de pie, hombro con hombro, cadera con cadera, todos atentos a la llegada del pequeño autobús amarillo.

Cualquier esperanza que Clay hubiera albergado de ver a Johnny o a Sharon se esfumó en un abrir y cerrar de ojos. Su primer pensamiento fue que debía de haber cinco mil personas hacinadas bajo los focos apagados. Al cabo de un instante advirtió que también llenaban los aparcamientos cubiertos de hierba que rodeaban la zona principal y revisó el cálculo al alza. Ocho mil como mínimo.

El Hombre Andrajoso siguió sentado en el lugar que debería haber ocupado un niño de tercero de la escuela primaria de Newfield, sonriendo a Clay, los dientes visibles por entre el labio destrozado. «¿Te gusta?» parecía preguntar aquella sonrisa, aunque de nuevo Clay se recordó que podía interpretarla de mil y una formas.

—Bueno, ¿quién toca esta noche? ¿Vince Gill? ¿O habéis tirado la casa por la ventana y contratado a Alan Jackson?

Era Tom. Intentaba mostrarse gracioso, por lo que Clay le estaba muy agradecido, pero lo cierto es que parecía aterrado.

El Hombre Andrajoso seguía mirando a Clay, y en el centro de su frente apareció un pequeño surco vertical, como si algo lo desconcertara.

Clay condujo el autobús despacio por el camino central en dirección a la Caída Libre y la multitud silenciosa que esperaba al otro lado. Había más cadáveres, que a Clay le recordaron los montones de insectos que a veces se encuentran en las repisas de las ventanas después de una ola de frío. Se concentró en mantener las manos relajadas, pues no quería que el Hombre Andrajoso viera sus nudillos blancos por la tensión sobre el volante.

Y despacito. Lo mejor es ir despacito. Solo te está mirando. En cuanto a los móviles, ¿en qué coño piensa todo el mundo desde el 1 de octubre?

El Hombre Andrajoso levantó una mano y señaló con un dedo retorcido y maltrecho a Clay.

—No-fo, tú. —Y Clay añadió en la otra voz—: *Insanus*.

—Ya, no-fo yo, no-fo ninguno de nosotros, en este autobús todos estamos majaras —espetó Clay—. Pero tú te encargarás de eso, ¿verdad?

El Hombre Andrajoso sonrió como si quisiera decir que estaba en lo cierto..., pero el pequeño surco vertical seguía visible en su frente, como si algo aún lo desconcertara. Tal vez algo que daba tumbos por la mente de Clay Riddell.

Clay miró por el retrovisor cuando se aproximaban al final del camino central.

—Tom, me preguntaste qué era el Confín Norte —dijo.

—Perdona, Clay, pero tengo la impresión de que mi interés se ha esfumado —espetó Tom—. Puede que se deba a las dimensiones del comité de bienvenida.

—Pero es interesante —insistió Clay con un tinte de histeria.

—Vale, ¿qué es? —terció Jordan.

Que Dios bendijera a Jordan. Curioso hasta el fin.

—La Expo de los Condados del Norte nunca fue gran cosa en el siglo XX —explicó Clay—. No era más que la típica feria rural de tres al cuarto, con productos de la tierra, arte, artesanía y animales en el pabellón Kashwakamak…, que es donde van a meternos, por lo visto.

Miró al Hombre Andrajoso, pero este no confirmó ni desmintió aquel extremo, sino que se limitó a seguir sonriendo. El surco vertical había desaparecido de su frente.

—Cuidado, Clay —masculló de repente Denise con voz tensa y contenida.

Clay se volvió de nuevo hacia el camino y pisó el freno. Una anciana con heridas infectadas en ambas piernas se apartó de la muchedumbre silenciosa. Rodeó la Caída Libre, tropezó con varias piezas prefabricadas del Pasaje del Terror que los trabajadores no habían llegado a levantar antes de El Pulso, y luego echó a correr dando tumbos hacia el autobús. Al llegar a él se puso a golpear el parabrisas con manos mugrientas y retorcidas por la artritis. Clay advirtió que su rostro no reflejaba el vacío ávido que ya asociaba con los telefónicos, sino una suerte de desconcierto aterrado que le resultaba familiar. «¿Quién eres?», había preguntado el Duendecillo Moreno. El Duendecillo Moreno, que no había recibido el impacto directo de El Pulso. «¿Quién soy yo?»

Nueve telefónicos avanzaron en un pulcro cuadrado móvil hacia la anciana, cuyo rostro frenético se hallaba a apenas un metro del de Clay. Movió los labios, y Clay oyó cuatro palabras tanto con los oídos como con la mente. «Llevadme con vosotros.»

No vamos a ningún sitio al que le convenga ir, señora, pensó Clay.

Al cabo de un instante, los telefónicos la asieron y la arrastraron de vuelta hacia la muchedumbre apostada sobre la hierba. La anciana forcejeó, pero sus captores se mostraron implacables. Clay vislumbró un instante sus ojos y se dijo que eran los ojos de una mujer que estaba en el purgatorio en el mejor de los casos, aunque más probablemente en el infierno.

El Hombre Andrajoso extendió de nuevo la mano con la palma hacia arriba y el índice estirado. «En marcha.»

La anciana había dejado la huella de su mano impresa en el parabrisas, fantasmal pero visible. Clay miró a través de ella y se puso en marcha.

4

—La cuestión —continuó— es que la Expo no fue gran cosa hasta 1999. Si vivías en esta parte del mundo y querías ir a un buen parque de atracciones, tenías que bajar a la feria de Fryeburg.

Clay oía su voz como si estuviera grabada en una cinta. Hablaba por hablar, como los conductores de los *Duck Boats* de Boston mientras señalaban las distintas atracciones turísticas de la ciudad.

—Justo antes de final de siglo, la Oficina Estatal de Asuntos Indios hizo un estudio. Todo el mundo sabía que el recinto de la Expo estaba justo al lado de la reserva de Sockabasin. Lo que mostró el estudio fue que el extremo norte del pabellón Kashwakamak estaba dentro de la reserva. Técnicamente era territorio micmac. Los responsables de la Expo no tenían un pelo de tontos, ni tampoco los del consejo tribal micmac. Acordaron quitar los tenderetes del extremo norte del pabellón e instalar allí máquinas tragaperras. De repente, la Expo de los Condados del Norte se convirtió en la feria de otoño más importante de Maine.

Habían llegado a la Caída Libre. Clay se dispuso a girar hacia la izquierda para pasar entre la atracción y el Pasaje del Terror a medio construir, pero el Hombre Andrajoso agitó las manos con las palmas hacia abajo, de modo que Clay detuvo el autobús. El Hombre Andrajoso se levantó y se volvió hacia la puerta.

Clay accionó la palanca; el Hombre Andrajoso se apeó, se giró hacia Clay e hizo una suerte de reverencia.

—¿Qué está haciendo? —preguntó Denise, que no veía nada desde su asiento, al igual que los demás.

—Quiere que bajemos —repuso Clay antes de ponerse en pie.

Sentía la presión del móvil que le había dado Ray contra la parte superior del muslo. Si bajaba la vista vería su contorno bajo la tela de los vaqueros. Tiró de la camiseta que llevaba en un intento de disimularlo. *¿Y qué? Todo el mundo piensa en móviles.*

—¿Nos bajamos? —inquirió Jordan con voz atemorizada.

—No tenemos más remedio —afirmó Clay—. Vamos, chicos, vayamos al parque de atracciones.

5

El Hombre Andrajoso los condujo hacia la muchedumbre silenciosa, que a su paso se dividió, dejando un estrecho pasillo desde la parte posterior de la Caída Libre hasta la puerta de doble hoja del pabellón Kashwakamak. Clay y los demás pasaron delante de un aparcamiento abarrotado de camiones en cuyos costados había impresas las palabras NEW ENGLAND AMUSEMENT CORP. junto a un logotipo en forma de montaña rusa. La multitud los engulló.

A Clay el trayecto se le antojó eterno. El hedor resultaba casi insoportable, salvaje y feroz pese a la fresca brisa que barría la primera capa. Percibía que sus piernas se movían, que la sudadera roja del Hombre Andrajoso avanzaba ante él, pero la gran puerta del pabellón con sus banderines rojos, blancos y azules no parecía acercarse nunca. Olía a tierra, sangre, orina y mierda. Olía a infecciones supurantes, a carne quemada, a huevo podrido, a pus. Olía a ropa mohosa que se descomponía sobre los cuerpos que cubría. Y también olía a otra cosa..., algo nuevo. Tildarlo de locura habría sido demasiado simple.

Creo que es el olor de la telepatía. Y si es así, no estamos pre-

parados para soportarlo. Es demasiado fuerte para nosotros. De algún modo quema el cerebro, como una descarga exagerada quema el sistema eléctrico de un coche o un...

—¡Ayudadme! —chilló de repente Jordan a su espalda—. ¡Ayudadme con ella, está a punto de desmayarse!

A volverse vio que Denise había caído a cuatro patas. Jordan se había agachado junto a ella y se había echado uno de sus brazos al cuello, pero la joven pesaba demasiado para él. Tom y Dan no consiguieron avanzar lo suficiente para ayudarle, porque el pasillo que dejaban los telefónicos era demasiado estrecho. Denise levantó la cabeza, y por un instante su mirada se encontró con la de Clay. En sus ojos se pintaba una expresión de perplejidad aturdida, como la de un toro golpeado. Vomitó una papilla líquida sobre la hierba y bajó de nuevo la cabeza; el cabello le cubría el rostro como una cortina.

—¡Ayudadme! —gritó de nuevo Jordan antes de romper a llorar.

Clay se volvió y empezó a propinar codazos a los telefónicos para llegar hasta el otro lado de Denise.

—¡Apartaos! —ordenaba—. ¡Apartaos! ¡Está embarazada! ¿Es que no lo veis, imb...?

La blusa fue lo primero que reconoció. Era la blusa de seda blanca y cuello alto que siempre había llamado su «blusa de médico». En algunos sentidos consideraba que era la prenda más sexy que tenía su mujer, en parte precisamente por el cuello tan alto. Sharon le gustaba desnuda, pero aún más le gustaba acariciarle y apretarle los pechos a través de la seda blanca de aquella blusa de cuello alto. Le gustaba estimularle los pezones hasta verlos tensar el tejido.

Ahora la blusa de médico de Sharon aparecía ennegrecida por la suciedad en algunos puntos y roja por la sangre seca en otros. Las costuras de las axilas estaban desgarradas. «No tiene tan mal aspecto como otros», había escrito Johnny, pero lo cierto es que buen aspecto tampoco tenía. Desde luego, no era la Sharon Riddell que se había ido a la escuela ataviada con su blusa de médico y su falda granate mientras su ex marido estaba en Boston a fin de ultimar un contrato que resolvería sus problemas económicos y haría comprender a Sharon que todas sus broncas en torno a la «cara afición» de Clay se debían al miedo y la falta de fe (al menos, esa había sido la fantasía semirresentida de Clay). El cabello rubio le caía en mechones lacios y pegajosos. Tenía cortes en varios lugares del rostro, y una de sus orejas parecía medio arrancada; en su lugar se veía un orificio taponado de sangre reseca. Algo que había comido, algo oscuro, se adhería en grumos medio solidificados a las comisuras de una boca que Clay había besado casi a diario durante casi quince años. Sharon tenía la mirada clavada en él, a través de él, con la boca curvada en esa sonrisa subnormal que a veces esbozaban aquellas criaturas.

—¡Ayúdame, Clay! —sollozó Jordan.

Clay volvió en sí. Sharon no estaba allí, eso era lo que debía recordar. Sharon había desaparecido hacía casi dos semanas, desde que intentara hacer una llamada con el pequeño móvil rojo de Johnny el día de El Pulso.

—Apártate, zorra —masculló al tiempo que empujaba a un lado a la mujer que había sido su esposa; la criatura dio un traspié pero volvió a su lugar casi al instante—. Esta mujer está embarazada, así que déjame pasar, joder.

Dicho aquello se agachó, se pasó el otro brazo de Denise por el cuello y la incorporó.

—Adelántate —ordenó Tom a Jordan—. Ya la cojo yo.

Jordan sostuvo el brazo de Denise el tiempo suficiente para que Tom se lo pasara por el cuello. Entre él y Clay la transportaron los últimos noventa metros que los separaban del pabellón Kashwakamak, donde les esperaba el Hombre Andrajoso. Para entonces, Denise había empezado a mascullar que ya podían soltarla, que estaba bien, pero ni Tom ni Clay le hicieron caso. Si la soltaba, Clay tenía todos los números para volverse a mirar de nuevo a Sharon, y no quería hacerlo.

El Hombre Andrajoso sonrió a Clay, en esta ocasión de un modo menos lunático, como si ambos compartieran un secreto gracioso.

¿Sharon? se preguntó. *¿Será Sharon el chiste?*

386

Por lo visto no era así, porque el Hombre Andrajoso hizo un gesto que en el otro mundo le habría resultado muy familiar, pero que en aquel momento le pareció del todo fuera de lugar. Se llevó la mano derecha al lado derecho del rostro, con el pulgar extendido hacia la oreja y el meñique hacia la boca, emulando un teléfono.

—No pa-pa mi-mí —dijo Denise antes de añadir con su propia voz—: ¡No hagas eso! ¡Lo detesto!

El Hombre Andrajoso hizo caso omiso de ella y siguió en la misma postura, pulgar junto a la oreja, meñique junto a la boca, con la mirada clavada en Clay. Por un instante, Clay se convenció de que la criatura bajaba la vista hacia el bolsillo donde tenía guardado el móvil. De repente, Denise repitió aquella espeluznante parodia de las palabras de su pequeño Johnny-Gee.

—No pa-pa ti-ti.

El Hombre Andrajoso hizo el gesto de reírse, un rictus sobrecogedor a causa de su boca destrozada. A su espalda, Clay percibía el peso de las miradas del rebaño como si de un peso físico se tratara.

En aquel instante, las puertas del pabellón Kashwakamak se abrieron por sí solas, y la mezcla de olores que salió del interior, aunque tenue, fantasmas olfativos de otra época, constituía un analgésico contra el hedor del rebaño. Especias, mermeladas, heno y ganado. El pabellón no estaba del todo a oscuras. Las luces de emergencia eran mortecinas, pero aún no habían dejado de funcionar. A Clay le pareció asombroso, a menos que las hubieran reservado adrede hasta su llegada, lo cual dudaba. En cualquier caso, el Hombre Andrajoso no le revelaría el secreto. Se limitó a seguir sonriendo e indicarles con un gesto que entraran.

—Será un placer, monstruo de feria —masculló Tom—. ¿Estás segura de que puedes caminar, Denise?

—Sí, pero primero tengo que resolver un asuntillo.

Respiró hondo y escupió al Hombre Andrajoso en la cara.

—Toma. Ya te lo puedes llevar derechito a Harvard, cabrón.

El Hombre Andrajoso guardó silencio y siguió mirando a

Clay con aquella sonrisa. Dos tíos compartiendo un secreto gracioso.

6

Nadie les llevó comida, pero había máquinas expendedoras a mansalva, y Dan encontró una barra de hierro en el cuarto de mantenimiento situado en el extremo sur del inmenso edificio. Los demás lo rodearon para observarlo mientras forzaba la máquina de golosinas. *Claro que estamos locos*, pensó Clay. *Cenamos chocolatinas y mañana desayunaremos bollitos*. En aquel momento empezó a sonar la música. Y no era «You Light Up My Life» ni «Baby Elephant Walk» lo que salía de los grandes altavoces que rodeaban la explanada de hierba, esta vez no. Era algo lento y majestuoso que Clay ya había escuchado antes, aunque hacía muchos años, una melodía que lo llenó de tristeza y le puso la piel de gallina en la suave cara interior de los brazos.

—Dios mío —musitó Dan—. Creo que es Albinoni.

—No —negó Tom—. Es Pachelbel. El *Canon en re mayor*.

—Es verdad —dijo Dan, algo avergonzado.

—Es como si... —empezó Denise antes de interrumpirse en seco y mirarse los zapatos.

—¿Qué? —le preguntó Clay—. Vamos, dilo. Estás entre amigos.

—Es como el sonido de los recuerdos —murmuró ella—. Como si no tuvieran nada más.

—Sí —asintió Dan—. Supongo que...

—¡Eh! —gritó Jordan.

Estaba mirando por uno de los ventanucos, situados a bastante altura, aunque poniéndose de puntillas lograba asomarse a duras penas.

—Venid a ver esto.

Los demás se alinearon a su alrededor para contemplar la explanada. Casi era noche cerrada. Los altavoces y los focos se cernían sobre la hierba como centinelas negros recortados contra el cielo muerto. Más allá se veía la silueta en forma de grúa de la Caída Libre, con su única luz parpadeante en lo alto. Y ante ellos, justo delante de ellos, miles de telefónicos se habían arrodillado como musulmanes en plena oración mientras Johann Pachelbel llenaba el aire con lo que tal vez era el sucedáneo de los recuerdos. Y cuando se tendieron, lo hicieron como un solo hombre, provocando un susurro de aire desplazado que levantó nubes de bolsas vacías y latas de refresco aplastadas.

—Hora de acostarse para el ejército de débiles mentales —dijo Clay—. Si queremos hacer algo, tendrá que ser esta noche.

—¿Hacer? ¿Qué vamos a hacer? —replicó Tom—. Las dos puertas que he probado están cerradas, y seguro que las demás también lo están.

Dan sostuvo la barra en alto.

—No me parece buena idea —observó Clay—. Esa cosa ha funcionado con las máquinas expendedoras, pero no olvides que este sitio era un casino antes.

Señaló el extremo norte del pabellón, cubierto por una mullida moqueta y lleno de máquinas tragaperras cuyos acabados cromados relucían a la luz mortecina de las luces de emergencia.

—Yo diría que las puertas son resistentes a tu barra.

—¿Y las ventanas? —preguntó Dan antes de echar un vistazo y responderse a sí mismo—: Puede que Jordan lo consiga.

—Comamos algo —propuso Clay—. Luego nos sentamos y disfrutamos un rato del silencio. Que falta nos hace.

—¿Y qué hacemos? —quiso saber Denise.

—Bueno, vosotros podéis hacer lo que queráis —replicó Clay—, pero yo llevo casi dos semanas sin dibujar y tengo muchas ganas, así que me parece que me pondré a dibujar.

—No tienes papel —le recordó Jordan.

—Cuando no tengo papel, dibujo mentalmente —explicó Clay con una sonrisa.

Jordan le dirigió una mirada insegura mientras intentaba dilucidar si Clay le tomaba el pelo o no.

—Pero eso no puede ser tan guay como dibujar sobre papel, ¿no? —dijo en cuanto se convenció de que Clay hablaba en serio.

—En cierto modo es mejor. En lugar de borrar, me limito a repensar.

En aquel momento se oyó un estruendo, y la puerta de la máquina de golosinas se abrió.

—¡Bingo! —exclamó Dan mientras levantaba la barra por encima de la cabeza—. Para que luego digan que los profesores de universidad no sirven para nada en el mundo real.

—Mirad —señaló Denise con avidez, haciendo caso omiso de Dan—. ¡Un estante entero de chocolatinas rellenas de menta!

—¿Clay? —preguntó Tom.

—¿Qué?

—No has visto a tu chico, ¿verdad? Ni a tu mujer, Sandra.

—Sharon —corrigió Clay—. No, no he visto a ninguno de los dos —ladeó la cabeza para ver más allá de la generosa cadera de Denise—. ¿Eso son barritas de caramelo?

7

Al cabo de media hora se habían saciado de golosinas y desvalijado la máquina de refrescos. Asimismo, habían intentado sin éxito abrir las demás puertas. Dan lo intentó con la barra, pero no consiguió agarre alguno, ni siquiera en la parte inferior. Tom opinaba que, pese a que las puertas parecían ser de madera, lo más probable es que contuvieran planchas de acero.

—Y probablemente están conectadas a una alarma —añadió Clay—. Si las manoseas demasiado, seguro que la policía de la reserva viene y te detiene.

Los otros cuatro estaban sentados sobre la mullida moqueta del casino, entre las máquinas tragaperras. Por su parte, Clay se había aposentado sobre el hormigón, con la espalda apoyada contra la puerta doble por la que el Hombre Andrajoso los había hecho entrar con aquel ademán burlón. «Ustedes primero, nos vemos mañana por la mañana.»

Los pensamientos de Clay querían regresar a ese otro gesto burlón, el que imitaba un teléfono, pero no se lo permitió, al menos directamente. Sabía por experiencia que la mejor forma de acceder a aquellas cosas era por la puerta trasera, así que apoyó la cabeza contra la madera rellena de acero, cerró los ojos y visualizó una página de cómic. No una página de *Caminante Oscuro*, porque el Caminante Oscuro estaba acabado y nadie lo sabía mejor que él, sino una página de un cómic nuevo. Lo titularía *Cell*, a falta de un nombre mejor, y sería una epopeya apocalíptica de telefónicos contra los últimos supervivientes normales.

Pero eso no podía ser correcto. Lo parecía a primera vista, al igual que las puertas parecían ser de madera a primera vista y en realidad no lo eran. Sin duda las filas de los telefónicos debían de haber sufrido numerosas bajas, por fuerza. ¿Cuántos de ellos habían sucumbido a la violencia que se había desatado justo después de El Pulso? ¿La mitad? Al recordar la intensidad de aquella violencia, calculó que quizá el sesenta o el setenta por ciento. Más tarde, las bajas a consecuencia de las heridas graves, las infecciones, la exposición a la intemperie, las peleas y la estupidez. Además, por supuesto, de los exterminadores de rebaños. ¿Cuántos habrían liquidado ellos? ¿Cuántos rebaños tan grandes como ese debían de quedar?

Clay creía que tal vez lo averiguaran al día siguiente si todos los que quedaban acudían a la ejecución de los insanos. Claro que averiguarlo les serviría de bien poco.

Daba igual; debía ir al grano. Para que un cómic funcionara había que reducir la historia a los rasgos fundamentales, de forma que cupiera en una sola tira narrativa; era una regla tácita en el mundillo. La situación de los telefónicos podía resumirse en dos palabras: muchas bajas. Producían la impresión de ser muchos, una auténtica multitud, pero lo más probable era que las palomas migratorias también produjeran la impresión de ser muchas hasta el último momento, porque volaban en enormes bandadas que oscurecían el cielo. Lo que nadie advertía era que cada vez había menos de aquellas bandadas gigantescas. Nadie lo advirtió hasta que quedaron extinguidas.

Además, pensó, *ahora tienen otro problema, lo del fallo en la programación, el gusano. ¿Qué pasa con eso? En resumidas cuentas, estos tipos podrían tener menos futuro que los dinosaurios a pesar de la telepatía, la levitación y demás lindezas.*

Vale, ya tenía la historia. Ahora la ilustración. ¿Qué imagen usarás para engancharlos y atraerlos? Clay Riddell y Ray Huizenga, por supuesto. Están en el bosque. Ray tiene el cañón del .45 de Beth Nickerson clavado bajo el mentón, y Clay sostiene…

Un teléfono móvil, claro está, el que Ray cogió en la cantera de Gurleyville.

CLAY (aterrado): **¡Ray, DETENTE! ¡Esto no tiene sentido, Ray! ¿No te acuerdas de que Kashwak es una ZONA SIN COBERT…**

¡De nada sirvió! **¡BANG!** en enormes mayúsculas amarillas salpicadas en primer término, realmente salpicadas, porque Arnie Nickerson tomó la precaución de abastecer a su mujer con la clase de balas de punta hueca que se venden por internet en la página de Paranoia Americana, por lo que la cabeza de Ray se transforma en un géiser rojo. Al fondo, en uno de esos detalles por los que Clay Riddell podría haberse hecho famoso en un mundo en el que no se hubiera producido El Pulso, un cuervo solitario y asustado levanta el vuelo desde la rama de un pino.

Una página excelente, se dijo Clay. Cruenta, sin duda, tanto que a buen seguro no habría superado la censura del Código del Cómic, pero del todo fascinante. Y aunque Clay nunca había llegado a decir en voz alta lo de que los móviles no funcionarían una vez pasado el punto de conversión, lo habría dicho de haberlo pensado a su debido tiempo. Pero el tiempo se había acabado. Ray se había suicidado, de modo que el Hombre Andrajoso y sus amigos telefónicos no verían ese teléfono en su mente, lo cual no dejaba de ser una ironía. El Hombre Andrajoso estaba al corriente del móvil por cuya existencia Ray se había quitado la vida. Sabía que el teléfono estaba en el bolsillo de Clay... y no le importaba lo más mínimo.

De pie ante las puertas del Pabellón Kashwakamak. El gesto del Hombre Andrajoso, pulgar junto al oído, dedos centrales curvados sobre la mejilla desgarrada y cubierta de barba incipiente, meñique ante la boca, utilizando a Denise para repetirlo una vez más, para inculcarle el pensamiento a hierro candente: *No pa-pa ti-ti.*

Exacto. Porque Kashwak=No-Fo.

Ray había muerto en vano..., así que, ¿por qué no lo trastornaba esa idea ahora?

Clay reparó en que estaba dormitando, como le sucedía a menudo cuando dibujaba mentalmente. Que estaba desconectando. Y no pasaba nada, porque se sentía como siempre se sentía justo antes de que imagen e historia se fundieran en una sola cosa..., es decir, feliz como las personas al regresar a casa tras una larga espera. Al término del viaje que acaba cuando los amantes se encuentran. No tenía una sola razón en el mundo para sentirse así, pero se sentía así.

Ray Huizenga había muerto por un móvil que no servía para nada.

¿O más de uno? Clay visualizó otra tira. Era una retrospectiva, se sabía por los bordes ondulados.

Primer plano de la mano de RAY, que sostenía el mugriento teléfono móvil y un trozo de papel con un número garabateado en él. El pulgar de RAY lo oculta casi todo salvo el prefijo de Maine.

RAY: **Cuando llegue el momento, llama al número que pone en el papel. Cuando llegue el momento lo sabrás, al menos eso espero.**

No se puede llamar a nadie desde Kashwakamak, Ray, porque Kashwak=No-Fo. Pregúntaselo al Rector de Harvard.

Y a fin de ratificar ese extremo, otra tira retrospectiva de bordes ondulados. Muestra la Carretera 160. En primer término se ve el pequeño autobús amarillo con las palabras **DISTRITO ESCOLAR 38 NEWFIELD, MAINE** impresas en el costado. A media distancia, escritas en el centro de la calzada, se divisan las palabras **KASHWAK=NO-FO**. Una vez más, los detalles son magníficos. Latas de refresco vacías tiradas en la cuneta, una camiseta atrapada en un arbusto, y a lo lejos los restos de una tienda aleteando en un árbol como una larguísima lengua marrón. Por encima del autobús se ven cuatro bocadillos. No contenían el diálogo que los ocupantes del autobús habían sostenido en realidad (lo sabía aun medio dormido), pero daba igual. La historia en sí carecía de importancia en aquel momento.

Se dijo que quizá averiguara qué tenía importancia cuando lo viera.

DENISE (V.O.): **¿Es aquí donde...?**

TOM (V.O.): **Sí, donde hicieron las conversiones. Los normales esperan en la cola, hacen su llamada y cuando se dirigen hacia el rebaño, ya son como ellos. Menudo chollo.**

DAN (V.O.): **¿Por qué aquí? ¿Por qué no en el recinto de la Expo?**

CLAY (V.O.): **¿No te acuerdas? Kashwak=No-Fo. Los situaron justo en la frontera de la zona con cobertura, porque más allá, nada de nada, cero patatero.**

Otra tira. Primer plano del Hombre Andrajoso en todo su hediondo esplendor. Sonrisa amplia en su boca mutilada, resumen de la situación en un solo gesto. Ray tuvo una idea brillante que dependía de hacer una llamada por móvil. *Era tan brillante que olvidó por completo que aquí no hay cobertura. Probablemente tendría que irme a Quebec para tener una sola raya de cobertura en el teléfono que me dio. Es gracioso, pero lo más gracioso de todo es que lo cogí. ¡Qué imbécil!*

¿De modo que Ray había muerto en vano? Tal vez, pero empezaba a cobrar forma otra imagen. Fuera, Pachelbel había dado paso a Fauré, y Fauré a Vivaldi. La música sonaba por altavoces en lugar de cadenas de música. Altavoces negros que se recortaban contra un cielo muerto, con las atracciones a medio construir como telón de fondo. En primer término, el Pabellón Kashwakamak con sus banderines y el aislamiento barato a base de heno. Y como toque final, el detalle por el que Clay Riddell ya empezaba a hacerse famoso...

Abrió los ojos y se incorporó. Los demás seguían sentados

en círculo sobre la moqueta en el extremo norte del pabellón. Clay no sabía cuánto tiempo había permanecido apoyado contra la puerta, pero en cualquier caso el suficiente para que se le durmiera el trasero.

Eh, chicos, intentó decir, pero en el primer momento no brotó ningún sonido de sus labios. Tenía la boca seca, y el corazón le latía con violencia. Carraspeó y lo intentó de nuevo.

—Eh, chicos —consiguió articular.

Los demás se volvieron hacia él. Algo en su voz indujo a Jordan a levantarse a toda prisa, seguido de cerca por Tom.

Clay echó a caminar hacia ellos con la sensación de que sus piernas no le pertenecían, porque las tenía entumecidas. Mientras andaba se sacó el móvil del bolsillo. El móvil por el que Ray había muerto porque en el fragor de la batalla había olvidado el rasgo más destacado de Kashwakamak, a saber que en la Expo de los Condados del Norte aquellos trastos no funcionaban.

8

—Si no va a funcionar, ¿qué sentido tiene? —quiso saber Dan.

En un principio se le había contagiado el entusiasmo que denotaba la voz de Clay, pero se desinfló por completo al ver que el objeto que sostenía en la mano no era la tarjeta para salir de la cárcel sino tan solo otro puñetero teléfono móvil. Un Motorola viejo y sucio con la carcasa resquebrajada. Los demás se quedaron mirando el artilugio con una mezcla de temor y curiosidad.

—Escuchadme, por favor —les pidió Clay.

—Tenemos toda la noche —repuso Dan al tiempo que se quitaba las gafas y empezaba a limpiarlas—. De alguna manera habrá que matar el tiempo.

—Parasteis en el colmado de Newfield en busca de comida y bebida, y encontrasteis el autobús amarillo —constató Clay.

—Parece que fue hace mil años —intervino Denise antes de adelantar el labio inferior y soplar hacia arriba para retirarse el cabello de la frente.

—Lo encontró Ray —puntualizó Clay—. Tiene unos doce asientos…

—Dieciséis —corrigió Dan—; lo pone en el salpicadero. Madre mía, las escuelas deben de ser minúsculas por aquí.

—Dieciséis asientos y espacio detrás de la última fila para las mochilas o el equipaje ligero para las excursiones. Luego seguisteis adelante, y cuando llegasteis a la cantera de Gurleyville, apuesto a que fue Ray quien propuso parar ahí.

—Pues ahora que lo dices, sí —asintió Tom—. Pensó que nos vendría bien una comida caliente y un buen descanso. ¿Cómo lo sabes, Clay?

—Lo sé porque lo he dibujado —repuso Clay, lo cual no se alejaba demasiado de la verdad, ya que estaba visualizando las imágenes en aquel instante—. Dan, tú, Denise y Ray exterminasteis dos rebaños; el primero con gasolina, pero el segundo con dinamita. Ray sabía hacerlo porque había trabajado en la construcción de carreteras.

—Joder —masculló Tom—. Cogió dinamita en la cantera, ¿verdad? Mientras estábamos durmiendo. Y pudo haberlo hecho; dormíamos como muertos.

—Ray fue el que nos despertó —dijo Denise.

—No sé si dinamita o algún otro explosivo, pero estoy casi seguro de que convirtió el pequeño autobús amarillo en un vehículo bomba mientras dormíais —aventuró Clay.

—En la parte trasera —dijo Jordan—. En el maletero.
Clay asintió.

—¿Cuánto crees que hay? —preguntó Jordan con los puños apretados.

—Imposible saberlo hasta que explote —señaló Clay.

—A ver si lo entiendo —terció Tom.

Fuera, Vivaldi dio paso a Mozart, *Una pequeña melodía nocturna*. Desde luego, los telefónicos habían evolucionado más allá de Debby Boone.

—Ray metió una bomba en el maletero del autobús… y luego preparó un móvil como detonador.

—Eso es lo que creo —asintió Clay—. Creo que encontró

dos móviles en la cantera. Quizá había media docena para uso del personal; sabe Dios que hoy en día son baratísimos. La cuestión es que conectó uno a un detonador que colocó en el explosivo. Así es como los rebeldes hacían estallar las bombas en las carreteras de Irak.

—¿Y lo hizo mientras dormíamos? —inquirió Denise—. ¿Sin decírnoslo?

—No os lo dijo para que no pensarais en ello —explicó Clay.

—Y se suicidó para no pensar él en ello —añadió Dan antes de lanzar una carcajada amarga—. Vale, ¡Ray es un puto héroe! Lo único que olvidó es que los móviles no funcionan más allá de las putas carpas de conversión. De hecho, seguro que allí apenas funcionaban.

—Cierto —convino Clay con una sonrisa—. Por eso el Hombre Andrajoso permitió que me quedara este teléfono. No sabía para qué lo quería... De todas formas, no estoy seguro de que sean capaces de pensar...

—No como nosotros —lo interrumpió Jordan—. Y nunca lo serán.

—..., pero en cualquier caso le daba igual, porque sabía que no funcionaría, ni siquiera para meterme un Pulso a mí mismo, porque Kashwak = No-Fo. No pa-pa mi-mí.

—Entonces, ¿por qué sonríes? —quiso saber Denise.

—Porque sé algo que él no sabe —replicó Clay—. Algo que ellos no saben. —Se volvió hacia Jordan—. ¿Sabes conducir?

Jordan se sobresaltó.

—Oye, que tengo doce años, por favor.

—¿Nunca has conducido un kart, un quad o algo que se le parezca?

—Bueno, sí..., hay un circuito de karts en el *pitch-and-putt* que está a las afueras de Nashua, y un par de veces...

—Perfecto. No se trata de ir muy lejos, suponiendo, claro está, que hayan dejado el autobús junto a la Caída Libre. Apuesto algo a que sí. Creo que, al igual que no saben pensar, tampoco saben conducir.

—¿Te has vuelto loco, Clay? —exclamó Tom.

—No —replicó este—. Tal vez mañana celebren su ejecución colectiva de exterminadores de rebaños en su estadio virtual, pero nosotros no estaremos entre los reos. Nos largamos de aquí.

9

Los vidrios de los ventanucos eran muy gruesos, pero la barra de Dan logró romperlos. Él, Tom y Clay trabajaron por turnos hasta retirar todos los fragmentos. Acto seguido, Denise se quitó el jersey y lo colocó sobre la parte inferior del marco.

—¿Estás seguro de lo que vas a hacer, Jordan? —preguntó Tom.

Jordan asintió con un gesto. A todas luces estaba asustado, pues tenía los labios blancos, pero mantenía la compostura. En el exterior, el ciclo de nanas de los telefónicos había vuelto a comenzar con el *Canon* de Pachelbel, la música que Denise había denominado el sonido de los recuerdos. «Es como si no tuvieran nada más», había comentado.

—Estoy bien —afirmó Jordan—. Bueno, o lo estaré, creo. En cuanto me ponga en marcha.

—Puede que Tom consiguiera colarse por... —señaló Clay.

Desde detrás del hombro de Jordan, Tom echó un vistazo al ventanuco, de apenas cuarenta y cinco centímetros de anchura, y negó con la cabeza.

—No me pasará nada —insistió Jordan.

—Vale. Repíteme las instrucciones.

—Tengo que echar un vistazo al maletero del autobús, asegurarme de que hay explosivos, pero no tocarlos, y buscar el otro móvil.

—Exacto. Asegúrate de que está encendido. Y si no...

—Ya lo sé, lo enciendo —lo interrumpió Jordan con una mirada de exasperación—. Luego pongo en marcha el autobús...

—No, no te precipites...

—Adelanto el asiento del conductor para poder llegar a los pedales y luego pongo en marcha el autobús.

—Exacto.

—Conduzco entre la Caída Libre y el Pasaje del Terror muy despacio. Pisaré algunas piezas del Pasaje del Terror, y puede que se rompan por el peso de los neumáticos, pero no debo permitir que eso me detenga.

—Muy bien.

—Me acerco a ellos todo lo posible.

—Exacto. Y luego rodeas otra vez el pabellón hasta esta ventana, para que el pabellón se interponga entre tú y la explosión.

—Si es que se produce tal explosión —puntualizó Dan.

Clay le habría ahorrado de buena gana aquel comentario, pero contuvo la lengua. Se inclinó y besó a Jordan en la mejilla.

—Te quiero, ¿sabes? —dijo.

Jordan lo abrazó un instante con fuerza antes de hacer lo propio con Tom y Denise.

Dan le tendió la mano.

—Bah, qué coño —espetó antes de estrecharlo en un abrazo de oso.

Clay, a quien Dan Hartwick nunca le había caído demasiado bien, le otorgó varios puntos por aquel gesto.

10

Clay formó un escalón con las manos y aupó a Jordan.

—Recuerda —le advirtió—, será como zambullirse, solo que en heno en lugar de agua. Manos arriba y brazos extendidos.

Jordan levantó las manos por encima de la cabeza y extendió los brazos a través de la ventana rota hacia la noche. El rostro enmarcado por el espeso cabello oscuro aparecía más pálido que nunca, y los primeros granos de la adolescencia destacaban sobre la piel como quemaduras minúsculas. Estaba asustado, y Clay no se lo reprochaba. Estaba a punto de caer tres metros, y aun con el heno, el aterrizaje tenía visos de resultar duro. Clay esperaba que Jordan recordara mantener las manos extendidas y la cabeza baja; de nada les serviría que acabara tendido junto al Pabellón Kashwakamak con el cuello roto.

—¿Quieres que cuente hasta tres? —preguntó.

—¡No, joder! Hazlo antes de que me mee encima.

—Vale, manos extendidas... ¡Ya! —gritó Clay.

Al mismo tiempo empujó las manos entrelazadas hacia arriba, y Jordan desapareció por la ventana. Clay no lo oyó aterrizar a causa del volumen de la música.

Los demás se agolparon junto al ventanuco, que quedaba justo por encima de sus cabezas.

—¡Jordan! —gritó Tom—. ¿Estás ahí, Jordan?

Por un instante no obtuvieron respuesta, y Clay se convenció de que el chico se había roto el cuello a fin de cuentas.

—Estoy aquí —farfulló al fin Jordan con voz temblorosa—. Joder, qué daño. Me he torcido el codo, el izquierdo. Tengo el brazo hecho polvo. Un momento...

Esperaron. Denise oprimió la mano de Clay con fuerza.

—Puedo moverlo —prosiguió Jordan—. Creo que no me lo he roto, pero quizá debería ir a la enfermería de la escuela.

Los demás rieron con exagerado entusiasmo.

Tom se había atado la llave del autobús a un hilo doble que le pendía de la camisa, y el hilo, a su vez, a la hebilla del cinturón. Clay entrelazó de nuevo las manos para auparlo.

—Voy a tirarte la llave, Jordan. ¿Preparado?

—S-sí.

Tom asió el marco de la ventana, se asomó y empezó a bajar el cinturón.

—Vale, ya la tienes —dijo al cabo de un momento—. Y ahora escúchame. Lo único que te pedimos es que lo hagas si puedes. Si no puedes, nadie te lo echará en cara, ¿entendido?

—Sí.

—En ese caso, adelante. —Siguió asomado un momento—. Ya se ha puesto en marcha —anunció—. Que Dios lo ayude, es un chico valiente. Bájame.

Jordan había salido por el lado del edificio más alejado del rebaño dormido. Clay, Tom, Denise y Dan atravesaron el pabellón hasta la parte central. Los tres hombres volcaron la máquina expendedora de golosinas y la empujaron contra la pared. Clay y Dan podían mirar con facilidad por las ventanas si se encaramaban a la máquina, mientras que Tom tenía que ponerse de puntillas. Clay añadió una caja para que Denise también pudiera ver, rogando que no se cayera y se pusiera de parto.

Vieron a Jordan cruzar la explanada casi hasta el rebaño dormido, detenerse allí un instante como si meditara y luego desviarse hacia la izquierda. Clay tuvo la sensación de que seguía viendo movimiento mucho después de que la parte racional de su mente le asegurara que Jordan ya debía de haberse perdido de vista para rodear el inmenso rebaño.

—¿Cuánto crees que tardará en volver? —inquirió Tom.

Clay sacudió la cabeza; no lo sabía. Dependía de muchas variables, y las dimensiones del rebaño solo era una de ellas.

—¿Y si ellos ya han mirado en el maletero del autobús? —preguntó Denise.

—¿Y si Jordan mira en el maletero y no encuentra nada? —añadió Dan.

Clay tuvo que contenerse para no pedirle que se metiese las vibraciones negativas donde le cupieran.

Los minutos transcurrían a paso de tortuga. El piloto rojo que coronaba la Caída Libre parpadeaba. Pachelbel dio de nuevo paso a Fauré, Fauré a Vivaldi. Clay se sorprendió recordando al niño dormido que se había caído del carro de la compra, al hombre que lo acompañaba y que, con toda probabilidad, no era su padre, sentándose con él en la cuneta y diciéndole «Gregory besa la herida y todo irá mejor». Recordó al hombre de la mochila escuchando «Baby Elephant Walk» y diciendo «Dodge también lo pasaba en grande». Recordó la carpa de aquel bingo de su infancia, donde el hombre del micrófono siempre exclamaba «¡La vitamina del sol!» cuando sacaba el

B-12 del tambor lleno de pelotas de ping-pong saltarinas, a pesar de que la vitamina del sol era la D.

El tiempo siguió transcurriendo a un paso enloquecedoramente lento, y Clay empezó a perder la esperanza. A esas alturas ya tendrían que oír el motor del autobús.

—Algo ha salido mal —musitó Tom.

—Puede que no —replicó Clay, procurando no dejar traslucir en su voz el desaliento que le atenazaba el corazón.

—No, Tommy tiene razón —terció Denise al borde de las lágrimas—. Lo quiero con locura y es más valiente que Satanás en su primera noche en el Infierno, pero ya tendría que estar volviendo.

Por una vez, Dan se mostró desacostumbradamente optimista.

—No sabemos con qué se habrá encontrado. Respirad hondo y no deis rienda suelta a la imaginación.

Clay lo intentó, pero sin éxito. Los segundos pasaban cada vez más despacio. El *Ave María* de Schubert retumbaba por los altavoces. *Vendería mi alma por un poco de buen rock and roll,* pensó. *Chuck Berry cantando «Oh, Carol», U2 tocando «When Love Comes To Town...».*

En el exterior, tan solo oscuridad, estrellas y aquel diminuto piloto rojo.

—Aúpame otra vez al otro lado —pidió Tom antes de saltar de la máquina expendedora—. Me colaré por el ventanuco como sea e iré a buscarlo.

—Tom, si me equivoco en lo de los explosivos del maletero... —empezó Clay.

—¡A tomar por el culo el maletero y a tomar por el culo los explosivos! —lo atajó Tom, trastornado—. Solo quiero encontrar a Jor...

—¡Eh! —exclamó de repente Dan—. ¡Sí, señor! ¡UAAU! —gritó al tiempo que asestaba un puñetazo a la pared junto a la ventana.

Clay se volvió y divisó unos faros en la oscuridad. De la multitud comatosa tendida en la explanada había empezado a brotar una bruma, y los faros del autobús parecían alumbrar una cortina de humo. Brillaron las largas, luego las cortas, luego de nuevo las largas, y Clay visualizó a Jordan con claridad meridiana, sentado en el asiento del conductor del minibús, intentando dilucidar qué palanca tenía qué función.

Los faros empezaron a avanzar. Jordan conducía con las largas.

—Venga, cariño —musitó Denise—. ¡Adelante, tesoro!

De pie sobre la caja, asió la mano de Dan y la de Clay.

—Vamos, tú puedes, no te pares.

Los faros se desviaron e iluminaron los árboles que se alzaban a la izquierda del espacio alfombrado de telefónicos.

—¿Qué hace? —casi gimió Tom.

—Está en el Pasaje del Terror —explicó Clay—. No pasa nada. —Titubeó un instante—. Creo…

Si no le resbala el pie. Si no confunde el freno con el acelerador y se empotra contra el costado del maldito Pasaje del Terror.

Esperaron, y los faros regresaron a su posición original, alumbrando ahora la parte inferior del costado del Pabellón Kashwakamak. A la intensa luz de las largas, Clay comprendió por qué Jordan había tardado tanto. No todos los telefónicos estaban dormidos. Docenas de ellos, suponía que se trataba de los que tenían la programación defectuosa, estaban de pie y deambulaban sin rumbo en todas direcciones, siluetas negras abriéndose en olas cada vez más grandes, pugnando por abrirse paso entre los cuerpos tendidos de sus compañeros, tropezando, cayendo al suelo para volver a levantarse y caminar mientras las notas del *Ave María* de Schubert llenaban la noche. Uno de ellos, un joven con una larga herida roja en el centro de la frente como si de un surco de preocupación se tratara, llegó al pabellón y avanzó a tientas a lo largo de la pared, como un ciego.

—No vayas más lejos, Jordan —murmuró Clay cuando los faros se acercaron a los postes de los altavoces situados en el extremo más alejado de la explanada—. Aparca y vuelve de una vez.

Como si Jordan lo hubiera oído, los faros se detuvieron. Por un momento, lo único que se movió en el exterior fueron las siluetas inquietas de los telefónicos despiertos y la bruma que se elevaba de los cuerpos caldeados de los demás. Luego oyeron el motor del autobús acelerar en punto muerto pese al estruendo de la música, y de repente los faros se abalanzaron hacia delante.

—¡No, Jordan! ¿Qué haces? —vociferó Tom.

Denise retrocedió y se habría caído de la caja si Clay no la hubiera sujetado por la cintura.

El autobús se lanzó contra el rebaño dormido. Los faros empezaron a dar botes, ora alumbrándolos a ellos, ora alzándose antes de regresar al nivel del suelo. El autobús se desvió hacia la izquierda un instante, enderezó el rumbo y derrapó hacia la derecha. Por un momento, las cuatro luces largas alumbraron a uno de los telefónicos despiertos con tanta claridad que parecía una figura de cartulina negra. Clay advirtió que la criatura alzaba los brazos como si celebrara un gol antes de quedar engullido bajo el radiador implacable del autobús.

Jordan condujo el vehículo hasta el centro del rebaño y lo detuvo. Los faros seguían encendidos, el radiador goteaba. Clay se llevó una mano a los ojos para protegerse del brillo cegador y logró distinguir una pequeña silueta oscura, diferente de las demás por su agilidad y su intención, separarse del costado del autobús y abrirse paso hacia el Pabellón Kashwakamak. De repente, Jordan cayó al suelo, y Clay creyó que estaba perdido.

—¡Ahí está! —gritó de repente Dan.

Clay volvió a divisar a Jordan unos diez metros más cerca del pabellón y bastante más a la izquierda que cuando lo perdiera de vista. Debía de haber reptado unos instantes sobre los cuerpos antes de incorporarse de nuevo.

Cuando Jordan reapareció en el cono brumoso de los faros del autobús, prendido al extremo de una sombra de más de doce metros, lo vieron por primera vez con claridad. No su rostro, porque estaba a contraluz, pero sí su carrera entre enloquecida y grácil sobre los cuerpos de los telefónicos, los que seguían dormidos. Los que yacían en el suelo continuaban muertos para el mundo. Por su parte, los despiertos que caminaban lejos de Jordan no le prestaron atención alguna. Sin embargo, algunos que sí estaban cerca intentaron agarrarlo. Jordan esquivó a dos de ellos, pero el tercero, una mujer, consiguió asirle del cabello enredado.

—¡Déjalo en paz! —rugió Clay.

No veía a la mujer, pero estaba demencialmente seguro de que era la criatura que en tiempos fuera su esposa.

—¡Suéltalo!

La mujer no lo soltó, pero Jordan le asió la muñeca, se la retorció, clavó una rodilla en el suelo y se escabulló. La mujer intentó volver a agarrarlo, pero su mano quedó a escasa distancia de la camisa de Jordan, por lo que echó a andar en otra dirección.

Clay advirtió que muchos de los telefónicos infectados empezaban a rodear el autobús, como si los faros los atrajeran.

Clay bajó de la máquina expendedora de un salto, y esta vez fue Dan Hartwick quien evitó la caída de Denise. Clay cogió la barra, se encaramó de nuevo a la máquina y destrozó la ventana por la que observaban a Jordan.

—¡Jordan! —vociferó—. ¡Ve a la parte de atrás! ¡Por la parte de atrás!

Jordan alzó la mirada al oír la voz de Clay y tropezó con algo, una pierna, un brazo, quizá un cuello. Cuando se incorporaba, una mano surgió del miasma oscuro y le atenazó el cuello.

—No, Dios mío —susurró Tom.

Jordan saltó hacia delante como un jugador de fútbol americano, impulsándose con las piernas, y se zafó de la mano que lo apresaba antes de seguir avanzando a tumbos. Clay distinguió sus ojos abiertos de par en par y su pecho agitado. Cuando ya estaba cerca del pabellón, oyó su respiración entrecortada.

No lo conseguirá, pensó. *Ni en un millón de años. Ahora que estaba tan cerca...*

Pero Jordan lo consiguió. Los dos telefónicos que caminaban con paso inseguro junto a la fachada lateral del pabellón no mostraron interés alguno por el chico cuando este pasó ante ellos como una exhalación para dirigirse al otro lado. Los cuatro prisioneros saltaron de la máquina expendedora al instante y cruzaron el pabellón como un equipo de relevistas, con Denise y su panza a la cabeza.

—¡Jordan! —gritó la joven, dando saltitos—. ¿Estás ahí, Jordan? Por el amor de Dios, chiquillo, ¡di algo!

—Estoy… —Jordan aspiró una profunda bocanada de aire— aquí.

Otra bocanada de aire. Clay fue vagamente consciente de que Tom se echaba a reír y le propinaba palmadas en la espalda.

—Nunca habría imaginado… —bocanada y bocanada— que correr por encima de la gente fuera tan… difícil.

—¿En qué estabas pensando? —vociferó Clay.

Lo estaba matando el hecho de no poder agarrar al chico, primero para abrazarlo, luego para zarandearlo y por fin besarlo en toda su carita de valiente y loco. Lo estaba matando el hecho de no poder verlo.

—¡Te dije que te acercaras a ellos, no que te metieras en medio!

—Lo he hecho… —bocanada de aire— por el director —repuso en tono desafiante además de jadeante—. Ellos mataron al director. Ellos y su Hombre Andrajoso. Ellos y el cabrón del Rector de Harvard. Quería que pagaran por ello, que él pagara por ello.

—¿Y por qué has tardado tanto? —preguntó Denise—. ¡Hemos esperado un montón!

—Hay docenas de ellos despiertos y caminando por ahí —explicó Jordan—, puede que centenares. Sea lo que sea lo que les pasa, para bien o para mal…, se está propagando muy deprisa. Caminan en todas direcciones, como si anduvieran perdidos. He tenido que esquivarlos un montón de veces. Al final he llegado al autobús desde el centro del camino. Y entonces… —Carcajada sin aliento—. ¡El maldito trasto va y no arranca! ¿Os lo podéis creer? Por poco me da algo, pero intenté dominarme, porque sabía que el director se decepcionaría si no me dominaba.

—Ay, Jordan… —suspiró Tom.

—¿Sabéis por qué no arrancaba? Pues porque tenía que ponerme el cinturón. Los de los pasajeros no son necesarios, pero el autobús no se pone en marcha si el conductor no lleva el cinturón. Siento haber tardado tanto, pero ya estoy aquí.

—¿Y podemos deducir que el maletero del autobús no estaba vacío? —preguntó Dan.

—Podemos, podemos. Está lleno de unas cosas que parecen ladrillos rojos. Hay montones —Jordan empezaba a recobrar el aliento—. Están debajo de una manta, y encima de todo hay un móvil. Ray lo sujetó a los ladrillos con una cinta elástica, una especie de correa. El teléfono está encendido, y es de los que tienen un puerto para conectar un fax o para volcar datos a un ordenador. El cable se mete en los ladrillos. No lo he visto, pero seguro que el detonador está ahí dentro. —Otra profunda bocanada de aire—. Y había líneas de cobertura. Tres líneas de cobertura.

Clay asintió. Estaba en lo cierto. En teoría, Kashwakamak era una zona sin cobertura una vez pasada la carretera secundaria que conducía hasta la Expo de los Condados del Norte. Los telefónicos habían extraído esa información del cerebro de ciertos normales y la habían utilizado. La pintada de Kashwak=No-Fo se había propagado como la viruela. Pero ¿alguno de los telefónicos había intentado usar el móvil en el recinto de la Expo? Por supuesto que no. ¿Por qué iban a hacerlo? Cuando posees el don de la telepatía no necesitas teléfonos. Y cuando formas parte del rebaño, cuando eres una parte de un todo, aún los necesitas menos, si cabe.

Pero los móviles sí funcionaban en una zona muy pequeña. ¿Por qué? Pues porque los operarios estaban montando el parque de atracciones, unos operarios que trabajaban para una empresa llamada la New England Amusement Corporation. Y en el siglo XXI, los operarios de los parques de atracciones, al igual que los pipas de los conciertos de rock, los trabajadores de las productoras y los equipos técnicos de los rodajes, dependían del móvil, sobre todo en zonas aisladas donde había pocas líneas terrestres. ¿Acaso no había repetidores de telefonía móvil capaces de emitir señal hacia delante y hacia arriba? Por supuesto, habían pirateado el software necesario e instalado su propia torre repetidora. ¿Que era ilegal? Por supuesto, pero a juzgar por las tres líneas de cobertura que Jordan había visto, la cosa había funcionado, y puesto que funcionaba con baterías, seguía funcionando. Habían instalado su repetidor en el punto más alto de la Expo.

Lo habían instalado en la punta de la Caída Libre.

12

Dan cruzó de nuevo el pabellón, se encaramó a la máquina expendedora y se asomó a la ventana.

—Rodean el autobús en tres círculos —anunció—, y en cuatro delante de los faros. Es como si pensaran que dentro se esconde una estrella de rock. Los tipos sobre los que se han puesto deben de estar aplastados.

Se volvió hacia Clay y señaló con la cabeza el mugriento Motorola que Clay sostenía en la mano.

—Si quieres intentarlo, te sugiero que lo intentes ahora, antes de que alguno de ellos decida subir al autobús y largarse con él.

—Debería haber apagado el motor, pero he pensado que los faros se apagarían —explicó Jordan—. Y los quería encendidos para ver algo.

—No pasa nada, Jordan —lo tranquilizó Clay—. No pasa nada. Voy a…

Pero no había nada en el bolsillo del que había sacado el móvil. El papel con el número de teléfono había desaparecido.

13

Clay y Tom lo estaban buscando por el suelo, buscándolo frenéticamente, y Dan estaba comunicándoles con voz lúgubre desde lo alto de la máquina expendedora que el primer telefónico había subido al autobús cuando Denise profirió un grito.

—¡Basta! ¡CÁLLATE!

Todos se volvieron hacia ella. Clay tenía el pulso disparado. No daba crédito a su negligencia.

Ray murió por ese trozo de papel, imbécil, le recriminaba sin cesar una parte de su mente. *¡Murió por él y tú lo has perdido!*

Denise cerró los ojos y juntó las manos sobre la cabeza inclinada.

—Tony, Tony, ven deprisa, se ha perdido algo y debemos encontrarlo —recitó con rapidez.

—¿Qué coño haces? —preguntó Dan, atónito.

—Es una oración a san Antonio —explicó Denise con serenidad—. La aprendí en la escuela parroquial. Siempre funciona.

—Venga ya —bufó Tom.

Denise hizo caso omiso de él y se concentró por completo en Clay.

—No está en el suelo, ¿verdad?

—Creo que no.

—Acaban de subir otros dos —informó Dan—. Y los intermitentes están encendidos, así que uno de ellos debe de haberse sentado al vol...

—¿Quieres callarte, por favor? —le pidió Denise sin dejar de mirar a Clay y sin perder la calma—. Y si lo hubieras perdido en el autobús o fuera, no habría forma de recuperarlo, ¿verdad?

—Verdad —suspiró Clay.

—Entonces sabemos que no está en ninguno de esos dos sitios.

—¿Por qué lo sabemos?

—Pues porque Dios no lo permitiría.

—Creo que... me va a estallar la cabeza —anunció Tom con una calma espeluznante.

Una vez más, Denise hizo caso omiso de él.

—¿En qué bolsillo no has mirado?

—He mirado en todos...

Clay se detuvo en seco. Sin apartar la mirada de Denise hurgó en el pequeño compartimiento para el reloj cosido al bolsillo delantero derecho de sus vaqueros. Y ahí estaba el papel. No recordaba haberlo guardado allí, pero allí estaba. Lo sacó. Garabateado con la torpe caligrafía del hombre muerto había un número: 207-919-9811.

—Dale las gracias a san Antonio de mi parte —dijo.

—Si esto funciona —repuso ella—, pediré a san Antonio que le dé las gracias a Dios.

—¿Deni? —terció Tom.

Denise se volvió hacia él.

—Dale las gracias también de mi parte.

Los cuatro se sentaron juntos y apoyados contra la puerta de doble hoja por la que habían entrado en el pabellón, confiando en que las planchas de acero los protegieran. Jordan estaba agazapado detrás del edificio, al pie del ventanuco roto por el que había salido.

—¿Qué haremos si la explosión no agujerea el pabellón? —inquirió Tom.

—Ya se nos ocurrirá algo —repuso Clay.

—¿Y si la bomba de Ray no explota? —preguntó Dan.

—Pues retroceder veinte metros, despejar el balón y volver a empezar —espetó Denise—. Vamos, Clay. No esperes a la sintonía. Adelante.

Clay abrió el teléfono, se quedó mirando la pantalla oscura y de repente reparó en que debería haber verificado si también aquel móvil tenía líneas de cobertura antes de enviar a Jordan a su misión. No se le había ocurrido. A ninguno de ellos se le había ocurrido. Qué estupidez. Casi tanto como olvidar que había guardado el papel con el número de teléfono en el compartimiento para el reloj. Pulsó la tecla de encendido. El teléfono emitió un pitido. Por un instante no sucedió nada, pero por fin aparecieron tres líneas. Marcó el número y dejó el pulgar suspendido sobre la tecla de llamada.

—¿Estás preparado, Jordan?

—¡Sí!

—¿Y vosotros? —preguntó Clay a los demás.

—Hazlo antes de que me dé un infarto —suplicó Tom.

De repente, una imagen de claridad horripilante surcó la mente de Clay. Johnny-Gee tendido justo debajo del lugar donde se había detenido el autobús cargado de explosivos. Tendido de espaldas con los ojos abiertos y las manos entrelazadas sobre la pechera de su camiseta de los Red Sox, escuchando la música mientras su cerebro se reconstruía de un modo extraño.

Desterró la imagen con firmeza.

—Tony, Tony, ven, deprisa… —recitó sin motivo alguno antes

de pulsar el botón de llamada para contactar con el móvil escondido en el maletero del autobús.

Tuvo el tiempo justo para contar «A la de UNA, a la de DOS» antes de que el mundo que rodeaba el Pabellón Kashwakamak volara por los aires. El rugido de la explosión engulló por completo el *Adagio* de Tomaso Albinoni. Todos los ventanucos que daban al rebaño se hicieron añicos. Una intensa luz color púrpura entraba por los orificios, y al poco todo el extremo sur del pabellón se desplomó en una lluvia de tablones, vidrios y heno. Las puertas contra las que estaban apoyados dieron la impresión de combarse hacia atrás. Denise se protegió el vientre abultado con ambos brazos. Fuera se elevó un terrible aullido de dolor colectivo. Por un instante, aquel sonido atravesó la mente de Clay como una motosierra. Al poco, el sonido se extinguió, pero no en su mente. Era el sonido de muchas personas asándose en el infierno.

Algo aterrizó sobre el tejado, un objeto lo bastante pesado para que el edificio entero se estremeciera. Clay levantó a Denise de un tirón. La joven se lo quedó mirando con expresión enloquecida, como si ya no supiera quién era.

—¡Vamos! —la instó Clay.

Había gritado, pero apenas si oía su propia voz y tenía la impresión de que estaba envuelta en algodón.

—¡Salgamos de aquí!

Tom también se había levantado. Dan se incorporó a medias, cayó, lo intentó de nuevo y esta vez lo consiguió. Asió la mano de Tom, quien a su vez asió la de Denise. De aquella guisa se abrieron paso hasta la abertura situada en el otro extremo del pabellón, donde encontraron a Jordan de pie junto a un montón de heno en llamas, contemplando lo que había provocado una sola llamada telefónica.

15

El pie de gigante que se había posado sobre el tejado del Pabellón Kashwakamak era un fragmento enorme del autobús. Las tejas eran pasto de las llamas. Ante ellos, más allá del montón de heno incendiado, dos asientos volcados también ardían, la estructura de acero se había convertido en un amasijo retorcido. Prendas de ropa flotaban desde el cielo como gigantescos copos de nieve. Camisas, gorras, pantalones, bermudas, un suspensorio, un sujetador en llamas. Clay advirtió que el heno aislante amontonado alrededor del pabellón se convertiría en un infierno al cabo de muy poco tiempo. Habían escapado por los pelos.

Puntos de fuego salpicaban la explanada donde en tiempos se celebraran conciertos, bailes y competiciones diversas, pero los fragmentos del autobús bomba habían aterrizado más lejos. Clay vio árboles en llamas a una distancia de al menos trescientos metros. Al sur de su posición, el Pasaje del Terror había empezado a arder, y Clay divisó algo, probablemente un torso humano, ardiendo a media altura en la estructura metálica de la Caída Libre.

El rebaño se había convertido en un festín de telefónicos muertos y moribundos. La telepatía se había ido al garete, si bien de vez en cuando Clay percibía pequeñas descargas de aquella extraña energía psíquica que le ponía los pelos de punta y la piel de gallina, pero los supervivientes todavía podían gritar, y sus lamentos llenaban la noche. Clay habría ejecutado el plan aun si hubiera sido capaz de imaginar el alcance de la matanza y en ningún momento intentó engañarse a sí mismo, pero el espectáculo rebasaba todo lo imaginable.

La luz del fuego bastaba para permitirles ver mucho más de lo que querían ver. Las mutilaciones y las decapitaciones eran terribles, al igual que los charcos de sangre y las extremidades esparcidas por todas partes, pero de algún modo la ropa y los zapatos sin personas que los calzaran eran peores, como si la explosión hubiera sido lo bastante fuerte para volatilizar una parte del rebaño. Un hombre caminaba hacia ellos con las manos en el cuello en un intento de frenar la hemorragia que le empapaba las manos, sangre que parecía anaranjada a la luz cada vez más intensa del tejado en llamas del pabellón, mientras sus intestinos oscilaban como péndulos sanguinolentos a la altura de su entrepierna. A medida que caminaba iban surgiendo más tramos de entrañas, y en sus ojos abiertos de par en par se pintaba una expresión de vacío absoluto.

Jordan estaba diciendo algo. Clay no alcanzó a oírlo por encima de los gritos, los aullidos y el crepitar cada vez más estruendoso del fuego a su espalda, de modo que se inclinó hacia él.

—Teníamos que hacerlo, era nuestra única opción —aseguró Jordan.

Miró a una mujer sin cabeza, a un hombre sin piernas, a algo tan destrozado que se había convertido en una canoa de carne rellena de sangre. Más allá, otros dos asientos en llamas yacían sobre un par de mujeres también en llamas que habían muerto abrazadas.

—Teníamos que hacerlo, era nuestra única opción, era nuestra única opción.

—Es verdad, cariño, apoya la cara contra mí y camina así —indicó Clay.

Al instante, Jordan sepultó el rostro en el costado de Clay. Caminar en aquella posición resultaba incómodo, pero podía aguantarse.

Rodearon el campamento del rebaño en dirección a la parte posterior de lo que habría sido un parque de atracciones terminado de no ser por El Pulso. El Pabellón Kashwakamak brillaba cada vez más, alumbrando la explanada con mayor intensidad. Siluetas oscuras, muchas de ellas desnudas o casi desnudas después de que la explosión les arrancara la ropa, deambulaban dando tumbos. Clay no sabía cuántos eran. Los pocos que habían pasado cerca del pequeño grupo no mostraban interés alguno por ellos, sino que continuaron avanzando hacia el camino central o bien se adentraron en el bosque que empezaba al oeste del recinto de la Expo, donde Clay suponía que morirían a causa de la intemperie a menos que lograran reinstaurar alguna suerte de conciencia colectiva, cosa que no consideraba posible, en parte por el virus, pero sobre todo a causa de la decisión de Jordan de conducir el autobús hasta el centro del rebaño para así maximizar el potencial de la explosión, como habían hecho con los camiones de propano.

Si hubieran sabido que cargarse a un anciano podía condu-cir a esto, pensó Clay. Y a continuación: *Pero ¿cómo iban a sa-berlo?*

Llegaron al aparcamiento de tierra donde los operarios ha-bían estacionado los camiones y las caravanas. El suelo aparecía cubierto de cables eléctricos, y los espacios entre las caravanas estaban ocupados por los accesorios de familias que vivían en la carretera. Había barbacoas, hornillos de gas, sillas de jardín, una hamaca, un pequeño tendedero con ropa que debía de llevar ten-dida casi dos semanas.

—Busquemos algún vehículo con las llaves puestas y largué-monos de aquí —sugirió Dan—. La vía de acceso está despeja-da, y si tenemos cuidado apuesto algo a que podemos seguir hacia el norte por la 160 hasta donde queramos. —Señaló un punto con la mano—. Ahí arriba casi todo es territorio no-fo.

Clay había visto una furgoneta con las palabras PINTURA Y FONTANERÍA LEMP impresas en la parte trasera. Las puertas es-taban abiertas. El interior estaba lleno de cajas de leche, casi todas ellas atestadas de material de fontanería, pero en una de ellas encontró lo que buscaba, diversos aerosoles de pintura. Cogió cuatro después de verificar que estaban llenos o casi llenos.

—¿Para qué los quieres? —le preguntó Tom.

—Luego te lo cuento —replicó Clay.

—Vámonos, por favor —suplicó Denise—. No lo soporto más. Tengo los pantalones empapados de sangre.

Dicho aquello rompió a llorar.

Enfilaron el camino central entre la atracción de las Tazas Locas y una atracción infantil a medio construir que se llama-ba Charlie el Chuchú.

—Mirad —señaló Tom.

—Oh… Dios… mío —farfulló Dan.

Sobre el tejado de la taquilla del tren infantil yacían los ves-tigios de una sudadera roja carbonizada y humeante…, de esas que llevan capucha. Una gran mancha de sangre apelmazaba la pechera en torno a un agujero causado a buen seguro por un fragmento de autobús volador. Antes de que la sangre se extendiera y cubriera el resto, Clay distinguió tres letras, la última carcajada del Hombre Andrajoso: HAR.

16

—No hay nadie dentro de esa puta sudadera, y a juzgar por el tamaño del agujero, el tipo se ha sometido a una operación a corazón abierto sin anestesia —comentó Denise—, así que cuando os canséis de mirar...

—Hay otro aparcamiento pequeño en el extremo sur del camino central —anunció Tom—. Hay buenos coches allí, el tipo de coches que llevan los jefes. Puede que tengamos suerte.

Y así fue, pero no con un buen coche. Encontraron una pequeña furgoneta de EXPERTOS EN DEPURACIÓN DE AGUAS TYCO aparcada detrás de un puñado de buenos coches y bloqueándoles la salida. El tipo de Tyco había tenido la amabilidad de dejar las llaves puestas en el arranque, probablemente por esa razón, y Clay los alejó del incendio, de la matanza y de los alaridos, conduciendo despacio por la vía de acceso hasta el cruce donde se alzaba la valla publicitaria que mostraba a una familia feliz que ya no existía (si es que había existido alguna vez). Clay detuvo la furgoneta y la puso en punto muerto.

—Tendrá que conducir uno de vosotros —anunció.

—¿Por qué, Clay? —inquirió Jordan, pero por su tono de voz Clay comprendió que el chiquillo ya lo sabía.

—Porque aquí es donde me apeo —repuso.

—¡No!

—Sí, voy a buscar a mi hijo.

—Lo más probable es que esté muerto ahí atrás. No pretendo ser cruel, solo realista —señaló Tom.

—Ya lo sé, Tom, pero también sé que cabe la posibilidad de que siga vivo, y tú también lo sabes. Jordan ha dicho que caminaban en todas direcciones, como si estuvieran perdidos.

—Clay..., cariño —terció Denise—, aun cuando siga vivo, podría estar deambulando por el bosque con solo media cabeza. No me hace ninguna gracia decirte esto, pero sabes que es cierto.

Clay asintió.

—Y también sé que podría haberse ido antes de la explosión, mientras estábamos encerrados, y haberse dirigido a Gurleyville. Un par de ellos llegaron hasta allí; los vi. Y vi a otros por el camino, y vosotros también.

—Imposible discutir con el artista, ¿verdad? —musitó Tom con tristeza.

—Sí —reconoció Clay—, pero me gustaría que tú y Jordan salierais conmigo un momento.

—¿Por qué no? —accedió Tom con un suspiro.

17

Varios telefónicos con aire perdido y desconcertado pasaron muy cerca de ellos mientras estaban junto a la furgoneta de la empresa de depuración de aguas. Clay, Tom y Jordan no les prestaron atención alguna, y los telefónicos les devolvieron el favor. Al noroeste, el horizonte se teñía de un rojo anaranjado cada vez más intenso a medida que el Pabellón Kashwakamak compartía su fuego con el bosque que nacía a su espalda.

—Nada de grandes despedidas esta vez —pidió Clay, fingiendo no ver las lágrimas que anegaban los ojos de Jordan—. Seguro que os vuelvo a ver. Toma esto, Tom. —Le tendió el móvil que había usado para provocar la explosión, y Tom lo cogió—. Id hacia el norte, comprobad a menudo si hay cobertura, y si os topáis con arrecifes abandonad vuestro vehículo, continuad a pie hasta que la carretera se despeje y coged otro para seguir. Lo más probable es que tengáis cobertura al llegar a la zona de Rangely. Era una zona de pesca en verano, caza en otoño y esquí en invierno, pero a partir de allí deberíais estar a salvo, también de día.

—Apuesto a que los días ya son seguros —comentó Jordan al tiempo que se enjugaba los ojos.

—Puede que tengas razón —asintió Clay—. En fin, usad el

sentido común. Cuando estéis a unos cien kilómetros al norte de Rangely, encontrad una cabaña o algo parecido, llenadla de provisiones y pasad allí el invierno. Ya sabéis lo que les pasará a esas cosas en invierno, ¿no?

—Si la conciencia colectiva se desmorona y no migran, casi todos ellos morirán —repuso Tom—. Al menos los que estén al norte de la línea Mason-Dixon.

—Yo también lo creo. Os he dejado los aerosoles de pintura en la consola central. Cada treinta kilómetros más o menos, escribid T-J-D en la carretera y en letras bien grandes, ¿de acuerdo?

—T-J-D —repitió Jordan—. Tom, Jordan, Denise y Dan.

—Exacto. Procurad escribirlo bien grande y con una flecha si cambiáis de carretera. Si tomáis un camino de tierra, escribidlo en los árboles, siempre en el lado derecho de la pista. Allí es donde buscaré vuestras señales, ¿entendido?

—Siempre a la derecha —repitió Tom—. Ven con nosotros, Clay. Por favor.

—No. No me lo pongas más difícil de lo que ya es. Cada vez que tengáis que abandonar un vehículo, dejadlo en el centro de la carretera y escribid T-J-D en la carrocería, ¿vale?

—Vale —convino Jordan—. Más te vale encontrarnos.

—Os encontraré. El mundo será un lugar peligroso durante un tiempo, pero no tanto como hasta ahora. Jordan, tengo que preguntarte una cosa.

—Vale.

—Si encuentro a Johnny y lo peor que le ha sucedido es que ha pasado por el punto de conversión, ¿qué hago?

Jordan se lo quedó mirando con la boca abierta.

—¿Y yo qué sé? ¡Por el amor de Dios, Clay! Quiero decir que… hostia.

—Tú supiste que se estaban reiniciando —le recordó Clay.

—¡Fue una suposición!

Clay sabía que había sido mucho más que eso. Una intuición mucho mejor. También sabía que Jordan estaba exhausto y aterrorizado. Apoyó una rodilla en el suelo delante del chiquillo y le tomó la mano.

—No tengas miedo. Las cosas ya no pueden irle peor, sabe Dios.

—Clay, yo… —farfulló Jordan antes de volverse hacia Tom—. Las personas no son como los ordenadores, Tom. ¡Díselo tú!

—Pero los ordenadores son como las personas, ¿verdad? —replicó Tom—. Porque fabricamos lo que conocemos. Tú dedujiste lo de la reiniciación del sistema y lo del gusano, así que dile lo que piensas. De todos modos, lo más probable es que no encuentre al chico. Y si lo encuentra —Tom se encogió de hombros—, como bien ha dicho él, las cosas ya no pueden irle peor.

Jordan meditó aquellas palabras unos instantes mientras se mordía el labio inferior. Parecía agotado y llevaba la camisa manchada de sangre.

—¿Venís? —los llamó Dan desde el autobús.

—Un momento —repuso Tom antes de añadir en voz más baja—: ¿Jordan?

Jordan permaneció callado durante unos instantes más y luego miró a Clay.

—Necesitarías otro teléfono móvil y tendrías que llevar a tu hijo a un lugar con cobertura…

GUARDAR
EN EL SISTEMA

1

Clay permaneció en el centro de la Carretera 160, a lo que habría sido la sombra de la valla publicitaria en un día soleado, y siguió los faros traseros de la furgoneta hasta que se perdieron de vista. No podía desterrar de su mente la idea de que jamás volvería a ver a Tom y Jordan (*rosas marchitas*, le susurró su cerebro), pero se negó a permitir que aquel pensamiento cobrara forma de premonición. A fin de cuentas, se habían encontrado en dos ocasiones, y ¿acaso no se decía que a la tercera va la vencida?

Un telefónico que pasaba por allí chocó contra él. Era un hombre con un lado del rostro cubierto de sangre coagulada, el primer refugiado herido de la Expo de los Condados del Norte al que veía. De hecho, vería a muchos más si no los adelantaba, de modo que echó a andar por la Carretera 160, de nuevo rumbo al sur. No tenía motivo alguno para creer que su hijo se había dirigido hacia el sur, pero pensaba que algún vestigio de la mente de Johnny, de su antigua mente, le revelaba que su hogar se hallaba en aquella dirección. Y en cualquier caso, aquella era la dirección que Clay conocía.

A unos ochocientos metros al sur de la vía de acceso se topó con otra de aquellas criaturas, en esta ocasión una mujer que cruzaba una y otra vez la carretera a paso rápido, como un capitán en el puente de su buque. Se volvió para mirar a Clay con una expresión tan penetrante que este alzó las manos, listo para defenderse si la mujer lo atacaba.

Pero no fue así.

—¿Qui cae pa? —preguntó.

Y en su mente, Clay oyó con toda claridad las palabras: *¿Quién se ha caído, papá? ¿Quién se ha caído?*

—No lo sé —respondió Clay al pasar junto a ella—. No lo he visto.

—¿Dónde a? —inquirió la mujer, caminando con más frenesí aún.

Y Clay oyó mentalmente: *¿Dónde estoy ahora?* Esta vez no intentó responder, pero recordó la pregunta del Duendecillo Moreno: «¿Quién eres? ¿Quién soy yo?».

Clay caminó más rápido, pero no lo suficiente. La mujer lo llamó, gritándole: «¿Quién es Dillo Meno?».

Y en su mente, oyó esta pregunta en eco con escalofriante claridad. *¿Quién es el Duendecillo Moreno?*

2

No había armas en la primera casa en la que entró, pero sí una linterna de caño largo, con la que Clay alumbraba a todos los telefónicos aturdidos con que se encontraba y a los que invariablemente formulaba la misma pregunta, procurando al mismo tiempo transmitírsela con el pensamiento: *¿Has visto a un niño?* No obtuvo respuesta, y tan solo oía fragmentos lejanos de pensamiento en la cabeza.

En la segunda casa encontró un Dodge Ram en buen estado, pero no se atrevió a cogerlo. Si Johnny estaba en la carretera, sin duda iría a pie. Si Clay iba en coche, corría el riesgo de no verlo aun cuando condujera despacio. En la despensa encontró una lata de jamón, que abrió con el abrelatas que llevaba incorporado y empezó a comer al reanudar el viaje. Estaba a punto de tirar los restos a la maleza una vez saciado cuando vio a un telefónico anciano de pie junto a un buzón, observándolo con expresión triste y hambrienta. Clay le tendió el jamón, y el hombre lo cogió. Acto seguido, con voz clara y lenta, intentando visualizar mentalmente a Johnny, le preguntó:

—¿Ha visto a un niño?

El anciano masticó un bocado de jamón mientras parecía reflexionar.

—Ganna de wichi —respondió al fin.

—De wichi —repitió Clay—. Ya, gracias.

Y siguió caminando.

En el sótano de la tercera casa, situada alrededor de un kilómetro y medio más al sur, encontró un .30-30 y tres cajas de balas. En la cocina vio un teléfono móvil insertado en su cargador sobre el mostrador. Por descontado, el cargador no funcionaba, pero al pulsar la tecla de encendido del teléfono, el aparato emitió un pitido y se activó. Tan solo había una línea de cobertura, pero no le sorprendió. El punto de conversión de los telefónicos se hallaba en el límite de la zona conectada.

Se dirigió hacia la puerta con el rifle cargado en una mano, la linterna en la otra y el teléfono sujeto al cinturón cuando la fatiga se adueñó de él. Dio un traspié lateral, como si lo hubieran golpeado con un martillo. Quería seguir adelante, pero el escaso sentido común que su mente exhausta le permitía ejercer lo convenció de que debía dormir, y quizá dormir fuera incluso una buena idea. Si Johnny andaba por ahí fuera, probablemente también dormía a aquellas horas.

—Pásate al turno de día, Clayton —masculló—. No vas a encontrar una mierda en plena noche con solo una linterna.

Era una casa pequeña, el hogar de un matrimonio anciano, a juzgar por las fotos del salón, por el hecho de que solo tuviera un dormitorio y por las barandillas que rodeaban el retrete en el único baño de la vivienda. La cama estaba hecha con pulcritud. Clay se tumbó sin abrirla tras quitarse tan solo los zapatos. Y en cuanto apoyó la cabeza sobre la almohada, el cansancio se apoderó de él como un peso físico. No alcanzaba siquiera a imaginarse la posibilidad de levantarse. El dormitorio emitía cierta fragancia, *el saquito de olor de una anciana*, pensó, *olor a abuela*, casi tan cansado como él se sentía. Tumbado en medio de aquel silencio, la matanza del recinto de la Expo se le antojaba lejana e irreal, como una idea para un cómic que jamás llegaría a escribir.

Demasiado cruenta. «Cíñete al *Caminante Oscuro*», habría dicho tal vez Sharon..., la dulce Sharon de antes. «Cíñete a los vaqueros del apocalipsis.»

Su mente pareció desprenderse de su cuerpo y flotar sobre él. Planeó indolente, sin premura alguna, hacia las tres personas despidiéndose junto a la furgoneta de Expertos en Depuración de Aguas Tyco, justo antes de que Tom y Jordan subieran de nuevo al vehículo. Jordan había repetido lo que dijera en Gaiten acerca de que el cerebro humano no era más que un gran disco duro que El Pulso había borrado. Jordan había dicho que El Pulso había surtido en el cerebro humano el mismo efecto que un pulso electromagnético.

«No queda más que el núcleo», había explicado Jordan. «Y el núcleo era el asesinato. Pero puesto que el cerebro es un disco duro orgánico, ha empezado a reconstruirse, a reiniciarse. Lo que pasa es que había un fallo en el código de la señal. No tengo pruebas de ello, pero estoy convencido de que la conducta de rebaño, la telepatía y la levitación son consecuencia de ese fallo. El fallo existe desde el principio y por eso se convirtió en parte del reinicio. ¿Lo entendéis?»

Clay había asentido, al igual que Tom. El chiquillo se los quedó mirando, el rostro manchado de sangre, agotado y solemne.

«Pero mientras tanto, El Pulso sigue latiendo, ¿no? Porque en alguna parte hay un ordenador que funciona con una batería y que sigue ejecutando ese programa. El programa está corrupto, de modo que el fallo que contiene muta sin cesar. A la larga es posible que la señal deje de emitirse o que el programa se corrompa tanto que acabe cerrándose. Pero entretanto..., es posible que puedas usarlo. Solo digo que es posible, ¿entiendes? Todo depende de si los cerebros hacen lo que los ordenadores bien protegidos hacen cuando son alcanzados por un pulso electromagnético.»

Tom le había preguntado qué significaba aquel término, y Jordan le había dedicado una leve sonrisa.

«Guardan todos los datos en el sistema. Si pasa lo mismo con las personas y pudieras borrar el programa de los telefónicos, es posible que el antiguo programa acabara reiniciándose.»

424

—Se refería a la programación humana —murmuró Clay en el oscuro dormitorio, percibiendo aquel tenue y dulce aroma a saquitos perfumados—. El programa humano…, guardado en las profundidades del sistema.

Estaba a punto de dormirse. Esperaba no soñar con la matanza de la Expo de los Condados del Norte.

Lo último que pensó antes de conciliar el sueño fue que tal vez a la larga los telefónicos habrían mejorado. Sí, habían nacido en la violencia y en el horror, pero por regla general el nacimiento siempre era difícil, a menudo violento y en ocasiones horrible. Una vez instaurada la conducta de rebaño y la colectivización de las mentes, la violencia había remitido. Por lo que Clay sabía, no habían declarado la guerra a los normales, a menos que la conversión forzosa se considerara una acción bélica. Las represalias resultantes de la exterminación de sus rebaños habían sido espeluznantes, pero comprensibles. Si los hubieran dejado en paz, tal vez habrían acabado convirtiéndose en mejores guardianes de la tierra que los denominados «normales». En cualquier caso, no habrían matado por comprarse un todoterreno devoracombustible siendo como eran capaces de levitar (y dotados como estaban de un apetito consumista más que discreto). Pero ¡si incluso sus gustos musicales habían mejorado!

Pero no teníamos otra opción, se recordó Clay. *La supervivencia es como el amor. Ambos son ciegos.*

Al poco lo venció el sueño, y en él no apareció la matanza de la Expo, sino de nuevo una carpa de bingo, y cuando el locutor anunció el número B-12 («La vitamina del sol»), sintió un tirón en la pernera de los pantalones. Al mirar bajo la mesa vio a Johnny, que lo miraba con una sonrisa. Y en alguna parte sonaba un móvil.

3

Los refugiados telefónicos no habían perdido toda la rabia, ni todos los agresivos habían desaparecido. Hacia mediodía del día siguiente, un día desapacible y gélido, con un matiz de noviembre en el aire, Clay se detuvo para observar a dos de ellos enzarzados en una encarnizada pelea en la cuneta. Se asestaban puñetazos, se arañaban y al cabo de un rato se agarraron, entrechocaron las cabezas y empezaron a morderse las mejillas y el cuello el uno al otro. Mientras forcejeaban comenzaron a elevarse muy despacio del suelo. Clay se los quedó mirando con la boca abierta de par en par mientras ascendían hasta una altura de unos tres metros sin dejar de forcejear, los pies separados y firmes, como plantados sobre un suelo invisible. En un momento dado, uno de ellos clavó los dientes en la nariz de su adversario, que llevaba una camiseta raída y ensangrentada con las palabras **COMBUSTIBLE PESADO** impresas en la pechera. Arrancanarices empujó a **COMBUSTIBLE PESADO**. **COMBUSTIBLE PESADO** dio un traspié y casi de inmediato se desplomó como una piedra que se precipita pozo abajo. Durante su caída, un torrente de sangre salió despedido hacia arriba desde su nariz. Arrancanarices bajó la mirada, pareció darse cuenta por primera vez de que estaba a unos dos pisos del suelo y cayó a su vez. *Como Dumbo al perder la pluma mágica*, pensó Clay. Arrancanarices se torció la rodilla al caer y quedó tendido en el polvo, los labios contraídos en un rictus de rabia y dolor con el que miró a Clay al pasar.

Pero aquellas dos criaturas eran la excepción que confirma la regla. Casi todos los telefónicos con los que se cruzó Clay (ni aquel día ni durante toda la semana siguiente vio a ningún normal) parecían perdidos y aturdidos, desprovistos de toda conciencia colectiva en la que apoyarse. Clay recordó una y otra vez algo que Jordan había dicho antes de subir de nuevo a la furgoneta y poner rumbo a los bosques del norte donde no había cobertura de telefonía móvil: «Si el gusano sigue mutando, los nuevos conversos ya no serán ni telefónicos ni normales».

Clay deducía que se parecerían al Duendecillo Moreno, solo que un poco más idos. «¿Quién eres? ¿Quién soy yo?» Detectaba aquellas preguntas en sus ojos y sospechaba…, no, sabía a ciencia cierta que esas eran las preguntas que intentaban formular cuando parloteaban en su lenguaje ininteligible.

Continuó preguntando «¿Has visto a un niño?» e intentando transmitir mentalmente la imagen de Johnny, pero ya no abrigaba esperanzas de obtener una respuesta con sentido. Por regla general, no obtenía respuesta alguna. Pasó la noche siguiente en una caravana a unos ocho kilómetros al norte de Gurleyville, y poco después de las nueve de la mañana divisó una figura menuda sentada en el bordillo ante el café Gurleyville, en el tramo central de la única calle del distrito comercial del pueblo.

No puede ser, pensó, pero echó a andar y al acercarse un poco más, lo suficiente para casi convencerse de que era la figura de un niño y no de un adulto menudo, echó a correr. Su mochila nueva le rebotaba en la espalda. Por fin sus pies hallaron el lugar donde empezaba la efímera acera de Gurleyville y pisaron hormigón.

Era un niño.

Un niño escuálido con el pelo tan largo que casi le rozaba los hombros de la camiseta de los Red Sox.

—¡Johnny! —vociferó Clay—. ¡Johnny, Johnny!

El niño se volvió hacia el sonido con expresión sobresaltada. Tenía la boca abierta en un rictus vacuo, y en sus ojos no se pintaba más que una vaga alarma. Por un instante dio la impresión de que iba a salir huyendo, pero, antes de que pudiera siquiera poner las piernas en movimiento, Clay lo alzó en volandas y empezó a cubrirle de besos el rostro impávido y la boca entreabierta.

—Johnny, he venido a buscarte. Sí, he venido a buscarte. He venido a buscarte.

Y en un momento dado, quizá tan solo porque el hombre que lo abrazaba comenzó a girar sobre sí mismo como una peonza, el niño le echó los brazos al cuello y se agarró con fuerza. Asimismo, dijo algo. Clay se negaba a creer que fuera un sonido tan carente de sentido como un golpe de aire contra la boca de una botella vacía. Tal vez el niño hubiera dicho «piiii», como si intentara expresar que necesitaba ir al lavabo.

O quizá hubiera dicho «biii», el primer nombre con que había bautizado a su padre a los dieciséis meses.

En cualquier caso, Clay optó por aferrarse a eso, por creer

que el chiquillo pálido, sucio y malnutrido que se aferraba a su cuello acababa de llamarlo «papi».

4

No era mucho a lo que aferrarse, pensó al cabo de una semana, tan solo un sonido que quizá hubiera sido una palabra, una palabra que quizá hubiera sido «papi».

El niño dormía ahora en un camastro en el vestidor de un dormitorio, en parte porque allí era donde se acostaba y en parte porque Clay estaba cansado de sacarlo una y otra vez de debajo de la cama. Los confines casi uterinos del vestidor parecían infundirle seguridad. Quizá aquello formaba parte de la conversión a la que él y los demás se habían sometido. Menuda conversión; los telefónicos de Kashwak habían transformado a su hijo en un imbécil atormentado sin siquiera un rebaño en el que sostenerse.

En el exterior, la nieve caía desde un cielo vespertino color gris plomo. Un viento frío la empujaba a lo largo de la oscura calle principal de Springvale en una sucesión de serpientes onduladas. Parecía demasiado pronto para las primeras nieves, pero no lo era, sobre todo en el norte. Cuando comenzaba a nevar antes de Acción de Gracias, todo el mundo se quejaba, y cuando empezaba antes de Halloween, todo el mundo se quejaba el doble hasta que alguien se encargaba de recordarles que vivían en Maine, no en Capri.

Se preguntó dónde estarían Tom, Jordan, Dan y Denise aquella noche. Se preguntó cómo se las arreglaría Denise cuando llegara el momento de traer a su bebé al mundo. Se dijo que, con toda probabilidad, todo iría bien, porque Denise era un hueso duro de roer. Se preguntó si Tom y Jordan pensarían en él con tanta frecuencia como él pensaba en ellos, si lo echaban de menos tanto como él a ellos, la mirada solemne de Jordan, la sonrisa irónica de Tom. Aún no había visto esa sonrisa suficientes veces ni de lejos; a fin de cuentas, lo que habían vivido en los últimos tiempos no había sido demasiado gracioso.

Se preguntó si la semana que había pasado con su hijo roto había sido la más solitaria de su vida, y llegó a la conclusión de que, a buen seguro, así era.

Clay bajó la mirada hacia el teléfono móvil que tenía en la mano. Era el objeto que más ocupaba sus pensamientos, con diferencia. ¿Debía hacer una última llamada? Cuando lo encendió aparecieron líneas de cobertura en la pantalla, tres hermosas líneas, pero la batería no duraría eternamente, lo sabía muy bien. Tampoco podía contar con que El Pulso durara eternamente. Las baterías que ahora transmitían la señal a través de los satélites, si es que era eso lo que había sucedido y seguía sucediendo, podían agotarse. O bien El Pulso podía transformarse en una simple onda transmisora, un zumbido vacuo o la clase de chillido estridente que oías cuando marcabas por error un número de fax.

Nieve. Nieve el 21 de octubre. ¿Era el 17? Había perdido la noción del tiempo. Lo que sí sabía con certeza era que los telefónicos morirían a la intemperie, y cada noche serían más. Johnny también habría muerto si Clay no lo hubiera buscado y encontrado.

La cuestión era: ¿Qué había encontrado?

¿Qué había salvado?

Piii.

¿Papi?

Quizá.

El niño no había articulado nada que se pareciera siquiera remotamente a una palabra desde entonces. Se había mostrado dispuesto a acompañar a Clay…, pero siempre con cierta tendencia a desviarse en otra dirección. Cuando lo hacía, Clay se veía obligado a agarrarlo como quien agarra a un niño pequeño que intenta escabullirse en el aparcamiento del supermercado. Cada vez que lo asió, Clay no podía evitar pensar en un robot con cuerda que tenía de pequeño, un juguete que siempre hallaba el modo de empotrarse contra un rincón y quedarse ahí subiendo y bajando los pies en vano hasta que volvías a colocarlo en el centro de la habitación.

Johnny opuso resistencia y pareció sucumbir al pánico

cuando Clay encontró un coche con las llaves puestas, pero en cuanto le puso el cinturón de seguridad y arrancó, Johnny se tranquilizó y dio la impresión de quedar como hipnotizado. Incluso localizó el botón que bajaba la ventanilla, cerró los ojos, levantó un poco la cabeza y dejó que el viento le azotara el rostro. Al ver el viento alborotar el cabello largo y sucio de su hijo, Clay pensó: *Que Dios me perdone, es como ir en coche con un perro.*

Llegaron a un arrecife que no pudieron sortear, y al ayudar a Johnny a apearse, Clay descubrió que se había orinado en los pantalones. *Ha perdido el control de los esfínteres además del habla*, pensó trastornado. *Por el amor de Dios.* Resultó ser cierto, pero las consecuencias no eran tan complicadas ni lúgubres como Clay había imaginado. Johnny había perdido el control de los esfínteres, pero si parabas el coche y lo llevabas al campo, orinaba si tenía ganas y se ponía en cuclillas para defecar si se terciaba, con una mirada soñadora vuelta hacia el suelo, tal vez siguiendo el rumbo de los pájaros que lo surcaban, o tal vez no.

Había perdido el control de los esfínteres, pero estaba adiestrado para no hacérselo todo encima dentro de casa. Una vez más, Clay se sorprendió pensando en los perros que había tenido a lo largo de su vida.

Solo que los perros no se despertaban ni se pasaban un cuarto de hora gritando en plena noche.

5

Pasaron la primera noche en una casa cerca del colmado de Newfield, y fue entonces cuando empezaron los gritos. La primera vez, Clay creyó que Johnny se moría. Y si bien el niño se durmió entre sus brazos, cuando Clay despertó había desaparecido. Johnny ya no estaba en la cama, sino debajo de ella. Clay se adentró en una caverna de bolas de pelusa y polvo, con el somier de muelles a escasos centímetros de la cabeza, y asió un cuerpo delgado y rígido como una barra de hierro. Los gritos del niño eran demasiado estentóreos para aquellos pulmones tan pequeños, y Clay comprendió que los oía amplificados en su mente. Todos sus cabellos e incluso su vello púbico se erizaron a causa del sonido.

Johnny había chillado durante casi un cuarto de hora bajo la cama y luego enmudeció con la misma brusquedad con que había empezado. Su cuerpo quedó inerte, y Clay se vio obligado a oprimir la cabeza contra el costado de Johnny (de algún modo, uno de los brazos del niño le apretaba el cuello en aquel espacio imposiblemente pequeño) para asegurarse de que aún respiraba.

Sacó el cuerpo inerte, laxo, sucio y ahora también polvoriento de Johnny de debajo de la cama y volvió a acostarlo en la cama. Permaneció casi una hora despierto junto a él antes de caer de nuevo rendido por el sueño. A la mañana siguiente se encontró solo. Johnny había vuelto a refugiarse debajo de la cama, como un perro apaleado en busca del refugio más pequeño posible. Parecía algo bastante opuesto al comportamiento previo de los telefónicos pero, por supuesto, Johnny no era como ellos. Gracias a Dios, Johnny era otra cosa.

6

Ahora se encontraban en la acogedora casita del guarda del Museo de la Madera de Springvale. Había muchas provisiones, un fogón de leña y agua potable gracias a la bomba manual. Incluso había un lavabo químico, aunque Johnny no lo usaba, porque hacía sus necesidades en el jardín trasero. Vivienda construida alrededor de 1908 y dotada de todos los servicios modernos.

Fue un período envuelto en el silencio salvo por los gritos nocturnos de Johnny. Clay tuvo mucho tiempo para pensar y en aquel momento, de pie junto a la ventana del salón, contemplando las serpientes onduladas de nieve que reptaban calle arriba mientras su hijo dormía en el vestidor, tuvo tiempo para darse cuenta de que había llegado el momento de dejar de pensar. Nada iba a cambiar a menos que él se ocupara de cambiarlo.

«Necesitarías otro teléfono móvil», le había advertido Jordan. «Y llevarlo a un lugar con cobertura.»

Había líneas de cobertura. Tenía cobertura, las líneas lo demostraban.

«¿Acaso la situación puede empeorar mucho?», había preguntado Tom con un encogimiento de hombros. Pero por supuesto Tom podía permitirse el lujo de encogerse de hombros, porque Johnny no era su hijo. Ahora Tom ya tenía un hijo propio.

«Depende de si el cerebro hace o no lo que hacen los ordenadores protegidos cuando son alcanzados por un pulso electromagnético», había añadido Jordan. «Guardar en el sistema.»

«Guardar en el sistema.» Una frase de cierta enjundia, sin duda. Pero primero había que borrar el programa de los telefónicos para liberar espacio y así poder proceder a un reinicio extremadamente teórico, y la idea de Jordan, es decir, someter a Johnny de nuevo a El Pulso, se le antojaba tan espeluznante, tan arriesgada, tan tremendamente peligrosa, puesto que no tenía modo de saber en qué clase de programa se había metamorfoseado El Pulso... suponiendo (suponer también era absurdo y peligroso, ya, ya, ya) que siguiera funcionando...

—Guardar en el sistema —susurró Clay.

Casi era noche cerrada, y la nieve alborotada ofrecía un aspecto cada vez más fantasmal.

El Pulso había cambiado, de eso estaba seguro. Recordaba a los primeros telefónicos a los que había visto despiertos de noche, los del cuartel de bomberos voluntarios de Gurleyville, peleándose por el viejo camión de bomberos, pero no solo eso, sino también hablando, no limitándose a emitir sonidos inarticulados, sino hablando. No es que pronunciaran perlas de la literatura universal precisamente, pero aun así hablaban. Vete. «Tú vete.» Mierda. «Dices Tú.» Y el celebérrimo «Miión». Aquellos dos eran distintos de los telefónicos originales, es decir, los de la Era del Hombre Andrajoso, y Johnny también era distinto de aquellos dos. ¿Por qué? ¿Porque el gusano seguía comiendo, porque el programa de El Pulso seguía mutando? Probablemente.

Lo último que Jordan había dicho antes de darle un beso de

despedida y poner rumbo al norte fue: «Si enfrentas una nueva versión del programa a la que Johnny y los demás recibieron en el punto de conversión, puede que se devoren la una a la otra, porque eso es lo que hacen los gusanos. Comer».

Y en tal caso, si el programa anterior seguía ahí…, si estaba guardado en el sistema…

Los pensamientos atribulados de Clay se desviaron hacia Alice… Alice, que había perdido a su madre, Alice, que había encontrado el modo de ser valiente transfiriendo su miedo a una zapatilla de bebé. Unas cuatro horas después de abandonar Gaiten, Tom había preguntado a otro grupo de normales si querían compartir la zona de picnic con ellos. «Son ellos», había espetado uno de los hombres del grupo. «Son los de Gaiten.» Y otro había replicado a Tom que se fuera «a tomar por el culo, colega». Y Alice se había levantado de un salto y dicho…

—Dijo que al menos nosotros habíamos hecho algo —dijo Clay en voz alta mientras contemplaba la calle cada vez más oscura—. Y luego les preguntó qué coño habían hecho ellos.

Ahí tenía la respuesta, por cortesía de una chica muerta. Johnny-Gee no iba a experimentar mejoría alguna por sí solo, y Clay solo tenía dos opciones. O bien se conformaba con lo que tenía o bien intentaba cambiar la situación antes de que se le acabara el tiempo. Si es que le quedaba tiempo.

Clay usó una linterna para alumbrar el camino hasta el dormitorio. La puerta del vestidor estaba entreabierta, y consiguió distinguir el rostro de Johnny. Dormido con la mejilla apoyada en una mano y el cabello alborotado sobre la frente, casi parecía el niño al que Clay había besado antes de irse a Boston con la carpeta de *Caminante Oscuro* hacía ya un millón de años. Estaba un poco más delgado, pero por lo demás era el mismo. Solo cuando despertaba se advertían las diferencias, la boca abierta, los ojos vacuos, los hombros caídos y las manos laxas.

Clay abrió del todo la puerta del vestidor y se arrodilló ante el camastro. Johnny se movió un poco cuando la linterna le iluminó el rostro, pero al poco quedó de nuevo inmóvil. Clay no era un hombre religioso de por sí, y los acontecimientos de las últimas semanas no habían contribuido precisamente a fortalecer su fe en Dios, pero había encontrado a su hijo, no podía negarlo, de modo que elevó una plegaria a quien le pudiera estar escuchando, una oración breve y concisa: «Tony, Tony, ven deprisa, se ha perdido algo y tenemos que encontrarlo».

Luego abrió la pestaña del teléfono y pulsó la tecla de encendido. El aparato emitió un suave pitido, y en la pantalla apareció una luz ámbar. Tres líneas de cobertura. Vaciló un instante, pero para hacer la llamada tenía una sola posibilidad, la que habían aprovechado el Hombre Andrajoso y sus amigos.

Una vez marcados los tres dígitos, extendió la mano y sacudió con suavidad el hombro de Johnny. El niño no quería despertar. Refunfuñó un poco e intentó apartarse. Luego intentó darse la vuelta, pero Clay no se lo permitió.

—¡Johnny, Johnny-Gee! ¡Despierta!

Lo zarandeó con más fuerza y siguió hasta que por fin el niño abrió aquellos ojos impávidos y lo miró con cautela exenta de toda curiosidad humana. Era la clase de mirada que te lanzan los perros maltratados, y a Clay se le partía el alma cada vez que la veía.

Última oportunidad, pensó. *¿Realmente quieres hacerlo? Las probabilidades de éxito deben de ser de una entre diez.*

Pero ¿qué probabilidades había tenido de encontrar a Johnny, o de que Johnny se separara del rebaño de Kashwakamak antes de la explosión? ¿Una entre mil? ¿Una entre diez mil? ¿Quería vivir con aquella mirada cautelosa pero exenta de curiosidad mientras Johnny cumplía doce, luego quince y luego veintiún años? ¿Mientras su hijo dormía en el vestidor y cagaba en el jardín?

«Al menos nosotros hemos hecho algo», había dicho Alice Maxwell.

Echó un vistazo a la pantalla del móvil. Los dígitos negros del número de urgencias, 911, destacaban como un destino inexorable.

Los ojos de Johnny empezaron a cerrarse de nuevo. Clay volvió a zarandearlo para impedir que se durmiera. Lo zarandeó con la mano izquierda mientras con el pulgar de la derecha pulsaba la tecla de llamada. Tuvo el tiempo justo para contar «a la de UNA, a la de DOS» antes de que la palabra LLAMANDO diera paso a CONEXIÓN. En ese momento, Clayton Riddell no se concedió ni un segundo para pensar.

—Eh, Johnny-Gee —musitó—. Pa-pa ti-ti.

Y oprimió el móvil contra la oreja de su hijo.

30 de diciembre de 2004 - 17 de octubre de 2005
Center Lovell, Maine

Chuck Verrill editó el libro y lo hizo de un modo excelente. Gracias, Chuck.

Robin Furth se encargó de la investigación sobre telefonía móvil y me proporcionó diversas teorías acerca de lo que podría esconder el núcleo de la psique humana. La información útil es suya; los errores de comprensión son míos. Gracias, Robin.

Mi esposa leyó el primer borrador y me dijo cosas muy alentadoras. Gracias, Tabby.

Los bostonianos y los naturales del norte de Nueva Inglaterra sabrán que me he tomado ciertas libertades geográficas. ¿Qué puedo decir? Gajes del oficio.

Que yo sepa, la FEMA no ha empleado fondos para dotar de generadores de emergencia los repetidores de telefonía móvil, pero debo señalar que muchas de dichas torres cuentan con generadores de emergencia en caso de cortes del suministro eléctrico.

S. K.

A continuación reproducimos las primeras páginas de *Lisey's Story*, la próxima novela de Stephen King, escritas de puño y letra por el propio autor.

LISEY'S STORY

Stephen King

PART 1: BOOL HUNT

Chapter I: Lisey and Amanda
(Everything the Same)

1

To the public eye, the spouses of well-known writers are all but invisible, and no one knew it better than Lisey Landon. Her husband had won the Pulitzer and the National Book Award, but Lisey had only given one interview in her life. This was for the well-known women's magazine that publishes the column "Yes, I'm Married To _Him_!" She spent roughly half of its five-hundred-word length explaining that her nickname rhymed with "CeeCee." Most of the other half had to do with her recipe for slow-cooked roast beef. Lisey's sister Amanda said that the picture accompanying the interview made Lisey look fat.

None of Lisey's sisters were immune to the pleasures of setting the cat among the pigeons ("stirring up a stink" had been their father's phrase for it), or having a good natter about someone else's dirty laundry, but the only one Lisey had a hard time liking was this same Amanda. Eldest (and oddest) of the one-time Debusher girls of Lisbon Falls, Amanda currently lived alone, in a house Lisey had provided, a small, weather-tight place not too far from Castle View where Lisey, Darla, and Cantata could keep an eye on her. Lisey had bought it for her seven years ago, five before Scott died. Died Young. Died Before His Time, as the saying was. Lisey still had trouble believing he'd been gone for two years. It seemed both longer and the blink of an eye.

When Lisey finally got around to making a start at cleaning out his office suite, a long and beautifully lit series of rooms that had once been no more than the loft above a country barn, Amanda had shown up on the third day, after Lisey had finished her inventory of all the foreign editions (there were hundreds) but before she could do more than start listing the furniture, with little stars next to the pieces she thought she ought to keep. She waited for Amanda to ask her why

She wasn't moving _faster_, for heaven's sake, but Amanda asked no questions. While Lisey moved from the furniture question to a listless (and day-long) consideration of the cardboard boxes of correspondence stacked in the main closet, Amanda's focus seemed to remain on the impressive stacks and piles of memorabilia which ran the length of the study's south wall. She worked her way back and forth along this snakelike accretion, saying little or nothing but jotting frequently in a little notebook she kept near to hand.

What Lisey didn't say was _What are you looking for_? or _What are you writing down_? As Scott had pointed out on more than one occasion, Lisey had what was surely among the rarest of human talents: she was a business-minder who did not mind too much if you didn't mind yours. As long as you weren't making explosives to throw at someone, that was, and in Amanda's case, explosives were always a possibility. She was the sort of woman who couldn't help prying, the sort of woman who _would_ open her mouth sooner or later.

Her husband had headed south from Rumford,

where they had been living ("like a couple of wolverines caught in a drainpipe," Scott said after a visit he vowed never to repeat) in 1985. Her one child, named Intermezzo and called Metzie for short, had gone north to Canada (with a long-haul trucker for a beau) in 1989. "One flew north, one flew south, one couldn't shut her everlasting mouth." That had been their father's rhyme when they were kids, and the one of Dandy Dave Debusher's girls who could never shut her everlasting mouth was surely Manda, first fired by her husband and then dumped by her daughter. Beal, the end, Scott would have said. Probably with a laugh, and probably Lisey would have laughed with him. With Scott she had always laughed a lot.

Hard to like as Amanda sometimes was, Lisey hadn't wanted her down there in Rumford on her own; didn't trust her on her own, if it came to that, and although they'd never said so aloud, Lisey was sure Darla and Cantata felt the same. So she'd had a talk with Scott, and found the little Cape Cod, which could be had for ninety-seven thousand dollars, cash on the nail. Amanda had moved up within easy checking range soon after.

Now Scott was dead and Lisey had finally gotten around to the business of cleaning out his writing quarters. Halfway through the fourth day, the foreign editions were boxed up, the correspondence was marked and in some sort of order, and she had a good idea of what furniture was going and what was staying. So why did it feel that she had done so little? She'd known from the outset that this was a job that couldn't be hurried. Never mind all the importuning letters and phone-calls she'd gotten since Scott's death (and more than a few visits, too). She supposed that in the end, the people who were interested in Scott's unpublished writing would get what they wanted, but not until she was ready to give it to them. They hadn't been clear on that at first; they weren't down with it, as the saying was. Now she thought most of them were.

There were lots of words for the stuff Scott had left behind. The only one she completely understood was memorabilia, but there was another one, a funny one, that sounded like incuncabilla. That was what the

impatient people wanted, the wheedlers, the angry ones — Scott's
incuncabilla. Lisey began to think of them as Incunks.

2

What she felt most of all, especially after Amanda showed up,
was discouraged, as if she'd either underestimated the task
itself or overestimated (wildly) her ability to see it through
to its inevitable conclusion — the saved furniture stored in
the barn below, the rugs rolled up and taped shut, the
yellow Ryder van in the driveway, throwing its shadow on
the board fence between her yard and the Galloways'
next door.

Oh, and don't forget the sad heart of this place,
the three desktop computers (there had been four, but the
one in Scott's memory nook was now gone, thanks to Lisey
herself). Each was newer and lighter than the last, but even
the newest was still a big desktop model and all of them
still worked. They were password-protected, too, and she didn't
know what the passwords were. She'd never asked, and had no
idea what kind of electro-litter might be sleeping on the
computers' hard drives. Grocery lists? Poems? Erotica? she

was sure he'd been connected to the internet, but had no idea
where he visited when he was there. Amazon? Drudge?
Hank Williams Lives? Madam Cruella's Golden Showers & Tower
of Power? She tended not to think anything like that last,
to think she would have seen the bills, except of course that
was really bullshit. Or billshit, if you wanted to be punny
about it. If Scott had wanted to hide a thousand a
month from her, he could have done so. And the passwords?
The joke was, he might have told her. She forgot stuff like
that, that was all. She reminded herself to try her own name.
Maybe after Amanda had taken herself home for the day. Which
didn't look like happening anytime soon.

Lisey sat back and blew the hair off her forehead.
I won't get to the manuscripts until July at this rate,
she thought. The Incants would go nuts if they saw the way
I'm crawling along. Especially that last one.

The last one — five months ago, this had been — had
managed not to blow up, had managed to keep a very
civil tongue about him until she'd begun to think he
might be different. Lisey told him that Scott's writing
suite had been sitting empty for almost a year and a

half at that time, but she'd almost mustered the energy and re-
solve to go up there and start the work of cleaning the rooms
and setting the place to rights.

Her visitor's name had been Professor Joseph Woodbody, of the University of Pittsburgh English Department. Pitt was
Scott's alma mater, and Woodbody's Scott Landon and the American Myth lecture class was extremely popular and extremely
large. He also had four graduate students doing Scott
Landon theses this year, and so it was probably inevitable
that the Incunk warrior should come to the fore when Lisey
spoke in such vague terms as sooner rather than later
and almost certainly sometime this summer. But it wasn't
until she assured him that she would give him a call
"when the dust settles" that Woodbody really began to give
way.

He said the fact that she had shared a great
American writer's bed did not qualify her to serve as
his literary executor. That, he said, was a job for an ex-
pert, and he understood that Mrs. Landon had no college
degree at all. He reminded her of the years already gone
since Scott Landon's death, and of the rumors that con-

tinued to grow. Supposedly there were piles of unpublished
Landon fiction — short stories, even novels. Could she not let him
into the study for even a little while? Let him prospect a bit
in the file cabinets and desk drawers, if only to set the most
outrageous rumors at rest? She could stay with him the whole
time, of course — that went without saying.

"No," she'd said, showing Professor Woodbody the door. "I'm
not ready just yet." Overlooking the man's lower blows — trying
to, at least — because he was obviously as crazy as the rest
of them. He'd just hidden it better, and for a little longer.
"And when I am, I'll want to look at everything, not
just the manuscripts."

"But —"

she had nodded seriously at him. "Everything the
same."

"I don't understand what you mean by that."

Of course he didn't. It had been part of her
marriage's inner language. How many times had Scott
come breezing in, calling "Hey, Lisey, I'm home —
everything the same?" Meaning _is everything_ _all right_,
is _everything_ _cool_. But like most phrases of power

(Scott had explained this once to her, but Lisey had already known it), it had an inside meaning. A man like Woodbody could never grasp the inside meaning of ~~everything the same~~. Lisey could explain all day and he still wouldn't get it. Why? Because he was an Incunk, and when it came to Scott Landon only one thing interested the Incunks.

"It doesn't matter," was what she'd said to Professor Woodbody on that day five months ago. "<u>Scott</u> would have understood."

3

If Amanda had asked Lisey where Scott's "memory nook" things had been stored — the awards and plaques, stuff like that — Lisey would have lied (a thing she did tolerably well for one who did it seldom) and said "a U-Store-It in Mechanic Falls." Amanda did not ask, however. She just paged ever more ostentatiously through her little notebook, surely trying to get her younger sister to broach the subject with the proper question, but Lisey also did not ask. She was thinking of how empty this corner was, how empty and <u>uninteresting</u>, with so many of Scott's mementos gone. Either destroyed (as she had ~~destroyed~~ the computer monitor) or too badly scratched and dented to be shown; such an exhibit would raise more questions than it could ever answer.

At last Amanda gave in and opened her notebook. "Look at this," she said. "Just look."

Manda was holding out the first page. Written on the blue lines, crammed in from the little wire loops on the left to the edge of the sheet on the right (like a coded message from one of those street-crazies you're always running into in New York because there's not enough money for the publicly funded mental institutions anymore, Lisey thought wearily)), were numbers. Most had been circled. A very few had been enclosed in squares. Manda turned the page and now here were two pages filled with more of the same. On the following page, the numbers stopped halfway down. The final one appeared to be 856.

Amanda gave her the sidelong, red-cheeked, and some-how hilarious expression of hauteur that had meant, when she was twelve and little Lisey only two, that Manda had gone and Taken Something On Herself; tears for someone would follow. Amanda herself, more often than not. Lisey found herself waiting with some interest (and a touch of dread) to

see what that expression might mean this time. Amanda had
been acting nutty ever since turning up...

La historia de Lisey
Stephen King

PRIMERA PARTE

Capítulo 1: Lisey y Amanda
(Todo sigue igual)

1

Los cónyuges de los escritores famosos son casi invisibles; nadie lo sabía mejor que Lisey Landon. Su esposo había ganado el Pulitzer y el Premio Nacional de Literatura, pero en cambio Lisey tan solo había concedido una auténtica entrevista en toda su vida, concretamente para la conocida revista femenina que publica la columna titulada «Sí, estoy casada con Él». Se pasó más o menos la mitad de las quinientas palabras del artículo explicando que su nombre (una abreviatura de Lisa) rimaba con «Sisí», mientras que la otra mitad se centraba en su receta de rosbif asado a fuego lento. Su hermana Amanda comentó en su momento que la fotografía que acompañaba el artículo la hacía parecer gorda.

Ninguna de las hermanas de Lisey era inmune a los placeres que proporciona meter cizaña («hurgar en la herida», como siempre decía su padre), o bien chismorrear sobre los trapos sucios ajenos, pero la única a quien a Lisey le costaba querer era precisamente Amanda. Amanda, la mayor (y más peculiar) de las hermanas Debusher, de Lisbon Falls, vivía en la actualidad sola en una casa que le había comprado Lisey, una vivienda pequeña y bien aislada cerca de Castle View, donde Lisey, Darla y

Cantata podían echarle un vistazo. Lisey se la había comprado hacía siete años, dos años antes de que Scott muriera. De que muriera Joven. De Forma Intempestiva, como suele decirse. A Lisey aún le costaba asimilar que llevaba dos años muerto; tenía la sensación de que había transcurrido toda una vida y al mismo tiempo de que apenas si había pasado un suspiro.

Cuando Lisey empezó por fin a vaciar el despacho de Scott, un conjunto de estancias grandes y hermosas que en otros tiempos habían constituido el desván de un granero, Amanda se presentó al tercer día, después de que Lisey completara el inventario de todas las ediciones extranjeras (había centenares de ellas), pero antes de que hubiera tenido ocasión de avanzar apenas en la lista de los muebles, con asteriscos junto a las piezas que consideraba su deber conservar. Esperó a que Amanda le preguntara por qué no se daba más prisa, por el amor de Dios, pero Amanda no le hizo pregunta alguna. Mientras Lisey pasaba de la cuestión del mobiliario a la inspección desganada (y larguísima) de las cajas de cartón atestadas de correspondencia que se amontonaban en el armario principal, Amanda parecía absorta en las impresionantes pilas de recuerdos alineados a lo largo de la pared sur del estudio. Se dedicó a pasear arriba y abajo ante los objetos dispuestos como una larguísima serpiente, sin hablar apenas, limitándose a tomar notas en un pequeño cuaderno que tenía cerca en todo momento.

Lisey no le preguntó qué buscaba ni qué anotaba en su cuadernillo. Tal como Scott había señalado en más de una ocasión, Lisey poseía lo que sin duda se cifraba entre los talentos humanos más infrecuentes: no se metía en los asuntos de los demás, pero al mismo tiempo no le importaba demasiado que los demás se metieran en los suyos. Siempre y cuando los demás no se dedicaran a fabricar explosivos para perpetrar un atentado, y en el caso de Amanda eso no dejaba de constituir una posibilidad. Era la clase de mujer que no podía evitar hurgar, la clase de mujer que tarde o temprano acaba abriendo la boca.

Su marido se había marchado al sur desde Rumford, donde vivían («como un par de comadrejas atrapadas en una tubería», al decir de Scott tras una visita que juró no repetir jamás), en 1985. Su única hija, a la que habían puesto Intermezzo y a quien todos llamaban Metzie para abreviar, se había ido a Canadá (con un camionero como novio) en 1989. «Uno voló hacia el sur, otro voló hacia el norte, y al tercero no hay quien la verborrea le corte.» Ese era el verso que su padre siempre les recitaba de pequeñas, y la única de las chicas de Dandy Dave Debusher incapaz de frenar la verborrea era, sin lugar a dudas, Manda, abandonada primero por su esposo y más tarde por su hija. «Se acabó, fin de la historia», habría dicho Scott. Probablemente con una carcajada que, también probablemente, Lisey habría coreado, porque con Scott siempre se había reído mucho.

Si bien a veces resultaba muy difícil sentir afecto por Amanda, Lisey no quería que viviera sola en Rumford. De hecho, no se fiaba de ella, y aunque nunca habían llegado a expresarlo en voz alta, Lisey estaba segura de que Darla y Cantata eran de la misma opinión. Así pues, había hablado con Scott y había encontrado la casita estilo Cape Cod, que logró adquirir por noventa y siete mil dólares en efectivo. Poco después, Amanda se había instalado en ella y ahora la tenía mucho más a mano.

Pero ahora Scott había muerto, y Lisey había logrado por fin ponerse a vaciar su estudio. Mediado el cuarto día, las ediciones extranjeras ya estaban guardadas en cajas, la correspondencia marcada y clasificada de algún modo, y Lisey ya tenía bastante claro qué muebles conservaría y cuáles descartaría. Así pues, ¿por qué tenía la sensación de haber hecho tan poco? Había sabido desde el principio que aquel proceso no se podía apresurar, por muchas cartas y llamadas impertinentes que hubiera recibido desde la muerte de Scott (además de unas cuantas visitas). Suponía que, en última instancia, las personas interesadas en los escritos inéditos de Scott acabarían saliéndose con la suya, pero no hasta que Lisey estuviera preparada para entregárselos. Al principio no lo tenían claro, pero ahora Lisey creía que casi todos ellos lo habían asimilado.

Existían muchas palabras para describir lo que Scott había dejado. La única que Lisey entendía perfectamente era *memo-*

rabilia, pero había otra, una muy extraña, que sonaba más o menos como *incuncabilla*. Eso era lo que querían los impacientes, los pertinaces, los enfadados... Buscaban los *incuncabilla* de Scott. Y Lisey empezó a pensar en ellos como los Incunks.

2

El sentimiento que con mayor intensidad la embargaba, sobre todo después de la visita de Amanda, era el desaliento, como si hubiera subestimado la tarea que debía realizar o bien sobreestimado (por mucho) su capacidad de llevarla a cabo hasta su inevitable conclusión... Los muebles guardados en la planta inferior del granero, las alfombras enrolladas y aseguradas con cinta adhesiva, la furgoneta Ryder amarilla en el sendero de la entrada, proyectando su sombra sobre la valla de madera que separaba el jardín de la finca de los Galloway.

Ah, y por no mencionar el corazón triste que latía en el lugar, los tres ordenadores de escritorio (antes había cuatro, pero el del «baúl de los recuerdos» de Scott ya no estaba, gracias a la propia Lisey). Cada uno era más ligero y rápido que el anterior, pero incluso el más nuevo era un modelo de escritorio voluminoso, y todos ellos seguían funcionando bien. Estaban protegidos por contraseñas que Lisey desconocía. Nunca se las había preguntado a Scott y no tenía ni idea de la clase de electrorresiduos que dormitaban en los discos duros de los ordenadores. ¿Listas de la compra? ¿Poemas? ¿Escritos eróticos? Estaba segura de que Scott se conectaba a internet, pero no sabía qué páginas visitaba. ¿Amazon? ¿El Drudge Report? ¿La biografía de Hank Williams? ¿Periódicos alternativos? ¿Páginas de porno duro? Lisey más bien pensaba que no se trataba de esto último, en tal caso habría visto las facturas, claro que en realidad eso era una gran chorrada. Si Scott hubiera querido ocultarle un gasto de mil dólares al mes, lo habría hecho. ¿Y las contraseñas? Lo irónico era que quizá se las habría revelado de haberle preguntado; lo que ocurría era que Lisey tendía a olvidarse de aquellas cosas. Se dijo que debía probar con su nombre, tal vez cuando Amanda se fuera a casa, lo cual tenía visos de demorarse bastante.

Lisey se reclinó en la silla y sopló hacia arriba para apartarse el cabello de la frente. *A este paso no llegaré a los manuscritos hasta julio*, se dijo. *Los Incunks se volverían locos si vieran lo despacio que voy, sobre todo el último.*

El último, cinco meses atrás, había logrado no perder los estribos, había conseguido comportarse de forma civilizada durante tanto rato que llegó a inducir a Lisey a creer que quizá era distinto de los demás. Lisey le contó que el estudio de Scott llevaba vacío prácticamente un año y medio, pero que casi había hecho acopio del valor suficiente para subir y empezar a limpiar las dependencias y poner orden.

El visitante se llamaba profesor Joseph Woodbody y venía del departamento de literatura inglesa de la Universidad de Pittsburgo. Aquel centro era el alma máter de Scott, y la asignatura que el profesor Woodbody impartía allí sobre Scott Landon y el Mito Americano gozaba de gran popularidad y audiencia. Asimismo, ese año cuatro alumnos suyos estaban preparando tesis doctorales sobre Scott Landon, por lo que con toda probabilidad era inevitable que acabara saliendo el guerrero Incunk que llevaba dentro cuando Lisey se expresó en términos tan vagos como «lo antes posible» y «casi con toda seguridad en algún momento del verano». Pero Woodbody no estalló hasta que Lisey le aseguró que lo llamaría «cuando las aguas volvieran a su cauce».

Le espetó que el hecho de que hubiera compartido lecho con un gran escritor americano no le daba derecho a convertirse en su albacea literaria. Aquella, afirmó, era tarea de un experto y, según tenía entendido, la señora Landon ni siquiera poseía una licenciatura universitaria. Le recordó los años transcurridos desde la muerte de Scott Landon y los rumores que no cesaban de crecer. Se creía que existía gran cantidad de material inédito, relatos cortos e incluso novelas. ¿No podía la señora Landon permitirle entrar en el estudio aunque solo fuera un ratito? ¿Hurgar un poco en los archivadores y los cajones del escritorio, aunque solo fuera para apaciguar los rumores más escandalosos? Por descontado, ella podía permanecer a su lado en todo momento…, cómo no.

—No —negó ella al tiempo que lo acompañaba a la puerta—. Aún no estoy preparada.

Decidió pasar por alto los golpes bajos que acababa de asestarle aquel hombre, o al menos intentarlo, ya que a todas luces estaba igual de loco que los demás; lo que sucedía era que lo había disimulado mejor y durante más tiempo.

—Y cuando lo esté, querré examinarlo absolutamente todo, no solo los manuscritos.

—Pero…

Lisey lo atajó con un ademán de cabeza.

—Todo sigue igual.

—No entiendo a qué se refiere.

Por supuesto que no lo entendía.

Aquellas palabras habían formado parte del lenguaje secreto de su matrimonio. Cuántas veces había llegado Scott a casa exclamando «Eh, Lisey, ya estoy en casa… ¿Todo sigue igual?»

Refiriéndose a si todo iba bien, si todo estaba en orden. Pero al igual que tantas otras expresiones (Scott se lo había explicado en una ocasión, aunque Lisey ya lo sabía por entonces), encerraba un significado oculto. Un hombre como Woodbody jamás podría captar el significado oculto de «todo sigue igual», aunque Lisey dedicara el día entero a intentar explicárselo. ¿Y por qué? Pues porque era un Incunk, y cuando se trataba de Scott Landon, los Incunks solo entendían una cosa.

—No importa —dijo al profesor Woodbody aquel día, cinco meses antes—. Scott sí lo habría entendido.

3

Si Amanda hubiera preguntado a Lisey dónde estaban guardadas las cosas del «baúl de los recuerdos» de Scott, es decir, los galardones, las placas y objetos por el estilo, Lisey habría mentido (algo que se le daba razonablemente bien para ser una persona que ejercía poco) y contestado que «en un guardamuebles de Mechanic Falls». Sin embargo, Amanda no se lo preguntó, sino que se limitó a hojear su cuaderno de forma más ostensible aún, a buen seguro para conseguir que su hermana menor sacara a colación el tema con la pregunta apropiada, pero Lisey no entró al trapo. Estaba pensando en lo vacío que estaba aquel rincón, lo vacío que estaba y lo poco interesante que resultaba una vez desaparecidos tantos recuerdos de Scott. Bien destruidos, al igual que había acabado con la pantalla del ordenador, bien demasiado arañados y abollados para mostrarlos; semejante exposición suscitaría más preguntas de las que podía responder.

Por fin Amanda dio su brazo a torcer y abrió el cuaderno.

—Mira esto —pidió—. Míralo, por favor.

Manda le mostró la primera página. Escritos sobre las líneas azules, apretujados desde la espiral de la izquierda hasta el margen derecho (*como un mensaje cifrado de uno de esos indigentes locos con los que siempre te tropiezas en Nueva York porque ya no hay suficiente dinero para sostener las instituciones psiquiátricas,* pensó Lisey, fatigada), se veían números, casi todos ellos rodeados por círculos, aunque algunos encerrados en cuadrados. Manda volvió la página, y Lisey vio dos páginas llenas de números, que se detenían a mediados de la tercera página. Por lo visto, el último era el 856.

Amanda le lanzó la mirada soslayada de mejillas sonrosadas y por alguna razón hilarante que, cuando ella tenía doce años y la pequeña Lisey tan solo dos, significaba que Amanda había hecho alguna de las suyas, y que alguien acabaría llorando como consecuencia de ello, con toda probabilidad la propia Amanda. Lisey se encontró esperando con cierto interés (y una pizca de temor) a averiguar qué significaría en ese momento la expresión de su hermana.

Amanda se había comportado de un modo estrafalario desde el momento de su llegada...